砂に埋もれる犬

桐野夏生

朝日新聞出版

目次

装画　フランシスコ・デ・ゴヤ「砂に埋もれる犬」部分
提供　Heritage Image／アフロ
装幀　水戸部功

砂に埋もれる犬

第一章　飢餓の痛み

1

目加田浩一《めかたこういち》は疲れていた。休めない日がずっと続いている。

マンションのエレベーターに乗った時、ふと背後にある鏡を振り返った。蛍光灯の青白い光のせいか、目の下の隈《くま》が目立った。

老けたなあ、と心の中で思う。

鏡の中の自分は、五十歳の実年齢よりも、十歳以上は老いて見えた。

確かに、このところの寝不足ゆえか、視力が落ちて細かい字が見えにくくなっている。

いつになったら、老眼鏡を作りに行けるのだろうと嘆息し、疲労でそそけた顔を両手で擦《こす》り上げた。

ついでに、眼窩《がんか》に両の掌《てのひら》を押しつけてみる。掌の温もりが、少しは目を潤わせてくれるような気がするが、どうだろうか。

目加田のコンビニ店は、神奈川県は多摩川沿いの、工場の多い街にある。

駅から距離があるものの、近所に競合店がないため、結構忙しい。

以前は、車で片道二十分かかる借家に住んでいたが、往復する時間を惜しんで、店のあるマンションに空き部屋が出たのをきっかけに、越してきた。

以来、ほとんど毎日が、八階にある住まいと、一階の店を往復するだけで過ぎてゆく。

しかし、目加田が一人で長時間の店番をしている時のトイレや、不測の事態が起きた時などは、妻に頼めば、十五分程度は店番を代わってもらえるようになった。

もっとも、目加田の妻は、今年二十歳になる重度脳性麻痺の娘の世話に明け暮れているから、逆の場合も同じで、夫婦が助け合うことができるようになった、というだけのことである。

ちなみに、店のシフトは、早朝六時から午前十一時までは目加田、十一時から十七時までが、パート主婦の谷口。

十七時から午後十時までは、また目加田で、午後十時から翌朝六時までの八時間は、夜勤パートの店員が店番をするようになっている。

あまりに忙しい時は、谷口と夜勤パートの若者に頼み込んで、二人態勢で出てもらうようにしていた。

従って、目加田が店に出なくてもいいのは、午後と、夜中の八時間である。しかし、午後は仕入れや注文などの事務作業や、商品の入れ替えと廃棄処分があるから、店にいることが多い。

本当に自由になれるのは、夜中だけだった。とはいえ、職住接近することによって、少し睡眠時間が延ばせたことや、妻を手伝えるようになったのが嬉しい。

目加田は、店のバックヤードに入り、ロッカーから薄黄色に緑の縁取りの入ったフランチャイズ店の制服を取り出して羽織った。

店に出る前に一応、防犯カメラのモニターを覗いてみる。

モニターには、六、七人の客が映っていた。

雑誌を立ち読みしている若い男が二人。菓子の棚の前で迷っている風の中年女性が一人。化粧品の棚の前を通り過ぎる若い女性が一人。そして総菜・弁当の棚の前に、三人の男女。

その中に、小学生くらいの少年の姿を認めて、「またかいな」と目加田は声に出して、溜息を吐《つ》いた。

店に出ると、レジに立っていたパート主婦の谷口が、目加田の方を振り向いた。

谷口は目加田の姿を認めると反射的に、壁に掛かっている時計で、時刻を確かめている。

目加田が現れたのは、交代の時間より十五分ほど早い。この十五分間で、目加田は谷口と打ち合わせる。

「谷口さん、お疲れさん」

挨拶すると、谷口が軽く頭を下げた。茶色く染めた髪が不自然な色で、ローズ系の口紅と相まって、いつになくけばけばしく見える。

この店に三年以上も勤めている谷口は、出入りの多い夜勤のパート男性と違い、欠勤もほとんどないし、業務もわかっているベテランで、重要な戦力である。

しかし、来年は七十歳になるので辞めさせてほしい、と言われている。谷口の代わりが見つかればいいのだが、人手不足だから、すぐには難しいだろう。それが、目加田の目下の悩みだった。

「店長。また来てますよ、あの子」

谷口が声を潜めた。言われなくても、さっきモニターに映っていた少年のことだとわかった。

少年は、いつも垢染みた灰色のジャージの上下を着て、脂っぽい髪が肩まで伸びている。顔も洗えていないのか、何となく薄汚い。

おそらく小学校高学年だと思われるが、骨格は華奢《きゃしゃ》で、背も低いから幼く見える。

「知ってるよ。カメラで見た」

「ええ。さっきからね、三十分も、あの棚の前でうろうろしてるんですよ」

谷口が顎で指し示した。件《くだん》の少年は、総菜と弁当の棚の前を行ったり来たりしている。

「でも、何ごともないんだろう?」

暗に万引きを警戒して訊《き》く。

谷口は勘よく頷《うなず》いてから、首を捻った。

「ありませんけど。てか、ないと思いますけど、何か不自然なんですよね。誰かが声をかけてくれるのを待っているような感じ」

確かに、少年は棚の前にいる大人の顔を、じっと見上げる素振りをする。

「うん、わかってる」

そもそも、小学生の子供が一人で、夕方五時頃に、コンビニに入り浸ることはあまりない。今時の子は塾や習いごとで忙しい。店に寄ったとしても、塾などに向かう途中、清涼飲料水やスナック菓子を買ったりする程度だから、大概、長居はしない。三十分もいるのなら、マンガ目当てだが、そういう子は土日に多い。

　平日の夕方に、総菜や弁当のある棚の前に三十分も立っているとしたら、買う金がないか、ネグレクト家庭か、あるいは、その両方だ。

「あの子、前にも来てましたよね？　何度か見ました」

　谷口が耳許で囁《ささや》く。

　化粧品の匂いがぷんと漂った。年中、娘の介護に追われる妻は、なりふりかまう暇などないので、化粧品の匂いは少し懐かしい。

「うん、夜に来てるんだよ。よく見かける」

「へえ、そうですか」

　目加田が店番をしている時も、何度か少年を見かけていた。塾帰りでもなさそうな少年のジャージ姿に違和感を覚えたことを記憶している。

　目加田の視線を感じると、少年はほどなく店を出て行くが、外からガラス越しに中を見つめていることが多々あった。

「その時、何か買ったりしたんですか？」

「いや」と言いかけて思い出す。「そういや、一度だけおにぎりを買っていったことがあったなあ」

　確か「おにぎり百円セール」の時だった。少年はシャケのおにぎりを一個、レジに差し出した。

　目加田は、少年が握り締めた百円玉を手渡されて、その温かさに驚いたのだった。家からずっと握り締めてきたのだろう。

八パーセントの消費税が加わるから、本当は百八円なのだが、百円玉の温かさに気圧《けお》されて、つい言いそびれた。

足りない八円分は、店に落ちていた十円玉で補った。

「明らかに貧困家庭の子ですね。今、多いらしいじゃないですか。ちょっと前までは、そんな子、全然見かけなかったのに、世の中変わりましたよね」

谷口は、不自然な細いアーチを描いた、茶色過ぎる眉を顰《ひそ》める。

「そうだなあ」

「一度なんか、昼間も来ましたよ。どう考えても、学校のある時間帯でした」

「どうしたんだろうな」

「どうしたんでしょうね」

「K小の子かな」

目加田は、近所の公立小学校の名を言った。

「K小なら、うちの孫が通ってますよ。聞いてみましょうか?」

誰に何を、どう聞くのかわからないので、目加田は曖昧に頷いた。実害が出るのならともかく、あまり知らない子供の家庭のことを根掘り葉掘り探ろうとは思わなかった。

自分の娘のことを考えれば、それぞれの家庭の事情に、興味本位で立ち入るのはよくないと思うのだ。

「じゃ、私はこれで。お先に失礼しますね」

壁の電子時計で時間を確認してから、谷口は一礼して帰って行った。

「ご苦労さん、ありがとう。明日もよろしく頼みますよ。ありがとね」

谷口の少し丸みを帯びてきた背中に、労《ねぎら》いの言葉をしつこいほどかける。明日から来ませんよ、と突然言われたりしたら、万事休すだからだ。

その後、目加田は一人で、レジや宅配便の受け付けなど、数人の客を相手にした。ふっと力が抜けた時、件の少年が目の前に立っているのに気付いた。

前髪に覆われて表情がよくわからないが、眉のカーブや、目許などが優しげで、可愛い顔をしている子だ、と思った。

「いらっしゃいませ」

相手が誰だろうと、挨拶は習慣化している。

目加田が少年を見つめていると、少年はしばらく黙っていたが、やがてこう言った。

「おじさん。ちょっと頼みがあるんだけど」

「ん？」

「あのう、要らなくなったお弁当ください」

目加田は、ああ、やはり、と思った。

少年は、勇気を振り絞ったというよりは、すでに頼むことを決意していたようで、ちゃんと言えたことに満足そうだ。しかし、唇の震えはなかなか治まらない。

「あのね、本当は誰にもあげちゃいけないことになっているんだよ」

「でも、棄ててるんでしょ？」

少年の唇が尖った。

「そうだけどね」

「そんなの勿体ないって、お母さんが言ってる。あと、北斗《ほくと》さんも言ってたよ」

ホクトサンとは誰だろうと思ったが、目加田は敢えて聞かなかった。少年に、そう頼め、と示唆《しさ》している大人がいるのだろう。

「だから、棄てるくらいならくださいってこと？」

うん、と少年は頷いた。

「おじさんもね、ご飯を棄てるのは心が痛むから嫌なんだけど、棄てることによって、この業界が儲《もう》かるような仕組みになっているから、仕方がないんだよ」

「でも」

少年は解《げ》せないというように、弁当の棚を振り返った。

まだ食べられるものを、なぜ棄ててしまうのだ、と目加田の説明した「仕組み」に憤然としているかのようだった。

目加田は、急に自分の拘《こだわ》りが馬鹿馬鹿しく思えた。

「わかった。じゃ、本部には内緒であげるから、裏においで」

「すみません」

少年はほっとして脱力したように頷いた。その大人のような安堵の表情を見て、目加田の目が潤みそうになった。この子は、本当に腹を空かしているのだ。生まれて初めて、飢えている人を間近に見た驚きで、心が戦《おのの》いている。

自分は休みもなく疲れ果てて、心に余裕のない暮らしをしているが、幸いなことに、これまで生きてきた人生の中で、飢えたことは一度もない。妻もそうだし、互いの親族もそんな経験は誰もしていないはずだ。

それが日本という国に生まれ育った幸福だ、と目加田は単純に思っていた。だから、少年の反応は、目加田にとって衝撃だった。

たまたま客も途切れていたので、目加田はバックヤードに少年を連れて行った。青いプラスチック製のコンテナの中に、廃棄処分にする弁当が積まれている。

「好きなの選んでいいよ」

「じゃ、弟の分ももらっていいですか？」

「いいよ」

「ありがとうございます」

少年は礼儀正しかった。コンテナから上に載っている弁当をふたつ、カルビ弁当とカレーライスをひとつずつ選んだので、目加田はおにぎりも二個、レジ袋に入れてやった。

「これも持って行きなさい。だけど、ここでもらったって、人に言わないでね。聞かれたら、買ったと言ってね。でないと、おじさんが本部の人に怒られちゃうから」

「わかりました」

少年がこくんと律儀に頷く。

目加田は、何と細い首だろうと哀れに思う。

「電子レンジで、二分半、チンするんだよ。五百ワットで。そうすると美味しいからね。電子レンジはあるよね？」

「あ、はい」

少年は曖昧に頷いた。

「なんなら、店でチンしてあげようか？　うちに着くまでに冷めちゃうかもしれないけど」

「いや、いいです」

細い首を振る。

「でも、カレーとかは、その方が旨いよ。食べる時は、この表示を見てね。温める時間が書いてあるから」

目加田は、ラベルを指差した。が、少年は困った様子で俯《うつむ》いている。

もしかしたら、電子レンジがないのかもしれないから、あまり言うのは可哀相だ。

目加田は話を変えた。

「そうだ、きみの名前、なんていうの？」

「小森優真《ゆうま》です」

「小森優真君か。よくここで見かけるけど、お母さんはいるの？」

途端に、優真の顔が曇った。

「いるけど、一昨日から帰ってきてなくて」

ああ、やはりネグレクトか。

それで腹を空かしているのだろう。この子の母親は、子供にいったいどんな暮らしをさせているのか、と腹立たしく思った。

これ以上、踏み込むな、と自分が自分に注意しているのに、目加田はついまた質問をしてしまった。

「小森君、お母さんが帰ってこないのなら、お父さんはいないの？」

「僕のお父さんは、僕が生まれた時にいなくなったけど、弟のお父さんは時々来ることもあります」

弟は父親違いなのか。複雑な家庭環境かもしれない、と思う。

「じゃ、その弟さんのお父さんに、助けてもらったらどうかな」

優真と名乗った少年は、考え込むように顔を伏せた。

「でも、いつも来るわけじゃないし、その人は、弟にもあまり興味がないと思うから、よくわからない」

語尾があやふやになった。

「そうか。それは大変だね。優真君、弟さんと二人きりになって、何も食べ物がなくなったら、ここにおいで。こっそりあげるから」

「ありがとうございます」

優真は涙ぐみそうになったのか、洟《はな》を啜《すす》った。

「きみ、K小学校なの？」

「いや、ああ、はい」

優真の曖昧な答え方が、他校に通っているということではなくて、もしかすると不登校なのかもしれないと思わなくもなかったが、余計なことだと思って追及はしなかった。

「おじさん、ありがとう」

優真はお辞儀をすると、レジ袋を持って駆けだしていった。一刻も早く、弁当を食べたいのだろう。

「気をつけて帰りなさい」

そう言った後に、優真がどこに住んでいるのか、聞いてみればよかった、と思った。

住居を知ったところで何もできないが、どんな暮らしぶりをしているのか気になった。


夜、目加田は夜勤の若いパート男性と交代して、八階の自宅に戻った。

妻は、娘を寝かしつけたところで、疲れた様子ながらも、解放された顔で好きな紅茶を飲んでいた。

アールグレイの香りが、目加田を和《なご》ませる。

「お帰り。カレーあるよ」

妻が食卓から立ち上がって、寸胴鍋の蓋を取った。

「ああ、ありがとう。恵《めぐみ》は変わりないかい？」

目加田は椅子に座り、娘の様子を訊《たず》ねる。

「ええ、変わりない。元気」

「後で顔を見に行くよ」

「もう寝たよ」

目加田は、妻によそってもらったポークカレーを食べながら、カレーライスを持ち帰った優真のことを思い出した。

「夕方、谷口さんと交代しただろう？　その時、小学生くらいの男の子がレジに来てね。いきなり、棄てる弁当をくれないか、と言うんだよ。びっくりしたね」

「へえ」妻も驚いたように、紅茶カップから唇を離した。「どんな子なの？」

「三、四年生くらいじゃないかな。袖口なんか擦り切れてるようなジャージをいつも着てるんだけど、誰も世話してくれてないらしくて、顔や髪も汚れているんだ。谷口さんの話だと、学校のある時間にもやってくるらしいから、ちゃんと学校に通っているのかどうかも、わからないってところだね」

「へええ」と、妻は今度は大きな溜息を吐いた。「最近、そういう子が増えてるって言うよね」

「うん。ついに、うちの店にも現れたかって感じだね」

コンビニ店主同士がフォローし合っているSNSでも、そんな悩みを書いている店主が結構いたことを思い出す。

「それで、あなた、お弁当あげたの？」

「ああ、あげたよ。カルビ弁当とカレー。あとおにぎり二個。だって、貧しそうだったから、可哀相になってね」

「そうだよね、子供がお腹空いたから欲しいって言ってるのに、規則だからって、無下《むげ》に断れないよね」

妻が荒れた指を見ながら言う。

「うん、そうなんだ」目加田は、飢えた子供を眼前で見た驚きを思い出している。「その子、喜んでたよ」

「そう」

妻もしんみりしている。目加田の目が潤みそうになった。五十歳になってから、涙腺が弱くなった。

「ともかく、まだ食べられる弁当を棄てるのは、本当に苦痛だよ」

照れ臭いので、話を変える。

「私も前から廃棄するのは勿体ないとは思っていた。でも、あれって仕方ないんでしょ？」

妻が両手で紅茶カップを囲むように持って、リビングの方を窺《うかが》った。

家の中で一番広いリビングには、医療用ベッドが運び入れられている。そこに娘が寝ているから、夫婦は主にダイニングキッチンで喋る。そして、妻は娘のベッドの横で眠り、目加田は寝室で一人眠る。

こんな生活が、娘の年齢だけ続いている。

「うん、その方が本部の売り上げが上がる仕組みだから」

「わかってはいるけど、売る方は割り切れないよね」

目加田は黙って頷き、赤く着色された福神漬けを食べた。

コンビニのカレーライスは温めないと美味しくないのに、あの兄弟は、電子レンジも使わずに、冷たいまま食べているのではないかと、気になって仕方がない。

「そういや、柿沼《かきぬま》さんが言ってた」

妻が思い出したように言う。

柿沼とは、娘のケアマネージャーの女性の名だ。

「何だよ、突然」と、目加田は笑った。

「貧困家庭が増えていて虐待が多いから、児童相談所も手が回らないって。で、何かあると、児相のせいにされるって。柿沼さんの知り合いが児相にいて、大忙しなんだって。ひどい案件がたくさんあるって言ってた」

「おい、あの子のことも、その相談所とやらに通報した方がいいのかな？」

目加田は妻の顔を見た。

万年、睡眠不足の妻の目の下にも、隈ができている。

どうだろう、と妻は首を捻った。

「そういうことが度重なれば、でいいんじゃないの？　親とトラブルになることも多いらしいよ。余計なことするなって、怒鳴り込まれることもあるって」

「なるほど。あの子にも、親がいるんだよな。どんな親なんだろうね」

目加田は握っていたスプーンを置いて、首を傾《かし》げる。

子供をそんな目に遭わせる親の顔を見てやりたいと思ったが、それが貧しさゆえなのだとしたら、何とも致し方ないと思う。

コンビニのような商売をしていると、毎日、孤独で貧しい人間たちを見る。

「それより、早く食べてお風呂に入ったら」

妻が立ち上がって、流しに紅茶のカップを置いた。

「ああ、そうだね」

釣られるように、目加田も食べ終わったカレーの皿を持って立ち上がった。

最低でも四時間は寝ないと、体が保《も》たない。こんな生活がいつまで続けられるのだろうと不安もあるが、一人娘を育てていかなければならないのだから、絶対に弱音は吐けなかった。

2

小森優真は、弁当の入ったレジ袋を提げて、児童公園に駆け込んだ。

コンビニから、歩いて五分ほどのところにある児童公園は、だだっ広くて隅々まで見渡せる。少し前までは、公園のあちこちに、こんもりとした植え込みがあったが、子供の姿がよく見えないから非行の温床になりやすいという理由で、全部撤去されてしまった。

今は、白っぽい土だけの広場が、夕闇の中に広がっていた。

隅っこにブランコや滑り台などの遊具があるが、児童と名がついているから便宜的に置いてあるかのようで、寂しげに見えた。

そのせいか、昼間、この遊具で遊ぶ子供の姿もあまり見かけない。

そして、なぜか、公園のど真ん中に煌々《こうこう》と明かりの点《とも》った公衆便所が建っていた。公衆便所が公園の真ん中にあるのも、非行防止という同じ理由なのだろう。だが、中が覗けるようなトイレに入る人は滅多になく、いつも無人だった。

十月初めの外気は、少し冷たくて気持ちがいい。気持ちがいいのは、冷涼な気温のせいばかりではない。

優真は上機嫌でブランコに座ると、足元に置いたレジ袋からおにぎりをふたつ取り出した。店主が、無造作にレジ袋に入れてくれたおにぎりの中身は、ツナマヨとシャケだった。両方とも好物なので、優真はにやりと笑う。躊躇《ためら》うことなく、シャケのおにぎりのパッケージを剝《む》き始めた。

焦っているからうまく剝けずに、海苔が少し残ったままになったが、空腹だった優真はおにぎりにかぶりついた。

パッケージが地面に落ちたことさえ、気付かない。腹が減っていたから、呑み込むのさえももどかしい。慌てて口中に押し込んでいると、途中で喉が詰まりそうになった。

レジ袋を持ったまま、水飲み場に駆け寄って水を飲む。ようやく、おにぎりが一個、空っぽの胃の腑に収まった。

迷わず、ツナマヨのパッケージも乱暴にむしり取って、食べ始める。こちらも数分もかからず、呑むようにして食べた。

二個のおにぎりを食べ終えたら、ようやく人心地がついて、ブランコを揺らしながら、空を眺めることができた。満足な飯らしい飯を食べたのは、三日ぶりだ。

コンビニの店主に、一昨日から母親が帰ってないと言ったのは噓だった。いや、噓というよりも、優真の見栄だ。

母親の亜紀《あき》と北斗さんは、三日前に突然帰ってきて、カップ麺と菓子パンを数個ずつ置いて、その日のうちに、またいなくなった。

優真も弟の篤人《あつと》も、常に空腹だから、カップ麺も菓子パンも、我慢できずに一日で食べてしまった。

以来、二日間は何も食べないで過ごしている。

亜紀に言わせれば、一度に全部食べてしまうおまえたちがバカだ、ということになるだろう。

しかし、空腹を我慢していると、食べるのを止めることができない。

それに、電気かガスか水道か、いつも何かが止められているので、いろんな差し障りがある。

ついこの間はガスが止まっていたから、カップ麺があっても、湯を入れることができなかった。電気が止められると、篤人は、テレビが見られないからつまんないよ、と言ってめそめそする。

優真は暗い部屋でじっとしているのも、篤人が泣くのもいやだから、すぐさま外に出て、街をうろつくことにしていた。

犬を散歩させている人が多くいるので、多摩川の土手で時間を潰すのが好きだ。優真は、犬が大好きだからだ。大人になったら、柴犬を飼いたいと思っている。

でも、河川敷には、変な中学生や高校生がたむろしていて、タバコを吸ったり、騒いだりしていることが多いので、目をつけられるのが怖くてあまり行かなくなった。

優真が一番好きなのは、コンビニだ。明るくて、冬は暖かく、夏は涼しい。旨そうなものがたくさん溢れていて、何でもあるから楽しくて仕方がない。注意されなければ、いつまでもいたい。

水道が止められても、どうということはない。公園から水を汲んできて、何とか過ごすことができるからだ。

どのみち風呂桶には、いつも母親の服やら靴などが入っているから、風呂を使ったことはあまりないし、トイレだって、公園ですればいい。

しかし、水道が止まった時は、母親が音を上げた。トイレが使えないのが不便だったのだろう。母親はすぐ北斗さんに借金させて、水道料金を払いに行った。

でも、電気やガスが止められなくても、家の電化製品は、いろいろと問題が生じている。

電子レンジは、篤人がいじくって壊してしまった。スイッチを何度も押して遊んでいるうちに、作動しなくなったのだ。

その時は、北斗さんが『俺の電子レンジだぞ』と、すごく怒って、篤人の顔を思いっきり叩いた。そしたら、篤人の頬は別人のように腫れてしまい、篤人は何時間も泣いていたから、みんなうんざりした。

冷蔵庫も、常に空っぽだ。何か入っていても、秒殺でなくなる。

残っているとしたら、ケチャップやマヨネーズなどの調味料だけど、ケチャップもマヨネーズも、この二日間、空腹に耐えられない優真と篤人とで、全部舐《な》め尽くしてしまった。

だから、何もしなくて食べられる弁当や菓子パンが一番楽だ。

母親は、北斗さんと遊び歩いてしばらく帰ってこないこともあれば、家でごろごろしていて、「邪魔だから出てけ」と、優真を邪険に追い出したりする。

冬は外に出て行くのが辛くて、「出さないで」と泣いて頼んだりもしたが、結局、北斗さんに尻を蹴飛ばされて、公園で震えていたこともある。

前の小学校は、足立区の方で、四年生の半ばまで通っていた。

でも、この川沿いの街に引っ越してきてからは、母親が住民登録を怠っているせいで、優真は公立小学校に転入できない。本来ならば、六年生になっているはずだった。

ちなみに、この川沿いの街に越してきた理由は、北斗さんの勤め先がこっちだからだ。

優真は、自分がなぜ小学校に転入せずに済んでいるのか、詳しい事情は知らない。

でも、前の学校では、いじめられていたから不登校気味だったし、その上、ある事件が起きたせいで、四年生になってからは、ほとんど学校に行かなくなっていた。だから、むしろ学校に行かずに済んで助かった、と考えている。

弟の篤人は、まだ四歳だ。

今日のように腹が減ると元気をなくして、ごろごろと横になってしまう。そして、横たわったまま、横目でテレビを見て過ごす。体力を使わないから、それが一番いいだろうと、北斗さんは笑う。だけど母親は、『子供らしくない』と嫌がる。

優真は逆で、アパートを出て、遠くの駅まで歩いたり、公園に出かけたりして、時間を潰す。その方が、体力は使うかもしれないが、いいことに巡り合う確率が高いのだ。

道路には、金や財布が落ちていることがごくたまにあるし、駅や道の自販機の十台に一台くらいは、取り忘れの小銭が入っている。

また自販機の下には、よく硬貨が落ちているから、必ず下を覗いてみなければならない。

万が一、飲み残しの飲料が棄ててあったりしたら、躊躇《ちゅうちょ》せずに飲み干す。一度、通りすがりのおばさんに『汚いよ』と注意されたこともあったけど、平気だ。

それにしても、コンビニの店主は優しい人だった、と優真は思う。いつも額に皺を寄せて怖い顔をしているけど、本当は親切な人なのだ。明日から、あのコンビニに行けば、とりあえず飢えからは解放される。そう思うと、心底安堵した。

ところで、母親と北斗さんは、どこで何をしているのだろう。

時折、数日間も、どこかに行ってしまうのだった。そして帰ってきて、子供たちに食べ物を置いて、また出かけて行く。

金がなさそうな時は、アパートで布団にくるまり、二人でスマホゲームばかりしている。

家にいる時は、トイレに行くにもスマホを離さないので、優真が触りたくても触れないのだった。

優真はゲーム機が欲しい。ゲーム機さえあれば、母親がいなくても退屈しないし、きっと腹も減らないだろう。

でも、母親と北斗さんは、絶対に買ってくれそうもない。

一度、母親が、『明日は優真の誕生日だ』と言ったので、『ゲーム機欲しい』とおそるおそる言ったことがある。そしたら、北斗さんに頭をぽかんと叩かれた。『バカ、そんなの俺も欲しいわ』と。

でも、もし買ってくれたとしても、篤人がいじろうとするから、それはそれで隠しておくのが大変かもしれない。

それでも、欲しい。

篤人が小さい頃、母親は今ほど外出はしなかったし、篤人を可愛がっていたと思う。でも、篤人は三歳になった頃から、急に喋りだして、自己主張が激しくなった。それからだ、母親と北斗さんがあまり家にいたがらなくなったのは。

多分、北斗さんが篤人を嫌いなのだ。

優真も、篤人をあまり好きではない。一応、兄弟ではあるが、わがままで、気に入らないことがあるとすぐに暴れるところが嫌いだ。

あんなヤツは、大きくならずに、小さいままでいいのに、と思う。だけど、小さいままだと、いつまでも母親に甘やかされるかもしれない。それは、絶対にいやだ。

そもそも、篤人という名前も、内田篤人というサッカー選手が好きだからつけたのだ、と母親は言っている。

そのせいか、母親が「あっちゃん」と呼ぶ時は、「優真」と自分を呼ぶ時と全然違って、何か優しい響きがあるような気がする。

『亜紀は、優真より篤人の方が、断然可愛いってよ』

現に、北斗さんにからかわれたこともあった。

その時は、悔しくて泣きそうになったけど、優真の表情を北斗さんが面白そうに眺めているので、必死に平気な顔を作ろうとした。でも、うまくできなかった。

北斗さんは、篤人の父親みたいに、ものすごく凶暴じゃないけど、意地悪だと思う。

優真のうちは、児童公園裏の、公立中学の先を曲がったところにある。産業道路と県道が交わる角、マンションの陰のじめじめした土地に建つ古いアパートだ。ただでさえ日当たりが悪いのに、北向きの一階の部屋は、常に薄暗く寒い。

優真が帰り着いた時、鍵はかかっていなかった。ばかりか、照明も点っていない。また、電気が止められたのか。

優真は部屋に入ると、慌ててスイッチを入れた。ぱっと天井の蛍光灯が点《つ》いたので、ほっとする。

紙ゴミやカップ麺の殻などが散らかって、足の踏み場もない部屋の真ん中に、篤人がごろんと横たわっていた。

「兄ちゃん？」

眩しそうに目を窄《すぼ》めて優真を認めてから、のろのろと起き上がる。膝や踵《かかと》が黒く汚れて、光っていた。

レジ袋に気がついた篤人が、優真の顔を見た。

「それ、何」

「コンビニの弁当」

「オレの分は？」

優真の真似をして言葉遣いは乱暴だが、腹が空いているせいか声に力がない。

「カレーの方をやるよ」

篤人が立ち上がり、駆け寄ってレジ袋の中を見た。そして、カルビ弁当を指差す。

「オレは、そっちがいい」

カレーライスは、ルーが固まっているから、まずそうに見える。篤人は選ばないだろうと優真は思ったが、やはりそうだった。

カレーライスは、コンテナの一番上にあったので、仕方なく手に取ったのだ。明日もらう時は、もっと正直になって、欲しいものを取ろうと思う。

「だめだよ。カルビ弁当は俺が食うんだから」

優真は、体の後ろに弁当を隠して言った。

「やだ。そっちがいい。そっちを食べる」

篤人は早くも泣きべそをかいて、駄々をこね始めた。

「だめだよ」

篤人が、カルビ弁当に手を伸ばして取ろうとしたので、突き飛ばしたら、真剣な顔で優真に飛びかかってきた。

そんな時、優真は篤人の中に、篤人の父親の面影を見る。

篤人が生まれてすぐ、その父親と一年ほど一緒に住んだことがあった。篤人の父親は、粗暴で怖ろしい男だった。

優真は小学二年になっていたが、『金を稼いでこい』とか、『スーパーで肉盗んでこい』などと、無理難題を言われ、『できないよ』と言うと、しょっちゅう殴られたり、小突かれたりした。

そのことを思い出したら、やたらとむしゃくしゃしてきたので、優真は、篤人を力いっぱい突き飛ばした。

部屋の隅に積んである布団の山に、頭から転んだ篤人は、空腹とは思えないような俊敏さで立ち上がり、再び向かってきた。

優真は、ごつんと音が立つほど、篤人のこめかみを思いっきり拳固で殴った。

痛かったとみえて、篤人が狂ったように泣きだした。こうなると、もう手がつけられない。

「バカ、ちきしょー」

拳を固めて殴りかかってくるので、それを躱《かわ》して足蹴にした。

「コノヤロー、バカ」と、起き上がって怒鳴る。

「バカはおまえだよ」

凄絶な兄弟喧嘩が始まった。優真は、篤人が四歳だからといって決して手加減はしない。篤人は父親に似て、骨太で膂力《りょりょく》が強いから、時々、馬鹿力を出されると怖い時がある。しかも、目潰しとか、卑怯な手を平気で使うので油断ならない。

だが、まだ背は圧倒的に優真の方が大きい。

上からのしかかって体重で潰してやった。篤人は下敷きになって悔し泣きをしている。

「もう二度と、おまえの分なんか、もらってこないからな」

篤人がまだ転がって、泣きながら喚いている。

「やだよ、おなか空いた」

優真はかまわず、立ち上がってカルビ弁当の蓋を開けた。

割箸がついてなかったので、流しに放り出してあった汚れたスプーンで、冷たい飯をほじくる。

白い脂が固まっていても、カルビ肉は旨かった。

篤人は、泣いていても事態は変わらないと諦めたらしく、もぞもぞと起き上がって、カレーライスの入ったレジ袋を覗いた。

「これ何」

篤人がつまみ出したのは、ツナマヨおにぎりのパッケージだった。

篤人は、まだ字は読めないが、コンビニのおにぎりはしょっちゅう亜紀が買ってくるので、中身が何かわかるのだろう。

「おにぎり」

「何のおにぎり？」

「ツナマヨだった」

優真は正直に答える。

その方が篤人が悔しがるだろうと思ってのことだ。案の定、篤人はまた泣きべそをかきながら、殴りかかってきた。

「チュナマヨのおにぎり、食べたい」

「チュナマヨじゃねえよ。ツナマヨだよ」と、笑う。

「チュナマヨ、食べたい」

「ないよ、もう」

「やだ、食べたい」

「カレー食えよ。食わないのなら、俺が食う」

「やだ」

「やだしか言わないんだな、バカ。おまえ、頭悪いんだよ、バーカ」

篤人は、大粒の涙をこぼしながら、優真を打《ぶ》とうとした。優真は足を引っかけて転ばした。

篤人ががむしゃらに飛びついてきた。再び、取っ組み合いが始まる。

その時、隣からドンと薄い壁を叩く音がした。

二人とも、ひっと息を潜める。

兄弟喧嘩をしている時に、隣の男が怒鳴り込んできたことが度々あったのだ。

隣の男の郵便受けには、金属の郵便受けに、直接マジックで「スズキ」とだけ書いてある。

カタカナだから、優真も読める。

「うるせえぞ、おい」

薄い壁越しに、スズキの怒声が響いた。優真も篤人も、恐怖に固まった。

スズキは、時折、壁を蹴るような音を立てたり、何か怒鳴る声が聞こえたりするので、怖ろしい存在だった。

優真は、大人の男が怖い。

なぜなら、篤人の父親も、今、母親と一緒に暮らしている北斗も、理不尽なことばかり言っては、それが通らないと機嫌を悪くして、子供だとて容赦なく暴力をふるう。

そればかりか、虫の居所の悪い時など、いきなりぽかんと頭を殴られることもあった。

特に篤人の父親は、母親の連れ子である優真に対して、何の遠慮もなく殴ったり蹴ったりした。母親は篤人の父親を気に入っていたし、優真の父親を憎んでいたから、その暴力を見て見ぬふりをしていたのだ。

しかし、篤人の父親が浮気をしたため、二人の間には喧嘩が絶えなくなった。やがて、愛想を尽かした篤人の父親は出て行き、母親は棄てられた。が、母親はまだ未練があるらしく、北斗さんに会う前は、何かというと篤人の父親の話をするので、優真は、再び姿を現わすのではないかと、はらはらしていたのだ。

北斗さんと暮らし始めたので、篤人の父親はもう現れないと安堵したのも束の間、今度は北斗が暴力をふるいだした。

ホストにぴったりな優男なのに、凶暴なのは同じだった。どうして母親が選ぶ男たちは皆、似たような男ばかりなのだろう、と優真は不思議だった。ということは、優真の父親も凶暴なタイプということにならないか。

優真は、母親に『僕のお父さんはどこにいるの?』と聞いたことがある。その時、亜紀はにやにやしながら、天を指差した。

死んだということか、とがっかりしたのを覚えている。だが、父親の死について、真偽を確かめたことはまだない。

自分は子供や動物を殴る男にはなりたくない、と優真は思うのだが、まだ四歳の弟の篤人を可愛いどころか、喧嘩した時など、死ねばいい、とまで思うのだから、同じタイプなのかもしれない。そう思うと、自分がひどく汚れた気がした。それは、優真の、人には言えないコンプレックスとなっている。

隣人のスズキは、一度怒鳴って壁を叩いたら、気が済んだのか、何も言ってこなくなった。

優真は安心して緊張を解いた。

篤人が、カレーライスのパッケージを開けるのに手こずっている。

「貸せよ」

手伝ってやろうと手を出すと、篤人がカレーライスを後ろに隠す素振りをした。

さっきの、自分の真似をしているのだろう。

「取らねえよ、貸せよ」

「やだ」

「おまえは、ほんとに、やだやだって、それしか言わないんだな。開けるの手伝ってやるって言ってんだよ」

「やだ。兄ちゃん、ずるいもん」

そう言われると、優真もムキになって、「貸せよ」と強引にカレーライスを引っ張る。

「やだよ」

「離せよ」

優真が怒鳴った途端、玄関のドアがどんどんと激しく叩かれた。

「おい、うるせえって言ってんだろが」

スズキがドアの前まで来ている。

ドアは今時珍しいベニヤ合板である。しかも、鍵は掛けていない。部屋に入ってくるかもしれないと、優真も篤人も、恐怖で硬直した。

「話があるんだ。ドア、開けろ」

篤人が、部屋の隅に積んである、ボロ布団に駆け寄って顔を埋めた。両の耳を手で覆っている。

篤人は、嫌なものや怖いものから逃げる時は、目を覆い、耳を塞いで蹲《うずくま》り、小動物のように姿を隠したつもりになっている。例えば、母親と北斗が痴話喧嘩をする時や、北斗が荒れ狂った時だ。

その度に、まだ小さい子供なのに可哀相だ、と思うのだが、篤人は、優真の言うことは一切聞こうとしないから、憎たらしくもある。どこかに、自分の方が母親に可愛がられている、という優越感があるのが感じられるのが癪《しゃく》だった。

「おい」

断りもせずに、玄関ドアが開けられた。

優真はどうしたらいいかわからず、立ち竦《すく》んだ。

アパートの暗い廊下に、坊主頭に黒縁の眼鏡を掛けたスズキが立って、こっちを見ている。上半身裸だった。白い裸の胸に、黒い胸毛がわさわさと生えているのが不気味だ。

スズキは部屋の中を覗き込んで、吐き捨てた。

「きったねえ部屋だな。何とかしろや」

それから、立ち竦んでいる優真を指差した。

「おまえらな、暴れるんじゃねえぞ。今度、騒いだら殺してやるからな。あと、テレビの音、もっと小さくしろや。うるさくてしょうがねえ」

優真は怖くて、返事もできなかった。

「部屋が臭いって、オフクロに言っとけ。いっつもクソと生ゴミの臭いがするぞ。近所迷惑だってな」スズキが、部屋の奥を覗いた。「おい、今度騒いだら、ただじゃおかねえからな」

「すみません」

「すみませんって言うけどな、おまえ。全然反省してないから言ってんだよ。だいたい、何だよ、おまえの母親。子供だけで放ったらかして、どうなってんだよ。いい加減にしろよ。おまえだって、赤ん坊じゃないんだからよ、少しは何とかしろよ」

スズキは、優真を睨《ね》めつけてから、ドアをバタンと閉めた。

優真は脱力した。スズキに殴られるのではないかと思うと、体が硬直して失禁しそうになる。

篤人の父親に殴られた時は、本当に失禁したことがあった。

その時は、失禁したことをまたひどく怒られて、『こんな悪いチンコは焼いてしまった方がいい』と、ペニスをライターの火で炙《あぶ》られそうになった。それは、優真の忘れられない悪夢となった。今でも、その時のことを思い出すと、脂汗が出る。

優真はドアに施錠して、ようやく安堵した。

気配を感じて振り返ると、篤人が優真のカルビ弁当を勝手に食べ始めていた。

「やめろよ」

小さな声で言ったが、篤人は聞こえないふりをして、両手で弁当を囲うようにして、夢中でスプーンを動かしている。

では、カレーライスの方を食べてやろうとしたが、カレーの容器は、篤人が、小さな足の下に隠して踏ん張っていた。

そんなに食べたいのか、と優真は呆れたが、自分の落ち着きは、こっそり食べたおにぎり二個にあったと思い出す。

「両方とも、半分こしようよ」

渋々、篤人が頷いた。

ひとまず停戦ということか。

優真は、何とか取り戻したカルビ弁当を再び食べ始めた。食べながら、どうして母親はこんな意固地で、可愛くない弟を産んだのだろうと思う。小さな妹ならば、もっと言うことを聞くだろうから、可愛いだろう。

3

午後八時。小森亜紀は、国道沿いに建つラウンドワンのゲームコーナーにいた。「スターホース4」を始めると、時間を忘れてしまう。

朝からずっと座り放しで、ふと気付けば、隣にいた北斗の姿がない。タバコでも吸いに行ったのか、と見回したが、見当たらなかった。

手持ちのコインも減ったことだし、腹も減った。ひとまず休憩して、北斗を捜しに行くことにした。

「今、どこ？」

ＬＩＮＥすると、既読はついたものの、少し経ってから返信がきた。

「便所。」

自販機でコーラを買い、ベンチに座って飲んだ。

男の子が両親と一緒に、クレーンで縫いぐるみを吊り上げようとして騒いでいる。優真と同じくらいの年だろうと思ったが、優真が今、何をしているのかまでは思い至らなかった。

しかし、優真と篤人に食べ物を置いて出てから、三日は経っている。いくらなんでも、そろそろ帰らねばならない。

でも、どうしても足が遠のいてしまうのは、帰ったら帰ったで、優真も篤人も、喜び半分恨み半分、という複雑な表情をするのが、面倒臭くもあるからだ。

実際、幼い篤人は拗《す》ねて、しばらく亜紀に近付いて来ない。それが『可愛くない、素直じゃない』と、北斗は腹を立てる始末だ。

優真の方は、『お母さん、今までどこに行ってたの?』と、まるで夫のような訊き方をするから、こっちも気に入らなくて、『尋問かよ。なんで、おまえに関係があるんだよ』と、怒鳴ってしまう。

もちろん、いつもいつも怒っているわけじゃなくて、たまに可愛く思って優しくしたりもするんだけど、今度は、いい年をした北斗が『俺の部屋にいさせてもらってるくせに、俺は邪魔者扱いかよ』と、拗ねたりもする。

男は、何かと面倒臭い。

亜紀は、北斗と二人、気の赴《おもむ》くままに、ラブホに泊まったり、カラオケルームで寝たりして、ゲーセンやパチンコ店に入り浸っている。

パチンコは、むしろ北斗の好むギャンブルだ。自分は、「スタホ」と呼ばれる競馬ゲームに夢中だ。アキノファントム。自分の馬がレースに出た時の興奮といったら、他では味わえない。

しかも、昨日は初めてジャックポットを出したのだから。

「自販機の前で待ってるよん。」

LINEした。既読はされているのに、十分後に返事がきた。

「今向かう。」

とっくに、コーラを飲み干してしまったので、男子トイレの方に歩いて行く。その途中、エスカレーターの前で、若い女二人と話し込んでいる北斗を見つけた。

女たちは二十代前半らしく、二人とも、真っ黒な髪をぞろりと垂らしている。一人は赤いTシャツに黄色のショートパンツ、という派手な格好。もう一人は、黒のTシャツにデニムのミニスカートという地味ななりだ。でも、地味ななりの方が可愛い顔をしていた。

二人とも、風俗嬢か、と亜紀はバカにする。どんなに金に困っても、風俗嬢はしていない。

しかし、亜紀は、女たちの赤い口紅が癪に障った。

北斗が常々、若い女の赤い口紅が嫌いだ、と言ってたから、自分は好きなのに付けてなかった。こいつらには許すのかよ、脂下《やに》がりやがって、という思いがある。

自分はジーンズとパーカーで着たきり雀。昨日から顔も洗ってないのに。

「ねえ、待ってたんだよ」

不機嫌に唇を尖らせて、三人の横に行った。

「あ、ごめん」

言葉とは裏腹の苛立ちが、北斗のくっきりした二重瞼《まぶた》の顔に浮かぶのがわかった。

北斗は、ホスト時代に、先輩に勧められて、二重瞼にする手術を受けた。だが、まだ傷を休めなくてはならない術後早くに、店に出させられたせいで、瞼が引き攣《つ》れてしまった。そのためか、北斗の瞼は、明らかに二重に整形したことがわかる不自然な形になった。

それが北斗の顔を胡散臭《うさん》く見せているのだが、亜紀は、先輩に言われた通りに手術し、言われた通りに店に出た、という素直な北斗が、嫌いではない。

「いいよ。私、スタホのとこにいるからさ」

「了解」

北斗が手を振った。あっちに行け、ということだろう。

女たちがにやにやしながら、すみません、という風に、亜紀に軽く頭を下げる。

何だよ、あのおばさん。

デブじゃんか。

彼女たちの心の中の声が聞こえる気がした。

苛々しながら待っているせいか、時間の経つのが遅く感じられる。亜紀はスマホで時刻を確かめた。すでに二十分は待っているが、ＬＩＮＥもこない。

もういいよ。

おまえ、勝手にしろよ。

亜紀は荷物を纏《まと》めて立ち上がった。何だか知らないけれども、頭にきていた。

昨夜、ラブホに泊まった時、子供のことで、北斗と大喧嘩したのを思い出す。

北斗が言うには、自分のアパートに、前の男の子供、それも父親違いの子供を二人も連れてきているのが、本当はいやでしょうがない、という。

何を今さら、と思ったが、今、北斗の稼ぎで食べて、遊んでいるのは確かだから、反論できなかった。

北斗の稼ぎと言っても、ホスト仲間の紹介で、ツケの回収や店の掃除などの下働きをしたり、元ホストのやっている店で、バーテンの真似事をして得る収入だから、多くはないし、不安定この上ない。

でも、金が入ると、子供を放ったらかしにして、二人で遊んでしまうのだから、自分もだめな母親であることは確かだ。

金が完全になくなれば、亜紀もネットで募集している飲み屋でバイトするが、あまり歓迎されなくなったのは、若くはないからだろう。

亜紀は、もう三十二歳だし、不摂生がたたってか、太っている。金もないから、あまりお酒落できない。そんなことを思うと、まるで逃避するように、ゲームの世界に入りたくなる。

アキノファントム。せっかく愛情をかけて育てた競走馬なんだから、レースに勝てよ。先に帰ってしまおうかどうしようか迷っている。しかし、数百円しか金がないから、このままではコンビニに寄れない。

「悪い、悪い」

そこに、北斗が戻ってきた。

亜紀は、ブランドバッグに似せた合皮のバッグを手元に引き寄せる。

「さっきの誰だよ」

「客として、会った女だよ」

北斗が不機嫌な顔で答える。

「あんたが客？　どこの店？」

「どこだったかな。俺もいろいろ行くからさ」

北斗は、ぶかついたジーンズを腰で穿《は》き、黒いトレーナーの上から、銀メッキのネックレスをぶら下げて、黒いキャップを被っている。いわゆるストリート系のファッションをしているが、どこか野暮ったいのは、どうしてだろう。

「へえ、あの子たち、風俗かと思ったよ。風俗じゃないの？」

亜紀の嫉妬がわかるらしく、北斗がにやついた。

「いや、キャバクラだったな」

「あんた、キャバクラなんか行くの？」

「先輩のおごりとか、そういう時は行くよ」

「でもさ、キャバクラって、もっと綺麗な子じゃないと、雇ってくれないんじゃないの？」

「じゃ、亜紀が行けば」

この期に及んで厭味《いやみ》かよ、と亜紀は唇を尖らせる。

「私、帰るよ。あいつらに何か食べさせないといけないし。きっと腹空かせてると思うから」

「わかったよ」

北斗がのろのろと、亜紀の後ろをついてくる。

亜紀は、さっきの女たちがまだその辺にいるのではないかと、周囲を見ながら、様々な音を立てるゲーム機の喧噪の中を歩いた。

北斗が横に来て、亜紀の太い腕を取った。

「亜紀、腹減った、幸楽苑でラーメン食って帰ろうぜ」

そうきたか。

「いいよ」

亜紀は振り向いて、笑った。

駅近くの幸楽苑に寄って、亜紀は煮卵らーめん、北斗は、辛し味噌野菜らーめんを食べた。

その後、コンビニに寄って、子供たちに、弁当と総菜を買って行くことになった。

「ホクト、お金、あといくらある?」

北斗がポケットから千円札を一枚出した。

「それだけ?」

「ああ、そうだよ」

北斗のきつい声音で、自分の部屋に二人の子供がいるのを嫌がっていることを察したが、素知らぬ顔で自分の財布に入れた。

「じゃ、おにぎりとか買うよ」

「勝手にすれば」

亜紀は、いつものコンビニに寄った。

眉間に皺の目立つ、不機嫌そうな中年男が、ブルーのコンテナに、期限切れの弁当を入れていた。あああ、もったいねえ、と北斗の呟きが聞こえた。

午前中と夜はこの男がレジにいるから、おそらく店主なのだろう。

亜紀は、カゴに、おにぎりを五、六個適当に放り込んだ。

「千円しかないなら、おにぎり六個くらいしか買えないじゃん。あっちゃんが好きだから、ソーセージとかも買ってやりたいんだよ」

亜紀は、弁当の棚の前で独りごちた。いくらなんでも三日間の不在は長かった、という反省がある。優真はともかく、幼い篤人は生きているだろうか、と急に心配になった。

二人とも自分の息子なのに、亜紀は篤人の方が可愛く思える。えこひいきの理由は、それぞれの子供の父親への感情に起因している。

優真の父親は十五歳以上も年上で、水道工事業者だとしか名乗らない、素性の知れない男だった。

今となっては、名前さえ本名かどうかもわからない。その男とは、亜紀がまだ十七歳の時、ゲーセンで知り合った。

性体験は初めてではなかったが、男のせいで高校も中退することになり、あらゆる意味で翻弄された。ＤＶは日常茶飯事。二度中絶し、三度目の妊娠がわかった途端、男は姿を消した。

中絶費用を払えなかった亜紀は、仕方なく出産する羽目になったのだった。従って、優真は私生児である。

出産当時、まだ二十歳だった亜紀は、同じくシングルマザーで亜紀を育てた母親に、「あたしの真似することないだろ。おまえは本物のバカだよ」と詰《なじ》られた。

だが、他に行くところもないので、母親に頼って暮らすことになった。

母親はトラック運転手の男と再婚して、子供も二人生まれていたから、亜紀は、まだ赤ん坊の優真とともに、毎日、母親とその夫から邪険にされて暮らした。

その辛い経験のせいで、今でも優真の父親を恨んでいる。どこかで運良く遭遇することがあったら、絶対に殺してやる、と思っているほどだ。

だから、優真がその男の面影を宿しているのを発見すると、憎たらしくて仕方がないのだ。

「何が、あっちゃんが好きだから、だよ。三日も留守して、よく言うよ。もう餓死してんじゃねえの。ほら、前にあったじゃん。放置してさ、子供を二人殺した女。おまえもあれと同じだよ。学校にも行かせてねえし、俺、おまえみたいな女、信じられねえよ」

北斗が呆れたように耳許で囁く。亜紀は、耳を塞ぐ真似をした。

「やめてよ」

「やめてよ、じゃねえよ。マジな話だよ」

「だって、あんたが帰りたくないって言ったんじゃない」

「人のせいかよ」

「だって、そうじゃん。あんたが帰らないって言うのに、帰ろうよって言えないよ」

「当たり前だろ。あんなガキが二匹もいるんだから、うざくて帰りたくねえよ。俺の部屋なのに。そんなに帰りたきゃ、おまえらがどっかに行けばいいんだよ」

北斗は、亜紀の肉の付いた背中を掌で乱暴に叩いた。

「やめろって、こんなとこで。恥ずかしいじゃん」

亜紀は身を捩《よじ》って、その手を払い除《の》けた。そして、慌てて店内を見回したが、店主らしき男が食品の棚の前で、黙然と作業しているだけで、客は見当たらなかった。

二人は声を潜めて、喧嘩を続けた。

「マジ、呆れてるんだよ。おまえって、ほんとにだらしねえもんな」

北斗が腰で穿いているジーンズの尻ポケットに両手を入れて、うんざりしたように下を向いた。亜紀は阿《おもね》るように聞いた。

「ねえ、ホクト。もう金は持ってないよね？」

「ねえよ」北斗が吐き捨てた。

口にはしなくても、俺の金でおまえの子供を養うのかよ、という北斗の憤懣《ふんまん》が、充分過ぎるほどに伝わってきた。

これ以上、子供や金のことで何か言っても喧嘩になるばかりだ。

亜紀は諦めて、口を噤《つぐ》んだ。何かを諦めた時の亜紀は、怖いほど無表情になる。その顔付きは優真にそっくりだが、亜紀は気付いていない。

「わかったよ」

捨て台詞を吐いてレジに向かおうとした亜紀の背中に、店主に話しかける北斗の声が聞こえてきた。

「この弁当、棄てるなら、安く譲ってくんない？」

亜紀が振り返ると、消費期限の迫った食品をブルーのコンテナに積み上げている店主らしい男と、北斗が話していた。

「売り物じゃないんで」

無愛想な店主は、にこりともしないで言う。

「だけどさ、どうせ棄てちゃうわけでしょ？」

北斗が忙《せわ》しなく瞬きをしながら、なおも店主に言った。整形に失敗した二重瞼をしきりに瞬きするのは、心を許せない他人と話す時の北斗の癖だ。

さっき、女の子たちと話していた時は、まったく瞬きをしていなかったのに。そのことを思い出した亜紀は、北斗を憎たらしく思った。

「そうですけど、規則なんで売れないんです」

店主は、作業を続けながら、低い声で断っている。

「ただでくれって、言ってんじゃねえんだよ。安く売ってほしいってことだよ」

北斗がしつこく粘ると、店主がようやく顔を上げた。

眉間に深い皺が寄って、目の下の隈が目立つ、辛気臭い顔だった。

「すみません、規則なんで」

店主が誰にともなく頭を下げる。

「金払うって言ってんのに、それでもだめなんだ？」

北斗はさっき、金なんかない、と言ったくせに。亜紀は二人の遣り取りを、じっと睨《にら》み付けている。

「すみません」

店主がまた頭を下げた。

「でもさ、俺の友達んとこのコンビニは、こういうの安売りやってるけどね」

「うちはやってないんで。すみません」

店主が立ち上がって頭を下げたので、北斗が不機嫌な声を上げた。

「俺、謝れって言ってるわけじゃねえんだよ」

「すみません」

また謝られたからか。北斗の聞こえよがしの舌打ちが聞こえる。

「こっち、お願いします」

亜紀は、おにぎりの入ったカゴを、カウンターに乱暴に置いた。店主が無言で駆け寄り、レジを打ち始めた。

亜紀が、北斗にもらった千円札を出すと、レシートと一緒に、三十数円の釣り銭を渡される。その小銭を、横にいた北斗が奪うように持ち去っていった。

亜紀はおにぎりの入ったレジ袋を摑んだまま、北斗に小言を言った。

「三十円くらい、いいじゃない」

「元は俺の金だろが」

「そうだけどさ。何か、その取り方がすごくいやだ」

亜紀は苛立って、あるかなきかの薄い眉を寄せる。

「じゃ、言うけどさ。おまえ、何で俺の金で子供のメシ買うんだよ。てめえで金出せばいいじゃん」

「そうくると思ったんだ。いいじゃん、そのくらい。家族でしょ？」

「家族なんかじゃねえよ。おめえが勝手に転がり込んできたんだろ」

亜紀もキレて、乱暴な言葉遣いになる。

「冷てえんだよ」

北斗と付き合い始めた頃は、結構ラブラブで、『私、子供がいるんだよ』と打ち明けたら、『俺、子供意外と好きだよ』とか何とか言ったくせに。よく言うよ。

「何言ってるんだ。おめえが図々しいだけだろが」

北斗が、亜紀の着ている紺色のパーカーのフードを後ろに力任せに引いた。後ろにのけぞらされた亜紀は、北斗の腕を肘で払った。

「やめてよ」

「うるせえ」

二人は、レジの前で言い争った。

「あの、すみません。他のお客さんの迷惑になるんで」

店主に小さな声で言われて、とりあえず店を出てきたが、他に客などいなかったのだから、今度は店主の注意が不愉快でならない。

「あのオヤジ、頭にくる。何だよ、あの態度」

店を一歩出た途端、北斗が大声で店主に対する文句を言い始めた。

「エラそうだよね」

亜紀も同調した。誰かに、この苛立ちをぶつけたくて仕方がない。

「弁当だって、ただでくれって言ってるんじゃねえのにさ。上から目線で、もの言いやがって。チックショー。頭にくる」

「あいつ、クソだよ。私、前から気に入らない」

「俺もだよ、マジクソだ」

二人はコンビニ店主の悪口を言いながら歩き始めたが、北斗は国道の信号の前で立ち止まった。

トラックがごうごうと行き交う中で、声を張り上げる。

「あ、俺、ちょっと用事思い出した」

そう言って、産業道路の先に見える、ラウンドワンの輝くネオンを振り返った。

「どこ行くの？　ラウンドワンに戻るの」

「まさか」

「じゃ、どこ行くの？」

亜紀はきつい口調で訊いた。

「おめえに関係ねえだろ」

北斗が吐き捨てるように言って踵《きびす》を返したので、亜紀は「バカ」と小さな声で罵《ののし》った。

北斗が自分を放って、一人で遊びに行くのは許しがたい。

しかし、北斗のアパートに、子連れで転がり込んだのは一年前だ。そろそろ、北斗の我慢の限界がきているのだろうか。

ラウンドワンで見かけた、二人の若い女の顔がちらついて、北斗が自分から離れていくかもしれない、と亜紀は不安になった。

北斗はキレなければ優しいのだから、これまでの男たちとは違う。何としても、繋ぎ止めたかった。しかし、とりあえず子供たちには何かを食べさせなければならない。子持ちは、本当に面倒だ。

亜紀は不機嫌な顔で、アパートへの道を一人急いだ。

薄暗いアパートの一階の廊下を、坊主頭で上半身裸の男がうろついているのが見えた。スズキがいる、とわかった亜紀の顔から血の気が引いた。

スズキは、北斗が一緒にいると何も言えないくせに、亜紀が一人だと、嵩《かさ》にかかって文句を言ってくるから苦手だ。

しかも、前は壁をどんどんと叩かれる程度だったのに、最近は直接、怒鳴り込んでくることも増えたので、何かされそうで怖い。

北斗が凄むと、スズキはびびるのか、おとなしくなる。しかし、北斗が脅した後の、北斗の不在時が危険だった。スズキが一層、凶暴になるような気がする。実際、スズキが本気になったら、北斗などひとたまりもないかもしれない。

スズキという面倒な隣人がいることも、亜紀があまり家に帰りたがらない理由のひとつではあった。

亜紀が部屋に近付くと、気配を察したスズキが振り向いた。

黒縁の眼鏡は指紋だらけで汚れている。上半身裸で、下は毛玉だらけで汚れた黒いジャージという格好だ。

裸の胸は白くて貧弱なのに、黒い胸毛が密生しているのが気持ち悪い。その胸毛を見せるために、わざわざ裸でいるのだろう。

スズキは亜紀が一人で帰ってきたので、にやにやしながら近寄ってきた。

「あのう、あまり言いたくないけど、子供が騒いでるんですけど」

「はあ」

　亜紀は軽く会釈しただけで鍵を取り出した。

　その態度が癪に障ったのか、スズキが低い声でぶつぶつと言った。

「騒いでるって、注意してるんですけど」

「何ですか」と、亜紀は小さな声で言った。

「子供が喧嘩してて、ギャーギャー、ワーワーとうるさくて仕方がないんです。あと、いつも思うんだけど、テレビの音もでかくて眠れないんです。それから、部屋がすごく臭いの気が付いてます？　お宅の前を通ると、生ゴミとクソの臭いがして耐えられないんですよ。俺の部屋まで臭くなるし、窓も開けられない。こういうの、何とかしてくれませんか」

「すんません」

　一応、頭を下げたが、スズキは引き下がらない。

「ごめんで済めば、おまわり要らないって言いますよね」

　なおも言い募ろうと近寄ってくるスズキを腕で避けるようにして、鍵を差し込む。

　すると、施錠されていないことに気付いた。大丈夫だろうかと心配になった途端、中からドアが大きく開けられた。

「お母さん」

　優真が不安そうな顔で玄関に立っていた。急に、部屋から生ゴミと何かが腐敗しているような臭いが漂ってくる。

「ほら、くっせえ」

スズキが鼻をつまんで、素早く覗き込んだ。

「お母さん、早く」

優真に手を引かれて中に入った亜紀は、スズキの鼻先でドアを閉めることに成功した。

「部屋に死体でもあるんじゃないんですか」

嘲《あざけ》るようなスズキの声が耳に残った。亜紀は、急いで施錠した。

「おーい、逃げるんですか。もっと話したいんですけど」

スズキの声が響いたので、優真が怯えた顔をした。亜紀にはその表情が癪に障った。思わず、優真に怒鳴ってしまう。

「優真、何でこんなに汚くしてるんだよ。あんたお兄ちゃんなんだから、もっと気をつけな」

たった三日間、留守にしただけで、部屋はゴミ屋敷の様相を呈していた。布団の山が崩れ、その周囲は紙クズやカップ麺の殻、マンガ雑誌、脱ぎ捨てた服や下着などが散らかっていた。

布団の裾に、篤人がごろんと横たわり、指をしゃぶりながらテレビを見ている。篤人にも怒ろうとしたが、さすがに哀れになって、亜紀は優しい声で言った。

「あっちゃん、お腹空いたでしょ？　おにぎり買ってきたよ」

篤人は横目で母親を一瞥《いちべつ》した後、拗ねた様子でそっぽを向いた。

「要らない」

「何で？　お腹空いたでしょ？　お母さん、仕事が忙しかったからさ」

優真が、嘘だろ、という風にふっと笑ったのを、亜紀は見逃さなかった。この冷笑的な表情が、亜紀を棄てた優真の父親に似ていると思うのだ。

優真の父親は、あらゆる場面で亜紀を支配した。

亜紀が反抗すると、馬鹿にした顔で笑う。それが癪に障って『何で笑うの』と文句を言うと、『生意気言うな』と殴られた。

あの拳固の痛みを思い出して、亜紀はまた腹を立てる。相手はいないから、怒る相手は息子の優真だ。

「あっちゃん、何でおにぎり要らないんだよ？」

「兄ちゃんのカレー、食べた」

「何それ、どういうことだよ」

亜紀は、優真の顔を見遣った。

髪が目の上までかかっている上に、表情が乏しいので、何を考えているのかわからない息子は、無言で肩を竦《すく》める。

「コンビニでもらったから」

小さな声だったので、亜紀には聞き取れなかった。

「何だよ、何があったんだよ。ホクトにさんざん厭味言われて、それでもおにぎり買ってきてやったのに、要らないってかい？　だったら、こんなもの棄てちゃおうか、その方がいいよね。すっきりするだろ」

亜紀は激昂し、その怒りを抑えきれずに、レジ袋を壁に向かって投げつけた。

レジ袋は、スズキの部屋との間の壁に当たって、潰れたような鈍い音を立てた。すかさず、スズキの部屋からも、ドンと拳で叩いたような音が返ってきた。

4

優真は切ない思いで、壁に投げられたレジ袋を見た。

母親が力いっぱい投げつけたから、おにぎりの大半は潰れてしまっただろう。

コンビニのおじさんにレジ袋に入れてもらって、児童公園で、喉を詰まらせながら必死に呑み込んだおにぎりが、今、無残に潰れている。

「ほんとに、私のこと、バカにすんじゃないよ、あんたら」

母親が誰にともなく怒鳴って、えいっと布団の山を蹴り崩した。

カバーもかかっていない不潔な枕が吹っ飛んで、押し入れの襖《ふすま》に当たって落ちた。

「カレー食べたとか、わけのわからないこと言いやがって。私がせっかく帰ってきてやったのに、喜びもしなくてさ」

「誰もバカになんかしてないよ」

優真が言ったが、母親の耳には入っていない。

母親が何度も布団を蹴り崩すので、裾に横たわっていた篤人が、やっと立ち上がった。

「篤人、何だよ、その顔。おまえ、おにぎり要らないんだろ？　私がホクトに嫌なことたくさん言われて、それでもあんたたちのために買ってきたのに、何で要らないんだよ」

母親は、同じ言葉をくどくどしく繰り返した。

「あとで食べるよ」

「今食べなきゃ、もう棄てるんだよ。早くしな」

「うん、でも、あとで食べるから、いい」

篤人は、こういう時には憎たらしいくらいに冷静だ。怒り狂う母親を、冷ややかに眺めている。まだ四歳なのに、どうしてこんなことができるのだろうと、優真が感嘆するほどだ。

優真は、この短気で理不尽なことばかり言う母親が、どうやったら鎮まってくれるだろう、と機嫌を取ることばかり考えているというのに、自分の方が圧倒的に可愛がられていることを知っている篤人は、こんな態度が取れるのだ。

「お母さん、おにぎりは僕が食べるからいいよ」

優真が言うと、亜紀が怒鳴った。

「おまえに買ったんじゃないよ。篤人に買ってやったんだ」

さすがにはっきり言われると悲しいが、いつもの言い草なので慣れている。母親はこういう物言いをして、自分を不必要に傷付けようとするのだ。

しかし優真は心の中で、帰ってきたのが母親だけで、北斗さんがいなかったのは幸いだった、とほっとしていた。

母親は荒れ狂う時は荒れ狂うけれども、北斗さんがいなければ、そんなに無茶苦茶なことはしないからだ。北斗さんが一緒だと、北斗さんの機嫌を取るために、優真を叩いたりすることもある。

北斗さんは、篤人の父親のように粗暴ではないが、苛立ちが募ると何をするかわからない怖さがあった。

今のような事態になったら、北斗さんは、母親と一緒になって優真を責めたに違いなかった。

それに、北斗さんは神経質だ。

子供だけで過ごしていた部屋の荒れようを見たら、必ずやあのスズキと同じように、汚いだの、臭いだのと大騒ぎするに決まっていた。

挙げ句、いつものパターンだ。

俺の部屋に、何でこいつらがいるんだ、何で俺の部屋ででかい顔をしてるんだ、と腹いせに優真を蹴ったり殴ったり、篤人を壁に突き飛ばしたりする。

その折檻《せっかん》の音や、優真や篤人が泣き叫ぶ声も、隣のスズキを苛立たせているはずだった。

「何だよ、これは」

母親が、流しに置いたコンビニ弁当の殻を見つけて指差した。

「だから、コンビニのおじさんにもらったって言ったじゃないか」

優真が言うと、母親が驚いたように目を剝いて見せた。

「初耳だ」

「さっき言ったよ」

「嘘だろ。どこのコンビニだよ？」

「児童公園の向こうにあるコンビニだよ」

「さっき、行ったばっかだ。あのおにぎりは、そこのだよ」

母親が投げつけたままになったレジ袋を指差した。

「うん、そうだね」と、優真は頷く。

「どうやってもらったんだよ」

　母親が流しの前に仁王立ちになって、疑わしそうに訊く。

「だから、コンビニのおじさんがくれたんだよ。棄てるなら、お弁当をくださいって頼んだら、内緒だけどって、こっそりくれたんだ。カレーライスとカルビ弁当もらった」

「兄ちゃんは、チュナマヨも食べただろ」

　篤人が、恨みがましく言う。

「優真、そんな恥ずかしいことするなよ。私、あのオヤジ、大嫌いなんだよ。なのに、あのオヤジに頭下げたのか？」

　母親が怒ったので、優真はさすがに呆れて抗弁した。

「だって、お腹空いてたんだもん。無理だよ。金はないし、お母さんが今日帰ってくるなんて思ってなかったから、このままじゃ死ぬと思って焦ったんだよ」

「大袈裟なこと言うんじゃない。おまえは、私と北斗さんに恥をかかせたんだ」

　母親が大きな声で脅した。優真は何が問題なのか、ちっともわからなかった。

「何言ってるんだよ。ほんとに腹が減って死にそうだったんだ。お母さんが置いていった食い物なんか、一日でなくなったよ」

「本当か？　篤人」と、母親は篤人の顔を見る。

　篤人はこういう時は狡《ずる》いから、優真を責める側に回るのだ。

「わかんない」と、首を振る。

「おまえが篤人の分まで、全部食べたんじゃないの？」

母親が、優真を睨んだ。

「そんなことしないよ」

だが、篤人が母親の腕を取って、甘えるように体をすり寄せた。

「お母さん、兄ちゃんはチュナマヨ、一人で食べたんだよ」

「ほら、やっぱり」

「違うよ、話がごっちゃになってる。僕はこのままじゃ死んじゃうから、コンビニのおじさんに、弁当を棄てるならくださいって頼んだんだよ。そしたら、裏でこっそりくれたんだ。それがカルビ弁当と、カレーライスで、ツナマヨのおにぎりもくれたんだよ」

母親はまだ懐疑的だ。

「その時、何か聞かれたか？」

「K小に行ってるのかって、聞かれた」

「何て答えた」

「そうだって、適当に言った」

母親は安心した風に頷く。

「それ以上、何か聞かれても答えるんじゃないよ。でないと、あんた、どっかに連れて行かれるからね。私たちと永遠に会えなくなるよ」

それなら、それでもいい。

優真はそう思ったが、口にはしなかった。母親の気分次第で、飢えそうになる生活から脱け出すことができたら、どんな環境になってもかまわない、と思っている。

母親が、ゴミ袋をどこからか出してきて、片っ端からゴミを袋に入れ始めた。分別などせずに、弁当殻もペットボトルも紙ゴミも一緒くたに袋に入れている。

綺麗好きなのではなく、北斗さんが帰ってきた時に、部屋が汚いと喧嘩になるのが怖いのだ。優真はそんなことにとっくに気付いている。

「優真、手伝え」

母親に命じられたので、優真も仕方なくゴミを袋に入れた。

その間、篤人は母親のスマホをこっそりいじっているが、母親は何も言わないので、優真は羨ましかった。他のものは何も要らないけれど、ゲームのスイッチかスマホが欲しくてたまらない。あれさえあれば、その世界に浸れて、何も考えなくて済む。

「優真、ゴミ棄ててこい」

「いやだよ」

廊下には、またスズキが出てきていて、この部屋を見張っているかもしれない。

「行けよ」

「いやだよ。スズキがいる」

「さっき、壁叩いた音がしただろ。もう部屋にいるよ」

「だったら、お母さんが行けばいい」

「おまえが行け」

ゴミの詰まった袋を振り回されて殴られたから、優真は観念した。母親もスズキが怖いから、部屋の外に出たくないのだ。

しかし、北斗さんが帰る前に、どうしてもゴミを片付けたいのだろう。それでもぐずぐずしていると、母親がこう言って脅す。

「ホクトが帰ってきてゴミがあったら、怒るよ。あんたのこと、きっと殴るよ」

「わかったよ」

優真はいやいやゴミ袋を、ふたつ手に持った。歩いて数分のところにあるゴミの集積所に置きに行く。明日が何のゴミの日か知らないが、ともかく置いてこなければならない。

幸い、廊下にスズキの姿はなかった。優真はほっとして、ゴミ袋を提げて夜の市道を駆けた。集積所にはゴミの袋など何も出ていなかったから、おそらく明日は収集日ではないのだろうが、かまわず、ゴミ袋をふたつ放り投げた。


帰り道、すでに時刻が十時過ぎだと気付いて、優真は駅に近い住宅街の方に向かった。母親のいる家には帰りたくない。

住宅街には、昔からこの街に住んでいる人たちの家がある。

以前は農家だったのか、ゆったりと敷地が広く、長く住んでいるゆとりが感じられるような、落ち着いた家が多かった。

学校にも行かず、毎日街を彷徨《ほうこう》するうちに、優真には気に入りの家が何軒かできていた。

それは、自分が住むのならこんな家、という理想の家の形であり、優しそうな人が住む、理想の家族のいる家だった。

優真はとりわけ、若い女や女の子のいる家に目を付けた。

昼間の学校のある時間帯に子供が一人歩きをしていると目立つので、夕方から宵にかけて、電信柱や塀の陰からそっと覗いて観察した。その家に住む人々が次々に、学校や会社から帰ってくるところを見られるからだ。

ある日、思い切って昼前に行ってみた。すると、その家の主婦らしき人が自転車に乗って、買い物に行く姿も見ることができた。

また、午後に行くと、子供たちが学校から帰ってきて、それぞれ自転車や徒歩で遊びに行ったり、習いごとに行く。

優真は、目立たぬよう気を付けながら、四六時中、家々を見に行くようになった。

ああいう家に生まれたら、自分も普通に小学校に通って勉強をし、いじめられもせずに、スイッチやスマホを買ってもらって、何の心配もなく遊んでいただろう、と想像するのが楽しい。母親の男たちの機嫌次第で殴られることもなく、食べる物がない恐怖を感じることもなく、寒い夜に毛布を取り合う必要もなく、暮らしていけるのだ。それがどんなに楽なことか、想像もできない生活をしているのだから。

優真はこれまで、母親の男たちに虐待され、苦しめられてきた。

母親の付き合う男たちは皆、母親だけでなく子供にも、道理の通らない滅茶苦茶なことを言っては暴力をふるうから、同じ空間に成人の男がいるだけで萎縮《いしゅく》し、緊張していた。四歳の弟でさえも、優真の言うことを素直に聞かないし、自分勝手だ。優真は心底、男という生き物が嫌いだと思った。

その点、女の人はいきなり子供を叩いたりはしないし、たとえ叩いたとしても、力がないからそんなに痛くはない。無茶なことも言わないし、優真の話をよく聞いてもくれる。

二年生の時の担任の女の先生がそうだったし、保健室の若い女の先生も、優しいだけじゃなくて綺麗だし、いつも優真の話に合わせて褒めてくれたから、一緒にいると楽しかった。

本当の女の人は、男のために美味しいものを作ることができるし、男を喜ばせ、男にうまく自分を合わせることができる。

女の人は、男より体も頭も弱いのだから、そういう役割なのだ。それは、篤人の父親がよく言っていたことだ。自分も、女の人はそういう生き物なのだと思う。

だから、女の子も、篤人とは違って自分の言うことをよく聞いて、自分の意のままになるはずだ。

優真は、萎縮しないで暮らせる相手が欲しいと心底思う。

母親は自分を大事にしてくれない。それは、自分が、母親が大事にしたい男の子供ではなかったからだ。だったら、自分を大事にしてくれる女の人を探したい。

優真は、川とは逆の、駅の方向にしばらく歩いて行った。

大勢の会社帰りのサラリーマンや、働く女の人たちと擦れ違ったが、どの人もスマホを見ながら歩いているか、上の空だから、優真のような子供が夜中に一人で歩いていても、気に留める者は誰もいなかった。

優真は、理想の家に、理想の家族が住まう、一番気に入りの家に向かった。

そこは「熊沢」という名前の家だ。優真は四年生までしか学校に通わなかったが、国語は得意だったから、「くまざわ」という姓は読める。

熊沢家は、以前は大きな農家だったらしい。閑静な住宅街の通りに面している。コンクリの万年塀に囲まれた広い敷地には、いわゆる何とかハイム風の、新しい四角い家が建っているが、同じ敷地内に、古い昔風の平屋があるのが気に入っている。古い平屋の家には、お婆さんが一人で住んでいる。

そして、新しい家には、両親と高校に行っている姉と、小学生の妹が住んでいるのだった。何度も通って観察を続けた結果、ほぼ家族全員の顔を確かめることができた。

父親は背の高い痩せた人で、スーツ姿で朝早く出かけて行き、比較的早く帰ってくる。姉は、県内の公立高校に通っているらしく、制服姿でテニスラケットを持って出るところを何度も見た。そして、父親よりも早く出て、夕方六時頃には帰宅する。

優真が一番気になっているのは、小学生の妹の方だった。妹は、優真が行くはずのK小ではなく、H小の方に通っていた。

H小の方が、収入の高い家庭が多く、程度も高い、と言われているが、もちろん優真はそんなことは知らない。ただ、K小に通うことに興味を持てないのは、そのせいもあった。

妹は、長い髪を背中に垂らした細身の子で、バレエを習っている。

だから、週に何日かは髪をお団子に纏めて、ピンクのタイツを穿いてレッスンに行くのだった。

バレエ教室での様子を見たかったが、自転車に乗って行ってしまうので、優真の足では追いつけない。

姉妹の母親は専業主婦で、隣の平屋に住む祖母らしき人と、よく行き来していた。

時折、敷地内にあるガレージから国産車を運転して、どこかに出かけてゆく。サンバイザーを被って、テニスラケットを手にして出かけるところも見たことがあったから、活動的な人なのだろう。

たまに、祖母を助手席に乗せて、二人で出かけることもあった。

そんな時、優真は大胆にも敷地内にこっそり入って、平屋の裏に作られている家庭菜園からトマトを盗んだり、古い井戸や、お稲荷さんらしい小さな祠《ほこら》を見たり、新しい方の家の、風呂場らしき高窓を見上げたりもした。

しかし、こんな夜に行くのは、初めてだった。

夜の熊沢家は、どんな様子なのだろう。皆でテレビを見ながら、ケーキやお菓子などを食べているのだろうか。

想像するとわくわくして、母親や北斗さんに叱られるストレスや、飢える恐怖、スズキの脅威などの心配ごとも、身内から綺麗さっぱりと抜けていくような気がした。

熊沢家の一階は、シャッター式の雨戸がぴしゃりと閉められていた。

だが、二階の窓はどの部屋も雨戸は閉められずに、カーテン越しに照明が点っている様がよく見えた。

どの部屋が妹のかはわからないが、向かって右の、ピンクのカーテンの部屋がそうだろうと勝手に見当を付けて、優真は道路から見上げ続けた。

時折、通行人が通ると、電信柱の陰に隠れてやり過ごした。

だが、夜遅くはほとんど人通りもないことから気が大きくなって、敷地内に忍び込むことにした。

平屋にいる祖母の方は、とうに寝ているのか、物音が聞こえない。新しい家の方は、テレビの音か何か、物音が微かに聞こえていた。

足音を忍ばせて裏に回ると、ザッと湯を流す音が聞こえた。誰かが風呂に入っているのだろう。

覗いてみたかったが、窓は高くて届かないし、たとえ届いても磨《す》りガラスでは中は見えない。それはさすがに諦めて、家の周囲を一周することにした。

家庭菜園の前に設《しつら》えてある物干しに、洗濯物が取り込まれないまま干されていた。ピンチに、ストッキングや男物の下着とともに、ピンクのソックスが干してあった。

その小ささから、妹のものだろうと直感した優真は、片方だけをピンチから外して、ポケットに入れた。

咄嗟《とっさ》の出来事で、自分でもなぜそんなことをしたのか、よくわからなかった。心臓がどきどきして、見つかったらどうしよう、という恐怖で全身に鳥肌が立つ。

物音を立てないように注意を払いながら、敷地内から無事に道路に出た。その時は、ほっとした。

そっと熊沢家を振り返って、二階を仰ぎ見る。

ピンクのカーテンの中にいる女の子は、優真という男の子がいることなど、気付いたこともない。でも、自分はその子を知っているのだ。その子の履いているソックスだって、こうして手に入れたのだから。不思議な達成感、いや征服欲を満たされた優真は、暗い道を全力で走った。

優真は右のポケットに入ったソックスを、ポケットの中でぎゅっと握り締めながら、夕方、おにぎりを貪《むさぼ》るように食べた児童公園に入った。やはり、公園には、猫が数匹いるくらいで、誰もいなかった。

優真は、ソックスをよく見るためだけに、真ん中に建てられたレンガ造りの公衆便所に入った。便所内は、青白い光を放つ照明に照らされている。

優真は、ポケットからソックスを取り出して眺めた。踝《くるぶし》までの長さで、色は薄いピンク。踵と爪先は白だ。足首のゴムのところに、白いレース飾りが付いているのが可愛らしい。優真はソックスを頬に当てて、目を瞑《つぶ》った。洗剤のよい匂いがする。これは自分の唯一の持ち物で宝物だと思った。

明らかに女の子のソックスを、家に持って帰るのは躊躇われる。だが、隠しておける場所は、どこにもなかった。

公園の中を調べてみたものの、公衆便所の中は、毎日のように見回りや掃除の人が来るので、発見されて棄てられそうだ。仕方がないので、優真はソックスをポケットの中に入れて帰った。アパートの外廊下にスズキの姿はない。ほっとしてドアを開けようとすると、施錠されているではないか。

母親が、スズキが怖いから施錠したのだろうと思って、ブザーを何度も押したが、ドアは開かない。仕方ないので、忍びやかにコツコツとノックしてみる。スズキがこの音を聞きつけて、今にも飛び出してくるのではないかと思うと、気が気でなかった。

だが、母親はノックに気が付かないのか、あるいは、気が付いているのにシカトしているのか、一向に出てきてくれなかった。

ゴミ棄てに行っただけなのに、帰りがあまりに遅いのに腹を立てて、閉め出されたらしい。

優真は深い溜息を吐いて、コンクリートの汚い廊下に腰を下ろした。自分の家のドアに寄りかかって、ポケットの中のソックスを握り締めながら、目を閉じた。

どのくらい、こうしていただろうか。コンビニの弁当のおかげで、空腹でないことが唯一の救いだった。

「おまえ、何してんだよ。こんなとこで」

うとうとしていたらしい。

頭の上から降ってくる男の声で目が覚めた。

目の前に、北斗さんが立っていた。右手で握ったままのピンクのソックスを、ポケットの底に押し込んで、立ち上がる。優真の背は、北斗さんの胸までしかない。

「あ、鍵が締まってたから」

優真はいつだって、北斗さんの前では緊張する。

「閉め出されたのかよ。まったくもって、あいつは鬼母だな」

北斗さんが笑ったら、饐《す》えたアルコールの臭いが立ち昇った。北斗さんは相当酔っているから、母親と激しい喧嘩になるだろうと、優真は覚悟した。

北斗さんが、ガチャガチャと大きな音をさせながら鍵を開けた。

ほらよ、と背中を押されて中に入る。ゴミを片付けたせいで、生ゴミの臭いは少し消えていたから、ほっとする。

「おい、亜紀。おまえさ、優真を追んだしてどうすんだよ。可哀相じゃねえか。外の廊下で寝てたぞ」

母親は布団にくるまってスマホでゲームをしていた。イヤホンを外して北斗の方を見てから、仏頂面をする。

「だって、聞こえないもん」

「聞こえないって、鍵締めて優真を閉め出してから、イヤホンしたんだろう。よく言うよ」

北斗さんが笑いながら、母親の寝ている布団の横で胡座《あぐら》をかいた。なぜか、機嫌がいい。

優真はほっとして、台所の流しでゆっくり水を飲んだ。

「だって、ゴミ棄てに行って、延々帰ってこないからさ。何してたんだか、呆れちゃって」

母親がまだ仏頂面を崩さないのは、北斗さんが一人で酒を飲みに行ったせいだろう。

「まあまあ、そんなのいいじゃない。おまえ、あんまり子供いじめんなよ。また、児相とかが来て、面倒なことになるぞ。俺も痛くもない腹探られて、迷惑なのよ」

北斗さんが、母親の横にごろんと横になる。

「私、いじめてなんかないよー。そうだろ、優真?」

母親の声が少し甘く感じられる。優真は問いには答えず、篤人はどこにいるのかと目で捜した。篤人は、母親の隣でぎゅっと目を閉じて、寝たふりをしていた。

北斗さんが、キャップを放り投げ、トレーナーを脱いで、腰で穿いていたジーパンをするすると脱いだ。

「眠い。俺も寝るわ」

北斗さんが布団の中にするりと入ると、篤人が反対側を向いた。幼い子供でも、これから何が始まるのか、薄々わかっているのだろう。

果たして、北斗さんが布団の中に潜ったら、ごそごそと布団が上下し始めた。母親の眉根が苦しそうに寄っている。

いつの間にか、篤人が弾き出されるようにして、布団から出てきた。優真の方に寄ってくる。

「兄ちゃん、何してた？」

「ゴミ棄てに行ったんだよ」

「テレビ見たい」

「我慢しろ」

二人でこそこそと話しながら、台所の方に這《は》っていく。

優真は、コンビニの袋が床に置いてあるのに気が付いた。母親が壁に向かって投げつけた袋だ。中を見ると、潰れたおにぎりが四個入っていた。

「おにぎり、食べたのか？」

「うん、お母さんとひとつずつ食べたよ」

「何、食べた」

「シャケ」

「ツナマヨなかったのか？」

うん、と体育座りをした篤人が、規則正しく上下に動く布団を見ながら答える。

「まあ、いいや」

優真は言い、目を閉じた。母親たちの性交を目の当たりにしても、いつものように性器が硬く尖ることもなかった。ピンクのソックスを握り締めていると幸せな気持ちになる。いつの間にか眠っていたらしい。

目が覚めると、外が少し明るくなっていた。母親と北斗さんは口を開け、鼾《いびき》をかいて寝ていた。篤人も朝方寒くなったのか、二人の布団の裾に無理矢理入るようにして眠っていた。

優真は立ち上がって水を飲み、レジ袋から潰れたおにぎりを取り出して、パッケージを開けた。

優真の嫌いな梅干しだった。すぐにパッケージに戻して、別のを開ける。今度は、イクラだったので、かぶりついた。

一度開けたおにぎりを戻したから、母親が文句を言うに違いないと思ったが、そんなことはどうでもよかった。女の子のソックスを盗んでから、母親が怖くなくなったのは、どうしてだろう。

枕元に、母親のスマホが投げ出されていた。そっと拾って、押し入れの中に入り、中から襖を閉める。

夜具や服や雑多ながらくたの中に無理矢理体を埋めて、スマホの電源を入れた。母親が何度変えても、暗証番号は盗み見て知っている。優真は、音量を絞って、無料のゲームサイトにアクセスした。

押し入れの暗闇の中で、夢中でゲームをしていると、さっと目の前が明るくなった。襖が開けられ、母親が立っている。

「おまえ、スマホ盗むなよ」

スマホをむしり取られた。

「まったく油断も隙もないって、このことだよ」

母親がヒステリックに怒鳴ったが、北斗さんの鼾はまだ聞こえているから、起きてはいないようだ。

「お母さん、スイッチ買ってよ。ゲームしたい」

無駄とは知りつつ、懇願《こんがん》してみる。しかし、答えは同じだった。

「うちにそんな金はないよ」

「じゃ、スマホ買って」

「バカ」と、頭をスマホで叩かれたから痛かった。

「優真はそこに入ってろ。目障りだから、出てくんな」

ピシャッと音を立てて、襖を閉められた。

優真は、暗闇の中で目を閉じた。自分はいい家に育って、いい母親といい姉妹とで暮らしている想像をしようとした。

とりあえず、あの父親は要らないと省く。必要な人々は、離れに暮らす祖母と優しそうな母親と、活発な姉とあの女の子だ。

熊沢家の中はどんなだろう。想像しようとしたが、自分の知っている家の中しか、思いつかなかった。

四畳半の四角い部屋で、壁は白。広い窓の前に勉強机があって、横に本棚。机と直角に、べッドが置いてある。窓には、カーテンではなく、白いブラインドがかかっていた。

それは、マンションに住んでいるタケダ君の部屋だ。

タケダ君は、前に住んでいた足立区の小学校の同級生だ。ひょろひょろと痩せていて、目と目が離れた剽軽《ひょうきん》な顔をしていた。

タケダ君の家は共働きで、お母さんもフルタイムで働いていたから、四年生になったタケダ君は、誰もいない家に一人で帰っていた。

誰もいなくても、お母さんがおやつを用意していたから、タケダ君はおやつを食べながら宿題をしたり、テレビを見たり、ゲームをしたりして、六時過ぎに母親が帰ってくるのを、おとなしく待っていたはずだった。

しかし、タケダ君の家は、いつの頃からか、同級生の男子の溜まり場になった。塾にも通わず、習いごともしていない、そして家に帰っても誰もいない、つまり行き場のない子供たちが、タケダ君の家に集まって、おやつはもちろんのこと、勝手に冷蔵庫を開けて中のものを食べたりするようになった。

優真も、その一人だった。優真はタケダ君の家に入って、初めて、普通のうちの中はこうなっているのか、と驚いたのだった。

整理整頓された家の中は清潔で、食べ物もふんだんにあり、父親も母親も、きちんとした教養ある人々であることが、子供心にもわかった。

その頃、優真の母親はカラオケ店で働いていた。

篤人の父親と、すったもんだ揉めている時で、家では始終、派手な喧嘩が起きていた。

優真が、篤人の父親に毎日のように虐待されていたのもこの時期だ。だから優真は極力、家にはいたくなかったのだ。

優真は、ある日、タケダ君のスイッチを持って帰ってきてしまった。どうしても欲しくて、置いて帰れなかった。

夜になって、タケダ君の母親から、優真の母親に電話があり、白状させられた。

篤人の父親が『泥棒は出て行け』と怒ってひどく殴ったので、優真は家を飛び出した。冬の街をパジャマ姿、しかも裸足で歩いているところを、警察に保護されて児童相談所に通報された。

「様子見」ということで児相からは帰されたが、優真はそれを機に学校に行かなくなった。

それまでも、学校では、臭いとか、服が汚いなどと言われていじめられていたのに、タケダ君だけが、家に招じ入れてくれたのだ。

それなのに、優真はタケダ君を裏切ってしまった。

担任が家庭訪問に来たり、児相の職員が様子を見に来たりしたが、優真は以来、学校に行けなくなった。

それが、四年の時に起きた「ある事件」である。タケダ君のスイッチを盗んだことで、四年の後半から、小学校には通えなくなったのが事実だ。が、優真は不登校で済むことを、むしろ喜んでいた。

学校は逃げ場ではなく、別の闘いの場だった。家庭にも学校にも居場所どころか、心安らぐ場所などなく、唯一、タケダ君の家だけが楽しく安らげる場所だった。

それなのに、その場所すらも、自ら棄てたのだ。だったら、どこにも行く宛など作らず、街を彷徨《さまよ》っては想像を働かせる方がいい。

5

目加田は、コンビニに出勤する直前、妻と小さな口喧嘩をした。

疲れて虫の居所の悪かった妻が愚痴ったので、『もっと頑張らなければいけないよ』と、説教めいたことを言ってしまったのが原因だった。『私だって頑張っているのに、もうこれ以上、できないよ』と、涙混じりに言い返されて、『甘えるな。俺だってそうだ』と言い切ってしまったのだ。

よく考えてみれば、コンビニ店の経営は辛いが、金さえ払えば、人が代わってくれる。それでは採算が取れないから自分がやっているだけだった。

でも、脳性麻痺の娘の世話をしている妻は、夜中も呼吸器の様子などを見なくてはならないから、慢性の睡眠不足で、精神的に危ういことが始終ある。ぎりぎりのところで、娘の命を必死に守っている妻と自分を比べてしまうなんて、本当に申し訳なかったと思う。

いつものようにエレベーターで店に降りながら、目加田は壁の鏡を振り返った。

老けた自分の顔。

自分たち夫婦は、終わりなき世の苦しみを、いつまで耐えなければならないのだろうか。

しかし、自分たち夫婦が潰《つい》えたら、可愛い娘をいったい誰が看るというのだろう。そんなことを思うと、暗い気持ちになるのだった。

「おはようございます」

店に入ると、パートの谷口が頭を下げた。

「ご苦労さん」と、視線を交わす。

谷口が顎で示した。

「また来てますよ」

何のことかと、谷口の視線の先を見ると、先日の少年がこちらを見ていた。あれから、一週間しか経っていない。

しかも、一人ではなかった。四、五歳の幼児の手を握っているではないか。

幼児は、少年と同じく薄汚れた灰色のジャージの上下を着て、今どき珍しい青洟を垂らしている。ジャージの胸には、食べこぼしの痕がたくさん付いていた。

どう見ても、ネグレクトされた兄弟にしか見えなかった。

「参ったねえ」

小さな声で呟くと、接客を終えた谷口が言う。

「弟も連れてきたんですね。あの子、五歳くらいですかね。子供なのに、結構、ワルの貫禄があると思いませんか？」

客が完全に行ってしまうと、谷口が囁いた。

「店長。あの小さい方の子、さっきポケットに何か入れてましたよ」

幼児の万引きか。

「万引き？」

「ええ、多分」

信じられないと思いながら、思わず少年のところに近寄った。

「どうしたの？」

「おじさん」と、少年がまっすぐに目加田の顔を見た。「また、お弁当もらっていい？」

「いいけどさ。この子は弟さん？」

「そうです」

弟は、少し拗ねたような横目で、目加田の方を見た。

少年と雰囲気が違うことから、父親違いと言っていたことを思い出して、少し気の毒になった。

「いくつ、きみ？」

腰を屈めて、弟に訊いた。

「四歳」と、殊の外、はっきりと答える。

「ポケットに何か入れてる？　お店のだったら、見せて」

思い切って言うと、悪びれずにポケットから、ドラえもんのチョコ菓子を出した。

「お金を払わないで、ポケットに入れたら駄目だよ」

目加田は、弟にではなく少年に言った。少年がこくりと頷いた。すみません、と謝るわけでもなく、弟に返すように促すわけでもない。ただ頷いただけだ。

目加田はどう言ったら、わかってもらえるだろうと不安になった。

「ともかく、これは返してね」

目加田は、弟からチョコ菓子を取り上げた。弟が憮然《ぶぜん》とした顔で、非難するように目加田を見た。これは厄介だな、と目加田は思った。

「あのう、おじさん。お腹が空いたので、棄てるお弁当があったらください」

「わかった。前に約束したものね。じゃ、ちょっと待ってて」

目加田は、心配そうにこちらを注視している谷口のところに行った。事情を説明しておかないとまずい、と思ったのだ。

「あの子ね、前に廃棄処分の弁当をやったんだよ。それでまた来たんだ」

「ああ、やっぱり。味を占めたんですね」

谷口が脂粉の匂いをさせて、訳知り顔に頷く。

「まあね」

「そんなこったろうと思いましたよ」

「だから、あげてくるからさ。交代、ちょっと待ってくれる？」

谷口が肩を竦めた。

「いいけど、店長。そういうの癖になりますよ。学校に言った方がいいと思いますよ」

「K小かい？」

「そうです。私、ＰＴＡの人、知ってるから、言っておきますよ」

何を話されているのか、薄々感づいているらしく、少年が不安そうな顔でこちらを見ている。

「じゃ、ちょっと、こういう時はどうしたらいいか、訊いておいてくれる？」

飢えた子供がいるとなると、然るべき機関があって、何とかしてくれるだろう。

「わかりました」

心得顔で、谷口が頷いたのを見て、目加田は少年と弟のところに行った。

「小森君って言ったっけか？」

「そうです」

「弟君は何ていう名前？」

「小森篤人」と、弟が答えた。

「篤人君か。いい名前だね」

褒めても、弟はにこりともしない。

「じゃ、二人とも裏においで」と、バックヤードに連れて行った。

ブルーのコンテナの中に、消費期限の迫った弁当が積んである。

「好きなの取っていいよ」

「ひとつずつですか？」

「まあ、できたら、そうしてほしいけど、きみらのお母さん、今度は何日くらい留守してるの？」

「二日かな」

「どうして、お母さんはしょっちゅういないの？」

「仕事だよ」と、弟が答えた。

弟の方は、母親を責められるのがいやなのだろう。不快そうな目付きで、目加田を睨んでいる。

「いや、仕事にしてもさ。子供を放ってはいけないからさ。それは法律で決まってるんだ」

「法律で決まっているんだったら、それを守らない時はどうなるの？」

優真が訊いてきたので、目加田はその賢さに驚いた。

「お母さんたちが、子供を養う義務に違反しているということで、調べられるんだ」

「警察に捕まるってことですか？」

なぜか、優真の声が弾んだような気がした。

「そういうこともあるよ。親は子供を扶養する義務があるんだ」

「どんな親も？」

「そうだよ」

「お腹空いた」

二人の会話を、篤人が遮る。

「わかったよ」

目加田は苦笑した。

「じゃ、好きなの取りなさい」

二人がコンテナに屈み込んだ時、バックヤードの入口に谷口が顔を出した。

「店長、ちょっと」

目加田は兄弟に弁当を選ばせて、谷口の方に向かった。

「どうしたの？」

「今ね、知り合いの人に電話して訊いたら、そういう子はすぐに警察に保護してもらった方がいいって言ってるんです。だから、今、110番した方がいいみたいですよ」

さすがに目加田は迷った。

「それも、ちょっと大袈裟じゃないかと思うけど」

「でもね、あの小さい子は万引きしようとしたし、これって警察ものですよ。でないと、虐待死なんてことだってあるわけですから」

「まさか」

「何がまさかですか。ここで見逃したら、あの子たちはどっかに行っちゃいますよ。そしたら、どこで何が起きてるのか、わからないじゃないですか」

その通りだった。

「わかった。警察に電話して」

「はい」

谷口が張り切って、店に戻って行く。

「選んだかい？」

「これ、ください」

優真がカツ丼で、篤人はカルビ弁当だった。

「待って、袋を持ってくるから」

なるべく時間を稼がないといけない。目加田はゆっくりレジ袋を持ってきて渡した。

「おにぎりも持っていっていいよ。好きなの選んで」

「一個ずつですか？」

優真が訊くので、目加田は何だか悲しくなった。

「ふたつずついいよ」

兄弟は嬉しそうに、おにぎりを選び始めた。

「きみたち、そのお弁当、どこで食べるの？」

「うちで食べます」

「電子レンジある？」

「壊れてるの」

篤人が答えた。優真は前の会話を覚えているのか、何も言わない。

「おうちはどこなの？」

「産業道路の方です」

「だったら、ここで食べていきなさい。その椅子に座って。今、チンしてあげるから、温かいご飯を食べていきなさい」

「すみません」優真が礼を言った。

目加田は、優真たちに与えた弁当を抱えて、店に出ようとした。

レンジで温めて、バックヤードで食べさせ、警察が来るまで時間を稼ごうという腹づもりだ。

その時、ブザーが鳴った。

谷口からで、急ぎレジに立ってほしいという連絡だ。

「ちょっと、ここで待ってて」

優真と篤人に言い置いて、目加田はコンテナに弁当を戻して店に出た。

果たして、レジの前には四、五人の客が並んでいた。

目加田は、隣のレジを開けて接客を始めた。客はひっきりなしに来た。弁当や総菜を温めてほしいという客が多く、二台ある電子レンジはフル稼働である。

不思議なことに、短時間のうちに客が殺到する小山のような瞬間がある。かと思えば、まったく客の姿がない、静かな谷のような時間もある。その波は読めそうで読めない。

今回はたまさか、谷口が残っていてくれたので助かった。

一人でさばいていると、待たされた客が苛立って、SNSなどに悪い評判を書かれかねない。

ようやく客が途絶えて、一段落ついた。目加田はほっと息を吐きつつ、谷口を労った。

「やっとはけたね。谷口さん、帰る時間だったのに、手伝ってもらってすみません」

「いえ、いいんです。それよっか、警察に電話しそびれました。すみません。電話しようと思ったら、いきなり宅配便の客がきて、それから振込とか発券とか、面倒な客ばかり続いちゃったんです」

谷口は慣れているはずなのに、それでも矢継ぎ早の接客に疲れたらしく、額にうっすらと汗をかいている。

「じゃ、僕が交番に連絡しておくからいいよ。谷口さんは、もう帰ってください。ほんと、ご苦労さんでした。ありがとう」

目加田は礼を言った。

「店長。あの子たち、まだいるんですか？」

谷口が、バックヤードの方を振り返った。

うん、と目加田は頷く。

「弁当をレンジで温めてやるから、そこで食べなさい、と言ったんだ。でないと、すぐに帰ってしまいそうだったからね。裏で待ってると思うよ」

「じゃ、チンしてやらないといけませんね」

谷口がレンジが空いているのを確かめながら言う。

「そうなんだ。悪いけど、あの子たちの弁当をこっちに持ってきてくれるかい？　その間に、安本《やすもと》さんに電話しておくよ」

「わかりました」

バックヤードに入って行く谷口の背中を見ながら、目加田は、交番の電話番号を探した。いつも巡回で寄ってくれる警官の安本から、相談ごとがあれば気軽に電話してくれ、と言われている。

ようやくもらった名刺を見つけて電話しようとしたら、谷口が戻ってきた。

「店長、あの子たち、いませんよ」

「えっ」

驚いて谷口の顔を見る。

「逃げたの？」

「でしょうね。影も形もないですよ」

「弁当はあった？」

「ロスの数、数えてないからわからないけど、多分、持って帰ったんじゃないですかね」

谷口が太い腕を組みながら、首を傾げる。

「間一髪で逃げられたか」

目加田の店のバックヤードは決して広くはない。

が、在庫商品の保管室も兼ねているから、壁に在庫商品の棚が設えられた、うなぎの寝床のような空間だ。

一番奥まった場所に、灰色の事務机と椅子のセットがひとつ。

机の上には、録画機器、ストアコンピュータ、プリンタ、ファクスなどが置いてある。

その横に、従業員の個人情報などが入った金庫や、書類を入れる小さなキャビネットがある。

在庫商品棚の横のドアから、マンションの一階廊下に出ることができた。もちろん、廊下側から入るには鍵が必要だが、出るのは自由だから、優真と篤人はそこから出て逃げたのだろう。

「何か察したのかしらね。逃げ足の速いこと」

谷口が呆れ顔をして、二重顎に手をやった。

「まいったね」

目加田は苦笑する。

「店長は人が好いから、気をつけなきゃ」

谷口は笑わない。

「そうかな」

「ええ。あの子たち、結構ワルですよ。何と言っても、あの下の子の目付きが悪い。私、あんな小さいのに性悪そうな子、初めて見たわ」

「そりゃ、言い過ぎじゃないか」

目加田は谷口を諫《いさ》めた。

「でもね、上の子だって、しょっちゅうここに来てるじゃないですか。帰ったのも、何かやばい雰囲気を察したからでしょう。あの子たちは、ここに来ると何か必ずもらえると踏んだ確信犯です。きっと、また来ますよ」

「なるほど」

しかし、谷口が言うほど、悪賢くは見えなかった。むしろ、優真は遠慮がちだった。

だが、目加田が優真の母親のネグレクトについて、『お母さんたちが、子供を養う義務に違反しているということで、調べられるんだ』と言った時、『警察に捕まるってことですか？』と聞き返した優真の顔を思い出すと、いったいどちらがよかったのだろうと思うのだった。

あの時、優真は明らかに、痛快な表情をしていなかったか。まるで、それを期待するかのように。

しかし、こんなことにかかずらっていたら、仕事にならない。

目加田は、勤務時間の過ぎた谷口に頼んで、数分だけレジを代わってもらい、自分はバックヤードに戻って、コンテナの中のロス弁当を数え直した。

確かに、おにぎりが四個、カルビ弁当とカツ丼がなくなっていた。

優真は律儀に、もらった弁当だけを持ち帰ったようだ。

谷口を帰した後、目加田は客のいない時を見計らって交番に電話してみた。幸いなことに、名刺をくれた安本が出た。

「コンビニ店の目加田です。どうも、お世話になっています」

「どうかしましたか？」

安本の声に、若干の緊張が感じられたので、目加田は取りなした。

「いやいや、たいしたことじゃないんですよ。ただね、こういう時はどうしたらいいのかと思いまして」

目加田は手短に、ネグレクト風の飢えた少年が来て、廃棄処分をするはずの弁当を欲しがったので与えたところ、一週間後に、今度は弟を連れてきた、という話をした。

二人とも薄汚れていて世話をされていない様子だということ、下の子は、ドラえもんのチョコ菓子をちゃっかりポケットに入れていた、とも伝えた。

「四歳で、万引きですか」

安本は驚いた様子だ。

「そうなんですよ。でも、盗んでいる意識はないと思いますよ。欲しいから、勝手にポケットに入れたんでしょうよ」

目加田は、幼い篤人を庇《かば》った。

「確かに、まだ善悪なんかわからないでしょうしね」

だが、この安本の言葉には賛同できなかった。

あの兄弟は、そのくらいのことは百も承知だったように思える。

「それだったら、餌欲しさにまた来ますね、きっと」

安本は、まるで動物のように言う。

「ええ、多分、来ると思います。てか、私がお腹が空いたら、またおいでって言ったんですよ。安本さん、私はあの子たちに弁当をやるのは、かまわないんです。もちろん、フランチャイズ店としては違反だし、損も出るんですが、そんなのはたいしたことない。私、腹を空かした子供を見ると、可哀相で見ちゃいられないんですよ。ただね、もしかすると虐待家庭だったらと、心配なんです。そういう家庭の子だったら、私がその虐待を長引かせてしまうことになるんじゃないかと思ってね。だから、この場合、ちゃんと行政の人が関わった方がいいのではないかと思ったものですから」

安本は、黙って聞いている。

「ちなみに、その少年は何歳くらいですか？」

「さあ、体格は十歳かそこらと思いますけど、表情なんか見ると、もうちょっと上かもしれないですね」

「学校行ってるのかな」

安本が独り言のように呟く。

「さあ。でも、どう考えても学校のある時間に現れたことがある、とうちの従業員が言ってました」

「なるほど、わかりました。私がその子たちに事情を聞いてみますから、また来たら、連絡してください。すぐに駆けつけます」

安本は明快だった。そう言って、携帯電話の番号を教えてくれたので、目加田はそれをメモして、レジ横にテープで貼った。

しかし、時間が経つにつれて、何も警官など呼びつけなくてもいいのではないか、と思い始めた。万引きは困るが、優真たちは万引き常習犯というわけではなく、単に棄てる弁当を欲しいというだけなのだ。それに、ネグレクトという名の虐待を受けているのかどうか、その実態はわからないではないか。

単に貧しい家庭で、食事に事欠いているだけなのかもしれない。

優真の背後には、大人たちの複雑な事情が絡んでいるのは間違いなさそうだが、自分がその事情を告発する役回りになるのは避けたかった。

コンビニという地域に密着した商売をしている以上、実害がない限り、余計な波風は立てたくないのが、本音だ。

恙《つつが》なく店を経営することと、娘の介護と妻のサポート。

それだけで、今の自分のキャパシティはいっぱいだ。今でも表面張力で保たれているような状態なのだから、何か別の事態が起きて水が揺れたら、絶対にこぼれ落ちてしまうのは、間違いない。

目加田は、優真と弟が来ても、じっくり考慮してから、安本に電話するかどうかを決めようと思った。

夜勤と交代する時間になった。

帰宅する前に、目加田は店のコーヒーを買って、バックヤードのデスクの前に座った。

コーヒーを飲みながら、ストアコンピュータで仕入れを検討する。

何とはなしに、監視カメラのモニターを眺めて、店内の客の数を数えたりした。

ふと、バックヤードにも、内部の者が何かくすねたりする内引き防止のための監視カメラが設置してあることを思い出し、目加田は巻き戻してバックヤードの映像を見てみた。

優真と篤人の二人が映っている。二人はしばらく店の方を覗くように、立っていた。目加田が戻ってくるのを待っているのだろう。

だが、目加田がなかなか帰ってこないので、二人は目加田が渡したレジ袋の中に、先ほど自分たちで選んだ弁当を入れ始めた。

おにぎりも、選んだものを四個入れている。その真面目な様子に、思わず目加田の口許が緩んだ。

だが、次の映像を見た目加田は、自分の目を疑った。

優真がいきなりデスクの引き出しを開けて、中を覗いたのだ。

「おい、何をするんだ」

目加田は思わず声をあげてしまった。自分でも驚くほど大きな声だった。

モニターの中の優真は、物色しているのか、しばらく引き出しの中を見ていた。やがて、何かを手にして、素早く右のポケットに入れた。

その横に立って、様子を見上げていた篤人が引き出しの中を覗こうと背伸びすると、優真が素早く引き出しを閉めた。

不満そうな篤人を尻目に、レジ袋を提げた優真が、出口のドアに向かって行く。その右手は、右ポケットに突っ込まれている。篤人が後を追った。

うっかりしていた。子供だけをバックヤードに残すのではなかった。

目加田は、優真を甘く見ていた自身に歯噛みする思いだった。

映像を止めて、目加田は引き出しを開けた。

バイトやパートが出入りするため、中には、書類や文房具などしか入れていない。ただ、店内に落ちていた小銭を入れたポリ袋が入っていた。十円玉や一円玉ばかりで、金額は五百円程度だ。

以前、優真がおにぎりを買った時の不足金はここから出した。

だが、小銭の袋はそっくり残っていた。モニターを注視しても、優真がポリ袋に触った様子はなかった。では、何を盗《と》ったのだろう。文房具か。

いずれにせよ、目加田は裏切られた思いでいっぱいだった。

今度、優真が現れたら、安本に連絡せざるを得ないと思った。窃盗。証拠はこの映像だ。

自宅に戻った目加田は、妻にその話をしようとしたが、その前に出がけの喧嘩について謝らねばならないと、妻の顔を見た。

「今日は悪かったね」

ところが、妻は昼間の喧嘩のことなど忘れたかのように上機嫌で、目加田を遮るようにして喋った。

「あなた、疲れた顔してるわね」

「そうかい」

「ご苦労様でした」

「うん」

「ご飯食べて」

妻は、目加田のための遅い夕食をテーブルに並べた。

ほうれん草と搔き玉の味噌汁、鰺《あじ》フライ、キャベツと竹輪のマヨネーズ和え、胡瓜の漬け物、という素朴な献立だ。

鰺フライは出来合いの総菜らしいが、時間も気持ちも余裕などないのに、これだけのものを用意してくれた妻に感謝した。

「うまそうだな。ありがとう」

目加田が席に着くと、向かい側に座った妻が話し始めた。

「ねえねえ、今日、嬉しいことがあったのよ」

「何だい？」

鰺フライにソースをかけながら、妻の顔を見る。

「津田さん、知ってるでしょ？　新しく来てくれたボランティアの人。彼女がね、恵ちゃんがとても気を遣っているって言うの。津田さんとか、山岡さんとか、世話をしてくれる人に気を遣って、ボランティアの人の時は、にこにこと機嫌よくしているって。やっぱ、自分の世話をしてくれる他人は大事にしなければいけないと、恵は思っているみたいだって」

目加田は頷いた。

「それは俺も感じる時があるよ」

「ええ、私もわかってるんだけどね。でも、人から言われると、恵が実は自分なりに考えて、ちゃんと自分なりに行動しているんだってことが、ちゃんと相手に伝わっているってことじゃない。だから、何だか嬉しくてね」

言う端から、妻は涙ぐんでいる。こういう娘の世話をしていると、日々の感情が柔らかく、感じやすくなる。

「ほんとにそうだね」

目加田は立ち上がった。

「どこに行くの？」

「恵の顔を見てから、ご飯食べようと思って」

「そうしてやって」

妻が弾む声で言う。

目加田はリビングに行って、娘のベッドに近付いて顔を覗き込んだ。

今年成人式を迎えたはずの娘は、静かな寝息を立てていた。

目加田は、優真のことを妻に相談するのは、別の日にしようと思った。それだけ嫌な話ではあった。

6

コンビニを出た優真と篤人は、夜道を歩いている。

優真一人だったら、いつもの児童公園に立ち寄って、先におにぎりを食べてしまうところだが、篤人がいるので我慢せざるを得ない。

弁当ふたつと、おにぎりが四つ入ったレジ袋は、案外、重かった。

しかし、この重みが自分を生かすのだ。常日頃、飢えと闘っている優真は、思うようにことが運んだことに、満足を感じていた。

「兄ちゃん、待って」

足の速い優真に、小走りになってついてくる篤人が呼びかけた。

「何だよ」

振り向きもせずに答える。

アパートの狭い部屋では、味方の母親がいるので居丈高になる弟も、外に出れば、単に、幼い弱者に過ぎない。

「さっき、何したの？」

篤人が、息を切らせながら訊いた。

「何のことだよ」

「どろぼうしただろ」

篤人は油断も隙もない。ちゃんと見ていたらしい。

優真は答える代わりに、右のポケットに入った消しゴムを握りしめた。その奥には、宝物のピンクのソックスがある。ポケットの中だけが、優真の自由な領域だった。

消しゴムなんか欲しくはなかったが、「ＭＯＮＯ」とロゴが入った真新しい消しゴムが、引き出しの中で輝かしく見えたのだ。

もちろん、鉛筆や消しゴムなどの文房具は、自分だって持っている。だけど、短くなった鉛筆は芯が折れ、消しゴムは黒く汚れて小さくなっていた。そのせいで、つい真新しい消しゴムに手が伸びたのだ。

でも、本当は何でもよかった。あの女の子のピンクのソックスとは違い、ただ何かを盗んで、自分のものにしたかっただけなのだから。

「何言ってるんだ。泥棒なんかしてないよ」

優真はとぼけた。

「嘘だ。どろぼうしたよ」

篤人が甲高い声で断言したので、優真はむかっ腹を立てた。

「してないったら、してないよ」

「いや、した」

「してねえよ、バーカ」

優真は、篤人の頭をごつんと音がするほど拳固で殴った。よく北斗さんが怒った時に、力任せに殴るように。

一瞬、何が起きたのかわからなかったらしく、曖昧な表情になった篤人の顔が、次第に崩れてゆく。

とうとう、「痛いよ」と、両手で頭を押さえて、堰《せき》を切ったように泣きだした。

自転車に乗った爺さんがすれ違いざま、驚いた様子で自転車を停めて、優真と篤人の顔を交互に見比べた。

「どうした、兄弟喧嘩か？」

だが、優真は気に留めずに早足でその場を去ろうとした。こんな時、篤人が、わざと大袈裟に泣くのを知っているからだ。

「兄ちゃん、待ちな」

背後から、爺さんの声が聞こえたが、知ったことじゃない。優真はかまわず、走り去った。

「おい、兄ちゃん。弟泣いてるぞ」

余計なお世話だ。

「兄ちゃん、待って」

篤人が泣きながら、必死に後を追ってきた。車が擦れ違えないような狭く暗い道を、優真は全力で駆けて、国道に抜けた。

篤人は泣きじゃくったまま、国道に出る四つ角の信号のところで優真を見失ったらしく、立ち止まってきょろきょろしている。優真は、物陰からこっそり篤人を見た。篤人は両手をだらんと両脇に下げたまま、えんえん泣いている。夜目にも、涙と青洟とで、ぐちゃぐちゃになった顔がわかった。

仕事帰りらしい若い女の人が、スマホを見ながら歩いてきた。泣いている篤人に気付いて、心配そうに見たが、篤人の顔があまりに汚いので気が殺《そ》がれたらしい。そのままスマホに視線を戻して、行ってしまった。

優真は、篤人を無視した若い女と同様に、そのまま国道の方に曲がって歩き続けた。あんな弟なんか、迷子になってしまえばいい。永遠にアパートに帰ってこなくていい。

そしたら、母親は嘆き悲しむだろう。いい気味だ。

しかし、心の底ではひどく怯えてもいた。万が一、篤人が迷子になったら、どんなに母親が怒るか、想像できるからだ。だが、急に心配になった。母親と北斗さんに、折檻されることを思うと怖かった。

だったら、この弁当を持って、消えてしまった方がマシではないか。これだけあれば、数日は生き延びることができる。

だけど、自分のような子供がいられる場所は、この街のどこにもなかった。コンビニ、児童公園、河川敷。子供はどこにいても目立つし、昼間一人でいれば、「なぜ学校に行かない？」と、大人に不審がられる。

優真はレジ袋を手にしたまま、国道から埋め立て地の方向に歩いた。産業道路に出て、歩道を歩き続ける。トラックや乗用車が、横をひっきりなしに走り抜けてゆく。

敷地内にトラックが綺麗に整列している、人気のない工場の横を通り、がらがらの立体駐車場を過ぎた。行く手のビルのネオンを見上げる。あれが、ラウンドワンだ。

しょっちゅう、母親と北斗さんが、家の近くにあるラウンドワンの話をしているから、そこがゲームやボウリング、カラオケなどのアミューズメントがある楽しい施設だということは知っている。でも、一度も連れていってもらったことはなかった。

あそこに入ってみようか。

優真は、明るいネオンに心を躍らせながら思った。しかし、子供が一人で入ることができるのかどうかは、わからない。とりあえず近くまで行ってみようと思う。

すると、子連れの若い夫婦がちょうどラウンドワンに入って行くのが見えた。子供は、篤人くらいの年齢の女の子だ。優真は勇気を得たような気がして、どんどん建物に近付いていった。

ガラス張りの店舗の前に立つと、自動ドアが勝手に開いた。

目の前には、いきなり巨大な円筒形のＵＦＯキャッチャーがある。景品の、ピンクや赤の縫いぐるみが目に飛び込んできて、くらりと目眩《めまい》を感じる。

優真は、暖色の色合いと電子音に惹《ひ》かれて、思わず店舗の中に入っていった。

きらびやかな照明のもと、上りと下り、二本のエスカレーターが天空に誘うように、まっすぐ延びている。

建物全体が、わーんと響く電子音に満ちている。優真はどこに行けばいいのかわからず、ぽかんと口を開けて、エスカレーターの先を見上げていた。

若い女の子の歓声が聞こえた。入り口横のカラオケルームらしい部屋に、女子高生のようなグループが笑いながら入って行く。

彼女たちをぼんやり見ていると、どこからか赤白のストライプの制服を着て、キャップを被った若い男の係員が現れた。優真の提げたレジ袋を胡乱《うろん》げに見ている。そして、真面目くさった顔で注意した。

「小学生？」

「そうです」

「この時間は、子供一人じゃ入れないよ」

壁の時計の針は、七時半を指している。

「でも、お母さんが中にいるんだけど」

優真は咄嗟に嘘を吐いて、一階のゲームコーナーの奥を指差した。その時、本当に母親がここで自分を待っているような気がした。

係員は、じろじろと疑わしげに優真の格好を見ている。

「お母さんたち、どこにいるかわかるの？」

「わからないけど、そこで待ってるって言ってた」

「じゃ、行こう。一緒に探してあげるから」

係員はまったく信用していない顔で、優真を手招きした。一緒に探して、保護者の姿がなければ、即刻追い出すつもりだということは、優真にもわかった。係員と一緒にゲームコーナーに向かう。

ＵＦＯキャッチャーの、色とりどりの縫いぐるみやクッションの景品が目に入った。その先は、ドラム型洗濯機のような形のゲーム機が横一列に並び、奥には、ダンスや太鼓のゲーム機なども見える。人気のゲーム機の前には、人が並んでいた。

さながら、ゲーム機の森に迷い込んだようで、優真はうっとりしている。永遠に、ここで彷徨っていたかった。

さっき見た親子連れの女の子は、早くも景品らしい茶色のテディベアを抱えている。

「お母さんはいるかい？」

一周した後、係員が優真の顔を覗き込んで訊いた。

何と答えようかと迷った時、喫煙室のガラス戸が開いて、若い男が現れた。目が合う。

「北斗さんだ」

優真は驚いて叫んだ。

「何だ、おまえ」

北斗さんは気怠《けだる》そうに、腰に手を当てて薄く笑った。母親と北斗さんは、一昨日から家に帰っていなかった。

泊まりがけの仕事だと言い訳して留守にしていたのに、本当は、ラウンドワンで遊んでいたのだ。以前から怪しいとは思っていたが、アパートに寄りつかず、近くで遊んでいたことに衝撃を受けた。母親は、大嘘吐きだ。

「この人だけど」

優真は、係員に北斗さんを指差した。

「保護者の方ですね」

北斗さんは、自分が指差されたので、頬の内側で舌をぐりぐり動かして答えようとはしなかった。

おどけたように見えるけれど、それは北斗さんが不機嫌な時の癖だった。でも、優真は、母親と北斗さんにすごく腹を立てていたから、そんなことはどうでもよかった。

「きみ、小学生だろ？」と、係員が優真に念を押す。

「そうです」

「小学生は、保護者同伴でも十時までですからね」

係員は北斗さんにも告げた後、優真の持つレジ袋にちらりと視線を移して言った。

「それから、この中は飲食は禁止だからね」

優真が頷くと、北斗さんが文句を言った。

「んなの、わかってるよ」

だが、それは係員が去った後だった。

「お母さん、どこ？」

北斗さんはそれには答えず、優真の頭を軽く小突いた。

「おまえ、どうしたんだよ。こんなとこまで来て」

北斗さんは不機嫌だったが、優真の出現を面白がっているようでもある。

優真は答えずに、じりじりと後ずさった。もとから信用できなかったが、自分は北斗さんが大嫌いだ、と思った。

「おい、亜紀はおまえが来てること、知ってるのか？」

「さあ」と、曖昧な返事をして、優真は首を振った。とりあえず中に入ってしまえば、後は何とかなる。

「迎えに来たのか？」

「そういうわけじゃないけど」

「腹が減ったんだろ？」北斗さんは、ちらりとレジ袋に目を遣った。「おまえが迎えに来たって、あいつは帰んないよ、絶対に。今、超乗ってるからさ」

「お母さんはどこにいるの？」

「その辺だろ。探してみれば」

北斗さんは奥を指差すと、大きな欠伸《あくび》をして、どこかに行ってしまった。

優真は、母親に出くわさないように気を配りながら、ゲームコーナーを一周した。

そして、オンゲキと書いてあるゲーム機の前で、丸い背中を屈めて夢中になっている母親を発見した。隅っこの目立たない場所に立って、自分の母親を観察する。ゲームの展開に一喜一憂する母親の横顔は、まるで子供のようだった。

子供たちの食べ物をけちって、母親はその金をここで浪費して遊んでいたのだ。

何て、自分勝手な親なんだ。だったら、子供なんか産むなよ。優真は、母親に激しい憎しみを抱いた。

とうとうコインがなくなったらしい母親が、大きく嘆息して立ち上がった。

黒いパーカーに、きつそうなジーンズ。汚れたスニーカーの踵を潰して履いている。くたびれた合成皮革のブランド風バッグを肩にかけて歩きだす。

「お母さん」

優真が声をかけると、母親が驚いて立ち竦んだ。

「うわー、びっくりした」

驚きの後は、優真がラウンドワンに一人でやって来たことに、腹が立ったのだろう。剣呑《けんのん》な顔で怒鳴った。

「おまえ、何で、こんなところにいるんだよ」

「それは、こっちの台詞だよ」

口答えに驚いた母親が、罵った。

「こっちの台詞だよ、だ？　何だ、その偉そうな口の利き方は。それに、おまえ、またコンビニで弁当もらってきたのか。あたしらの分までもらってきただろうね。ないなら、承知しないよ」

優真の気持ちは、暗い池の底まで沈んでゆく。自分の思いは、誰にもわからないだろう。

「あんたの分なんか、ねえよ。あるわけねえだろ」

「あんただって？　おまえに、あんたって言われるのは百年早いよ。それよっか、篤人どうした？」

「篤人なんか、知らねえよ。何だよ、こんなとこで遊びやがって。俺たちがどんなに腹減らしてるのか、わかってんのかよ」

優真は吐き捨てた。

「何だよ、その態度は。ガキのくせに、生意気言うんじゃねえよ」

母親が優真の肩を小突こうとしたので、優真は肩をそびやかして、その突きを躱した。

「何だよ、じゃねえよ。遊ぶ金があったら、早く帰ってこいよ」

優真の背は百四十センチそこそこだ。母親は、それより十センチほど背が高いだけだから、優真はほんの少し上にある母親の目を睨み付けた。

「親に向かってそんな顔すんじゃない。生意気なんだよ」

母親の顔が醜く歪んだ。

「あんたは、親じゃねえよ」

「何だと」

母親が手を上げた瞬間、優真はその手を払って肩を突き飛ばした。

母親がよろけて、ゲーム機に背中をぶつけた。その音と衝撃に、近くの客が驚いて一斉にこちらを見た。

転んだ母親が立ち上がって、北斗さんに助けを求めるかのように視線を泳がせたので、優真は、母親の鳩尾《みぞおち》に頭突きを喰らわした。

「痛い、何すんだよ、優真」

またしても床に倒れ込んだ母親が叫んだので、優真は出口に急いだ。後ろは一切見なかった。

これまで、ひたすら母親の帰りを待って、空腹を我慢していた自分がバカみたいだと思った。

母親と北斗さんは、二人して始終、家を空けていた。

帰らない言い訳は、「働いている店が遠いので、終電に間に合わず帰れなかった」とか、「泊まり込みで仕事してくれと言われた。その方が収入がいいのでそうした」というものだった。

すべて信じていたわけではないが、まさか二人して、こんな近くで子供のように遊んでいた、とは思いもしなかった。

親に欺《だま》されていた、という意味では、自分も篤人も同じだ。

母親が篤人の方を可愛がる傾向にあるとはいえ、篤人も自分と同様、ネグレクトの被害者なのだ。そう思うと現金なもので、今度は篤人のことが心配になってきた。あのまま狭い道をまっすぐ行けばアパートに帰りつくが、まだ四歳だから、どこかで迷っているかもしれない。

優真はラウンドワンを走り出て、アパートへの道を急いだ。

部屋の鍵は自分が持っている。途中で優真にまかれた篤人が、何とか一人でアパートまで帰り着いたとしても、中に入ることはできない。可哀相なことをした。

母親と同じことを、自分もたった四歳の弟にしてしまったのだ。優真は道々反省しながら、アパートに向かった。

部屋には、もちろん篤人の姿はなかった。今頃、警察に保護されているか、あるいは、あの爺さんのような人に拾われているのか。はたまた、トラックに轢《ひ》かれて死んでしまったかもしれない。

優真は、憂鬱な気分を振り払おうと照明を点けた。

ゴミや食べかすで汚れた部屋が、蛍光灯の青白い光のもとに浮かび上がる。自分の家が、こんな汚く惨めな部屋だということが、心底いやで、さらに気が滅入った。それもこれも、すべて母親のせいだ。

だけど、こんな自分にも、快適な場所がどこかにきっとあるはずだ、と優真は思う。

清潔で、食べ物がふんだんにあり、夏は涼しく、冬は暖かく、優しい女の人がいる熊沢家のような場所が。だけど、今は何もない。弁当の入ったレジ袋を台所の床に置いて、その横にへたり込む。

右のポケットに手を入れて、消しゴムとピンクのソックスに触れた。ソックスは、しょっちゅう優真が触っているので、洗剤の匂いが消えてしまった。

それでも、ソックスを鼻に当てると、この世には何か美しいものや、優しいものがあるような気がして、明るくなれるのだった。

ふと喉の渇きに気付いて、優真は直接、蛇口から水を飲んだ。すると、突然ドアが開いて、篤人が転がるように入ってきた。

「兄ちゃん」

べそでもかいているかと思ったが、機嫌よく笑っているので、優真はほっとした。

「篤人、ごめん」

「一人でも帰れた」

「よかった。今までどこにいたんだよ」

篤人は隣の部屋を指差した。

どういうことだろうと怪訝《けげん》に思っていると、玄関ドアが断りなく開いて、スズキがぬっと顔を出した。

スズキは、この間のように半裸ではなく、灰色の作業服を着ている。

「部屋の前で泣いてたからさ、うちで休ませたんだよ」

怒鳴り散らしたり、壁を叩いたりするスズキとは違って、作業服を着ているスズキは、いつになく温厚に見える。

「すみません」

「いいよ。おまえも子供なのに、苦労してるもんなあ」

「はあ」

スズキは、汚れた部屋の中を覗き、しみじみ言う。

「おまえのとこ、鬼母だもんなあ。毒親つうの？　俺、実はいたく同情してるんだよ。俺、しょっちゅう怒鳴り込んでるじゃん。でも、あれはおまえたちが心配でやってるとこもあるの。わかる？」

ぺらぺらとよく喋る。

「はい」

曖昧に頷くと、「じゃあな」とスズキは帰っていった。

「篤人、スズキんとこで、何してたんだ？　意地悪されなかったか？」

優真が訊ねたが、篤人はさっさとレジ袋から弁当を出して、指でパッケージを破っているところだった。それを見た優真も、空腹だったことを思い出して、冷たいカツ丼を食べ始めた。

結局、母親と北斗さんがアパートに帰ってきたのは、翌日の深夜だった。

その頃には、残ったおにぎりも食べ尽くし、優真も篤人も空腹を抱えたまま、布団にくるまって寝ていた。

「優真！」

いきなり枕を蹴り飛ばされた優真は、驚いて起きた。

傍らに、激怒した母親がいつの間にか立っていたので、殴られることを覚悟して、両腕で頭を守った。

北斗さんは、とこっそり見ると、立っているのもやっとのようで、ひどく酔っていた。へらへらと、笑って見ている。

「おまえ、私に恥をかかせて、よく平気で寝ていられるね」

酔った北斗さんが、本気で参戦する気がないことを見てとった優真は、言い返した。

「俺たちが腹減ってるのに、よく平気で遊んでられるね」

そしたら、母親にいきなりビンタを喰らった。

「生意気言うな」

「痛《いて》っ」

ラウンドワンの時は一人だったから、背が同じくらいになった優真を少し怖がっていたが、今夜は、北斗さんが最後は味方してくれると思っているのか、母親は強気だった。

「やりやがったな」

優真が打たれた頬を押さえて怒鳴ると、母親が少し後じさった。

あ、俺を怖がっている。

優真はかまわず突進して、また鳩尾に頭突きした。母親が大きな音を立てて尻餅をつく。

「いい加減にしろよ、優真」

北斗さんが穏やかに言って、優真の肩を押さえた。

以前は、北斗さんの方がキレて、自分たちに暴力をふるうことが多かった。すると、母親は北斗さんを止めるどころか、機嫌を取るかのように、優真を叩いたりいじめたりしていたのに、今日は独り相撲だ。少し様相が違ってきている。

「ねえ、あんたからも何か言ってよ」

母親が口惜しそうに、北斗さんの顔を見上げた。

「ああ、そうだな。優真、もうやめろや」

北斗さんは酔っ払っているせいか、どんと畳の上に腰を下ろして、面倒臭そうに言った。

優真は母親を指差して怒った。

「何でだよ。こいつは、俺たち放ったらかして遊んでるんじゃん。仕事って嘘吐いて、ゲーセンで遊んでる」

水を飲んで飢えを誤魔化し、今日こそは帰ってくるか、と一日じゅう待っていた心細い思いや飢えへの恐怖を、母親は知っているのだろうか。

いや、知るはずはない、と優真は思う。

「遊んでないよ。おまえがラウンドワンで見たのは、たまたまなんだよ」

「たまたまじゃねえよ」と、優真は鼻で笑った。「いつもだろ」

「うるせえ」

母親が、立ち上がって優真を殴ろうとしたので、優真はその手を難なく振り払って、母親の長い髪を引っ張った。

「痛いよ、やめろ」

母親の顔に、これまでとは違う息子に対する恐怖が浮かんでいる。それを認めた優真は嬉しかった。

篤人も、これまでは母親の味方をしていたのに、どうしたらいいのかわからないようで、一瞬泣いたが、その後は呆然としていた。

「悔しい」

母親が叫んで泣きだした。阿《あ》鼻叫喚《びきょうかん》の始まりだ。

「あーあ、うるせえなあ。俺の部屋で騒ぐなよ。それ以上、騒ぐなら、みんな出てけ。俺んちだぞ」

北斗さんが畳の上に、仰向けにごろんと横たわった。

すると、呼応したように、隣の部屋からスズキが、どんどんと二回、壁を叩いた。

「あーあ、情けない」

母親が頭を抱えて泣いている。情けないのはこっちだよ。優真は、冷ややかに、震える母親の背中を眺めていた。

「あんたは父親にそっくりだね。ろくな人間にならないよ。そうだ、きっと犯罪者になるよ」

優真は、母親の脇腹を思い切り蹴り上げていた。母親が悶絶するのを横目で見て、はあはあと荒い息を吐いていた時だ。

「おめえ、優真。調子に乗るんじゃねえぞ」

いきなり北斗さんが酔っ払いと思えないほどの俊敏さで立ち上がり、優真の左の側頭部に拳固を喰らわした。優真は昏倒した。

7

目加田の妻は、洋子《ようこ》という名だ。目加田より二歳若い四十八歳。

毎日、恵の介護に追われて、外出もままならない。

その洋子に、優真のことを詳しく話したところ、異常なほどの興味を示したので、目加田は実は困惑していた。

「その優真君て子、可哀相だ。お弁当が欲しいって、弟まで連れてくるなんて、絶対にネグレクト家庭よ。何とかしてあげたい。私が時間があったら、子ども食堂をやって、助けてあげるのに」

洋子は、脳性麻痺による重度障害者の恵がいるため、福祉の現状をよくしようと心を砕いている。

また、毎日、介護を助けてくれるヘルパーや、ボランティアグループの人たちと仲良くなって、日々、そんな話をしているらしい。

「でも、今度現れたら、安本さんに電話するつもりだよ。一応、盗みを働いたんだから、それはまた別の問題だ。弟だって、菓子を万引きしたんだから」

「安本さんに電話して相談するのはいいと思うよ。警察が事情を調べて、児相に連絡しないとならないんだから。その連携プレイが大事なのよ。だけど、あまり窃盗、窃盗って言うと、ちょっと方向性が違ってこないかな」

洋子が首を傾げる。

若い頃は、シミひとつなかった白く小さな顔には、慢性の睡眠不足から、目の下に青黒い隈ができていた。

「わかるけど、店として、盗みは看過できないよ」

「そんなの、バックヤードに入れたあなたが悪いのよ。その子は、盗むつもりなんかなかったんだと思うよ。だって、引き出しの中は、文房具くらいしかなかったんでしょう？　ちょっと開けてみて、何かもらっておこうかなという程度だったんじゃないかな」

「それはまた、庇いすぎだよ」

「じゃ、何盗られたの」

「よくわからないんだ」

「そら、見なさい」

「でも、実際に何か盗ってポケットに入れたんだよ」

しかし、実際に何がなくなったのかは、はっきりわからなかった。

ボールペンか鉛筆か、消しゴムか。ポケットに入れた時の形状からすると、長いものではなかったから、消しゴムかもしれない。でも、古びた消しゴムが一個、引き出しの奥に入っていたから、確信はない。

「窃盗の前に、ネグレクトという重大な問題があるでしょう。窃盗も親による虐待の結果なんだから、子供はその行動に責任を負えないわよ」

確かにその通りだ、と目加田は思う。だが、優真が引き出しから何かを取って、素早くポケットに入れた映像が頭から消えなかった。あの子は、何を考えているのだろう。

「いずれにせよ、私はその子たちが気の毒だわ。うちで引き取って育ててあげたいくらい」

「おいおい、何を言ってるんだ」

まさか本気で言っているのではあるまい、と思ったが、洋子は真剣な表情で黙り込んでしまった。

そんな話をした数日後、驚くような出来事があった。

午前中、ちょうど谷口との交代時間に、左目の下に青痣《あおあざ》を作った優真が現れたのだ。

その青痣は禍々《まがまが》しい色をしていて、色白の優真の顔を、あたかも恨みのある幽霊のように無残に見せていた。

小学生くらいの少年が、顔に青痣を作っているのだから、店にいる客は皆、ぎょっとしたように優真の顔を見た。

中には、優真に直接聞いた客もいる。菓子を買いにきた子供連れの主婦が、優真に話しかけた。

「ね、その怪我、どうしたの?」

総菜売り場に佇《たたず》んでいた優真は、驚いたように左目の下に手を遣ってから、答えた。

「転んだんです」

「そう、痛かったでしょう」

「はい、痛かった」

「早く血が引くといいわね」

「これ、引くんですか?」

「少し時間がかかるかもしれないけど、大丈夫よ」

「よかった」

優真はほっとしたように言って、微かに微笑んだ。

主婦は優真との会話を終えた後、そそくさと会計を済ませて店を出て行った。

「小森君、その顔、どうしたの？　何があったの？」

目加田は、レジから思わず声をかけた。優真は恥ずかしそうに、同じ答えを言った。

「転んだから」

「どこで、どんな風に転んだの？」

目加田は訊かずにおれなかった。

「家で、弟とふざけていて、ぶつけたんです」

答えを用意していたかのようだったが、痣の色は転んだくらいでできるようなものではなかった。

親に殴られたのだろう。それも、母親の力ではない。男親だ、と確信した目加田は震えがきた。自分があの時、逃がしてしまったから、優真が殴られたのではないかと思った。

「今日は、弟君はどうしたの」

「家にいます」

心なしか、優真の声が小さいように感じられる。元気がなかった。

「じゃ、弟君の分も、お弁当を持って行くかい？」

優真は頷いた。

「今日は何がいいかな」

「さあ」と、優真はあまり乗らない様子で首を傾げた。

「じゃ、バックヤードで待っててくれるかい。交代の人が来たら、行くから」

優真は頷いて、バックヤードに入って行った。

目加田は、店内のカメラの映像をバックヤードに切り替えて、モニターを見ながら、安本の携帯に電話した。幸い、自転車で巡回に出ていた安本は、これから店に寄ってくれるという。

安本が到着するまでの間、目加田は接客しながら、モニターから目を離さなかった。

しかし、今日の優真は元気がなかった。何をするわけでもなく、項垂《うなだ》れて、目加田が来るのを待っている。何とも哀れな姿だった。

バックヤードのドアが開き、谷口が出勤してきた。優真がいるのに驚いたらしく、何か話しかけている。

やがて、谷口は制服を羽織って、手鏡を見ながら、口紅を引いた。優真は、その様子だけは興味深そうに眺めている。

駐車場に、安本の白い自転車がやって来るのが見えた。安本は、太めの体型で丸い顔をしているため、力士のような印象がある。

目立たないように、自転車を裏に停めた後、安本が店に入ってきた。バックヤードを指差す。

「どうも、裏ですか？」

「そうです。私もすぐ行きます」

谷口にブザーで知らせると、すぐに店に出てきて、レジを交代してくれた。

「店長、あの子の顔、どうしたんでしょう。私、びっくりして何も言えなかった」

谷口は開口一番、優真の痣のことを言った。

「殴られたんじゃないかな」

目加田は、低い声で言う。

「絶対そうですよね。誰に殴られたんですかね」

「そりゃ、親しかいないよ」

「鬼ですね」

谷口は憎たらしげに言い放った。

「谷口さん、安本さんに付き合うから、レジしばらく頼むよ」

「はい、どうぞ」

谷口は、優真がされたことにいたく同情しているらしく、憮然としていた。

目加田の気も晴れない。憂鬱な思いで、バックヤードのドアを開ける。

「失礼します」

安本が、優真を椅子に座らせて、自身は立ったまま、氏名や年齢を訊ねていた。

「僕は小森優真で、弟は小森篤人。お母さんは、小森亜紀です。僕は十二歳で、弟は四歳。お母さんの歳は知りません」

優真は正直に答えているようだ。ただ、アパート名は言えたが、その正確な住所は知らなかった。

「お母さんの仕事は何？」

「よく知らないです。多分、飲み屋とかで働いているんじゃないかな。聞いても、毎回違うことを言うから、わからないです」

「なるほど」

安本が黒い手帳にメモしている。

「きみは、何度か、このお店でお弁当を貰ったって聞いてるよ。それは、ご飯が食べられなかったからなの？　どうして食べられなかったの？　よかったら、教えてくれないかな」

しばらく、優真は黙っていた。うまく答えたいのに、適当な言葉が出てこないのか、もどかしそうだった。

「あのう、お母さんが外に出てしまうと、しばらく帰ってこないので、うちには食べるものが何もなくなってしまうからです。出かける時に、コンビニのお弁当とかおにぎりとか菓子パンとか、カップ麺とかを置いていってくれるんだけど、そういうのはすぐになくなっちゃう。お母さんは、僕らが全部食べちゃうからいけないって怒るけど、やっぱお腹空くと、我慢できなくて全部食べちゃうんです。それで何も食べない日が何日か続くと辛くて、ここのおじさんに頼んで、お弁当貰いました」

一気に喋ったので疲れたらしい。目加田は、店から持ってきたオレンジジュースにストローを差して、優真に渡した。

優真は戸惑ったように受け取ったが、すぐに飲み干した。飲みっぷりは、止めたくても止められないかのようだった。安本はその様子をじっと見ている。

「すみません、甘くて美味しいです」

優真は、目加田に礼を言った。甘味など、ほとんど食べられないのだろう。

目加田は、優真が最初に弁当を貰いに来た時、ジュースを飲ませてやればよかったと思った。

「お母さんは、最長で何日くらいいなかったの？　その間、どんな食べ物をどのくらい置いていってくれてたの？」

優真はまたしばらく考えてから、ゆっくり喋った。

「この間は三日くらい帰ってこなくて、本当に死ぬかと思いました。弟は寝てばかりで、横目でテレビを見るだけで。僕はお腹が空いて仕方がないので、何かお金とか落ちていないかなと、この辺を歩いてました。その時、お母さんが置いていってくれたのは、カップ麺が三個に、コンビニのおにぎりが三個くらい。あと、菓子パンが四つくらいでした。二日目で何もなくなって、冷蔵庫のマヨネーズとケチャップを舐めて、水道の水を飲んでました。でも、三日目はそれもなくなったので、ここのおじさんに助けてほしいって言いました」

いったん言葉を切った後、優真は再び続けた。

「まだ水が出ている時はよくて、去年の夏は、水道のお金を払ってなかったので、水道を止められてたから、大変でした。僕と弟は、公園に水を飲みに行って、そこで体も洗ってました」

目加田はついでに聞いた。

「そういや、電子レンジが壊れてるって言ってなかった？　カップ麺とかはお湯を沸かして食べていたの？　水がなくてどうしたの」

「公園で水を汲んできて、それを沸かしてたけど、ガスを止められたこともあったから、その時は困りました」

「完全なネグレクトだ。それは、大変だったね」

安本が呆れたように言った。

「つまり、お母さんは、お金がないのかな。生活保護を受けてはいないよね」

すると、優真が少し困った顔をした。

「お金が全然ないのではなくて、多分、ゲーセンとかで遊んでいるんだと思います」

「きみたちがいるのに、かい？」と、安本。

「はい、そうです」

「じゃ、小森君、率直に聞くけど、その怪我はどうしたの？　転んだんじゃないでしょう。正直に言ってくれないかな」

優真が左のこめかみのあたりに手を置いて、辛そうな表情になった。

「北斗さんに、殴られた」

「北斗さんて誰のこと？　お父さんだっけ？」

「いや、お父さんはいません。お母さんが今、付き合っている人です」

「ちょっと待って。きみのお父さんはどこにいるのかな。お母さんは離婚したの？　その辺は知らない？」

「知ってるけど、僕のお父さんのことはよくわからない。お母さんは、僕のお父さんのことは嫌いで、いつも悪口を言うんです。でも、弟のお父さんのことは、そんなに悪く言わない。その人は、僕を殴ってばかりいたのに、不公平だと思う。酷いよ」

優真が悔しそうに俯いた。そういう時は幼い子供のようで、目加田の胸が痛んだ。

「そうか。じゃ、きみと篤人君は、お父さんが違うんだね」

「そうです」

「で、さっき、きみが言った北斗さんのことだけど、その人とお母さんは、今一緒に住んでるんだね？」

「そうです。僕らは、その人の家に、皆で住まわせてもらってるんです。だから、北斗さんは、いつも僕らに怒ってるんです。邪魔なんだと思う」

「何で、北斗さんに殴られたの？」

「僕がお母さんと喧嘩したから」

「何で喧嘩したの」

「お母さんが帰ってこないから、僕と弟はお腹が空いて仕方がないのに、お母さんはラウンドワンで遊んでいたから、怒ったんです」

「どうしてラウンドワンで遊んでいるってわかったの？」

「僕がたまたま行ってみたくて、入ったら、そこにいたから」

何か思い出しているのか、優真は苦い顔をした。

「北斗さんに殴られることって、よくあるのかな」

「しょっちゅうあります。でも、こんなに酷いのは初めてかな」

優真は傷が痛むのか、こめかみのあたりをそっと押さえた。

「骨は折れてないだろうな」

安本がそっとこめかみに触った。痛かったのか、優真がのけぞるようにして避けた。

「痛かった？　ごめんね」

「しかし、子供相手に酷いことしますね」

目加田は思わず口を挟んだ。優真がほっとしたように、目加田を見上げた。

「小森君、これから病院に行って、その傷見てもらうけど、お母さんは、今日おうちにいるかな」

「いないです。昨日から、北斗さんと出かけて帰ってきてない。僕と弟は、昨日カップ麺を食べただけなので、またおじさんにお弁当をもらいに来たんです」

「そうか、可哀相にな。カップ麺だけじゃ、腹が減って仕方がないよな」

安本が額に手を置いて言った。

「ところで、お母さんは、今日もラウンドワンにいるのかな」

優真は首を捻った。

「いや、わからない。僕にばれたので、避けているかもしれない」

優真の賢そうな答えを聞いて、安本がちらりと目加田を見遣った。

「ところで、小森君は小学校に行ってるの？　K小？　H小？」

「行ってません」

「いつから行ってないの？　だって、中学までは義務教育なんだから、絶対に行かなきゃならないんだよ」

「わかってるけど、お母さんが、転校の手続きをしてくれないから、行けないんです」

「どうしてしてくれないの？」

「北斗さんの家に住まわせてもらってるから。北斗さんが、住民登録させたくないって言ってるって」

母親の男が、母親と連れ子の住民登録を拒否しているので、転校もできないということか。

つまり、優真は居所不明児童ということになる。

「それは困ったね。前はどこにいたの？　小学校はどこ？」

「足立区で、第四小学校です」

「きみは今、学校に行ってたとしたら、何年生になるの？」

「六年です。ここに越してきたのは、一年とちょっと前で、四年の途中から学校に行ってない」

安本が溜息を吐いた。

「どうして四年生から学校に行ってないの？　こっちに引っ越して来たのが一年とちょっと前なら、足立の方で五年生まで通ってたんじゃないの？」

安本の質問に、優真はすぐには答えず目を逸らしたままだ。

「学校に行けない理由があったのかな。よかったら教えて」

安本がたたみかけるように訊ねると、優真は首を振った。

「うん、何となく行きたくなかったから」

「何となく行きたくない、か」と、安本は苦笑する。「でもさ、きみのうちはお母さんが食べ物を用意しないで、留守をすることが多いんでしょう？　そういう時、学校に行けば給食だけは食べられるんだから、行った方がよかったんじゃないかな。そうだろ？」

給食と聞いて、優真は戸惑ったような顔をした。喉が渇いていたことに、今初めて気が付いたような、切迫した表情だ。

二人の遣り取りを横で見ていた目加田は、優真が哀れになった。

まるで虐待の刻印のような青痣を作っているのに、一人でコンビニまで来たということは、よほど腹を空かしているに違いないのだ。そんな時に、給食の話は酷だと思った。

だが、安本は気が付いていないようだ。

「もうひとつ聞くね」と断って、安本は優真の顔を見た。「あのさ、その北斗さんって人がきみを殴った時、お母さんはどうしてたの？」

「笑って見てた」

「ほんとに？」

「ほんとです」

安本が怒りの表情を浮かべた。

「だって、お母さんって、きみの本当のお母さんだろう？　その北斗さんて人は、きみと血が繋がっていないから怒ることもあるだろうけど、本当の親は、自分の子がよその人に殴られたら、そんなことはしないと思うんだけどね」

「だけど、お母さんは、いつもそんなところがあるから」

優真は視線を落として語尾を濁したが、両肩だけが上がっていた。内心は憤慨《ふんがい》しているように見えた。この子は母親に対して怒っているのだ、と目加田は思った。

「店長、私はすぐに児相に連絡を取りますので、ここで、この子を見ててもらってもいいですか」

ただごとではない、と思ったのだろう。安本が立ち上がって、目加田に頼んだ。

目加田は頷いて、優真に訊いた。

「小森君、お腹が空いてんだろう？　何か食べようか、何がいい？　おじさんがご馳走してあげるから、遠慮しなくていいよ。何でも言ってごらん」

優真がうっと唾を呑み込むような仕種をして、考え込んだ。

「おにぎりでもサンドイッチでもいいよ。お弁当でもいいし、何か食べたいものがあるなら持ってきてあげるから、ここにいなさい」

「じゃ、アイスクリーム」

優真が遠慮がちに小さな声で言った。目加田は意外な答えに驚いた。

「アイスクリームか。さっきジュース飲んだから、甘い物が欲しくなったのかな。じゃ、持ってきてあげるよ。ハーゲンダッツみたいなのでいいかな」

「ダッツ？」

優真は首を傾げた。商品名を知らないのだろう。

「じゃ、ちょっと待ってて」

目加田は店に行き、冷凍ボックスから、ハーゲンダッツのチョコレートアイスクリームを取った。優真の子供っぽいリクエストに、心を動かされていた。だから、なるべく美味しいものを食べさせてやりたかった。

ポケットの小銭を探って自分で金を払い、谷口にスプーンを付けてもらう。接客中だった谷口が、余計なことを聞かないのでほっとした。

店の外では、安本が人待ち顔で立っていた。児相から来る人間を待っているのだろう。ガラス越しに目加田の視線に気付いた安本が、こちらを見て手で合図する。

目加田がバックヤードに戻ると、優真は項垂れて椅子に座っていた。

「これ、チョコ味だけど好きかな」と、アイスを差し出す。

「あ、はい」

冷凍ボックスから出したばかりのアイスクリームは、まだ硬い。表面に何度かスプーンを突き立てていた優真は、よほど焦っているのか、表面をぺろりと舌先で舐めた。いったん舐め始めると止まらなくなったらしく、しばらく舐め続けていた。そのうち凍えたらしく、舌を離して照れ笑いした。

「美味しいかい？」

「はい、甘くて美味しい」

「だろうな」

安本はまだ帰ってこない。目加田は、思い切って聞いてみた。

「あのさ、この間、きみと弟君がここにいた時だけどさ。小森君は、この引き出しから何か持っていかなかった？　もし違っていたら悪いけど、モニターに映っていたんで、ちょっと気になってたんだ」

はっとした様子の優真は、ポケットから一個の消しゴムを出して、躊躇いながら机の上に置いた。

「すみません。僕、消しゴム持ってなかったんで」

優真が差し出した消しゴムは、何度も握り締めたのか、新品だったのに薄黒く汚れていた。

「そうか、そうか。いいよ、消しゴムなんか。言えばあげるのに。それよりも、正直に話してくれてありがとう」

目加田は、優真が素直に謝罪したことが嬉しかった。ここに感激屋の洋子がいたら、涙ぐんでいたかもしれない。

もっとも、現実的な谷口にそんなことを話したら、「店長、甘いですよ」と窘《たしな》められるだろうが。

優真がアイスクリームを食べ終わる頃、安本がせかせかとバックヤードに戻ってきた。

「今、児相からワーカーの人が迎えに来ました。私も付いて行きますので、小森君も一緒においで」

「はい」

優真が素直に立ち上がり、目加田に礼を言った。

「ご馳走様でした」

「いいよ、そんなの。これはあげるから持って行きなさい」

目加田は消しゴムを渡した。優真は、それを薄汚れたジャージの右ポケットに仕舞った。

「これからどうなるんですか？」

目加田は安本に訊いた。

「まずワーカーの人と私とで状況を確かめに、親のところに向かいます。下の子も放置されているでしょうから、どうなっているのか心配ですし。それから病院に連れて行きます。いずれにせよ、一時保護になると思いますよ」

そのあたりのシステムは知らないが、しばらく優真に会えないと思うと、不憫《ふびん》さが募った。

「じゃ、小森君、元気でね。何かあったら、また訪ねておいで」

「ありがとうございます」

優真はおとなしく一礼して、安本と一緒に裏口に向かった。

目加田は、母親とその交際相手に虐待されている少年が、これほどまでに礼儀正しいことが信じられなかった。

「安本さん」目加田は、安本の背中に声をかけた。「あのう、後でどうなったか教えてください。もちろん、言える範囲でかまいませんから」

手で電話をかける仕種をしながら頼む。振り向いた安本は、心得たという風に頷いた。


安本からの電話は、夕方かかってきた。

「店長、今日はどうも。安本です」

安本の声は、何となく沈んでいるように聞こえる。

「どうしましたか？」

「ああ、彼は児相の一時保護所に、とりあえず入所することになりそうです。ただ、下の子とは会えなかったんですよね。というか、鍵がかかっていて人がいなかったので、わからないんです。でも、隣の人の話だと、母親が、下の子を連れてどこかに出てったと言うんです。私がさっき見に行った時も留守のようでした」

「つまり、母親は優真君がいないことが気にならないんですかね。怪我してるのに」

「ま、そうですね」

「棄てたということですか？」

「それは、まだわかりませんが」

安本は、はっきりとは言わなかった。

「それで、あの子の怪我はどうでしたか？」

「骨折はしてませんでしたが、打撲は酷いようです」

目加田は、信じられない、という言葉を口の中で呟いた。

8

このところ、亜紀は何となく不安だ。その不安は初めてではなく、これまでに何度か経験している類いのものだった。

付き合っている男が、そろそろ自分から去っていこうとしているような嫌な予感がするのだ。男が自分の話を聞くふりをしながらも、何となく上の空だったり、それまでは気にも留めなかったようなことに、急にカッとするようになったり、ふと視線を感じてそちらを見ると、男が他人を見るような冷たい目で自分を見ていることに気が付いたり。と、そんな些末《さまつ》な出来事の積み重ねによるものだが、これまでの経験からすると、その悪い予感は概《おおむ》ね当たるのだった。

他人に対する思い遣りも、注意力もない上に、自分の利しか考えられない亜紀でさえも、これらの気配に気が付くのは、男の稼ぎや住まいに依存して暮らしているから、男の動向に自然と敏感にならざるを得ないからだ。

優真の父親は、身勝手な嘘吐きで、本名や本当の職業さえも亜紀にはわからない。二度の中絶後、優真を妊娠したとわかった途端に、突然姿を消してそれきりである。

それから短期間、二人の男と付き合い、次に篤人の父親。

篤人の父親とは、一番長い付き合いだった。粗暴なやくざ者だったが、自分としては一番好きだった。でも、浮気されて半狂乱になった亜紀は、大喧嘩を繰り返した挙げ句、愛想を尽かされて棄てられてしまった。

北斗と付き合うようになってから、どういう風の吹き回しか時々現れたが、北斗に気を遣ってか、来なくなった。しかし、亜紀はまだ篤人の父親に未練があるから、篤人は可愛くて仕方がないのだ。

そして、今まだ続いているのが北斗だ。北斗はおとなしくて、亜紀の言うことを何でも聞いてくれる。でも、それは二人がラブラブの頃で、今は、キレると怖いところがあるということに気が付いた。

そして大きな問題は、北斗が優真と篤人、二人の子供を嫌っているという事実だ。でも、北斗に追い出されたら、自分たちは行くところがない。だから亜紀は母親なのに、優真を殴って叱ってくれた北斗に、礼を言ってしまうのだ。

「ホクト、ありがとう」

優真は左の側頭部を手で押さえたまま、畳に転がって、声を殺して呻《うめ》いていた。そして、北斗に礼を言った亜紀を睨み付けた。

「おまえが悪いんだよ」

亜紀は、優真の後頭部をぴしゃりと平手で殴った。すると、いきなり優真が立ち上がって、また摑みかかってきたのには驚いた。優真の伸びた爪が上腕に食い込んで痛かった。

「やめろよ」

また北斗が間に入って、今度は突き飛ばすと、優真はもんどり打って転がり、台所のテーブルに背中をぶつけて倒れた。弾みで、テーブルの上に積み上げた雑多なものが、どっと崩れ落ちる。優真はそのままテーブルの下に蹲ってしまった。

亜紀は、あまり優真が暴れるところを見たことがない。

「おまえはやっぱり、父親の血を引いてるんだ。ろくでもないヤツだ」

憎さのあまり言い捨てると、横にいる北斗がふっと笑った。北斗は、優真を殴った拳が痛かったのか、左手で右手の拳をしばらく包んでいる。

「ホクトのおかげで助かったよ」

亜紀が阿るように言うと、北斗は痩せた顔に、うんざりしたような色を見せる。

「ああ、めんどくせえ。俺寝るわ」

そう言って、布団を被って寝てしまった。亜紀は機嫌を取ろうと布団に入っていったが、乱暴に押し戻された。そんなこと一度もなかったのに。呆然として布団から出ると、テーブルの下の暗がりから、優真がまだ亜紀を睨んでいた。

「わあ、気持ち悪い」聞こえよがしに言って、部屋の隅で後ろを向いている篤人を呼んだ。

「あっちゃん、おいで。優真が気持ち悪いから、一緒に寝よう」

前はこう言うと、優真は明らかに嫉妬するような顔をするから面白かったのに、今夜はしんと静まったままだ。薄気味悪かった。

朝になると、優真の姿がなかった。皆が寝ているうちに、外に出て行ったのだろう。清々したが、ふと、人に知られたら困ることに気が付いた。あれだけ殴られたのだから、顔に痣ができているはずだ。そのまま放っておけば、警察だの児相だのがやってきてしまう。そしたら、転校の手続きを取っていないこともばれるし、ネグレクトだの虐待だのと言われかねない。

「ホクト、どうしよう」

亜紀は、いぎたなく口を開けて寝ている北斗を起こした。

「何だよ」

まだ酔いの残っている北斗は機嫌が悪い。あからさまに嫌な顔をして横を向いた。

「優真がいない」

「あいつ、そんなのしょっちゅうじゃん」と、嘲笑《あざわら》う。

「だけど、あの顔じゃ、警察来るよ」

警察と聞いて、さすがに北斗は起き上がった。

「私、逃げるから、一緒に逃げよう」

「何言ってるんだ。おまえの子供だろ。俺は関係ねえよ。逃げるなら、おまえだけ逃げればいいじゃん。俺はもういいよ。ガキ連れて出てけ」

そう言って、布団を被ってしまった。亜紀は、絶望的な気分になった。振り返ると、篤人が起きてこちらを見ている。

「あっちゃん、優真なんか置いて、どっか行く?」

篤人が、うんと頷いた。

第二章　ゴミの中のランドセル

1

児童相談所からベテランらしい中年女性と、前髪を切り揃えて後ろで結んだ学生のような若い女性が、白い軽自動車でやって来た。

「こんにちは。私は福田です」

中年女性が、灰色のトレーナーの胸に提げたＩＤカードを優真に見せながら、自己紹介した。名前は平仮名で書いてある。

若い方が、同じようにＩＤカードを見せた。

「私は淵上《ふちがみ》です」

優真は、「ふちがみ」という名は、どんな漢字を当てるのだろうと首を傾げた。

「あまり聞いたことのない名前でしょう？　ちょっと難しい字なんだ」

淵上が勘良く言い当てたので、優真は好感を持った。

「痛かったでしょう、可哀相に。これは本気で殴ってるね。子供相手に何て酷いことをするんだろう」

福田が優真の傷を見て、憤然としている。「ほんとですね」と、横から覗き込んだ淵上が頷《うなず》いた。

「優真君、まず病院に行って診察してもらってから、相談所でお話を聞くからね。車に乗ってください」

優真は小さい頃、タクシーで一度だけ母親の実家に行ったことはあるが、自家用車というものに乗ったのは、生まれて初めてだった。

物珍しく、車内を見回す。ナビを観察し、バックミラーからぶら下がる交通安全のお守りが、どこのものか見ようと背伸びした。

福田が運転し、助手席に座った淵上はスマホで何か調べている。

淵上が振り向いて、スマホの画面を優真に見せた。

「あなたのおうち、このアパートかな?」

まさしく、北斗さんのアパートだった。灰色の木造モルタル塗り二階建て。一階の各庭は雑草だらけで荒れ果てている。

「そうです」

安本からアパート名を聞いて、グーグルマップで検索したのだろう。母親のスマホを時々内緒でいじるから、優真にもそのくらいの知識はあった。

「じゃ、病院には私が付き添うから、アパートには淵上さんが行ってください。安本さんも向からそうです」

「わかりました」

二人がぼそぼそ話している。

淵上が角に牛丼屋のある信号の手前で、助手席から降りた。優真もよく知っている場所だ。そこからアパートは徒歩で数分である。

「優真君、アパートに弟さんがいるんでしょう？」

運転しながら、福田が話しかける。

「いると思います」

「弟さんは、叩かれたりしなかったの？」

「してないです」

「じゃ、怪我はないね」

「はい」

「どうしてあなただけ叩かれたのかな」

「僕がお母さんと喧嘩したから、北斗さんが怒った」

「お母さんとどうして喧嘩したの？」

「お母さんが、仕事と嘘を吐《つ》いて、本当はラウンドワンで遊んでいたので、僕が怒ったからです」

そのことは安本から聞いているらしく、福田は頷いた。

「いつもそうなの？　あなたがお母さんと喧嘩すると、その人に叩かれるの？」

「いや」と否定してから、優真はしばらく考えた後、答えた。「喧嘩しなくても叩かれることはあります。北斗さんの機嫌がいい時は何でもないけど、お酒を飲んでいたり、機嫌が悪い時はちょっと怖い」

「お母さんは、優真君を叩かないの？」

「叩くけど、お母さんのはそんなに痛くないし、北斗さんの手前、やってる時もあるし」

「そうか。それはすごく嫌だね」

福田はそう言うと、真剣な顔で前を向いた。小声でぶつぶつ何か言いながら、運転している。耳を澄ますと、「酷い話だよ、まったく」と呟いている。

「優真君は学校に行ってないみたいだけど、行きたくないの？」

信号で止まった時に、福田が振り向いて訊いた。

「行きたいです。給食があるから」

優真は安本に言われたことを思い出して言ってみた。確かに、給食は食べたかった。

「そうだよね」

福田が力を籠めて言った。

「でも、僕、足立の学校ではいじめられてたから、行かない方が気が楽だった」

つい正直に言ってしまう。

「どういうことで、いじめられてたの？」

優真は、いじめの内容は言いたくなかった。低学年の頃は勉強だってできたのに、いつの間にか塾に通う子と差がつき、ゲーム機を持っている子に、ゲームの知識がないことをあからさまに馬鹿にされるようになり、そのうち臭いとか汚いとか言われて、皆に避けられるようになったのは、屈辱以外のなにものでもなかったからだ。思い出すと、悔しくて涙が出そうになる。

ふと気付くと、バックミラー越しに優真の顔を福田が観察していた。

「優真君、言いたくなかったら、言わなくてもいいよ」

「うん、だから、いろいろです」

優真が誤魔化すと、福田が微笑んで頷いた。

「優真君は頭がいいね。早く学校に行くようにしようね。すぐ追いつくから」

福田にそう言われると、少し嬉しかった。


優真は、病院で傷を診てもらった後、市役所裏にある児童相談所に連れて行かれた。

医者の診断は、側頭部に骨折はなかったものの、打撲がかなり酷いから、痣《あざ》はしばらく残るであろうこと。また、体のあちこちに古い痣が残っていること、虫歯を治療した跡がないこと、などから、当然ＤＶとネグレクトを疑われた。

渕上と安本はアパートに向かったが、誰もいなかったという。

隣人がいたので聞いたところ、始終、子供の泣き声や、壁に何かを打ち付ける激しい音などがするから、虐待を心配していた、と証言したそうだ。

優真は、それはスズキに違いないと思った。スズキだとて自分たちを脅していたのに、と腹立たしく思ったが、そのことは言わなかった。

「優真君、泊まることになるけど、着替えとか、歯ブラシやパジャマなんかの日用品がないと困るよね」

福田は心配そうだったが、もともと替えの服などほとんど持っていない優真は、そんなことはどうでもよかった。

寒くなれば、フリースやダウンではなく、綿の入った古いジャンパーを羽織り、暑くなればランニングやTシャツで過ごしていたからだ。

「これしかないから」

優真が言うと、福田は信じられないという風に首を振った。

「下着やパジャマは？」

「寝る時もこれ着てました」と、正直に言った。

「歯ブラシは持ってたの？」

「小さい時はあったけど、もう使ってない」

「歯は磨かなきゃ駄目だよ。今日、お医者さんに、虫歯がたくさんあるよって言われたでしょう」

「はい」

「それから、少し体が臭うから、今日、お風呂に入ろうね」

優真は、ジャージの袖の臭いを嗅いだが、自分ではわからなかった。

「最後にお風呂に入れてもらったのはいつ？」

優真は首を捻る。最後は春先だったような気がする。だから、ずいぶん前だ。

北斗さんが『自分のうちで風呂も入れないのか』と怒ったので、母親が風呂桶に入れてあったいろんなものを出して風呂を沸かし、交代で入ったのだ。熱い風呂に入れたのは、それきりだった。

　体が痒くなると、冷たさを我慢して公園の水道で洗った。体が臭っても当然だと思ったし、そのことを恥ずかしいとも何とも思っていなかったのは、学校に行ってなかったからだろう。ともかく空腹を解決することが先決で、次はいかにして暴力から身を守るか、ということだった。だから、清潔なんて、二の次、三の次の生活をしてきた。

「僕はどうなるんですか？」

　風呂に入れと言われた優真は、福田に聞いてみた。

「一時保護所というところに行くようになると思うよ。今、空きのあるところを探しているからね。それが駄目なら、一時的に里親さんのところに泊めてもらうようにするわ。優真君は、頭がよくて、いろんなことが判断できる子だから、里親さんのところの方がいいかもしれないね」

　児童相談所から人が来るのを待っている間、安本が、『一時保護所は規律が厳しいから、子供にとって辛いかもしれないよ。だから、本当は家にいるのが一番いいんだけどね』と心配そうに言ったことを思い出す。

　しかし、優真は内心ほっとしていた。一時保護所だろうが、里親家庭だろうが、ともかく北斗さんの部屋から逃れられて、三食ご飯が食べられるのなら、それでいい。

　さらに、母親が責められるのなら、満足だった。

　子供に仕事に行くと嘘を吐いて北斗さんと遊びほうけ、留守番をさせて餓死寸前まで追い込んだ母親は、重い罰を受けるべきだと思っている。

母親の帰りを待つ間、自分と篤人がどれほど飢えに苦しみ、見捨てられたのではないかと不安に苛《さいな》まれていたか、知らなかったと言うつもりだろうか。

自分にとって、あのアパートの部屋は、「うち」という名の牢獄だった。奥の六畳の寝室と、四畳半のダイニングキッチン。寝室と四畳半の間の襖《ふすま》は取り払われ、寝室は北斗さんと母親の万年床が真ん中に敷かれて、優真たちが寝る布団は奥に積み上げられていた。そして、周囲には、母親や北斗さんの衣服がいつも散らばっていた。

母親はそこから適当な服を拾い上げて着ては、どこかに出かけて行く。どちらかというと、きちんとしているのは北斗さんの方で、北斗さんはいつも自分の服だけは畳んで、テーブルの上などに置いていた。

下に脱ぎ捨てれば、ゴキブリの糞や食べかす、埃だけではなく、篤人が粗相した糞尿が付かないとも限らないからだ。

そんな状態に、北斗さんがうんざりし、腹を立てていたのは、優真もひしひしと感じていた。何かあれば、出て行け、と怒鳴りつけたかったに違いない。

淵上から聞いた話だと、母親たちはアパートを出て、どこかに行ってしまったのだそうだ。すぐに引っ越せるはずもないから、荷物は残っているらしい。

でも、北斗さんの部屋なのだから、母親たちを追い出した後、北斗さんは戻ってくるつもりかもしれない。

「僕はどこに行ってもいいです。お母さんたちのところには居たくないから」

「そうだよね。ご飯もないし、パジャマもないし、お風呂にも入れてもらえないんじゃ、全然、家庭の意味がないよね」

優真は、普通の家庭をあまり知らないから、ふとタケダ君の家や、熊沢家の様子を思い浮かべた。

片付いた家の中、冷蔵庫に入っているケーキやフルーツや総菜、青いカバーのかかったタケダ君のベッド、タケダ君専用のタブレットのある勉強机。そして、熊沢家の家庭菜園や、風呂場から聞こえる湯の音などを思い出した。

「子供だけ置いて出て行くなんて、信じられないね」

福田はそう言って、淵上の顔を見ている。

「痣という証拠があるから、逃げたのではないでしょうか」

淵上が頷いた。

「足立の児相に問い合わせたの。虐待を疑って職員が行ったら、お母さんがすごい形相で帰れって、すごかったらしい。うちでちゃんと育ててるから、文句言うなって」

「全然、育ててないじゃないですか」

淵上が怒っている。

「うん、でも、その時の経験があるから、やっぱ逃げたんだね」

二人が小声で話すのが聞こえてくる。

以前、足立で児相が来た時、母親は端《はな》から喧嘩腰で、『私の子供なんだから、好きに育てて何が悪い』と言い放った。その後、北斗さんと知り合って、北斗さんのアパートに転がり込んだのは、足立の児相から逃げようとしたのだろう。始終、職員が見に来るからだ。

福田は、亜紀が子供を棄てたと怒っているが、優真は逆に、自分が母親と篤人を棄てたのだと思っていた。二度と戻りたくないし、会わなくてもかまわない。と、冷え冷えとした気持ちが心の底にある。

夜になって、安本から連絡が入ったらしい。北斗さんだけがアパートに帰ってきたのだそうだ。

早速、福田が訪問に行って話を聞き、すぐ戻ってきた。

優真の母親は、『ここにはいられなくなった』と言って、篤人を連れて出て行ったのだという。

『引き留めたけど、振り向きもしなかった』

そう北斗さんは証言したらしいが、優真はそれは嘘だと思っている。母親は、顔に痣を作った優真が出て行ってしまったので、いずれ警察が来ることを恐れて逃げたに違いなかった。そんな母親を、北斗さんはいい機会だと追い出したに違いない。

「北斗さんという人は、あなたを殴ったことはないと言ってるのよ。ただ、お母さんに殴りかかっていったあなたを、止めに入ったことだけは覚えているって。でも、酒に酔っていたこともあって、自分がどんなことをしたのか、具体的には覚えてない、と言ってる。もしかすると、お母さんが殴ったんじゃないかって言うの。あなたは、お母さんじゃなくて、北斗さんに殴られたんでしょう？」

福田がメモを見ながら、優真に訊《き》いた。

あの時、北斗さんに『おめえ、優真。調子に乗るんじゃねえぞ』と、いきなり拳固で側頭部を殴られたのだ。北斗さんが覚えていないはずはない。

「北斗さんです」

優真ははっきり答えた。

「そうだよね。そんな酷い痣は、男が強い力で殴らないとできないものだよ。男の人が、付き合っている女の人を支配するために、その子供まで支配することはよくあるんだよね。そういう事例はたくさん見てきたの」

福田は、気の毒そうに言った。

が、優真は内心それは違う、と異議を唱えていた。

福田は、母親を犠牲者みたいに言うけれど、自分は母親は共犯者だと思っている。それも、心が弱いからずるずると男に引きずられて、男の言いなりになり、常に顔色を窺《うかが》う共犯者だ。心も弱いし、頭も弱いし、体も弱い。だから、北斗さんみたいな男に舐《な》められて、共犯にされるのだ。

北斗さんも最低だけど、母親も最低だった。これまでの男たちがこぞって、母親を大事にせずに棄てたのは、当たり前だと思う。

優真は、男たちと同様、母親を軽蔑している自分に気が付いた。

すると急に、最初に母親を棄てた自分の父親は、偉い男だったのではないかと思い始めた。

これまで、母親が自分の父親を罵《ののし》るたびに、その血を引いている自分が罵られているようで辛くて仕方がなかったのに。

自分の父親は、犯罪をしでかしそうな悪人で、自分をお腹の中に宿した母親を無慈悲に棄てて、養育をしようともしない狡《ずる》い男だと思わされてきた。

だけど、見方を変えれば、母親があまりにも馬鹿でだらしないから、嫌気が差したのかもしれないのだ。そうだ、きっとそうに違いない。父親は賢く強く、男の中の男だったのかもしれない。

優真は自分の発見に小躍りした。思いがけない発想の転換だった。

「お母さんの話を聞かなくちゃならないんだけど、連絡が取れないので困ってるの。優真君は、携帯電話の番号、知らない？」

福田が、優真に念を押す。

「知らないです」

優真は首を振った。母親は用心深くて、子供たちに自分の携帯電話の番号を教えようとはしなかった。

「そうか。では、お母さんのお母さんやお父さん、つまり優真君のお祖母ちゃんやお祖父ちゃんとかと、交流はないの？　どこに住んでいるのか知らない？」

「さあ？」と、首を傾げる。

赤ん坊の頃から五歳まで、一緒に暮らしていたと聞いたことはあるが、写真も何もないから、うまく像を結ばなかった。祖母に叱られたことや、祖母の子供たちに邪険にされたことなど断片的にしか覚えていないのだ。

母親は、祖母には冷遇されたと実母を恨んでいた。だから、祖母の家を追い出されるように出てからは、数回しか帰っていない。それも、優真が小学校低学年の頃だ。

「じゃ、お祖父ちゃんやお祖母ちゃんに頼ることはできないね」

「はい」

「ただいま」

買い物に出ていた淵上が戻ってきて、優真の前に、コンビニの幕の内弁当を置いた。弁当はちゃんと温めてあった。

「優真君、遅くなってごめんね。お腹空いたでしょう」

午後から矢継ぎ早にいろんなことがあったせいで、空腹だったことを忘れていた。コンビニの店長にもらったアイスクリームしか口にしていなかった優真は、弁当の匂いを嗅いだ途端に、猛烈な空腹感に襲われた。割り箸を持つ手が震えるほどだ。

「これは差し入れだからね」

淵上がポカリスエットを横に置いた。

「ありがとう」

「栄養つけて、少し太らないと駄目だよ」

「早く食べないと冷めちゃうよ」と、福田。

優真は弁当を食べ始めた。電子レンジが壊れていたから、温められた飯を食べたのは久しぶりだ。こんなにうまいものだったか、と箸が止まらない。

「福田さん、N寮に空きがありましたよ」

「ああ、よかった」

淵上が報告して、福田が胸を撫で下ろしている。

「福田さん、私が送って行きますから、もう帰ってください」

「ありがとう。じゃ、お言葉に甘えて」

福田が疲れた様子で立ち上がった。

「優真君、N寮で頑張ってね。この先のことは、また決まり次第、相談しましょうね。決して悪いようにはしないから、安心してね」

「はい、ありがとうございます」

「礼儀正しいね」

福田が感心したように言った。

優真は、誰かに感心されたり、褒められると嬉しいものだ、という気持ちを忘れていた。

「ほんと、優真君はいい子ですよね」

淵上が同意する。いい子。自分は果たしていい子なのだろうか。

優真は、右ポケットの中にあるピンクのソックスと、消しゴムを握り締めた。

N寮は少し遠いらしい。淵上が、自分の車で送ってくれることになった。淵上の車は、黒の軽自動車だ。今度は助手席に乗せてもらったので、嬉しかった。助手席に乗るのも、生まれて初めてだ。

「優真君、シートベルト締めてね」

「シートベルト？」

「これのことよ」

淵上が体を寄せて、優真の左側にあるシートベルトを引き出して締めてくれた。

淵上の髪がふわりと顔にかかった途端、いい匂いがして変な気持ちになった。母親と北斗さんが布団の中で何かしている時に感じるような、もやもやした妙な気分だった。

優真はこっそりと、運転中の淵上の胸や指などを見た。優真の母親は肉付きがよくて豊満だが、淵上の胸は薄く、痩せている。でも、優真は淵上の体の方が好きだと思った。

車で三十分以上走って、N寮に着いた。周囲は畑ばかりの、郊外の社員寮のような素っ気ない建物だ。

玄関前に車を停めてから、淵上が説明した。

「ここは一時保護所というところなの。子供が安全に過ごせるように、一時的に避難する家よ。だけど、規則がちょっと厳しいの。今、ここしか空いていなかったので連れてきたけど、ここは一時的だということで我慢してね」

「どんな風に厳しいんですか？」

「他の人とお喋りしてはいけないし、学校にも行くことはできないの。スケジュール通りに生活することに決まっているところだから、学校に行ってなかったあなたには辛いかもしれないね。でも、なるべく早く養護施設か里親さんを探すから、少し辛抱してね。なるべく一週間以内には、次を決めたいと思っている」

「ここに、何人くらいの子がいるんですか？」

優真は、明かりの点《とも》った窓を見上げて訊いた。

「十五、六人じゃないかな。ゼロ歳児から十六歳まで、と聞いてる」

「その人たちと話したらいけないの？」

「そう。子供同士もそうだし、外部と連絡を取っても駄目なの。虐待を受けて逃げてきた子供たちが、安全に過ごすための場所だから」

優真は、なぜ話さないことで子供が安全になるのかが、よくわからなかった。

「どうして連絡を取ってはいけないんだろう」

「虐待する親とせっかく引き離したのに、子供はお母さんが恋しいから、つい連絡を取ってしまって元の木阿弥《もくあみ》になることが多くあるの。だから、外部とは接触させないのよね」

「僕はそんなことしない」

「うん、わかってるよ」と、渕上は笑った。

でも、優真は自分が母親を心から軽蔑していて、自ら棄てたことは、誰にも理解できないだろう、と思うのだった。

「優真君、この中に下着とパジャマと歯ブラシやタオルが入っています。これはあなたが出る時も持ってきてね。あなたの持ち物なんだから」

渕上は、ユニクロの紙袋を手渡した。

「すみません」

優真は手渡された紙袋をしっかり胸に抱いた。自分の持ち物は、この袋の中にあるものと、右のポケットの中身だけだった。

寮では、所長だという中年男と、職員の中年女性が出迎えた。二人とも優真の痣を見て、何もかも得心したかのように頷いた。

「疲れたでしょう。今日はお風呂に入って寝なさい」

女性に言われた途端、優真は疲労を感じてへなへなと頽《くずお》れた。

結局、その晩は風呂にも入らず、淵上にもらったパジャマに着替えることもせず、二階の三畳程度の部屋に敷かれた布団に潜り込んで眠った。

思えば、優真が自分だけの布団で寝たのも久しぶりだった。母親たちが帰ってこない時は、万年床で篤人と眠り、母親たちがいる時は布団の山や、押し入れの中で眠っていたのだから。


「小森君、起きなさい」

男の声で目が覚めた優真は、一瞬、自分がどこにいるのかわからず戸惑った。

中年男の顔が近くにあるので、驚いて起き上がった。その時、思わず左目のあたりに触れてしまい、打ち身の痛さに悲鳴を上げた。

「大丈夫かい」

男が慌てて両手で押さえるような手付きをした。短髪で灰色のトレーナーを着ており、体育の教師を連想させた。

「はい」

「小森君、朝ご飯だよ。起きて顔を洗ってください。その後で面接だからね」

そう言って出て行った。

昨夜、確かここの所長だと自己紹介した男だった、と思い出したのは、しばらく経ってからだった。

布団から抜け出して部屋を見回せば、貧相な遮光カーテンのかかった窓がある。カーテンを開けると、前は埃っぽい畑だった。その向こうに工場らしき建物群が見える。寂しい場所だった。

腹が鳴った。またしても空腹だ。人間は空腹に苦しめられる動物なのだと思う。だから、朝ご飯が食べられることが嬉しかった。

優真は、タオルと歯ブラシを持って外に出た。階下で人の気配がする。階段を下りて行くと、廊下の突き当たりの洗面所で、男女が二手に分かれて列を作っていた。

中学生と高校生くらいの女子が二人。男子の方は中学生くらいの背格好の子が一人。男女とも、所長と同じ灰色のトレーナーに黒いパンツという格好で、小学校低学年くらいの子供がそれぞれ洗面を終えるのを待っていた。

優真は挨拶しようとしたが、誰も振り向きもしないし、気にも留めていない様子に、収容された子供同士で喋ってはいけない、という淵上の注意を思い出して、黙って列についた。

洗面と歯磨きを終えて、食堂を探した。味噌汁の匂いがするので、場所はすぐにわかった。だが、食堂に入って驚いた。それぞれが壁に向かって食べている。しかも、一人ずつ仕切りがあって、横に座った者の顔も見えないようになっている。

どこに座っていいのかわからずうろうろしていると、若い男が現れて、端の席を指さした。すぐに、味噌汁と白飯、納豆、野菜サラダ、アジの開きなどが載った黒い盆が運ばれてきた。

優真は夢中で食べた。

食べ終わった者は盆を所定の場所に運んでから、どこかに行ってしまう。優真も真似をして、盆を運んでから部屋に戻った。

まだ眠いような気がして、布団にくるまって横になった途端に、所長が難しい顔で部屋に入ってきた。

「小森君、だらしないよ。起きたら、布団を畳んで押し入れに入れなさい。ここでは、自分の身の回りのことをきちんとする癖を付けてください。でないと、社会生活が送れない。恥をかくのはきみだよ」

「はい」

「それから、きみは昨日着いて疲れていたみたいだね。すぐに寝てしまったけど、お風呂に入って体を清潔にしなさい。きみのために、まだお湯を落としてないから、今すぐお風呂に入りなさい。きみ自身がどれだけ他人に不快な思いをさせているか、わからないだろうけど、ここではそれは許さないからね。お風呂に入ったら、この服に着替えてください」

「はい」

「あと、ここで私語は禁止です。お風呂の後は自由時間だから、図書室に行ってもいいけど、誰とも口を利いちゃ駄目だよ。メモを渡しても駄目。わかったね」

「はい」と返事するしかなかった。

入浴後、優真は皆とお揃いのグレーのトレーナーに黒いパンツを穿《は》き、図書室に行った。食堂の隣にある、ロビーのような場所だ。壁に本棚が設《しつら》えてあって、ソファや椅子が置いてある。

数人がそれぞれ離れた場所で、静かに本やマンガなどを読んでいた。

優真は、朝、洗面所で会った中学生くらいの男子がマンガを読んでいるのに気付いた。痩せていて、齧歯類《げっし》のように歯が前に出ているのが目立つ少年だ。

その少年が顔を上げて、ちらっと優真の方を見たので、優真も目を合わせた。ネズミのような顔をしていると思った。

その少年は、優真の痣を認めてはっとした表情をしたので、何となく近くに座った。

少年の読んでいるマンガをちらっと見る。『火の鳥』とある。手塚治虫という作者の名も知らないし、古めかしい気がした。でも、ここにあるのは、そういう作品ばかりだ。

優真は少年と関わりたいような気がして、思わず、同じ『火の鳥』を手に取った。

優真の関心はゲームにしかないので、マンガはほとんど読んだことがなかった。作者も知らないし、面白いのかどうかもわからなかったが、とりあえずページを開いて読むふりをする。

しかし、優真が近くに来て、しかも同じ本を手にしたのを見たその少年は、立ち上がって窓辺の席に移ってしまった。どう考えても、優真を避けたとしか思えなかった。

どうしよう。近寄ろうか。やめようか。

思案しているところに、誰かがそっと肩を叩いた。驚いて見上げると、所長が横に立っていた。

強烈な加齢臭がする。風呂に入らないと他人に迷惑をかける、というようなことを言ったくせに、自分はどうなんだよ。優真は、所長に反感を持った。

「面接するから、ついてきて」

所長が小声で囁《ささや》く。

「はい」

「大きな声出さなくていいよ」

「すみません」

図書室にいた何人かが、そっと聞き耳を立てているのを感じた。優真はマンガを棚に戻し、所長の後をついて部屋を出た。

所長は廊下を曲がり、玄関横の職員のいる部屋に優真を案内した。

部屋は広く、机を四つ固めて、ひとつの島のようにしてある。黒板があって、献立のようなものが書いてあった。

昨夜、優真を迎えに出た中年女性が、パソコンに向かっていたが、他の机の前には誰もいなかった。

「こっちにおいで」

部屋の隅に衝立《ついたて》があって、その中にソファセットがある。

てっきり福田か淵上が先に来ているものだと期待していた優真は、誰もいないのでがっかりした。

「福田さんは？」

「ワーカーさんたちはね、また別の日に来るよ。あの人たちはあの人たちで、やることがいっぱいあって、忙しいんだってさ」

言い方がぞんざいに感じられたので、優真は不安に思った。

自分が、何か理由をつけて怒られそうな予感がする。母親と北斗さんのせいで、そういう勘だけは鋭くなっていた。

「小森君は、お母さんが付き合っていた男の人に殴られた、と言ってるんだよね」

所長が一冊のファイルを開き、中を見ながら訊いた。

自分の証言を疑われているのだろうか、と心配になる。そんな訊き方だった。

「そうです」

「そんな痣ができるほど酷く殴られたのに、お母さんは、きみのことを心配してないのかな？」

「どっかに行っちゃったらしいから、あまりしてないと思います」

「そうかな。どうだろうね。親がそんな風に思うかな」

優真の言葉を信用していないように聞こえた。

「多分、そうだと思います」

所長の不信を感じて、優真の声も小さくなる。

所長が青い表紙のファイルを開いた。どうやら自分のファイルらしい。優真も覗き込んだ。

ファイルの中には、優真の傷の写真が数枚入っていた。

一番酷いのは、側頭部に受けた殴打による内出血で、左目の下にできた青黒い痣だったが、他にも肩口や左脚にいくつか痣があった。とうに薄くなった腹や背中の古い痣も写真に撮られていた。

また、治療が必要なのに、治療していない虫歯の写真もある。すべて、昨日、病院で撮られたものだ。

それらの写真を眺めていた所長が口を開いた。

「その男性は、自分が小森君を殴ったことを否定しているらしいね。お母さんがやったんだ、と言っているとか。だから、お母さんは慌てて逃げたんだって。自分が逃げも隠れもしないのは、疚《やま》しいところがないからだって言ってるそうじゃない」

「それ、嘘です。北斗さんは、自分のうちから引っ越すのが嫌だから、そう言ってるんだと思います。お母さんのこと、追い出したがっていたから。全部お母さんのせいにしてるんだと思う」

優真は即座に言ったが、複雑な背景を自分が説明できるかどうか、また所長を納得させられるかどうかは、自信がなかった。

「そう？　小森君はお母さんのこと、庇《かば》ってない？」

意外な言葉に、優真は呆然とした。所長は、優真の顔を観察するかのように凝視している。まるで、優真の嘘を見抜こうとしているかのようで、怖くなった。

「庇ってなんかいない。ほんとに、北斗さんに殴られたんです。ここをこうして」

優真は、北斗さんの動きを再現しようとしたが、所長が止めた。

「そうか、いいよ。わかったから」

所長は一応そう言ったものの、納得はしていない様子だった。

「じゃ、お母さんは、きみのことを叩いたりしないの？」

「時々、怒ると叩かれるけど、北斗さんほどじゃないです」

「ほどじゃないっていうのは？」

「そんなに痛くないし、女だから殴るの下手っていうか」

これは本当だ。母親は殴るのが下手だ。手の使い方が不器用で、空振りや当たり損ねも多かった。そのたびに、優真は嘲《あざけ》りたくなるのだった。すると、所長も笑った。

「なるほどね。確かにきみの傷は酷いから、女の力じゃないね。私も多分、この男性は嘘を吐いているのだろうと思うよ。きみの証言だけで、立証できないことに、つけ込んでいるんじゃないかとも思う。でも、だからと言って、きみのお母さんの責任が問われないわけじゃない。そうだろ？」

その通りだ、母親を罰してほしい、と優真は思ったので、大きく頷いた。ところが、所長は逆のことを言うのだった。

「きみがお母さんを責めたくない、という気持ちはよくわかるよ。ここに来る子供たちはみんな、お母さんが憎いけど恋しい、という複雑な気持ちを持っている。だから、ここに長くいるうちに、お母さんに会いたいと思うようになるんだよ」

自分は違う、と優真は思ったが、黙って聞いていた。むしろ、所長が決めつけることに、大きな不安を覚え始めていた。

「でもね、小森君。大人は狡いんだよ。親も例外じゃない。だから、子供は狡くて悪い大人から、できる限り逃げた方がいいの。欺《だま》されないためには、逃げるしかない。そのために、こういう施設があるんだよ」

所長は嚙んで含めるように言う。

「はい」

「だから、ここから逃亡なんてことは考えないようにね」

「はい」と、頷く。

「小森君は、さっき図書室で他の子に話しかけようとしていたね？」

所長に見られていたんだと思うと、かっと顔が熱くなった。

「何を読んでるのかな、と思って」

「朝に言ったよね。ここでは、他の子と話しちゃいけないって」

「はい」と、項垂《うなだ》れる。

「きみはまだわからないだろうけど、みんな、きみみたいに親に酷い目に遭わされてここに逃げ込んできてるから、余計な刺激は控えてほしいんだ。それはきみだって同じだよ。いきなり他の子に、その痣はどうしたのって訊かれたら嫌だろ。お母さんにされた、なんて、答えたくないだろう。みんな自分の親のことは悪く言われたくないの。あんなに酷い目に遭わされたのに、庇いたいんだよ」

「はい」と、答えはしたが、優真は同じ年頃の子に関心を持たれたら、何となく嬉しいのではないかと思った。それに、優真は母親を庇いたくなんかない。罰を受けてほしいと願っているのに、どうしてわかってくれないのだろう。

「だから、他の子とは話さない、ともう一度約束してくれるかい？」

「はい」

「ところで、きみは携帯電話とかスマホとか持ってないよね？」

「持ってないです」

「外部と連絡しちゃ駄目だからね」

そんな方策はないのだから、言われてもどうしようもない。優真はしつこい所長にうんざりしてきた。

「それから、私物は全部ここで預かることになってるんだけど、これは何だろう」

目の前に、ピンクのソックスが出された。

「あれ」と慌てる。確か風呂に入った時に、着たきり雀だったジャージの上下を脱いで、渡された服に着替えた。脱いだ服は、部屋に持ってきたはずだった。いつの間に、ポケットの中まで見られたのだろう。

「職員の一人が、きみの服が汚れているので洗濯しようとして、ポケットにこんなものが入っていたって報告してきた。それで、きみに訊いてみようと思って。これは、女の子のソックスだよね」

「はい、そうです」

「きみが履くの？」

「いいえ」

「きみは弟がいるそうだけど、弟さんのではないよね？」

「違います」

「お母さんが履いていたのかな？　恋しくて持っていたいとか」

優真は何と答えていいかわからず、混乱した。いとも簡単に、秘密の宝物がこうして曝露《ばくろ》されていることに動揺して、言葉が出ない。

「違う。可愛いから、持っていようと思ったんです」

「女の子のだよ」

「うん、でも、ピンクで可愛いから」

「きみはこういうピンク色のものが好きなの？　こういうソックスを履いてみたいの？」

何かが捻じ曲げられていくような気がして怖かった。

「いや、僕は履きたくないです」

もじもじして答えると、所長が頷いた。

「そうだよな、こんなの履いたら変だよな。だって、きみは男の子なんだから」

「そうです」と、仕方なしに頷く。

「じゃ、これはどこで見つけたの。まさか、誰かからもらったとか？」

「いや、公園に落ちていたので、タオルみたいに使ったらいいかなと思って」

口から出任せを言った。

「落ちていたソックスを、タオル代わりにするの？」

所長は可笑《おか》しそうに肩を揺すって笑った。優真は大事なソックスを勝手に曝《さら》された怒りが湧いてきた。

「俺の持ち物に触んないでください」

所長はびっくりしたように、のけぞる真似をした。

「でも、片方しかないよ。何に使うんだろうと不思議に思ったから、きみに訊こうと思っただけだよ」

「いいんです。俺のだから」

ほとんど何も持たない自分の、唯一の宝物を嗤《わら》われたことが悔しかった。

「わかった。じゃ、これは退所する時に渡すからね。あと消しゴムもあったけど、あれも一緒にしておくから」

ピンクのソックスだけ、あたかも問題があるかのように持ってきた所長に、優真は腹が立つと同時に、怖れを抱いた。

自分が盗みを働いたことや、熊沢家の女の子に執着したことを知られたような気がしたのだ。

「小森君、もう部屋に帰っていいよ」

「はい」

立ち上がって衝立の向こうに行こうとした優真を、所長が呼び止めた。

「あ、これは言っておかないと。規則を破ると、一日じゅう、自分の部屋で過ごすことになるよ。図書室もテレビも駄目になるから、気をつけるんだよ。ここにいるのは短いかもしれないけど、場合によっては、何カ月もいることになるかもしれないんだから」

「場合って、何ですか」

「次に行く場所がなかなか決まらない時だね。養護施設の空き状態とか、適当な里親さんが見つからない場合とかね」

ここに長くいることになったらどうしよう、と優真は焦った。三食食べられることが幸せだと思ったのに、それだけではまだ足りないものがあった。それは自由だ。

図書室に戻ると、例の少年は姿を消していたが、朝、洗面所の列で見かけた高校生くらいの少女が、一人マンガを読んでいた。何十巻もあるシリーズの一冊らしい。ここにあるのは、そういう類いのマンガばかりだ。

少女は、皆とお揃いの灰色のトレーナーに黒いパンツという格好をして、髪を後ろで結わえていた。長いこと染めていないらしく、頭頂部が黒く、毛先は金髪、というプリンのような髪の色をしている。

優真は本棚に近付いて、『火の鳥』をまた一冊抜いた。第一巻から読んでみようかという気になった。

ふと視線に気付いて振り向くと、朝食の配膳をしていた若い男が、食堂から二人を監視していた。

「何だよ、見られてんのか」

優真が独りごとを言うと、思わぬところから返答があった。

「そうだよ、気をつけろ」

驚いて横目でそっと見ると、プリン頭の少女が俯《うつむ》いて顎に手を置いたまま、小声で喋っていた。

「口を動かさねえで喋んだよ」

「難しいね」

「じゃ、黙ってろや」

乱暴な言葉遣いだったが、声は高くて可愛い。ラウンドワンにたくさんあるゲーム機の声のようだった。

「その傷、親にやられたんか？」

少し経って、少女が訊いてきた。

「母親の彼氏」

「ろくなことねえな」

「おねえさんはどうしたの？」

「あ、やべ」

答える前に小さく言って、少女は黙った。二人を怪しんだ若い男が、こちらに様子を見にやってきたのだった。

優真は『火の鳥』を持って、少女と離れた場所に座った。

しばらくマンガを読んでいると、さっきのネズミのような少年が戻ってきた。優真を認めると、慌ててまた出て行き、またしばらくすると戻ってきた。どこにも行き場がないのだろう。


「きみたち、そろそろ学習時間だろ。いつまでマンガ読んでるの」

朝食の時、きびきびと配膳を手伝っていた若い男が、こちらにやって来て注意した。

小柄で痩せている。短髪で黒縁の眼鏡を掛けているため、クソ真面目な大学生のようだ。だが、毅然とした言い方は、容易に妥協などしないように見える。

「サリナ、先生が待ってるよ」

男が少女に注意した。

「はい、今行きます」

少女はマンガを棚に戻すと、後ろも振り返らずに出て行った。サリナという少女は、要領がよさそうだ。

「キクノスケ、おまえは何でここに戻って来たの。さっき学習室にいたのに。あそこで待ってなきゃ、ダメじゃないか」

ネズミのような少年は、キクノスケという変わった名前らしい。

顔を赤らめて恥ずかしそうな顔をした。注意されると、おどおどして、動けなくなる質《たち》か。

それを見た若い男が手で制した。

「キクノスケ、先生が一緒に行くから、ちょっと待ってて」

若い男はそう告げた後、優真の方を見遣った。

「優真君だっけね。僕は指導員の相楽《さがら》です。ケースワーカーの福田さんと僕が、きみの担当になるからね。優真君は、ここでちょっと待っててくれない？　この子を学習室に連れて行くから」

相楽は、キクノスケを伴って、図書室を出て行った。

学習室も、食堂みたいに個別に別れて座るのだろうか。優真は学校に行かなくなって久しいから、想像ができなかった。

それに、担当ケースワーカーが若い淵上ではなく、中年の福田だということにがっかりしている。

手持ちぶさたに、マンガの背表紙などを眺めて待っていると、十分ほどして、相楽が図書室に戻って来た。優真のファイルや、文房具などを携えている。

「優真君、そこに座って」

指示通り、優真は図書室のテーブルの前の椅子に腰掛けた。

「きみは足立の方では四年の途中で行かなくなって、こっちに越してきてからは、一度も学校に行ってないんだってね？」

「そうです」

「学校に通えていれば、今は六年生だから、まるまる五年生の時の勉強が抜けていることになるね。どうしようか？」

優真は首を傾げた。どうしようかと言われても、どうしたらいいのか、自分だってわからない。

「どっちにしたって、ここを出れば学校に通わなきゃならないんだから、頑張って追いつくしかないよね。そうだろ？」

「はあ」優真は曖昧に頷いた。

頑張るということが具体的にどういうことか、ピンとこない。

「試しに、このプリントをやってみようか。五年生の問題だから、難しかったら、そのまま何も書かなくていいからね」

相楽は、図書室のテーブルの上に、数本の鉛筆と消しゴム、国語と算数のプリントを一枚ずつ置いた。

「じゃ、ちょっとやっててくれる？　また来るよ」

相楽は忙しいらしい。慌ただしく、出て行った。

優真は国語のプリントを先に始めた。漢字を書くところで躓《つまず》いた個所があったものの、ほとんど理解できたし、書き入れることができた。

久しぶりに鉛筆を握って、ブランクを埋める作業が、殊の外楽しかったので、自分でも驚いている。

しかし、算数はわからないところだらけで、半分以上が白紙になった。

やがて、相楽が戻って来た。その背後に、ピンクのトレーナーを着た福田が立っていた。

福田は、優真を見て手を振った。

「優真君、おはよう。お風呂に入ったんだって？　気持ちよかったでしょう」

「はい」

「傷、痛くない？」

優真は左手で側頭部に触れた。

「触ると痛いです」

「そうでしょう。早く血が引くといいわね」

相楽がプリントを見て、ほう、と声を上げた。

「すごいね。きみは国語能力高いね。頭がいいんだな。でも、算数は分数の計算と図形がまだだね。こんなのは要領を覚えれば簡単だから、一緒にやろう」

「優真君は、賢いんですよ」

福田がなぜか得意げに言い添えたので、優真は嬉しくなった。

母親と北斗さんから逃れさえすれば、自分は何ごとも、他人より優れてできるのではないかと思わなくもない。

低学年の頃、学校の勉強はそんなに嫌いではなかっただけに、学ぶ喜びを味わいたい、と真摯に思う一方で、勉強ができるようになって、いじめた奴らを見返したくもあった。だけど、どちらもできなかったのだ。

「では、ここで、お昼まで算数の勉強しようか」

相楽が腕時計を覗いて言ったので、優真は頷いた。

「まだ傷が痛いのに、大丈夫かしら。あまり無理させないで」

福田は心配そうだ。

「大丈夫だよな？　それよりも早く勉強したいだろ？」

相楽に同意を求められた優真は、こくりと頷いた。

「じゃ、私は所長と打ち合わせしてきますから、よろしくお願いします」

福田が席を立ったのを、優真は内心はらはらしながら見送った。

所長は、ピンクのソックスのことを福田にどう報告するのだろうと、不安だった。あの子は、女の子のものを欲しがって異常だ、とか言いつけないだろうか。

脳裏に、タケダ君のスイッチを盗んだ時のことが蘇った。母親の怒号と殴打。タケダ君の態度の豹変。屈辱と不安の日々だった。

あの記録は、足立の児相にまだあるだろうから、ソックスも熊沢家の洗濯物から盗んだとばれているのではないか。コンビニで消しゴムを盗んだ時も、店長にモニターに映っていたと言われた。

一人気を揉む優真に、何も知らない相楽が、のんびりとスケジュールを説明した。

「平日はね、九時から十二時までは学習の時間なんだ。朝食から九時までは自由だから、ここでマンガ読んでてもいいよ。お昼を食べたら、また自由時間になるけど、午後は体育の授業があることもある。でも、きみはそっちは休んで、算数や理科の補習しようか。学校に戻るとしても、六年から入りたいだろ。一年も遅れたくないよね？」

「はい」

「きみが、ここにどのくらいいることになるかわからないけど、少しでも追いつけるように特訓するから、頑張ろうや」

「はい。保護所を出たら、僕はどうなるんですか？」

相楽はファイルを開いて、目を落としたまま言った。

「まず、保護者との話し合いがあって、きみのことをどうするか、決めるんだよね。それが先決だ」

「でも、お母さんは逃げたって聞きました」

「事実はよくわからないけど、皆で捜してると思うよ」

「でも、僕は絶対にお母さんのところには帰りたくないです」

優真ははっきり言った。ファイルを見ていた相楽は、顔を上げて優真に頷いた。

「だけど、保護者には親権があるからね」

「それ、何ですか？」

「きみの保護者としての権利と義務だよ。きみは成人するまで、お母さんの監督下にあって教育と保護を受ける権利があるってことだ。行政は、それを奪うことはできない」

「虐待されてても？」

「ケースバイケースだな」

優真は、養護施設に行こうが、里親の家庭に入ろうが、母親と北斗さんの元に戻ることさえなければ、どちらでもかまわなかった。

北斗さんに殴られ、生々しい痣のあるうちに、あの優しい店長のいるコンビニに行ったのは正解だった。虐待を疑われて、十中八九、保護されることがわかっていたからだ。

子供だって、堪忍袋の緒が切れることがある。親を軽蔑し、棄てる瞬間がある。それなのに、親を庇っているのではないか、などと言う所長は大馬鹿だ。

「僕はお母さんが大嫌いです」

優真ははっきり言った。

「そうか、そうか。酷い目に遭ったもんな」

相楽は優真の痣を見て、痛ましそうな顔をした。

午前中、算数の勉強をした後、優真は相楽と一緒に食堂に向かった。朝は、皆が壁を向いて、それぞれの間に仕切りがあったのに、昼は取り払われていた。

理由は明かされていなかったが、保護所には親の虐待を受けて入ってきている子供が多いから、優真は自分の痣を見て衝撃を受ける子供がいることを恐れたのかもしれない、とも思った。

中央に、大きなテーブルが四つ出され、それぞれに五、六人の子供たちが座っていた。ひとつは幼児のグループで、保育士らしき中年女性が面倒を見ている。その隣は、女子だけのグループ。奥のふたつのテーブルに小学生の男子と、中学生以上の男子が分けられていた。

女子だけのところに、サリナと呼ばれたプリン頭の少女がいて、優真の方を睨《にら》んでいる。

キクノスケは、小学生男子のグループに入れられていた。

「優真はここに座れ」

相楽に指示されて、優真は小学生の男子グループの端っこに座らされた。皆から痣が見えないように、壁向きだ。隣はキクノスケだが、むっつりと黙っている。

献立は肉うどんで、小さなお稲荷さんがひとつ小皿に載っていた。

所長を始めとする職員たちも、前のテーブルに座っている。相楽の他に、三十代くらいの女性指導員がいて、女子グループに目配りしていた。

所長の隣には福田が座っている。福田と所長は、なにごとかひそひそと話していた。相楽が立ち上がり、通る声で挨拶した。

「食べ終わったら、食器は後ろに出してください。じゃ、頂きまーす」

頂きまーす、と素直に唱和したのは、幼児グループだけだった。

すでに空腹を感じていた優真は、まずお稲荷さんを呑み込むようにして食べた。それから、うどんを夢中で啜《すす》った。

私語が禁止されているのかと思ったが、ひそひそと話す分には、誰にも注意されないようだ。女子のグループからは、密かな笑い声さえも聞こえてくる。

不意に、キクノスケがこちらを凝視しているのに気付いた。

「何年生？」

声を潜めて訊ねると、キクノスケは何も言わずに、指で六と示した。

「同じだよ」と答えながら、優真は学校にも行ってない自分を残念に思った。住民票を提出せずに、自分を居所不明児童にした母親のずぼらさに、改めて腹立ちを覚える。

「俺、小森優真」

優真は低い声で自己紹介した。

キクノスケが、齧歯類に似た細い顎を必死に動かして何か言おうとしている。

「こ、こ、ここでは、な、な、な、名前だけで、い、いいんだよ」

キクノスケは吃音《きつおん》らしい。優真は言い直した。

「わかった、優真だよ」

「ぼ、ぼ、僕は……」

辛そうだったので、優真は先回りして言った。

「いいよ、知ってるから。キクノスケだろ?」

キクノスケは安心したように黙った。小食らしく、お稲荷さんを食べ残している。

やがて、食べ終わった子供たちが立ち上がって、食器を片付け始めた。

「優真、学習室で待ってて。片付け終わったら行くから」

相楽に言われて優真は先に出たが、場所がわからないので、廊下でうろうろしていると、サリナに声をかけられた。

「何してんだ」

「学習室ってどこ?」

「連れてってやる」

サリナが先にすたすた歩きだしたので、優真は後をついて行った。図書室を通り越して、その先に向かうサリナの背に、話しかける。

「話しても大丈夫？」

「ちょっとならいいけど、それ以上は叱られる」

「何で」

「ここは逃げてきた子供が安全に暮らす場所だから、余計な話はしないんだとさ」

サリナが用心深く周囲に目を遣りながら、早口に答える。

「ここに、どのくらいいるの？」

「二カ月」

「この後、どうするの？」

「家に帰るさ」

サリナはぶっきらぼうに答えた。優真は、家に帰るという選択肢もあるのかと驚いた。

「施設が嫌いなんだよ」

ぴしゃりと言われて、優真は黙った。だったら、早く帰ればいいのに、何か事情があるのだろうか。しかし、『余計な話はしない』と言われたので、それ以上、訊けなかった。

「ここだ」サリナが、ドアを開けた。

普通の教室くらいの大きさで、黒板と大きなテーブルが三つあるだけの、殺風景な部屋だった。使わないパイプ椅子は、壁に押し付けられている。窓には白いブラインドが付けられていて、その羽根は薄く開いていた。外は曇り空で、目の前には、埃っぽい畑が広がっている。

しかし、ここで相楽と毎日勉強するのかと思うと、何となく新しい世界が広がっていくような気がして、優真は嬉しかった。

「楽しそうじゃん」

サリナは、優真の表情を観察していたらしい。

「やっと逃げれたから」

「何から」

「親から」

正直に言うと、サリナが笑った。

「甘《あめ》えな、おまえ」

何を言う。こいつは何も知らないんだ、と優真は苛立った。

「何だよ、おまえは違うっての？」

サリナは目敏《めざと》く優真の表情を見て怒った。

「そんなことないけど」

「けど？　何言ってるんだ、甘いんだよ。親なんかさ、子供をいいように虐待するくせに、実は子供の存在に寄りかかってるんだ。だから、子供が可愛くなったり、憎くなったりの繰り返しさ。自分のことばっか考えてる時は邪魔にするし、気が向けば可愛がろうとして、こっちがキモいって邪険にすればキレてさ。扱いづらい連中なんだよ。要するに、私たちも、ガキを相手にしてるの、親という名のガキ。おまえの親も、いざとなれば、おまえのことを離さないよ、ぜってえに。間違いない」

　サリナは雄弁だった。奔流のようにサリナの口から放たれる言葉の勢いに、優真は驚いて身を竦《すく》ませた。

「でも、俺、お母さん嫌いだよ」

　やっとのことで言う。

「殴られたからだろ？」

　サリナが険しい目で問うた。

「違う」と、優真は首を振った。「すごく馬鹿で、だらしないからだ」

「信用しねえよ。おまえも、自分が悪かったからお母さんを怒らせたんだ、悪いのは自分だ、とか言って、ぎゃあぎゃあ泣くんじゃねえの。それが親を増長させんだよ」

　優真は肩をそびやかした。

「言わないよ、そんなこと」

「ならいいけどさ。親になんか負けんなよ」

　サリナは、相楽がやってくるのを認めたらしく、捨て台詞を吐いて行ってしまった。

　相楽が廊下を歩きながら、不審そうにサリナの後ろ姿を見ている。

「サリナは何しに来たんだ」

「ここに連れてきてもらったんです」

　優真は誤魔化した。

「ならいいけど。優真、他の子に自分の話をしちゃ駄目だよ」

「何でですか」

「それぞれケースが違うからだよ」

だから話してはいけないと禁じるのは、子供の能力を舐めているのではないかと優真は思ったが、黙っていた。

「サリナはここに一番長くいるから、退屈してるんだな。とかく、新入りをかまいたがる」

相楽はそう言って笑ったが、優真はサリナがなぜあんなことを自分に言うのか、理解できなかった。

急に、同じ年頃や同じ境遇の子供たちと接するようになって、戸惑う自分がいる。

特に、サリナのような年上の少女と話したことはなかったから、どう対応していいのかわからないのだった。優しいのか、怖いのか。本気なのか、冗談なのか。からかいなのか、脅しなのか。見当もつかない。

「まあ、いいよ。勉強始めよう。これは五年の算数の教科書だから、これを見ながらやってみようか」

相楽は、優真の目の前に、算数の教科書を置いた。「5年　算数」。手擦れのある、使い古された教科書だったが、優真は指で小口をなぞってから、ページを開いた。何だか懐かしかった。

足立を出る時、『これはもう必要ないだろう』と、母親が自分の教科書を全部棄ててしまったので、教科書に触るのは、久しぶりだった。

『ランドセルも要らないね。あんたは学校に行かないんだから』

ランドセルも、その時、一緒に棄てられてしまった。教科書もノートも下敷きも鉛筆も消しゴムも体操着も上履きも、学校と縁のあるものはすべて棄てられた。

その時、優真にほっとした気持ちがあったのも、間違いではない。優真にとって、学校は死ぬほど辛い場所になっていた。そこから逃げられるのなら、嬉しくはあったのだ。

しかし、亜紀の言うことは何かが間違っている気がした。自分は学校に行けないだけなのに、「学校に行かないんだから」と決めつけるのはどうしてだろう。もう二度と行かなくても大丈夫なのだろうか。何だか怖い気がする。

ランドセルだけは拾った方がいいのではないかと、翌朝、優真はゴミ捨て場に見に行った。すると、綺麗さっぱりなくなっていた。急に、取り返しのつかない思いがどっと湧いてきて、優真は道端で泣いたのだった。

以来、本や雑誌に触れたことはない。たまに、北斗さんが買ってくる少年マンガ誌を盗み読みすることはあったが、優真が読んでいると知ると、北斗さんはすぐにどこかに持っていってしまう。

北斗さんは意地悪で、優真が活字に飢えたり、退屈したりすると、わざと欲しがるものを遠ざけるようなところがあった。

北斗さんの仕打ちや、それに同調する母親のことを思い出すと、憎しみが滾《たぎ》って、もう少し大きくなったら二人に復讐してやる、とまで思うのだった。そんなことを考えてぼんやりしていると、相楽に肩を叩かれた。

「さっき、躓いていた分数の計算からやろうか」

優真は鉛筆を握った。懐かしいＨＢ。鉛筆削り器で削ったのだろうか、芯が尖っている。タケダ君は、カッコいいシャーペンを持っていたことを思い出す。

「その鉛筆と消しゴムはきみのだから、これからは持って移動してね」

持ち物が増えたことに、優真は喜んだ。

2

優真は顔に酷い痣を作ったままどこかに行ってしまった。

亜紀は、とりあえず逃げなきゃ、と出て来たものの、ドアがバタンと閉まった瞬間に、カチャリと施錠された音を背中で聞いて、自分は取り返しのつかない失敗をしたのではないかと後悔した。

亜紀が靴を履いている時、北斗はまだ寝ていた。顔を向けようともしなかったくせに、部屋を出た途端、素早く鍵を掛けたのだ。

慌てて、ドアを開けようとガチャガチャとノブを回してみたが、施錠されたのだから開くわけがない。

バッグを探ったが、鍵もなくなっていた。知らぬうちに、北斗が抜き取ったに違いなかった。

「ホクト、開けて。忘れ物した」

何度かドアをどんどん叩いたが、安っぽい合板でできたドアは、もう二度と開かなかった。

「やばいよ、閉め出された」

横にいる篤人に言うが、篤人はあらぬ方向を見ている。篤人の視線の先にスズキを認めた亜紀は、顔色を変えた。いつの間にか、隣室からスズキが現れて横に立っている。

「どうした？」

にやにやしながら訊《たず》ねる。

「いや、別に。何でもないです」

スズキが苦手な亜紀は頭を振った。

「それならいいすけど。あっちゃん、元気？」

スズキが、篤人に手を振った。篤人は少し怯えたような表情をして、亜紀の後ろに隠れようとした。

亜紀は、おとといの夜、篤人がスズキに世話になったことを思い出したが、その礼も言わずに篤人の手を引っ張った。スズキは薄気味悪い。

「すみません、出かけるんで」

スズキは不快そうに頷くと、隣室に引っ込んだ。

「キモいよ、あいつ」

亜紀は呟くと、篤人の手を引いて歩きだした。急いで詰め込んだ自分の服や篤人の服で、ぱんぱんに膨れ上がったキャリーバッグを引き、篤人と手を繋いでいるから、歩きにくかった。

しかし、どのみち児相や警察が駆けつけて来るだろうから、北斗の部屋には戻れない。

北斗に閉め出された事実を忘れようと、亜紀は次の方策を必死で考えた。

「そうだ、あっちゃんのお父さんのところに行こうか」

「お父さん？」

篤人が驚いたように、亜紀の顔を見上げた。本当に行くつもりか？　その不審の眼差しが、篤人の父親にそっくりだった。

未練が残っているだけに、急に懐かしさがこみ上げてきた亜紀は、近くの児童公園に入ると、ベンチに座ってスマホを手にした。

篤人は、砂場に座り込んでいる。滑り台のところに、二人の母親と三人の幼児がいたが、近くに来た篤人を見てか、引き揚げてしまった。

亜紀はそれで初めて、篤人の着ているジャージの上下が、とても薄汚れていることに気付いた。食べこぼしだけではなく、粗相してそのままにしたのか、股間にもシミが付いている。しかも、今日のように蒸し暑い日に、起毛のジャージでは無理だ。どこかで着替えさせなきゃならないと思ったが、まずは電話だ。

横目で篤人を追いながら、亜紀は篤人の父親に電話した。

「もしもし、亜紀だけど」

「あん？」

とっくに番号を削除してしまっていたのか、男は驚いた様子だった。

「元気？」

「ああ」

「今、篤人と一緒にいるんだけど、ちょっと頼みたいことがあるんだ」

「何だよ」

男は急にうんざりした様子になった。

「これから、そっちに行っていい？」

「駄目だ」

男の拒絶ははっきりしていた。

「何で？　あんたの子が一緒にいるんだよ」

「うちには子供が二人いるんだ」

すでに他の女と子供を作ったということか。亜紀は愕然としたが、めげずに食い下がった。

自分には正当な理由がある。

「だけど、あんたの子だよ」

ブツッと耳障りな音がして、電話を切られてしまった。

少し躊躇《ためら》った後にかけ直したが、すでに着信拒否されていた。

「畜生」

篤人がそばに来て、亜紀の膝を叩いた。存外、強い力だった。

「お腹空いた」

「あんた、それしか言わないんだね」

すると、篤人が幼児とは思えない鋭い目で亜紀を睨んだ。

「だって、お腹空いたもん」

「おまえのお父さん、最低だよ。最低の男だ。おまえも似てるんだろう」

腹いせに、篤人の頭を拳固で小突いた。反抗的な目付きで睨み返されたので、もう一回小突いた。

「馬鹿。ああ、先が思いやられるよ。優真がいなくなって清々したのに、今度はおまえの番かよ。馬鹿」

　もう一度、頭を小突く。とうとうあまりの理不尽さに、篤人が泣きだした。その脳髄に響くような泣き声を聞いているだけで、置き去りにしてどこかに行きたくなる。

「うるさい、泣くのやめろ。このまま棄ててくよ。そしたら、あんたはどこにも行くところがないだろう」

　どこにも行くところがないのは、自分も同じだった。

　顔じゅうを鼻汁まみれにした篤人は、泣きやまない。

「やだ、やだ」

　児童公園の前で、中年女がわざわざ自転車を停めてこっちを凝視している。虐待だ、とまた通報されたら、たまらない。

　亜紀は、母親の家に行くことにした。実母とは折り合いが悪いから、また邪魔にされるだろうけれど、頼み込めば、ひと月くらいは居させてくれるかもしれない。その頃には、児相も追跡を諦めて、北斗も考えを改めるだろう。

「篤人、行くよ」

　キャリーを引いて歩きだすと、篤人がべそをかきながらついてきた。

　鼻汁で濡れた篤人の手を引いて、イトーヨーカドーに向かう。

　午前中のヨーカドーは、あまり人がいない。亜紀はほっとして、ヨーカドーの広いトイレで水を飲み、自分と篤人の顔を洗った。篤人が着ていたジャージは棄てて、半袖のTシャツとハーフパンツを着せた。

洗濯もせずにキャリーに突っ込んだから皺だらけだったが、汚れたジャージの上下よりはマシだった。

篤人の運動靴もひどく汚れていたが、買う金も惜しいから、そのままで電車に乗せるしかない。

「お腹空いた」

また篤人が愚図りだした。亜紀は地下の食品売り場で海苔巻きを買い、外のベンチに座って、二人で食べた。

「ラーメン食べたい」

篤人はまたべそをかいている。海苔巻きを分け合って食べたのでは、足りないらしい。いつの間に、こんなに食べるようになったのだろうと、亜紀は驚いた。つい、この間までミルクを飲んでいたのに、今は半人前どころか、一人前も軽々と食べそうだ。

優真が、食べ物が足りないと訴えるたびに、嘘を吐いていると怒っていたが、どうやら本当だったようだ。信用せずに悪かった。

しかし、昨夜の優真の反抗的な目付きを思い出すと、少し背中が薄ら寒いような、取り返しがつかないことをしたような、不思議な感覚があるのだった。

あれは、優真が自分を見放した瞬間だったのではないか。北斗にも見放され、優真にも見放され、この篤人にも見放されたら、自分はどうしたらいい。誰にも縛られずに、自由に生きられるのだろうか。いや、違うような気がする。

亜紀は急に不安になって、篤人をぎゅっと抱き締めた。

「あっちゃん、二人きりになっちゃったよ」

乳房にぎゅっと押し付けられた篤人は、苦しそうに顔を離した。

「ラーメン食べたい」

「わかったよ。お祖母ちゃんのうちに行ったら、食べさせてやるから」

それでようやく納得したのか、篤人は頷いた。

だが、母親の家に向かう道中、篤人はごねたり、拗《す》ねたりした。そんな篤人をなだめながら、亜紀は電車を乗り継いで、埼玉の母親の家に帰ったのだった。

亜紀の母親はまだ四十九歳だ。十七歳の時に亜紀を産んで、シングルマザーになった。後に、亜紀の父親ではないトラック運転手と結婚して、二人の子を産んでいる。

だから、母親の家には、義父と亜紀の異父弟妹が住んでいる。弟は十五歳で、妹は十三歳。妹は優真より一歳上なだけだった。

あらかじめ電話をすれば、母親のことだから、絶対に来るな、おまえを養う金はない、と怒るに決まっていた。だが、二人の子は学校だろうし、トラック運転手の夫は、ほとんど留守のはずだ。

亜紀はいきなり顔を見せることにした。追い出されたら、篤人だけでも置いて行くつもりだ。

母親の一家は、武蔵野線沿線の一軒家を借りて住んでいた。亜紀は、電車とバスを乗り継ぎ、最後は眠ってしまった篤人を抱き、這々《ほうほう》の態《てい》で母親の家に辿り着いた。

インターホンを忙《せわ》しなく鳴らすと、苛立ったような母親の声がした。

「はい？」

「私だけど」

「亜紀？」

「そう」

「何で来たの」

すでに、母親の声は尖っている。亜紀は頼み込んだ。

「行くとこがなくて」

小さな声で言うと、インターホンが途切れ、玄関の戸が開いた。母親が化粧気のない茶色い顔で出てきた。会うのは三、四年ぶりくらいだ。

以前は若々しくて、亜紀と姉妹に間違われた母親も、すっかり老けこんで見えた。いくらノーメイクとはいえ、母親の激変ぶりに亜紀は驚いた。まだ五十前なのに、老婆にしか見えない。

しかし、それを言って機嫌を損ねられても困る。計算高い亜紀は、口が裂けても言うまいと決意した。

「久しぶり。元気そうじゃんか」

「何が元気そうだ、さんざんだよ」

母親は、亜紀が連れている篤人をじろりと見下ろした。

篤人は空腹での長い道中に疲れたらしく、すでに不機嫌で唇を尖らせていた。

「お腹空いたよ」と、また言う。

「いきなり、お腹空いたよ、だって」母親が呆れたように繰り返した。「あんた、お祖母ちゃんに、こんにちは、くらい言ってごらん」

篤人は膨れたまま、口を引き結んでいる。意地でも言わない、と言いたげだ。

「何だ、可愛くないね」と、母親が独りごちたのが聞こえた。

「中に入れてよ、お母さん。K市から来たから疲れた」

「どうしたんだよ」

母親は大きな溜息を吐いた。

「どうもこうも、説明するから入れてよ」

「わかったよ。でも、ダンナいるよ」

亜紀は少し顔色を変えたが、仕方がないので頷いた。

トラックに乗っている時は働き者なのに、家にいると酒ばかり飲んでいる義父が苦手だった。気も合わないし、義父の方もだらしない亜紀を嫌っている。だが、背に腹は代えられないのだった。

「お義父さん、仕事はどうしたの？」

「休養するって、急に言いだした」

母親は突《つ》っ慳貪《けんどん》に答えた。

それで母親の機嫌が悪いのかと思い、亜紀は母親に阿《おもね》った。

「お義父さん、いいご身分だねえ」

ところが意に反して、母親はじろりと娘を睨んだ。

「そんなこと言うと、ダンナに追い出されるよ」

「はいはい、すみません」

機嫌を取って、狭い間口の玄関から中に入れてもらうことに成功した。途端に、生ゴミの饐《す》えた臭いがした。しかも、三和土《たたき》いっぱいに、スニーカーやサンダルやらが、脱ぎ散らかしてある。泥の付いた長靴まであり、まるで民宿の玄関だ。

前はこれほど散らかっていなかったのに、どうしたのだろう。

亜紀は、何とか靴を置くスペースを確保して靴を脱ぎ、家に上がった。廊下も埃っぽくざらりとする。

篤人も誰かのサンダルを踏んだまま靴を脱ぐと、勝手に奥に走って行った。

「篤人、待ちな」

亜紀の声も聞こえていないようだ。

「あの子、誰の子？」

母親が嗄《しわが》れた声で訊く。男の名は答えずに、子供の名前を告げた。

「二人目。篤人っていうの」

「最初の子はどうしたの。優真だっけか？」

「そのことで話があるんだよ」

亜紀は声を潜めた。二人は玄関の上がり口で立ち話を始めた。

亜紀はざっくりと、同居している男が優真を殴ったため、優真が出て行った話をした。

「子供のことだから、すぐ戻ってくるだろ」

母親は取り合わない。

だが、亜紀が、顔に酷い痣ができたのに外に出て行ったから、いずれ児相か警察が来るだろう、という話をすると顔色が変わった。

「うちにも連絡が来るんじゃないか。足立の児相、来ただろ」

「その時は、うちは娘と一切連絡を絶っている、と言ってくれればいいんだよ」

母親は呆れた顔をした。

「ここまで見に来たらどうするんだ」

「居留守、居留守」

「おまえは相変わらずだね。調子がいい。だから、嫌なんだよ」

「よく言うよ」

亜紀は、母親にされた仕打ちを忘れていない。

男が来ているからと、雪の日に外に出されたこともあるし、学校から帰宅しても、鍵が掛かっていて中に入れず、夜遅くまで公園で待っていたことだってある。一度などは、夜中になっても帰ってこないので、アパートの廊下でランドセルを枕にして、ひと晩寝たことがあった。その時は、見かねた大家の奥さんが、朝家にいれてくれて、熱い味噌汁と納豆ご飯を食べさせてくれたのだった。

「そんなに殴られて、優真は大丈夫なのか?」

母親が、ほとんど毛の生えていない薄い眉を顰《ひそ》めて訊いた。

「知らないよ、あんなガキ。逞《たくま》しいから、どこかで保護されて、ぬくぬく暮らしてるよ。痣ができてうまくやった、と思ってるさ」

「我が娘ながら、うんざりだ」

母親が強い口調で言った。

「よく言うよ」

語彙《ごい》のない亜紀は、同じ言葉を繰り返した。

「じゃ、おまえ。あたしに殴られたことあるか？」

「殴られてないけど、似たようなことされたよ」

「そうだっけか」と、母親は上の空で答える。

いつもはもっと獰猛《どうもう》で、亜紀の言葉にいちいち突っかかってくるのに、頼りなげで、どこか他人事《ひとごと》な様子が、気にかかった。

「お母さん、どうかしたの？」

「乳癌になった。それも末期だって。あちこち転移してるって言われた。来週、また入院だから、あんた、うちに居てもいいけど、家事やってくれよ」

そうきたか。しかし、家に置いてくれるのならラッキーだ。適当にやって誤魔化すしかないだろう。

「乳癌、いつわかったの？」

「三カ月前かな。体調悪いから病院に行ってわかった」

「そら、大変だね」

我ながら、あまり心が籠もっていない気がした。母親としばらく疎遠だったから、末期癌と言われても実感がない。後から死んだと聞いても、特に感慨はなかっただろう。

「冷たいね」と、母親が苦笑した。

それは自分のせいだよ、と言いたい気もあるが、やっとのことで我慢した。この娘と母の間は、まだまだ不穏である。

「誰だ、おまえ。勝手に取るんじゃねえよ」

突然、年配の男の怒声が聞こえ、わーんと激しい泣き声がした。

亜紀は急いで泣き声の聞こえた方に向かった。狭い家だから、右手が二階に上る階段、左手がリビング兼ダイニングキッチンになっている。

リビングを覗くと、案の定、テレビの前で篤人が寝転がって、派手に泣いていた。

テレビが大音量でワイドショーを流し、義父がランニングにブリーフという下着姿で、ソファの上で胡座《あぐら》をかいていた。まだ昼前なのに、テーブルには焼酎のボトルがある。

「お義父さん」

「何だ、このガキは」

挨拶も返さずに、義父は怒鳴った。

「うちの篤人」

「びっくりしたぞ。いきなり部屋に入ってきて、皿の上のつまみを食べたんだ」

テーブルの上に、元は皿に載っていたと思しき、柿の種やスルメが散乱していた。

「すみません、お腹空いてたから」

「いくら腹が空いてたって、いきなり手掴みはないだろう。いったい、どういう躾《しつけ》してんだ、おまえ」

義父は激怒している。亜紀は平身低頭するしかなかった。

「あたしが入院してる間、亜紀が家事やってくれるってさ」

母親もとりなしてくれるけど、飲んでいるせいもあってか、義父の怒りは収まらなかった。

「このガキも一緒にいるのか」

義父が顎で篤人を示した。

「すみません、よろしくお願いします」

亜紀は義父に頼みながら、あんたの女房の娘なのに、何で使用人のようにぺこぺこしなきゃならないんだと、内心憤《いきどお》っていた。

「何だよ」と、ぶつぶつ言いながら、義父は湯飲みに焼酎を注いだ。

その姿を横目で見た母親は嘆息して、食卓の前にどかっと座った。

篤人はもう泣くのをやめて、とんとんと音をさせて階段を上り、二階に行ってしまった。

「二階、誰かいるの？」

確か二階の二部屋が、子供部屋だった。

「銀河が寝てる」

銀河とは異父弟の名だ。銀河は、確か高校一年のはずだが、学校に通ってないのだろうか。

亜紀の疑問に答えるように、母親は妹のことにも触れた。

「星良《せいら》は学校行ってるけどね」

ということは、義父と銀河と篤人が常にいる家の家事を、自分がしなければならないのか。

絶対あり得ない、と亜紀は思った。

「ところで、私たち、どこで寝ればいい？」

「リビングしかない」

しかし、リビングは、義父がどかりとテレビの前に陣取って酒を飲んでいる。

「無理だよ」

「じゃ、庭の物置片付けたら？」

狭い庭をいっぱいに占めて、スチール製の物置がある。

「嫌だよ、無理だろ」

「中の自転車出せば、大人も寝れる」

「物置でなんか寝たくないよ」

「じゃ、玄関前の廊下」

「悲しいな」

「わかってて、こっちに来たんだろ？　しょうがないよ」

「星良と一緒に寝させてよ」

「自分で頼みな。絶対に無理だと思うけど」

バタンと、二階でドアの音がした。ぼそぼそと少年の声がする。

きっと篤人が銀河の寝ている部屋のドアを開けて覗き、銀河が怒ったのだろうと想像できたが、見に行く気がしなかった。謝ってばかりだ。これだから子育ては面倒なのだ。

やがて、注意深く階段を下りてくる、幼児の足音が聞こえた。

「落ちない？」

母親が階段の方を見遣ったが、体がしんどいのか、自ら動く気はないらしい。

「落ちてもいいよ、あんなの」

亜紀が投げやりに言うと、焼酎を飲んでいたはずの義父にも聞こえたらしく、義父が唖然《あぜん》とした顔で振り向いた。

無言の圧力を感じて、仕方なく様子を見に行く。果たして、篤人が一段一段、階段を下りてくるところだった。

「おにいちゃんが寝てた」

「勝手に、上行っちゃ駄目だよ」

無事に下に下りた息子の頭を軽く小突いてやった。

その時、バッグの中に入れてある亜紀の携帯が鳴った。もしかすると、北斗からではないだろうか。

期待した亜紀がスマホを取ろうとすると、素早く篤人が取って、電話に出てしまった。

「もしもし、もしもし」

「こら、駄目だよ」

取り上げようとしたが、篤人はすばしこい。スマホを持って、玄関の方に走り出てしまった。

篤人は、隙あらば携帯電話に出ようとするので、いつも注意しているのだが、滅多に電話などかかってこないので油断していた。

「返せよ」

強引に取ろうとしたら、女の声が必死に喋っているのが耳に入った。「児童相談所」という語が聞こえたような気がして、亜紀は強引に篤人からむしり取って切ってしまった。

「やだ、電話出る」

篤人の頭をまた小突く。

「馬鹿、駄目だよ」

すると、また床に転がって、大声で泣いた。放っておいてリビングに戻ると、母親が具合悪そうにテーブルに両肘を突いていた。

「この子、手に負えないね」

優真の時はそうでもなかった。どうしてこんなに違うのだろう。亜紀は、こんなことが続くのかと思って、絶望的な気持ちになった。

またスマホが鳴った。さっきのナンバーだから、児相からだ。着信拒否すると、篤人の父親に同様の処置をされたことを思い出して、心がちくりと痛んだ。

「お母さん、こっちに電話かかってきても、知らん顔してよ」

母親に拝むようにして頼む。

「わかってる。でも、この子も預かってもらったらどう？」

「児相を保育園代わりにするのか」と、亜紀はやけくそで笑った。

篤人が急に静かになった。気になって振り返ると、篤人は勝手に冷蔵庫を開けて、皿に載った冷や奴を手で食べていた。

義父のつまみだったらしく、義父が怒って立ち上がり、篤人の尻を叩いた。

「おまえ、行儀が悪過ぎるぞ」

義父に叩かれた篤人は、よほどショックだったのか、驚いて泣きもしない。

「この子、犬みたいに繋いでおいたらいいよ」

母親がまったく愛情を感じさせない言い方をした。しかし、自分も篤人にはうんざりしていた。子育てが面倒で、北斗と外で遊び歩いていたから、今まで放ったらかしにしてあった。それも優真がいたから、できたのだった。

北斗も優真もいなくなった今、新しい男を見つけるしか、生きる方策はないのではないか、と亜紀は思い始めた。

「お腹空いたよ」

少ししょんぼりした顔で、篤人が寄ってくる。そうすると、可愛くなって、思わず抱き寄せたりもするのだった。

「お母さん、何か食べるものある？」

母親に訊くと、戸棚を顎で示された。

「インスタントラーメンならある。でも、自分で作んな」

作り方もよくわからない。適当に鍋に湯を沸かして作ったら、汁が多過ぎたと見えて、どんぶりに入り切らなかった。

仕方がないので、鍋ごと篤人に食べさせる。ざぶざぶと汁の多いラーメンを、篤人は旨そうに食べている。

「私も食べようかな」

鍋の空くのを待って、もう一個作った。今度は汁を少なめにしたので、うまくできた。

それを横目で見ていた母親が手を出した。

「はい、ラーメンふたつで百円」

「払うの？　マジで？」

「そうだよ、突然転がり込んで迷惑かけてるんだから、そのくらい払え」

「わかったよ、百円くらいくれてやるよ」

亜紀は財布から百円硬貨を出して、バシッと音をさせて母親の前に置いた。

「ありがとさん」

母親が嗄れた声でジーンズのポケットに捻じ込む。

「てことは、百円払えば、インスタントラーメンをふたつ食えるんだね。え、そうだろ？」

腹立ち紛れに言うと、義父に聞こえたらしく文句を言われた。

「黙って聞いてりゃ、ひどい会話しやがって。おまえら、それでも親子か。まったく信じられねえよ」

「うるさい。あんたこそ、朝から酒飲んでんじゃねえよ。テレビ独占しやがって」

体調がよほど悪いのだろう。母親が鬼のような形相で怒鳴った。

「俺が買ったテレビだ。文句あるか」

義父が、ピーナツをぼりぼり囓《かじ》りながら、ワイドショーから目を離さずに言い返す。

「あたしだって、金出したよ。独占するなら、全部払え」

母が応じて、二人とも鋭い目付きで睨み合った。

「おまえなんか、早く死んじまえ」

「ああ、頼まれなくたって死にますよ。死ねばいいんでしょ、死ねば」

母親が意外な素早さで立ち上がり、義父に摑みかかった。義父がそれを難なくよけて、嘲笑《あざわら》った。

「鈍いな」

「鈍いに決まってるさ。肺にも転移してんだから。重病の患者に、よくもそんな残酷なことが言えるね」

二人が摑み合って喧嘩するのをちらちら見ながら、亜紀はスマホをいじっていた。着信拒否をするまでに、K市の児相からは二回、電話がかかっていた。

北斗に、様子を聞いてみたくて仕方がない。だが、部屋から閉め出されたことを思うと、自分たちを追い出したい北斗の気持ちを追認するようで、怖いのだった。

ふと、おとなしくなった篤人に気付いた。篤人は満腹して眠くなったのだろう。テーブルにおでこをぶつけそうになりながら、舟を漕いでいる。寝かせる場所もないので、そのまま放っておいた。

母親たちの喧嘩はすぐに収まった。怒った母親が、「もう寝る」と言って、寝室に引っ込んでしまったからだ。

夫婦の寝室は奥の六畳で、タンスに囲まれた薄暗い部屋だ。おそらく、万年床が敷いてあって、そこで臥《ふ》せっているのだろう。

義父は、亜紀と篤人が台所のテーブルに座っているにも拘《かか》わらず、相変わらず気にした様子もなく、酒を飲んでいた。

以前、亜紀が優真を連れて居候していた時、トラック運転手をしている義父はほとんど留守だったし、弟や妹も小さくて扱いやすかった。

なのに、この荒廃ぶりはどうだろう。亜紀は自分のことを棚に上げて、あーあ、と溜息を吐く。つくづく嫌になっていた。

すると、酔っているくせに、いやに耳聡《みみざと》い義父が、赤い顔をして振り向いた。

「亜紀ちゃん、おまえ、いつまでいるつもりだよ」

「さあ、お母さんの代わりに家事するからさ」

許して、と続く語を省略して、亜紀は曖昧な言い方をした。

「おまえにできるわけないよ」

その通りだった。しかし、どこにも行くところがない。

午後になって、異父妹の星良が中学校から帰ってきた。父親に似て、横幅の広い厳《いか》つい体つきをしている、中学一年生だ。

目の辺りまで伸ばした前髪が重く、表情がよくわからない。

だが、その鋭い目付きから、亜紀たちを歓迎していないことだけはよくわかった。

「こんちは」

亜紀の挨拶に、放った言葉はこれだけだ。

「来てたんだ」

「うん、ちょっと居させて」

「へええ」

星良はそう言っただけだ。そして、相変わらずリビングのソファを独占して酒を飲んでいる父親を横目で見遣り、「ゲロゲロ」と呟いた。

「星良ちゃん、銀河は高校に入ったんだっけ？」

当たり障りのないことを言ったつもりだが、星良が唇を歪めた。

「中三。でも、中卒決定。あいつ、ヒッキーだもん」

「ヒッキー？」

「引きこもり」

星良は、じろりと篤人を見た。

篤人はいつの間にかソファの横にぺたりと座り、義父が見ている「ミヤネ屋」を眺めていた。意味がわかっているのか、口を開けて見入っている。

「あれ、優真？」指差して訊ねた後、ぶすりとして自分で答えた。「んな、わけねえか」

「うん、優真じゃないよ。弟の篤人」

「へええ」と、顔を顰《しか》める。「もう一匹いるのか。てことは、あたしの甥？」

「そうなるね」

「ゲロゲロ」

そう言って、部屋を出て行こうとするので、その広い背中に訊ねる。

「星良ちゃん、あんたの部屋に私たち泊めてくれないかな。寝る場所がないんだよ」

「やだ」

まるで篤人を彷彿《ほうふつ》させる断り方だった。こんなガキに、いいように言われている。むっとしたが、下手に出ざるを得ないのが悔しい。

その夜、亜紀と篤人は、玄関の上がり口のところに、座布団を並べて寝た。

十月になり、朝方、寒くなったので、自分だけでもリビングのソファで寝ようと思って行くと、鼾《いびき》が聞こえた。ソファは、酔ってそのまま寝入った義父が占領していた。


結局、母親が入院した日の午後、亜紀は北斗の部屋に戻ることにした。

玄関先で寝かせられる上に、母親不在で、いっそう義父や星良の厭味《いやみ》が増す生活に耐えられなかった。

北斗の部屋から逃げて、ちょうど一週間後のことだった。

その間、Ｋ市の児相からは誰も、母親の家には来なかった。家の電話もないし、住所がわからなかったのだろう。

篤人は、『帰りたくない』と、泣いて嫌がった。怖い祖父や、若い叔父や叔母に邪険にされても、冷蔵庫を開ければ、何かかにか食べ物がある母親の家の方が、はるかに快適だったようだ。

亜紀は、ごねて、ふて腐れる篤人を引っ張るようにして、バスや電車を乗り継ぎ、再び北斗の部屋まで戻ってきた。

途中、何度も篤人を棄てて一人で行こうかと思ったほど、篤人の扱いには苦労した。

篤人は、まだたった四歳なのに、わがままで、まったく言うことをきこうとしない。あまりにも振り回されるので、篤人の中に、だんだんと父親の影を見るような気がしてきた。

亜紀は、篤人の父親には未練があった。だが、電話で冷酷な仕打ちをされてから、その無責任さに憎しみが募っていた。その憎しみは、思うようにならない篤人に、少しずつ向けられている。優真の場合と同じだった。

北斗はアパートの部屋にいるのか、いないのか。鍵を持っていない亜紀は、合板のドアを叩いたり、体当たりしたりした。

「ホクト、いるなら開けて」

しかし、部屋はしんと静まり返っている。電話を掛けても、中では鳴らないから、不在のようだ。

台所の窓が数センチだけ開いていたので、中を覗くと真っ暗だった。あるはずの冷蔵庫が見えないので、必死に暗闇に目を凝らす。

「引っ越したよ」

背後の声に驚いて振り向くと、作業服姿のスズキが立っていた。

作業服が暑そうで、坊主頭が汗で濡れている。

「引っ越した？」

亜紀は思わず、鸚鵡《おうむ》返しに訊いた。

「うん、一昨日、引っ越して行ったよ。知らないのか？」

「はあ」

亜紀は脱力しそうだった。いくら何でもひどいじゃないか、と心の中で言う。

「あんたら、喧嘩したのかい？」

「うん、まあ」

スズキのことだから、どうせ壁に耳を当てて聞いていたんだろうと思うが、もちろん口には出さない。

始終、スズキが自分たちを見張っていたような気がして不快、いや気持ちが悪かった。

「何か慌てて出てったみたいだった。ゴミ捨て場に、いろんなもん棄ててたよ。あんたらの物もあるんじゃないか。何があったんだか。そういや、警官や役所の人間も来てたしね」

「警察が来てたの？」

児相の職員だけなら何とかなりそうだと甘く考えていたが、警官が来たとは。亜紀は怖くなった。

「制服警官が、役所の女の人と来てた。俺もいろいろ聞かれたよ」

「何を聞かれたの？」

「ここじゃ、詳しく言えないからさ。よかったら、入りなよ」

スズキの部屋になど入りたくなかったが、篤人はくたびれたらしく、早くもスズキの部屋のドアに手を掛けている。「早く」と、焦れて亜紀の顔を睨む。

スズキがにやにや笑った。

「あっちゃん、疲れた顔してんな。冷蔵庫に、アイスあるよ」

いつも、『うるさい』と怒鳴り込んでくるくせに、この変貌ぶりは何だろう。

亜紀は訝《いぶか》しく思ったが、他人を利用して生きてきたから、その疑問はすぐに引っ込んだ。この際だから、目を瞑《つぶ》ろうと思う。

「じゃ、すみませんけど、ちょっと入れて」

「いいよ」

スズキが、亜紀の引いていたキャリーを持ち上げた。

「重いね」

そのはずだ。母親の家から、菓子や乾麺などを盗んできたからだ。米も盗もうかと思ったが、炊飯器がないのでやめたのだ。

スズキの部屋は、北斗の部屋と同じ、六畳と四畳半の二間という間取りだが、違って見えるほど片付いていた。

「綺麗にしてるね」

亜紀は感心した。スズキは不気味だが、数日間ならここに居てもいいか、という気になっている。

篤人は断りもなく、冷蔵庫の扉を開けた。スズキが注意した。

「そこじゃないよ。下の冷凍室だよ、あっちゃん」

篤人はアイスクリームを見つけて、嬉々として蓋を開けた。表面をぺろぺろ舐めている。

「ちょっと待って」

スズキが、台所の引き出しから金属のスプーンを取り出して渡した。篤人はスプーンを握って、アイスを掘るようにして食べ始めた。

「まあ、そこに座んなよ」

スズキに勧められるまま、亜紀は、Ｐタイルを貼った台所の床にぺたんと座った。

よく見ると、うっすらと埃が積もっていたが、自分たちがいた北斗の部屋よりはるかに清潔だったので、気にならなかった。

「あんた、名前、何ていうんでしたっけ」

スズキが胡座をかいて、どかりと座る。

「小森亜紀」

「小森さんね。えっと、どこから話せばいいのかな」

「警察が来たって話」

「そうそう」スズキが思い出すように、台所の窓を見た。「俺が仕事から帰ってきたら、隣の部屋の前に、おまわりさんと女の人がいて、向こうの部屋のドアを叩いていた。ほら、お宅の右隣は、誰も住んでいないじゃん」

「そうだっけか」

部屋にあまりいたことのない亜紀は気付かなかった。北斗とさんざん遊んで夜帰り、朝起きて、互いに飲食のバイトに行き、また落ち合ってラブホに泊まったり、徹夜で遊んだりしていたから、隣人はスズキの存在くらいしか知らなかった。

「そうだよ。もっとも、あんたら、いつもいなかったから、わからないでしょう？」

スズキに指摘される。

「そうね」と頷いた。

スズキが質問するたびに、亜紀の顔を覗き込むようにするのが、気持ちが悪い。

「それで、俺が部屋に入ろうとしたら、おたくの話を聞きたいって言われたんだよ。何でも、上の子供が顔に怪我をしてたんで、コンビニで保護されたんだってさ」

「コンビニ？」

亜紀は、優真が弁当をもらってきたコンビニだとピンときた。優真のことだから、店長の優しさにつけ込んだに違いないと思った。

「それで、どういう状況か聞きたいんだって、おまわりが言うんだよ。だから、教えてやったの」

「何て言ったんですか」

「本当のことだよ」

スズキが胸を張ったので、亜紀は心配になった。

「本当のことって」

「ほら、おたくたちがいつもいないから、子供が二人だけでいて、喧嘩したり、上の子がその辺、ほっつき歩いていたり、とかそんなことだよ。そしたら、役所の女の人が、上の子は学校に行ってなかったのかって聞くから、そんな様子はなかったと言っておいた。実際、行ってなかったんでしょう？」

亜紀は頷くしかない。

「何で行かせないの？　俺、すごく気になってたんだよね。あれ、上の子なんか、もう五年か六年くらいじゃないのって。これって、今流行りの児童虐待とかじゃないのって」

「虐待なんかしてないけど」

「だからさ、そう思うのはあんたらの勝手で、世間の常識は違うのよ」

いつの間にか、スズキに説教されるような形になっていた。

亜紀が黙って俯いていると、スズキはますます調子に乗って喋った。

「学校に行かせないってことは、世間的には虐待ですよ。だってさ、小学校教育って大事だよ。あんたも出てるでしょ？　小学校くらいは」

通ったことは通ったが、休んだり、遅刻したりの繰り返しだった。行けば、同じ服装をしていると馬鹿にされたり、母親のことでからかわれたりしたので、学校は嫌いだったのだ。しかし、亜紀は見栄を張った。

「当たり前じゃない」

スズキが呆れたように出気味の目を剝《む》いた。

「当たり前じゃないって、よく言うよ。だって、上の子、行ってないんでしょ？　今時、小学校も行かないで、どうやって生きてくんだよ。この厳しい世の中でさ」

興奮したスズキの口から唾が飛び散って、亜紀の手の甲にかかった。汚えなあ、と亜紀はジーンズに手の甲を強く擦《こす》りつけた。

「だって、優真が行きたくないって言うんだもの」

「子供の言うこと聞いてちゃ、しょうがないでしょ。行きたくないって、それ何様？　あの子、読み書きとかちゃんとできるの？　漢字読めるの？　それ日本人として、最低限の教養だよ」

スズキは、わざと難しい言葉を使って、亜紀を圧倒しようとしている。亜紀はそのことに薄々気付いているが、スズキが夢中で喋っているので、口を挟むこともできなかった。

「わかってるけど」

「けど、じゃないでしょ。あんたが行かせてないんだよ」

「そうじゃなくて、こっちに来てから何も案内こないし、この場合、どうすればいいのかわからなかったからなんで、住民票を移してないからだろ、とか言われたけど、ホクトのとこだって、いつまでいられるかわからなかったし、どうしようかなと思っているうちに時間が経ってしまったんで」

亜紀はたどたどしく釈明した。

「あんた、バカか」

心底軽蔑したような言い草だったので、亜紀は気を悪くした。「感じワル」と呟き、拗ねて横を向いた。

「あんた、バカか」スズキが繰り返した。「そんなの待ってるんじゃなくて、引っ越したら、親が積極的にやるもんでしょう。届け出してさ、手続きするの」

「手続きしたって、本人が行かないもの」

スズキが、また唾を飛ばした。

「バカ、ガキの言うことなんか聞くなよ。義務教育だろ」

「でも、あの子、言うこと聞かないもん」

「子供のせいにすんなよ。親が子供をダシに言い訳始めたら、どうしようもないだろ」

スズキが天を仰ぐような真似をしながら、言い切った。芝居がかっているので、亜紀はうんざりしている。こんな坊主頭の気持ち悪い男に説教されるのは、屈辱以外の何ものでもないが、他に方策もない。途方に暮れたまま、座っている。

「それから、あの子の傷のこと聞かれたから、はっきり言っておいたよ」

スズキがしたり顔で付け加えた。

「何て言ったの？」

「あんたらに、しょっちゅう殴られてたって。だから、今回の傷も、母親と男が二人で殴ったんだろうって、本当のことを言ったんだよ」

スズキが、衝撃を受けた亜紀の顔を盗み見た。その目に快感がある。

「嘘だよ」

「嘘だ？　よく言うよ。あんたの怒鳴り声、すごくよく聞こえたよ。泣き声だって聞こえてくるし、ああ、隣は今日も阿鼻叫喚《あびきょうかん》だな、と思ってたよ。普通の人間は、あの音には耐えられないと思うよ」

亜紀は「阿鼻叫喚」が、どんな意味かわからなかった。

「どんな音？」

「壁が薄いから、何でも聞こえるよ。子供を殴る音もわかる」

「壁に耳付けて聞いてるんでしょ？」

「そんなことしてねえよ」

スズキが勝ち誇ったように言う。

「でも、それは躾だから」

北斗が優真を殴るたびに、口にしていた言葉だった。

「虐待を加える親は、必ず躾だって言うんだよな」

スズキが笑いながら断定したので、亜紀もさすがにむっとした。

「でも、躾だよ。あの子、言うこと、全然聞かないからさ」

「ま、警察に言うんだね」

亜紀は不安になった。

「また来るかな」

「来るだろ。でもさ、ここに隠れててもいいよ」

それはまっぴらごめんだ。亜紀はこのまま出て行こうとキャリーバッグの方を振り返った。

すると、アイスを食べ終わった篤人が、キャリーバッグの中にあったスナック菓子の袋を、必死に破ろうとしていた。

音に気付いて振り向いたスズキが、篤人を指差して怒鳴った。

「おい、あっちゃん、子供が勝手に菓子食うんじゃねえよ。そういうのは、大人に断ってから食うもんだろ？　これ食べてもいいですか？　って聞くの」

突然、スズキに叱られた篤人は、何のことかわからず、驚いたように一瞬手を止めたが、すぐさま小さな手で袋を破ってしまった。不器用に開けたために袋が裂け、黄色いスナック菓子がぼろぼろと大量に、埃だらけのPタイルの上にこぼれた。

「あーあ」と、スズキが大袈裟な声をあげる。「やってくれましたね」

篤人はかまわず、床に散らばった菓子を拾っては、口に入れている。

「汚いじゃん、やめな」

亜紀が注意すると、スズキが憮然《ぶぜん》とした口調で言った。

「汚いのは、あんたの家の方だろ。ゴミ屋敷だったじゃん」

「悪かったね」

「てか、すげえ眺めだな。あの子、ゴミ付いた菓子拾って食ってるよ。まるで、餓鬼じゃん」

スズキがうんざりしたように言う。「ね、あんた、注意しないのかよ。あんた、この子の母親でしょ？」

いきなりスズキに肩を数度どつかれて、亜紀は萎縮《いしゅく》した。このよく喋る男が何を考えているのかわからず、怖くて仕方がない。

「あっちゃん、やめな」

しかし、未だかつて一度も、亜紀の言うことなど聞いたことのない篤人は、平然と拾っては食べ、拾っては食べしている。動物のようだった。

「躾けたって言うけどさ。あんたんとこのガキは、全然躾なってないよ。てかさ、躾以前の問題じゃねえか」

スズキが嘲った。語彙のない亜紀は、言葉に詰まって黙り込む。こんなに一方的に喋りまくる、うるさい男と会ったのは初めてだった。

そもそもスズキが、何をしている人物なのかも知らない。やや飛び出た目玉に尖った唇が、魚類に見える。坊主頭に作業服。作業服の脇の下には、いつも汗染みができている。

スズキはアパートの廊下で、上半身裸でうろうろしていることも多い。だから、白く貧相な胸板に、黒い胸毛が密生しているのを何度も見た。スズキがしょっちゅう半裸でいるのは、その胸毛を誇示しているからだろう。

亜紀は、スズキを見かけるたびに、「あいつ、キモっ」と、北斗にスズキの悪口を言っていた。なのに今、自分はその男の家にいる。いくら居場所がないと言っても、これはない。

「すみません、もう出てくから」

キャリーバッグのハンドルを摑もうとすると、スズキが前に塞がるようにして立った。

「小森さん、これから行くとこあんのか?」

「特に考えてないけど」

「うちに泊まってってもいいよ。あっちゃんいるから、大変だろ」

また、いつものパターンか、と亜紀は思った。部屋に泊めてもらうために、男と寝たことは何度もある。独身の中年男や、妻に死なれた老人、モテないオタク、ホームレス紛いの男もいた。みんな寂しそうな男たちで、亜紀を引き入れたものの、ひと晩泊めると、すぐに出ていって欲しそうにした。しかし、北斗は若くて亜紀の好みだったから、機嫌を取って付きまとってきたが、もうツキも終わりだ。残りは、こんなスズキみたいなカスしかいないのか。

「じゃ、泊めてください」

背に腹は代えられないと、亜紀は覚悟を決めた。どうにかスズキを我慢して、数日ここに留まり、その間に次の方策を考えればよい。

「いいよ」スズキは胸を張った。

埃と一緒にスナック菓子を食べた篤人は、テレビのリモコンを見つけて、あちこちのボタンを押している。

「よし、テレビ見ようか、あっちゃん。どんな番組が好きなの?」

スズキが、篤人と一緒にテレビの前に座った。どうやら説教は終わったらしい。亜紀はほっとして、スマホを見た。北斗からＬＩＮＥが来てないかと期待したが、誰からも何もなかった。スズキと篤人は仲良く並んで、アニメを見ている。亜紀は暇でしょうがないので、マンガサイトでマンガを見て時間を潰した。

スズキが用意した、カップ麺と豆腐に醬油を掛けただけのおかず、という貧しい夕食が終わると、スズキは篤人と風呂に入る、と言いだした。

「オレ、入りたくない」と、篤人が泣きわめく。

「駄目だ、風呂は入れ。汚い子供は追い出すぞ」

スズキに怒鳴られて、仕方なしに服を脱いでいる。

「お願いします」

亜紀は、篤人を清潔にするための面倒がひとつ減って、ほっとしていた。子供を二人で留守番させているうちに、優真も篤人もすっかり風呂嫌いになってしまった。どころか歯も磨かないし、顔も洗わない。

母親のところでも、篤人は臭くて汚い、と星良に嫌われ、風呂に入れたり、顔を洗ったりするのに、ほとほと苦労したのだ。

「スズキさん、ちゃんと風呂場使ってるんだね」

北斗の部屋は、風呂桶に亜紀たちの荷物がぎっしり入っていたから、風呂を使う時は、取り出した荷物の置き場に困るのだった。そのうち、北斗が怒りだしたので、亜紀は風呂桶に入っていた子供たちの服や玩具などを、全部棄ててしまった。

「あんたんとこは、風呂場もものが溢れてたな」

「だって、狭いもん」

「だいたいさ、ここは単身者用のアパートなの。単身者って言葉わかる？」

亜紀は気を悪くして答えなかった。スズキは亜紀の機嫌など忖度《そんたく》せずに、「さあ、風呂入ろう、あっちゃん」と、声をかけた。ユニットバスから聞こえる湯の音を耳にしながら、亜紀はうたた寝した。

やがて、風呂から出たスズキは、冷蔵庫から発泡酒を出して飲み始めた。亜紀には、勧めてくれそうもない。亜紀は横目で見て、「ケチ」と肩を竦《すく》めた。

篤人は疲れて眠くなったのか、風呂から上がったら、倒れるようにしてベッドで眠ってしまった。

「小森さん、ベッド使っていいよ。篤人と二人で寝ればいい」

スズキが篤人を見ながら言うので、亜紀は驚いた。

「ほんとに？」

「いいよ。俺はリビングの床に布団を敷いて寝る」

「でも、私一人でベッドを使ってもいいのかな？」

それは暗に、お礼に寝てもいいよ、というサインだったが、スズキは気が付かない様子で、キッチンの小さなテーブルの上に置いたノートパソコンを、夢中になって操作していた。

「パソコン持ってるんだ」

亜紀は好奇心に駆られて起き上がり、スズキの背後から画面を覗き込もうとしたが、素早くディスプレイを閉じられてしまった。

「何だよ。覗くなよ」

一瞬見えたのは、幼児の裸だったような気がしたが、確信はなかった。スズキはやはりキモい男だと思っただけで、亜紀はベッドに横たわった。母親の家では、玄関先に座布団を並べて寝ていたから、たとえ男臭いベッドでも数段寝心地はいい。亜紀はいつの間にか寝入っていた。

朝方、目が覚め、水を飲みに台所に行った。パソコンの画面が開かれたままで、青く光っている。その画面の光で、床に敷いた布団で寝ているスズキの顔が、青く照らされている。その不気味さに、亜紀は眉を顰めた。スズキの横にいつの間にか篤人が寝ているのに気付いてびっくりしたが、さほど気にならなかった。こうして、スズキと亜紀と篤人の三人暮らしが始まった。


スズキは、亜紀には手を出そうとしなかったが、その代わり、毎日長い説教をした。その内容は、いかに亜紀が未熟な人間か、ということに尽きた。母親として駄目な女であること、男関係にだらしなく自分というものがないこと、自分の欲望を優先して、いかに身勝手な人間であるかということ、優真が児相に連れていかれたのに、連絡を取ろうともせず無責任であること等々。

スズキの説教は、始まると延々二、三時間に及んだ。疲れて居眠りでもしようものなら、その態度に関する説教が始まる。果ては反省文を書いて提出しろ、と言われたこともあった。次第に、亜紀は疲れていった。

スズキが仕事に出かけた後、一人で行ったラウンドワンで、中年男に声をかけられたので、LINEのアドレスを交換した。男からは、時折、どうでもいいLINEが入る。

ある日、スズキと篤人と三人でコンビニに行った時、驚くべきことがあった。

あの辛気くさい顔の店主が、篤人を指差してこう言ったのだ。

「きみは前に来たことあるね。優真君の弟さんじゃない?」

篤人が頷くと、店主は亜紀の方を見遣った。鋭い目付きだった。

「じゃ、あなたが小森さん?」

亜紀が思わず頷くと、店主が続けた。

「優真君のお母さんですね。みんな、捜してましたよ。何度電話しても繋がらないって。児相に連絡してあげてください」

亜紀は恐怖に駆られて、スズキと篤人を残したまま、慌てて店から逃げた。行き場がないので、ラウンドワンにいた中年男に相談しようと、スマホを手に取った。

第三章　自分の心だけがわからない

1

マンションのベランダから、自分の店の駐車場が見える。目加田は身を乗り出して、駐車場を覗いた。

ちょうど白の軽自動車が一台入ってきて、空いているスペースに停めたところだ。

先に、助手席から髪の短い中年女性が現れた。福田だ。黒のパンツに灰色のトレーナーという、いつもと変わらない地味な服装をしている。

運転してきたのは、コンビの淵上。学生のように前髪を切り揃えた若い女性だ。こちらは軽快なジーンズ姿で、福田に笑いかけている。

「いらしたようだよ」

目加田は、台所にいる妻の洋子に呼びかけた。

ポットに湯を注ぎ終えた洋子が、壁の時計を見ながら言った。

「ちょっと早いわね」

約束は午後二時だが、まだ一時四十五分だ。二人はきっと、ロビーで時間を潰してから訪れるのだろう。

あるいは、谷口が店番をしている目加田のコンビニで、何か買うつもりかもしれない。

「メグちゃん、今日はお客さんだよ。早いねえ、もう一年経ったんだね」

洋子が、仏壇にある遺影に向かって話しかけた。

一人娘の恵は、一年前に突然死した。何の前触れもなく夜中にチアノーゼを起こし、呼吸が停止した。あっという間の出来事で救命も間に合わず、手の施しようがなかった。

死の原因はわからなかったが、生まれた時から、あまり長命ではないかもしれない、と言われていたので覚悟はあった。

それにしても、思いもかけないことだったから、目加田はしばらく実感が湧かなかった。帰宅した時、まず恵の顔を見てと思った瞬間に、ああ、恵はもういないんだ、と愕然とする日々がしばらく続いた。

恵は仮死状態で生まれてきて、重度脳性麻痺となった。四肢が麻痺しているので寝たきりで、自発運動は首を左右に振るのみ。一日に二、三回は、全身性の強直発作を起こしていた。それでも、両親を認識していて、近寄れば笑うような仕種をする可愛い娘だった。

ボランティアの人たちにも気を遣っている様子が窺《うかが》えて、その心根が充分に伝わってきていただけに、目加田は娘の死が無念でならなかった。生まれてから、どれだけ辛く長い日々を頑張って生きたのだろう、と思うと悲しくてならないのだ。

もちろん四六時中、目を離すことのできない看病は、大変という言葉では言い尽くせない。

それでも、長期入院をさせなかったのは、たった一人の可愛い娘だから自分で世話をしたい、と洋子が強く主張したからだ。

そのため洋子は、介護する自分が予兆を見落としたのではないかと自責の念が強かったようだが、今は落ち着いている。

「あれだけ世話をしたからだと思うけど、あの子は、充分に生を全うしたんじゃないかと思うの。いや、私たちのために頑張って生きてくれたんじゃないかって。自己満足かもしれないけど、そういう風に思えてきたわ」

泣いてばかりいた洋子が立ち直ったのは、死後半年ほど経った頃だ。

今では、人手の足りなかった店にも出て、一緒に働くようになったので、目加田の疲労も心労もかなり減ってきている。

インターホンが鳴った。目加田は反射的に腕時計を見た。二時十分前。約束よりも十分早いから、コンビニには寄らなかったようだ。

洋子がインターホンに向かって、「はーい、いらっしゃい」と澄んだ声で返事をした。

「こんにちは。お久しぶりです」

福田と淵上が玄関ドアを開けたまま、挨拶した。目加田が言う前に、洋子が自己紹介した。

「妻の洋子です」

「はじめまして。お嬢様、残念でした」

福田が痛切な表情で言い、淵上が俯《うつむ》いた。一年前に娘が亡くなったことは、二人に知らせてあった。

「いえ、もう一年経ちましたから、かなり立ち直りましたよ」

洋子が微笑みながら、スリッパを揃えた。

「福田さん、お忙しいのに、お呼び立てしてすみませんね」

目加田が頭を下げると、淵上が申し訳なさそうに言った。

「すみません、お約束の時間よりも早く着いてしまいました」

「かまいませんよ」

「せっかちなのは職業病です。すみません」

福田は名前の通り、ふくよかな顔と体型をしているが、目の下に隈《くま》ができている。相変わらず、忙しいのだろう。

彼女たちと会うのは、ほぼ一年ぶりだろうか。小森優真の弟の篤人が、母親と、母親が新しく付き合っていると思しき男と店に現れた時だ。

あの時は、びっくりした。優真を保護した後、母親に連絡を取りたくても着信拒否されて児相から逃げ回っている、という話は聞いていた。そんな親がいるのかと呆れていたが、まさか、こんな近所の店にひょっこり現れるとは思いもしなかった。

しかも、優真の母親は、時折現れるカップルの女の方だった。店内で、険悪な喧嘩を繰り広げたことがあったので、よく覚えている。女、つまり優真の母親は、まだ三十歳前後らしく、顔立ちは悪くないが、太めで自堕落な雰囲気があり、優真を殴ったらしき当時一緒にいた男は、整った顔をしていたが、目付きが鋭かった。

目加田は、すぐに警官の安本と福田に通報した。それを察知してか、母親は篤人と男を置いて店から逃げてしまった。

　母親の逃走を見送った篤人は、しばらく呆然としていたが、やがて坊主頭の男と一緒に出て行った。こうして、安本と福田が駆け付けた時には、三人とも消えていた。

　店内カメラの映像を見て、坊主頭の男はスズキと名乗る隣人ではないか、と言ったのは安本だった。

　その日のうちに、安本と福田がアパートを訪ねると、スズキは、店の前でばったり会っただけで、子供は店の外に潜んでいた亜紀が連れていった、という。

　結局、亜紀と篤人の行方はわからず、小森優真は棄児となった。


　リンの音が響いた。二人が、恵に線香を上げてくれたのだ。

「こちらにどうぞ」

　目加田は声をかけて、リビングに二人を誘った。以前、恵の医療用ベッドが占領していたリビングは、新しくソファセットを買って置いたので、印象が一変した。家らしくなったけれども、夫婦二人だけの空間はやはり寂しかった。

「あの後、優真君の母親は見つかりましたか？」

　落ち着いたところで、目加田は福田に訊ねた。福田は少しくたびれたトートバッグから、資料らしきファイルを取り出した。

「結局、母親は居所不明のままです。下の子も見つからないし、隣人のスズキさんのところにも戻っていませんね」

「スズキさんですけどね。ちょっと気になることがあるんです」

淵上が口を挟んだ。福田は軽く頷《うなず》き、若い同僚に話を譲った。

「何ですか」

目加田は、坊主頭の男をよく覚えていた。店で見かけたことも、何度かある。店では、弁当や総菜を買うことはほとんどなく、酎ハイやつまみを買った。いつも灰色の作業服でタオルを首に巻き、踵《かかと》を潰した汚いスニーカーを履いていた。

出気味の目が何かを探すように忙しなく動くので、挙動不審な印象を与える男だった。

「二年前に、公園で小さな男の子が、トイレに連れ込まれたことがあったんです。その容疑者になったことがあるんですよ。結局、証拠がないので逮捕されませんでしたけどね。だから、私は下の男の子のことが心配なんです」

「あの子が被害に遭ったかもしれない、ということですね？」

「ええ、スズキさんの話だと、小森さん親子がどこにも行くところがないというので、少しの間、泊めてあげたと言ってましたから」

「ちょっとどころか、かなり危ないね」福田が左右に首を振った。

親の庇護がない子供は、何と危険な海を泳いでいるのだろうと思う。溺れてしまう子も多いことだろう。一方で、手厚い介護がなければ生きていけない、恵のような子供もいる。

子供という期間は、生物にとって最も危険な時期なのだ。目加田は、遺影にちらりと目を遣り、そんなことを考えていた。

「そういうことって、よくあるんですか？」

ハーブティーを運んできた洋子が眉を顰《ひそ》めて、淵上に訊《たず》ねた。

「そういうこと、と仰《おつしや》いますと？」

淵上が聡明そうな目を向ける。

「あのう、要するに性的虐待とか、そういうことです」

洋子が言い淀んでいる。

「多いですよ」福田が言い切った。「信じられないでしょうけれども、実の父親が娘をレイプすることもあるし、兄妹間もあります。母親と再婚した男が、連れ子の娘をレイプしたり、おぞましい話はたくさんあります。家族愛は美しいものと美化されてますけど、愛ばかりじゃない。実は闇がたくさんあります。でも、そういう闇は、家族という単位の中で、隠されてしまうんですよ。だから割を食うのは、弱い立場の子供ばかりです」

皆が、沈鬱な表情になった。

「優真君の様子はどうですか？」

目加田は話を変えた。

「彼は元気ですよ」と、福田。「一時保護所に二カ月いまして、その間、学校に行けなかった分の勉強を取り戻そうね、ということで、かなり頑張ってました。賢いので、機会さえあれば取り戻せると思ってましたけど、ちゃんと追いつきました。もともと国語が得意だったらしいので、何でも呑み込みは早いです。でも、一時保護所はいずれ出て行かなければならないので、本人にどうしたいかと聞いたところ、本人希望は里親家庭ではなく施設に行きたい、ということでした。それで、三カ所、見学に行きました。見た中で、優真君が一番気に入ったという、都下R市にあるPという児童養護施設に入っています」

　そこからは、淵上が続けた。

「Pに入ったのが年明けですから、小学校は最後の数カ月だけ通って卒業して、地元の中学に進学しました。今は中学一年です。勉学の方は追いつきましたが、まだ心の方が追いつかないのか、友達ができないようです」

「心が追いつかないって、どういうことですか？」

　洋子が不安そうな顔で訊《き》く。

「小学校に入ったはいいけど、六年の三学期でしたから、そこはもう勉強というよりも、解散寸前の仲のよい集団だったわけです。しかも中学という新しい世界に行くわけですから、紐帯《ちゆうたい》も強くなっているし、希望もある。優真君が入れる雰囲気ではなかったようです。優真君は、仲間に入れないという挫折感を持ったまま、地元の中学に通うことになりましたが、そこは地元だから、まだ小学校の延長なわけです。新しい環境と言っても、小学校とそう変わりのないところだった。それで、まだうまく入れないし、いじめられてもいるようです。本人もやる気を失っています」

「可哀相ね。時期が悪かったのね」と、洋子。

「そう。集団に入るタイミングが最悪でしたね」

　淵上が頷いて、ハーブティーを啜《すす》った。

「そういう場合は、どうしたらいいんでしょうか？　どうしたら、優真君が楽しい学校生活を送れるようになるんですか？」

洋子は本当に心を痛めているようだ。目加田はその優しさが報われるのだろうかと、少し不安である。

「一度そうなってしまうと、いい方向にいくことはなかなか難しいので、思い切って環境を変えるのもいいと思います。でも、だいたいの子供は数年間のことだから、と我慢してますね」

「その集団に入れないというのは、彼が施設にいるからってことも理由にあるんですか？」

目加田は思い切って訊いてみた。

「あると思います」淵上がはっきり言った。「子供は残酷ですから、相手の弱みを握っていじめるところがあります。優真君の場合は、確固たる自分というものがありますから、恨まれやすいのですね。いじめる子は、だいたい付和雷同型です」

「それで本題に入りますが、今日は、優真君の養育里親になりたい、というお話だと伺っています」

福田が切りだしたので、目加田は頷いた。

優真の養育里親になること。それは洋子の希望だった。以前から、優真のことを目加田から聞いて、気に懸けていたという。

恵が亡くなった今、家庭的に恵まれなかった優真に、家庭らしさを味わわせてやりたいのだという。

しかし、目加田は反対だった。幼い頃から、飢えや、暑さ寒さの恐怖を知っている子は、想像を絶する経験を何度もしている。そう簡単に家庭に馴染まないだろうから、甘い考えは捨てるべきだと思った。

夫婦の話し合いは何度も持たれたが、洋子の希望は変わることはなかった。むしろ、恵が亡くなった痛みや悲しみを、優真の面倒を見ることで癒やそうとしているように見える。目加田は、それは危険だと思わなくもなかったが、洋子を傷付けるのが怖くて、さすがにその指摘はできなかった。それで、福田と淵上を呼んで、優真の現在の様子を聞いた上で決めようと思っていた。

「はい、高校を出るまでの五、六年間でしたら、何とかなるのではないかと」と、洋子。

「養育里親になりたいと仰って頂けるのは、大変嬉しいです。子供には、いろんな選択肢があることが大事ですから。でも、はっきり言いますが、男の子は、いや女の子もそうですが、思春期は不安定ですよ。彼らは寂しいし、誰か庇護者を求めていますが、同時に、そこから飛び出したい衝動もある。一番難しい時期です。それを覚悟でされるのなら、よろしくお願いしたいです」

福田の言葉に、淵上が付け加えた。

「私も同じ思いですね。優真君は頭がいいんです。自分のできる範囲で、よりよい状況を選び取っていこうとする意志がある。だから、ネグレクトする母親に愛想を尽かして、自分の方から棄てたようなところがあるんです。そのくらい賢い。でも、その賢さが、自分の中にある寂しさや、親を恋しく思う気持ちを抑圧していて、素直に出ない分、とんでもない噴出をしそうで怖い気もするんです。幼い子だと闇雲なところがあって、爆発もわかりやすいのですが、優真君は静かに爆発しそうで、それがちょっと不安です」

淵上の意見は、目加田も頷けるところがあった。

廃棄する弁当をもらいたいと申し出た時の怜悧《れいり》さや、事務所のデスクの引き出しを開けたことへの釈明など、あたかも大人の反応を予測していたような落ち着きがあった。

目加田はそんな一抹の不安を、洋子にどう説明したらいいのか、わからなかった。

「静かな爆発というのは、どういうことですか？」

洋子が穏やかな口調で、淵上に訊ねた。

「一概には言えませんし、優真君が必ずしもそうだとは思いませんが、ただ何となく不安なんです。爆発も、大人に対して向けられることもあれば、自分自身に向けられることもあります。自分自身に向けられると、自暴自棄になったり、自傷行為をしたり、目が離せません。ともかく、新しい環境に落ち着くまで、しばらく時間がかかるでしょう。どうですか、福田さん？」

淵上が心配そうに、先輩の福田の顔を見た。

「その通りだと思います。一般家庭で、お父さんお母さんに大事に育てられた子供と比べると、虐待されたお子さんは、自尊の気持ちが足りない傾向にあります。ですから、人格形成や愛着を育てるという意味でも、家庭での生活経験は必要だと考えています」

「お話はよくわかりました。私はともかく一度、優真君に会ってみたいです」

深刻な話を吹き飛ばすかのように、洋子が楽しそうに言った。

「ええ、ありがとうございます。優真君に聞いてみますが、彼が養育里親の元に行くことを承知したら、是非、会ってあげてください。お決めになるのは、その後で結構です」

福田が笑った。

「優真君が、私たちを気に入ってくれるかどうか、心配だわ。どきどきする。でも、あなたは何度も会ってるのよね？」

洋子が、目加田の方を見た。

「うん。店にはよく来てたからね」

目加田は洋子に答えた後、福田の方に向き直った。「実は、その点、ちょっと不安もあるのですが、そのことを伺ってもいいですか？」

「何でしょう」

「うちに来るとなると、以前、住んでいた場所に近いわけですよね。母親から酷い目に遭わされた、というトラウマがぶり返すということはありませんか？　しかも、今は居所不明とはいえど、母親も弟も、案外近くにいるかもしれないわけですよ。そんな環境でも、よろしいのでしょうか？」

福田が、茶色のバインダーに挟んだ資料らしきものに目を落としてから、答えた。

「確かにそうなのですが、逆に言えば、優真君は、目加田さんのご親切や思い遣りもよく知っていると思います。だから、優真君としては、嬉しく感じるのではないでしょうか。その点は、本人に確かめてみます」

その答えを聞いて、洋子が顔を輝かせた。

「ですよね。ま、駄目なら駄目でやり直そうと思いますので、一度、試してみたいと思います」

洋子の言う「やり直す」とは、どういうことだろうか。

目加田は、娘の遺影に目を遣りながら考えていた。写真立ての中の娘は、ヘッドギアを着けて笑っている。いや、笑っているように見えるだけで、本人は生きることに必死だったのだろう。そう思うと、娘の不憫《ふびん》さにまた胸が痛んだ。

「やり直すと仰るのは？」

代わりに、淵上が洋子に訊いてくれた。淵上は鋭いところがある。

「すみません、私の勝手かもしれません。優真君には悪いけど、私がやり直す、という意味です。だから、優真君に断られたら、他の子の里親をやりたいという意味です」

洋子がはっきり言うので、目加田は驚いた。

「洋子は、そんなに里親をやってみたいのか？」

「ええ、私は親に愛されなかった子を、うんと可愛がってあげたいの。そうしなければ、私の中にある愛情がどこにも行き場がないような気がして辛いの」

身勝手と言えば身勝手な論理だった。しかし目加田は、手厚く介護していた娘を突然亡くした妻の心境がわかるだけに、反論する気にはなれなかった。

福田が手早くメモに何かを書き付けながら、目加田と洋子を等分に見比べて言った。

「よくわかりました。私どもとしては、洋子さんの優しいお気持ちがとても有難いです。では、早速、優真君に会って、目加田さんの申し出を伝えます。その反応については、またご連絡しますね」

目加田が言う前に、洋子が先に礼を言った。声が弾んでいた。

「ありがとうございます。どうぞよろしくお願いしますね」

数日後、福田から、目加田の携帯に電話があった。

「もしもし、先日はありがとうございました。優真君に会って聞いてきました。優真君は、目加田さんに親切にして頂いたことに感謝していて、今度の申し出を嬉しそうに聞いていましたよ。なので、施設の方に来ていただいてもいいですし、お二人のご都合のよい時に、優真君を連れて行ってもいいです。お店があってお忙しいでしょうから、連れて行きましょうか。それによって、決めさせていただきたいと思います」

「わかりました。洋子に伝えます」

何だか、洋子と優真のお見合いみたいになっている、と目加田は苦笑した。


福田と淵上がやってきた日のちょうど二週間後、二人が、目加田家に優真を連れてきた。

優真は、白い半袖シャツと黒のズボンという、通っている中学の制服を着ていた。細いのは相変わらずだが、背丈が伸びていた。

優真は目加田を見ると、照れ臭いのか目を伏せて挨拶した。

「こんにちは」

声変わりしている最中らしく、声だけは少し太くなっている。

「やあ、久しぶりだね。優真君、ずいぶん大きくなったな」

目加田は、優真の変貌に驚いた。以前は小柄だったのに、驚くほど背が伸びていた。だが、体重は背丈に追いつかず、ひょろひょろしている印象だ。顔は小さくて色も白いが、腕はよく陽に灼けていて、手も大きい。頬に大きなニキビがひとつできていた。体全体が、伸び盛りのアンバランスさに満ちていて、そのことに本人が戸惑っている様子だった。

「今、背は何センチあるの？」

「百六十センチです」

優真が掠《かす》れ声で答える。

「そうか。前と比べると、二十センチ近く伸びたのかな。俺が抜かされるのも時間の問題だね」

目加田が笑うと、優真が面映《おもは》ゆそうに微笑んだ。

「この時期は、男の子も女の子もぐんぐん背が伸びますよね。一年会わないと、もう誰だかわからないくらいです」

福田が、嬉しそうに優真を見上げて言う。

「いらっしゃい」

洋子が、冷やした麦茶を運んできた。優真にだけは、オレンジジュースだ。氷が入っていて、ストローが添えてあった。

「こんにちは。優真君ね。私は洋子です」

洋子が優真の方を見て挨拶すると、優真は恥ずかしそうに、首だけ突き出すようにして礼をした。

「ほら、優真君、ちゃんとご挨拶しないと」

福田に促されて、優真は素直に答える。

「こんにちは。小森優真です。R中の一年です」

「中学に入ったんだね。どう、学校は楽しい？」

目加田は、優真の言葉で様子を聞いてみたいと思って、直接訊いた。すると、優真は首を傾げた。

「いや、決して楽しくはないですね」

大人びた口調だった。

「それはどうして？」

「みんな幼稚だから」

意外な答えが返ってきたので、目加田は思わず苦笑した。

「そうだね。中学一年は、まだ子供だものね。きみの経験からすると、みんな子供に見えるんだろうか」

「そうです」

優真が、目加田の目をまっすぐ見た。どこか挑むような雰囲気があるのに気付いたが、目加田は敢えて気にしないようにした。

「優真君は早く大人になっちゃったのかな？」

「まさか」と、今度は屈託なく笑う。虫歯は治療してもらったらしいが、歯並びはあまりよくなかった。

「優真君、クラブ活動は何かしてるの？」

洋子が席に着いて訊ねると、淵上が素早く優真の方を見た。答えが気になるのだろう。

「いや、何もしてないです」優真がのんびり答えた。「みんなで一緒に何かするのは、好きじゃないんです」

「孤高の優真君だね」

淵上が混ぜ返したので、皆で笑った。

なるほど、この調子では、さぞクラスで浮くことだろう。小学校六年生の三学期に編入して仲間に入れず、中学に入ってからも、いじめられ続けている、という優真の孤立ぶりがわかる返答だった。

「優真君、ここら辺に来たのは、久しぶりなんじゃない？」

淵上の質問に、優真が頷く。

「一年ぶりです」

「懐かしいでしょう？」

優真が、目加田の方を見た。

「ええ、この下のコンビニによく通いました。目加田さんに親切にしてもらって」

「そうだよね。あの頃は大変だったものね」と、淵上。

やや、しんみりした雰囲気を破るように、洋子がトーンの高い声で喋りだした。

「それでね、優真君。福田さんや淵上さんから聞いていると思うけど、はっきり言うね。実は、おばさんのところ、ちょうど一年前に娘が突然死んじゃったの。脳性麻痺で二十年寝たきりだったけど、私たちには可愛い娘だったのね」

洋子が背後にある仏壇を指差したので、優真が反射的に振り向き、仏壇に飾ってある恵の遺影を見た。

「それで、おばさん、すごく寂しくてね。誰か代わりになってほしいって言ったら変だけど、もう一人家族が欲しいのよ。よかったら、優真君が高校を出るまで、うちの子供になってくれないかなと思ってるの。もちろん、高校出てからも、ここにいたかったら、いてもいいのよ。優真君は、中一で賢そうだから、もうおばさんが猫可愛がりするような歳じゃないと思うし、こんなうちに来るのは嫌だな、と思うかもしれないけど、よかったら、うちの子になってくれないかしらね。前に、この近くに住んでいて、うちのお父さんも知っているんでしょう。だったら、なおさら、縁もあることだし、是非来てほしいのよね。ただ、うちも里親の経験がないし、男の子はわからないから、正直なところ、不安もあるんだけど、優真君が安心して暮らしてくれるのなら、応援したいと思ってるの。どうかなあ？」

洋子は一気に喋った。

「すごいラブコールですね。優真君、どう？」

福田が感心したように嘆息する。

「はあ。僕、施設で暮らすのがいいと思ったんだけど、やっぱ共同生活って何か苦手だとわかったんです。だから、普通のおうちで暮らしたいなと思ってたところです。嬉しいけど、普通のうちって、どんなのかよくわからなくて」

淵上が、優真の顔を覗き込むようにした。

「優真君さ、前にタケダ君のうちの話、してくれたよね？」

「はい」

優真は淵上の顔を見た。優真は淵上が気に入っているらしく、淵上を見る時だけ、表情が明るい。

「タケダ君のうちしか、見たことなかったんだよね？」

優真が頷いた。

「そうです。僕んち、お母さんがしょっちゅういなかったし、いても知らない男の人がいて嫌だったし、食べ物もなかったから、普通のうちがどんなだか知らなかったんです。でも、四年の時のクラスに、タケダ君て親切な子がいて、その子のうちは、お母さんも働いていたから、放課後に寄ると、誰もいなくて居心地がよかったんです。それでみんなの溜まり場みたくなってた。で、僕はタケダ君のうちが綺麗で片付いていて、自分の部屋があって、机もベッドもあって、冷蔵庫には食べ物たくさんあるから、何だか羨ましくて、すごく憧れてました」

「なんだか切ない話ね。その子とはずっと仲良かったの？」

洋子が、グラスに入った麦茶を飲みかけてやめた。

「いや、僕がタケダ君のスイッチを盗んだので、騒ぎになって学校に行けなくなりました」

洋子がはっとしたように黙った。目加田は、優真がデスクの引き出しを開けた時の映像を思い出した。

やはり、知らない子供を預かるということは、リスクもある。洋子は、養育里親になりたいと安易に言うが、素人の自分たちが手を出してはいけないような気もするのだった。

「それから、ずっと学校に行ってなかったのよね？」

淵上が言うと、優真が俯いた。途切れ途切れに言葉を繋ぐ。

「盗んだのは悪かったと思ってます、タケダ君がスイッチを大事にしてたのは知ってたから。でも、ゲームやらせてもらってたら、どうしても、うちで続きをやりたくなったんです。だから、ひと晩だけ借りようと思った。でも、言えなくて、ジャンパーの下に入れて持って帰ってしまったんです。

そしたら、その夜、タケダ君のお母さんから、うちのお母さんの携帯に電話がかかってきた。『うちのスイッチがないけど、優真君が持って帰ったのではないか』って。お母さんはすごく怒って、タケダ君のお母さんに、『馬鹿なことを言うな』って怒鳴ったんです。そしたら、タケダ君のお父さんにすぐ代わって、僕がいつも冷蔵庫を勝手に開けて、いろんなものを食べてる、親が親なら、子も子だって言われました。それで、お母さんは『おまえのせいで恥かいた』って荒れ狂って、弟のお父さんからもひどく叩かれて、死ぬかと思いました。

家を飛び出してパジャマ姿で歩いていたら、警察に保護されました。その次の日、いきなり、担任の先生とか、児相の人がアパートに来て、『なんで学校に来ないんだ』って言うんです。『悪いことしたなら、謝らなきゃ駄目だろ』って。児相の人は、僕の顔を見て『虐待じゃないか』って、お母さんに怒るし。

家で嫌なことがあった時は、学校に行けば給食もあるし、何とかやり過ごせたけど、それ以来、学校にも行かなくなりました。もともと、誰も口を利いてくれなくて、意地悪ばかりされてた。上履きを便所の中に隠されたり、机の中にゴミを入れられたり、臭いからあっち行けって、みんなに言われたりして居場所がなかった。

だから、こっちに引っ越してきた時、僕は内心ほっとしたんです。ああ、もう学校に行かなくてよくなったって思って」

淵上が、優真の痩せた背中を優しく手でさすっている。

「大変だったね。でも、みなまで言わなくてもいいんだよ、優真君」

「だけど」

優真が顔を上げた。

「だけど、何？」と、淵上。

「あの時、スイッチ貸してって、タケダ君にひと言断ればよかったんだよって、担任の先生に言われたけど、タケダ君は、絶対に嫌だって言ったと思います。タケダ君は家に入れて遊ばせてくれたけど、僕を家来のようにしてたから」

「家来にされてたの？　だって、タケダ君って優しい子じゃなかったの？」

淵上が真面目な顔で訊いた。

「優しいところもあったけど、威張るところもあった。優真、冷蔵庫から冷たい水持ってこいとか、スイッチやりたいなら、そこで土下座して頼めとか、命令する。嫌だって言うと、おまえだけここから出てけって言う」

優真は悔しそうに口を歪めた。

目加田は、優真はスイッチを盗むことで、自分を家来のように扱うタケダ君に復讐したのかもしれないと思った。だが、勿論、口には出さなかった。

優真の手が震えている。

「いいのよ、優真君。そこまで言わなくたって」

淵上が、優真の背中をぽんぽんと叩いて慰めた。

「そうだけど」

「悔しかったんだね、可哀相に」

「そうです」

優真が俯いたまま、低い声で答えた。

「その足立の事件がきっかけで、不登校になっちゃったんだよね。そういうのって、ほんと、ふとしたきっかけなんだよね。一度、不登校になると、なかなか行きづらくなるものだよね」

福田が重苦しい雰囲気を救うように、明るい声で言った。

「優真君、もうそんなこと忘れよう」

洋子が明るい声で言った。

「はい」

「優真君、うちは、主従関係なんてないわよ。お父さんも私も、あなたを家来みたいになんか、絶対にしないからね。むしろ、私たちがあなたの家来になるわよ。だから、うちに来て、一緒に暮らしましょう」

恵の死後、すっかり涙もろくなった洋子が、涙ぐみながら言った。優真は顔を上げないまま頷いた。

「今、行ってる学校でも、いじめられたりしてるの？」と、洋子。

「うん、ちょっと」

「じゃ、うちに来て、転校しようよ。環境を変えてリセットしたら、もう大丈夫よ」

所定の手続きが済んだら、優真は施設を出て、目加田家にやってくることに決まった。十一月から、近くのH中学に転入する。

洋子は、現在は納戸《なんど》として使っている玄関脇の四畳半を優真の部屋にすることに決めて、片付けを始めた。

目加田はコンビニを休めないので、洋子が一人で家具の量販店に行き、ベッドやデスクを決めてきた。「クローゼットも要ると思って、慌てて戻って買い足してきた」と、嬉しそうに告げる。

「福田さんに聞いたら、あの子、服とかも全然持ってないらしいの。制服とジャージくらいしかないんだって。前に着てたものは、小さくなって入らないらしい。伸び盛りなのね。ねえ、男の子って、ジーパンと何を買ってやればいいのかしら。Tシャツとパーカーみたいなのかな」

洋子が、買い物すらも楽しみにしているらしいので、目加田は少し心配になった。

「あまり入れ込むなよ。最初は淡々として、下宿人が一人増えたなって程度でいいんだからさ」

「下宿人？　私のうち、下宿人なんて置いたことがないもの。そんなの、わからないわよ。どうすればいいのよ？」

洋子が唇を尖らせた。

「つまりさ、優真君がどんな子か、まだわからないだろう。あまり、かまわれたくないかもしれない。あるいは、かまってほしい甘えっ子かもしれない。だから、最初はご飯を一緒に食べて、寝床を提供する程度でいいってことだよ。そのうち慣れたら、性格もわかってくるし、優真君も欲しいものがあったら、遠慮しないで言うようになるだろう。最初から、全部揃えてやることはないよ。優真君の趣味だってあるんだから」

「なるほどね。確かにあの子は正直だものね。率直に何でも言ってくれるかもしれない。私、この間のタケダ君のスイッチを盗んだ話を聞いて、感動しちゃった」

洋子が感に堪えたように言った。

「うん、泥棒扱いされただけじゃなくて、その前もいじめられて傷ついてたんだろうね」

目加田は、優真が事務所のデスクの引き出しから、消しゴムを盗んだ時の映像を思い出している。

あれも腹いせか。だとしたら、何に対してだろうか。もしかすると、優真は、自分にも何か腹立たしい思いを抱いていたのかもしれない。そう思うと、優真の心を覗いてみたい衝動に駆られるのだった。


優真が目加田家にやってきたのは、その一週間後だった。福田と淵上が目加田家を訪問してから、ちょうどひと月経っていた。

「優真君とうまくいきそうもないと思ったら、遠慮せずに仰ってくださいね。私たちが緩衝材になりますから。こういうのは、無理が一番いけないんです。お互いに疲弊します」

福田はそう言ってくれたが、杞憂だったようだ。

目加田家に住まうことになった優真は、洋子の言うことには素直に従い、目加田にも礼儀正しかった。

環境の変化に適応できず、荒れ狂う子供もいると聞いていたので、正直なところ、目加田はほっとした。

優真が来た日の初めての夕飯は、ハンバーグだった。目加田は店が忙しいので、一緒に食べなかったが、優真は、「こんなに美味しいハンバーグは食べたことがない」と喜んで、ご飯も二杯お代わりした、と洋子が感激して報告してきた。

学校への転校手続きも済み、目加田夫婦と福田が中学に挨拶に行った。担任の女性教師は、福田から事情を聞いていて、全面的に協力するとのことだった。

目加田が、優真のある傾向に気が付いたのは、優真が来て一週間ほど経った頃だ。

「ねえ、優真君が、なかなかお風呂に入ってくれないんだけど。あと、歯も磨かないみたい」

洋子が困り顔で訴えた。

「男の子は風呂嫌いだろうから、そう気に病むことはないんじゃないか」

目加田はあまり気にしなかったが、洋子は渋い顔をしている。

「だって、近くに寄ると脂臭いっていうか、男の子の臭いにおいがする。髪も洗ってないみたいだし。来週から学校だから、あなたが一緒に入って、体の洗い方とかちゃんと教えてやってよ」

なるほど。ネグレクトされていた子供は、体を清潔にする方法や、清潔に保つ方法を教えてもらえないことが多いのか、と目加田は驚いた。男の子である以上、ここは父親代わりである目加田が教えなければならないだろう。

目加田は次の日の夜、早めに帰宅して、優真と洋子と一緒に夕食を摂った。その日は、優真のリクエストで、ポークカレーだった。

優真は楽しみにしていたらしいが、大人向けの辛いスパイスを使ったカレーだったため、食べ残した。

「優真君はどんなカレーが好きなの？」

洋子ががっかりして優真に聞いたが、優真は曖昧に首を振った。

目加田は、キッチンシンクの前で洗い物をする洋子に、小声で注意した。

「ああいう聞き方はどうだろう。カレーの種類なんか、あんまり知らないんじゃないかな」

「そうか」

洋子ははっとした顔をする。

「それに、あの子の趣味に合わせることはないんだよ。うちは、うち流でいくしかない。あの子の方で合わせてくれるだろう」

「そうかしら」

洋子は不安そうだ。

優真はリビングで、テレビのニュースをぼんやり見ている。目加田は、優真の背中に声をかけた。

「優真君、一緒に風呂に入ろうか。おじさんが背中流してあげるよ」

優真が驚いた顔で振り向いた。何と答えていいのか、迷っている風だったので、目加田は付け加えた。

「嫌だったらいいんだよ。一人で入りなさい」

「はい」

優真がほっとしたように頷いた。目加田はその横に行って諭した。

「きみは、お風呂があんまり好きじゃないみたいだけど、清潔にしないと駄目だよ。お風呂では、湯船に入る前に体を洗いなさい。髪もシャンプーして、それから湯船に入るんだ。お風呂は家族が順番に入るんだから、最後に出る時には、浮いたゴミを取って、お湯を綺麗にしないと駄目だよ。わかったかい？」

「はい」返事は素直だった。

「おうちではどうしてたの？」

優真は、悪びれずにすらすらと答えた。

「風呂桶の中に、お母さんの荷物が入っていたから、ほとんどお風呂に入ったことはありません。冬に何度か入ったくらい。夏は公園の水道で体を洗ってました」

「そうか、それじゃわからないよね。一緒には入らないけど、お風呂の入り方を教えてあげるよ。おいで」

目加田は、優真を連れて浴室に行った。優真は困惑した様子でついてきた。

目加田は、洗面所で服を脱ぎ、洗濯するものは洗濯籠に入れること、まず洗い場で体を綺麗に洗ってから、風呂桶に入ることを教えた。

「お湯が熱い時は、これで温度調節するんだよ」

リモコンの調節方法を教えてやり、シャンプー、リンスなどの使い方も指示した。

「これは女の人のシャンプーとリンスだから、使わないようにね。きみはこっちのおじさんが使ってる方でいいよね」

洋子の使っているものと区別するように言うと、優真は興味津々という風に、洋子の使うシャンプーを手に取った。

「何が違うんですか？」

「女の人は繊細だし、お洒落だから、成分が違うんじゃないかな。匂いも違うだろう？」

優真がシャンプーのボトルを手に取って、匂いを嗅いだ。

「ほんとだ。いい匂いがする」

嬉しそうに言う。

「男が髪からこんな匂いをさせてると、ちょっと違う感じだろう？」

目加田がふざけて言うと、優真が笑った。

「そうですね」

「ともかく、うちで一緒に暮らすことになったんだから、お風呂は毎日入ってね。いいかい？夏は汗をかくから、シャワーも使っていいんだよ。これは男同士の約束だから」

「はい、わかりました」

「それから、寝る前には必ず歯を磨くこと。虫歯の治療を終えたって、歯を磨かなかったら、またすぐ虫歯になるよ。歯の磨き方くらいは知ってるよね？」

「知ってます。歯ブラシで磨けばいいんでしょう」

「そうだよ。簡単なことだから、風呂や歯磨きは生活習慣にしなければいけない。でないと、人とは暮らせないよ。優真君だって、ここを出たら、寮生活をするかもしれないし、彼女ができるかもしれない。その時に、生活習慣ができてなかったら、恥ずかしいだろう？」

優真がふっと暗い翳《かげ》りを見せた。

「お母さんも北斗さんも、そういうことはしなかったから、僕もしたことがないです。お風呂もないし、眠くなったら寝てた。歯ブラシも持ってたけど、汚くなって捨てました」

「じゃあ、生活を変えようよ」

目加田が言うと、優真は素直に「はい」と返事をした。その夜、優真は長い時間、風呂に入っていた。

2

優真は二カ月間、一時保護所で過ごした。規則が厳しく自由がない、と言われる保護所だが、優真がこれまでに得られなかったものとの出会いも、いくつかあった。

ひとつは、親切な指導員の相楽から算数の特訓を受けて、少しは勉強の遅れを取り戻したことだ。努力をすれば、報われる。このことは、優真のささやかな自信になった。

もうひとつは、サリナとキクノスケという友人を得たことだった。

友人と言うには、ほんの短期間だけの付き合いだったけれども、この世に、自分と似たような経験をした子供がいる、と知ったのは大きかった。自分の母親ほどのろくでなしはいない、と思っていただけに、それを上回る非道な親がいるという事実に、優真は驚愕したのだった。

サリナは、中学一年の時、実の父親にレイプされたという。母親は、それを知っていたのに見て見ぬふりをした、とサリナは両親をひどく恨んでいた。

そのため、十四歳で家を飛び出して、泊めてくれそうな男の家を転々とした。そのうち、複数の男に暴力をふるわれそうになって裸足で逃げ、警察に保護されたのだった。

保護された時に、連絡を受けてやってきた両親が、自分を心配して見せる様に、吐き気を催したという。

「誰も信じねえよ。その方が楽だもん」というのがサリナの口癖だったが、なぜか優真には近付いてきた。大人の男に酷い目に遭わされたせいで、年上の男には嫌悪と恐怖心を持つサリナは、優真のような年下の少年には心を許したのだ。

吃音《きつおん》のキクノスケは、幼い頃から両親に殴る蹴るの暴力を受け、一時は押し入れに閉じ込められて育った。そのため、人を怖がっておどおどするかと思うと、急に暴力的に荒れ狂う、二面性を持った少年になった。

キクノスケは、一時保護所でも、たびたび発作のように荒れ狂って問題を起こしたが、なぜか優真とサリナには懐いて、二人がいると近寄ってきて、ぽつぽつ話すようになった。優真に甘えるような素振りを見せるので、いつしか優真はキクノスケを弟のように思っていた。本当の弟の篤人のことなど思い出すこともないのに、他人のキクノスケは可愛いのだ。それが不思議だった。

しかし、一時保護所では、互いの連絡先を教えてはいけないことになっている。連絡先を書いたメモを渡しても、ひっきりなしに行われる荷物検査で取り上げられてしまう。だから、その場で記憶しなければならない。

別の養護施設に入ったサリナの携帯番号は、教えられたままに丸暗記した。キクノスケは、近県の祖母の家に引き取られることになったので、その家の住所と電話番号を書いたメモをこっそりもらった。それも、見つかる前に丸暗記してトイレに流した。

サリナもキクノスケも、優真よりも早く一時保護所を出たために、優真は二人に教える連絡先は何もなかった。だから、優真から連絡するしか、二人と再会する術はない。

P施設に入った時、優真は隙を見て施設の電話を使い、記憶していたサリナの携帯にかけてみた。ところが、何度電話しても、サリナは出なかった。サリナが入ったはずの施設に電話をしても、サリナという少女はいないと言われた。

サリナはどこに行ってしまったのか。口を開けば、乱暴な呪詛《じゅそ》しか吐かないサリナなのに、優真にだけは優しかったから、連絡が取れないことにひどくがっかりしたのだった。

優真は、キクノスケの祖母の家にも電話をしてみた。すると、妙に甲高い声の老婆が出て、「キクちゃんは両親の家に戻った」と告げられた。

親に殺されるかもしれない、とあれほど憎み怖れていたのに、結局、両親のもとに帰ったのか、と優真はキクノスケの揺らぎに失望した。

同時に、自分はキクノスケに比べて、冷酷な人間なのだと思った。母親など、要らない。自分は母親を棄てることに成功したのだから、拾う必要などない。

サリナとキクノスケと会うことは、もうないだろう。優真は二人との縁を断念した。

一時保護所で出会った者同士は、言うなれば、大海で偶然擦れ違った船同士のようなもので、離れていけば、もう二度と会うことはない。この経験は、優真をいっそう孤独にし、周囲から孤立させた。

Ｐ施設に移った優真が通うことになった小学校では、最初から最後まで除《の》け者で、無視され続けた。このことは、同年の子の勉強に追いついた、と密かに自信を持っていた優真を傷つけた。

六年の三学期ということもあって、中学受験をする者が多く、クラスの中は何となく落ち着かなかった。そんな時期に入ったせいで、クラスメイトの顔と名前が一致しないうちに、優真は卒業式を迎えることになった。

施設の園長が、優真の保護者代わりで出席したが、知己の校長らと不用意に会話し、優真が小学校の卒業式に両親が来ないような生活をしていることがあからさまになってしまった。卒業式が終わって、寄せ書きを交換する子供たち。でも、誰も優真に話しかけてはこなかった。その時の優真の屈辱的な思いは、園長への憎しみとなった。

しかし、優真の中で、落胆や失望や屈辱や憎しみは、あまり表には出なかった。地層のように静かに、性質の違う暗い何かが、層を成して積もってゆくのだった。

中学に進学した時、少し希望があったが、それが打ち砕かれるのは早かった。同じ小学校の連中が多く、優真を仲間から排除する生徒たちがほとんどだった。

辛かった一学期がやっと終わり、夏休みになった。どこにも行くところも金もない孤独な優真に、夏休みは暇を持て余す憂鬱な時期だった。

いや、もっと憂鬱なのは、二学期だった。学校に行っても、相変わらず誰も自分に話しかけてはこない。せっかく追いついたと思った勉強も、どうでもよくなりつつあった。

同級生はさらに上をゆくのだ。いくら勉強しても、塾に通っている同級生には敵わなかった。技術と情報が違い過ぎる。優真はそれが悔しく、二学期が始まった途端にサボりが増えた。

学校に行くふりをして施設を出る。その後は、公園でやり過ごしたり、こっそりゲーセンに入ったこともある。でも、サボるにも金がないと、どうにもならない。

クラスメイトは皆、スマホを持っているが、優真は持てない。自分の世界が構築できないようで、それも辛かった。

優真のサボりは、学校から連絡がきて、園長も知ることとなった。当然、諫《いさ》められる。だが、優真は、嫌いな園長の言うことなど聞きたくないから、他の施設に移りたくてならなかった。八方塞がりの日々。

ある日、ケースワーカーの福田と淵上がやってきた。二人は優真の担当なので、定期的に様子を見にやってくる。もっとも、福田がメインで、淵上はそのサポートをしているだけなので、二人揃ってやってくることは滅多になかった。優真は、若くて細身の淵上が好きなので、久しぶりに淵上の顔を見て嬉しかった。

「優真君、背が伸びたね。夏休み中にぐんと伸びた感じ」

淵上は大袈裟に驚いてみせた。

「そうかな」

「あ、声も太くなってる。どんどん男らしくなるね」

急激な体の変化に自分でも戸惑っていたから、淵上の言葉は気恥ずかしかった。

「優真君、二学期はどんな感じ？」

福田が、ファイルを開いて、優真に訊ねた。

「どんな感じって言われても」

優真は浮かない顔で返事をする。

「聞いたよ」と、淵上がさばさば言う。「優真君、最近サボりが多いんだって？」

「ばれてる？」

笑って誤魔化そうとした。

「ばれてるよ、もちろん。駄目じゃないの」

淵上が呆れたような顔をした。淵上とは友達みたいに喋れる。だが、福田はもっと真面目だから苦手だ。

「優真君、サボる理由があるの？　学校でイジメとか、そういうのある？」

「つか、嫌なヤツらばっかだから。みんな固まってて、俺を絶対に仲間に入れてくれない。俺が施設にいるって知ってるからだよ」

こういう時、福田は悲しげな表情をするが、淵上は一緒に怒ってくれる。

「陰険なヤツらだね。そんなの相手にすることないよ」

「相手にしてないけどさ」

相手にしてないどころか、自分を無視するヤツらを、全員叩きのめしてやりたい。そういう暗い衝動が時々起きて、夢にまで見る。でも、現実では発散できない。

だから、誰もいない教室で、こっそり何かを盗んだり、壊してやったり棄てたりした。そろそろ犯人は自分だとばれるかもしれない。そんな危うい時期だった。

「福田さん、俺をここから出して。別の施設に行きたいんだ」

「どうして？」

「園長、大嫌いだから。あいつ、俺のこと、卒業式でくっちゃべったんだ。校長に、うちにいる子が卒業するんだって言ってさ。バレバレだよ」

優真の、憎しみが迸《ほとばし》るような鋭い眼差しを見たのか、福田が困惑したような顔をした。

「そんなことがあったのね」

「福田さん、あのこと話したら？」と、淵上が促す。

「そうね。まだこの話をするのは早いと思ったけど、優真君がどうしてもここを出たいのなら、言うね」

福田が頷きながら、前置きした。

「何？」

「優真君も知ってるでしょう。K市のあのコンビニの店長さん、目加田さんっていうんだけど、優真君の養育里親になってもいいって仰ってるのよ」

「マジ？」

優真は驚いて、福田の顔を見た。

「マジだよ」と、淵上が笑った。

「それでね、目加田さんの奥さんと一度会ってみない？　お見合いしてみて、それから決めてもいいから」

「俺はかまわないけど」

そんな言い方をしたが、目加田の申し出は純粋に嬉しかった。事務所のデスクの引き出しから消しゴムを盗んだところを見られたので、自分は絶対に信用されていないと思っていたからだ。だが、目加田は許してくれた。

「目加田さんの奥さんが、まだ優真君に会ったことがないから、一度会ってみたいって仰ってるの。あなたも目加田さんのお宅を訪問してみたいでしょう？」

「もし、奥さんが俺を気に入ってくれたら、目加田さんのうちに行けるの？」

この施設を出られて学校を変えられるのなら、それ以上のことはない。

「気に入るって言い方はどうかな。てか、ただの顔合わせよ」

淵上が言い添える。

「目加田さんの家に行くことになったら、中学は変わるんだよね？」

優真は念を押した。

「そうよ。あの辺の学区だと、H中かな？」

今の中学から逃れられるならば、何でもする。優真は、目加田の妻に気に入られて、家に入り込みたいと願った。

しかし、優真は内心、何でも見通しているかのような目加田を怖れてもいる。目加田は、自分の中にある暗い衝動を知っているのではないかという戦《おのの》きがあった。その衝動とは、自分でも得体が知れないものだった。一時保護所の所長に取り上げられた、ピンクのソックスに通じる何かだ。

「目加田さんのお宅はね、二十歳になるお嬢さんがいらしたんだけど、そのお嬢さんが去年、亡くなられたの」

福田の説明に、優真はきょとんとした。

「何で死んだの？」

「突然だったらしいの。お嬢さんは脳性麻痺で長く寝たきりだったから、体の中で無理があったのかもしれないわね。だから、目加田さんの奥さんは寂しくて仕方がないんだって。それで、優真君を高校卒業するまで、うちで面倒を見たいって仰ってくれてるの。でも、会ってみないことには決められないからね」

「気に入られなかったら、どうするの？」

「大丈夫、気に入ってくれるわよ」

淵上が暢気《のんき》に請け合った。


とうとう目加田の家に行く日がやってきた。優真は中学の制服を着て、福田たちが迎えに来るのを待った。

淵上の運転する軽自動車の後部座席から、優真は一年ぶりで戻ってきた、懐かしい街を見つめた。一人で彷徨《さまよ》い歩いた川の土手や、広い敷地の埋め立て地。国道沿いのラウンドワン。児童公園のトイレでは、いつも顔や手足を洗った。夏の夜中には、裸になって頭まで洗ったものだ。あのブランコに座って、コンビニのおにぎりを食べたこともある。そう、目加田に恵んでもらった、廃棄する食品だった。

不意に、母親の亜紀や北斗さん、篤人のことを思い出した。彼らはみんなどこに行ったのだろう、自分を置いて。いや、自分が彼らを置いて、どこかに行こうとしているのだ。家族なんて儚《はかな》い、と優真は思った。

「どう、懐かしい？」

淵上が、バックミラー越しに話しかけた。

「うん、懐かしい」

優真は素直に答えた。

「もし、目加田さんの奥さんがいいって言ったら、この街で暮らすことになるんだよ。優真君、嫌な思い出があるんじゃないの？　大丈夫？」

福田が前を向いたまま言った。

「大丈夫だと思う」

「足立の方がいい？」

「いや、ここがいい」

「そう、どうして？」

「目加田さんがいるから」

「それを聞いたら、目加田さん、泣いて喜ぶよ」淵上が笑いながら言った。「ねえ、福田さん、そうでしょう？」

「そうね」前を向いた福田の表情は見えなかった。

優真にとって、目加田の妻、洋子はごく普通の女性に思えた。髪はショートカットで、一切化粧気はなく、初対面の時も、トレーナーにジーンズという地味な格好をしている。平日のスーパーに行けば、洋子のような女性が大勢、自転車で買い物に来ている。

だが、決して平凡に見えないのは、陽気に喋っていても、どこか無理をしているように思えるところがあるからだった。眼差しに悲しみの影が張り付いて、容易には剝《は》がせない気がする。

一年前に、脳性麻痺で寝たきりだった娘を突然喪《うしな》ったと聞いて、そのせいだろう、と優真は思った。

洋子は毎朝欠かさず、仏壇に水と茶を供えて線香を上げて祈る。花を絶やしたこともない。その際に、涙を浮かべることもある。

優真には、子供が死ぬと、普通の親はこんなに嘆き悲しんでくれるのか、という驚きがあった。

亜紀だったら、たとえ優真が死んでも、これほど悲しんではくれまい。むしろ、どこか清々した表情を浮かべるのではないかとさえ思うのだった。彼我の差はどこにあるのだろうか。優真には、いくら考えてもわからない。

「優真君は、私たちのこと何て呼んでくれる?」

養育里親になることが決まった時、洋子に開口一番訊かれたことだった。優真は戸惑って答えられなかった。

「何て呼べばいいんですか?」

逆に問うと、洋子が微笑んだ。

「何でもいいのよ。お母さんは嫌でしょう？　だって、本当のお母さんがいるものね」

いてもいなくても、「お母さん」という言葉は嫌いだから黙っていると、洋子が首を傾げて言う。

「おばさんでいいよ。私はおばさんで、うちのお父さんはおじさん。本当の親子じゃないし、かと言って、まったく関係のない他人でもないし、おじさんとおばさんくらいでどうかしら？」

そうは言っても、洋子は「お母さん」と呼ばれたかったのではないかと思った。その後、洋子がこう付け加えたからだ。

「うちの恵はね、口が利けなかったでしょう？　だから私はね、一度もお母さんって呼ばれたことがないの。母親なのに、それは結構、寂しいもんだよ」

「じゃ、お母さんと呼びます」

優真は咄嗟《とっさ》に答えた。予想した通り、洋子の目に喜色が浮かんだ。

洋子に気に入られれば、この家に、最低でも高校三年まではいられる。

「でも、もちろん、私は本物じゃないから、カギ括弧《かっこ》付きの『お母さん』だよね。それでもいいなら、そうしてね」

「はい」

洋子は、優真という「息子」を持ったことが嬉しいらしい。

でも、優真は、洋子のことは「お母さん」と呼べるけれど、目加田を「お父さん」と呼ぶのは、何となく気がひけた。が、そのことは敢えて言わなかった。

「ところで、優真君、一緒に買い物に行かない？　洋服、少し揃えてあげるからさ。あまり持ってないでしょ？　放課後とか休みの日の服を買いに行こうよ。あと男の子がよく持ってるリュックサックとかも要らない？」

優真は、洋子と一緒に街を歩くのが気恥ずかしい。困って俯いていると、洋子がさばさばした様子で言った。

「わかった、わかった。私と一緒に行くのが、まだ嫌なら、ネット通販にしようか？　それなら、買い物に行く服もあらかじめ買えるものね。そうしよう。ジーンズとかお洒落な服は、実際に行きましょうね」

娘の介護もあって、外出もままならなかった洋子は、服や化粧品、食材などは、ネット通販が主だったらしい。早速、タブレットを持ち出して、ユニクロのページを開いた。

優真は、ユニクロでパーカーやセーター、Tシャツ、下着などを買ってもらった。

「あと、欲しいものある？」

「いや、特に」

実際、服装などはどうでもよかった。それよりも、「スマホ」が欲しい。前の中学の同級生たちは、皆持っていた。でも、さすがに遠慮した。いくら何でもまだ早い、と目加田が反対しそうな気がしたのだ。

しかし、いずれ洋子にだけはねだろうと思っている。洋子が必死にいい母親たろうとしていることは、優真にも十分伝わっている。

目加田に風呂の入り方を教えてもらった時は、おまえは不潔だ、と断じられたようで、恥ずかしかった。

一時保護所で、『お風呂に入って体を清潔にしなさい』と、所長に注意された時のことを思い出す。

『きみ自身がどれだけ他人に不快な思いをさせているか、わからないだろうけど、ここではそれは許さないからね』と言われて、恥ずかしいというよりも、腹が立ったのだった。

所長の言葉で、毎晩入浴したり、寝る前の歯磨き習慣がなかったことも、自分がいじめられる原因のひとつだったとわかった。

でも、それは、自分のせいではない、と優真は思った。風呂に入る習慣を付けてくれなかった母親、歯ブラシ一本も買ってくれなかった母親、垢だらけの服を着ていても、着替えを買ってくれなかった母親。すべて母親が悪いのだった。

だから、優真の中に、母親を恋しがる気持ちなど毛頭ない。

なのに、洋子が時折、心配そうに「優真君、お母さんに会いたくないの？」と聞いてくるのが、うざかった。

そんな時は、曖昧に首を振ることにしている。すると、洋子は心配そうに、優真の表情を窺う。それもうざったい。

誰も自分の本当の気持ちなど知らないし、知ることはできないのだ、と優真は思う。

しかし、目加田だけは、深いところにあって自分さえも気が付かない、自分の本当の思いを知っているような気がして、嬉しいというよりは怖いのだった。自分の本当の思いとは何か。

優真は、風呂に入ると、女性用のシャンプーの匂いを嗅ぎながら、自慰をするのが習慣になった。

洋子の使っているシャンプーが、淵上の髪の匂いに似ているような気がしたからだ。淵上の薄い胸や、ジーンズに包まれた丸い尻などを思い浮かべると、自分がものすごく何かに飢《かつ》えているような気がした。

幸い、母親と離れることによって、食べ物に飢えることはなくなった。学校にも通えて、清潔な服や寝床があり、生活も人並みに充足した。

でも、何かが足りなかった。あのピンクのソックスのようなものだろうか。

ピンクのソックスは、一時保護所で所長に訊かれてから、持っているのが恥ずかしくなって棄ててしまったのだ。今となっては、それが惜しくてならない。そのせいだろうか。自分は何かにとても飢えている、と優真は思ったが、その正体はわからなかった。

転校することになったH中学は、目加田のマンションから、徒歩で十五分かかる。自転車通学は許されていないので、優真は歩いて通うことになった。

これまで通った学校とは、すべて相性が悪かった。足立の小学校でもいじめられていたし、施設から通った小学校も中学校も同じだった。H中学でも、露骨な無視や、子供っぽいいじめに遭うかもしれない。

洋子は「リセット」と言ったが、優真は内心、心配だった。が、それは杞憂だった。

H中学は、地域でも恵まれた家庭の子が多く、親は受験や塾などに関心が高い。そのせいか、生徒たちも転校生になど興味を抱かなかった。まして、その転校生の出自など、誰も気にしていない。

優真が居所不明児童であったこと、親にネグレクトされ、果ては棄てられた子供であることなどを知っているのは、H中では担任教師と校長の他、数人だった。

優真は、転校したH中学の一年A組で、驚くべきことに遭遇した。

同じクラスに、あの熊沢家の妹がいたのだ。名は、熊沢花梨《かりん》。

H小に通っていた熊沢花梨は、優真と同学年で、同じ学区内にあったH中学に進学していた。

花梨の席は前方の窓際だ。そこから、教室の外を眺めていることが多かった。だから、その細く長い首が、優真の席からよく見えた。

小柄だったのに、この一年で背が伸びて、優真よりほんの少し低いだけだ。

花梨が仲のよい女子生徒と笑い合っているところを見たことがあるが、普段は生真面目な表情を崩さない、いたっておとなしい女の子だった。髪をきつく結い上げるポニーテールにしている。顔は小さくてまとまりがよく、人形の顔のようだった。

どこの学校にも、必ず威勢のよい女子グループがいる。その子たちは、いつも仲間とつるんで大声を上げたり、男子の顔を見て突然笑ったり、キャーキャーとアイドルの写真を眺めたりと、落ち着きがないし、喧《かまび》しい。

しかし、花梨はそのようなグループとは距離を置き、自分の行動範囲というものをきちんと守っているようなところがあった。

それが人を寄せ付けない態度に見えるのか、花梨を意識している男子も、少なからずいるようだ。自分と同じように、外を眺める花梨をこっそり横目で見ている男子は多い。

でも、そんな花梨の家を、自分は知っているのだ。ピンクのカーテンの掛かった花梨の部屋を見上げたこともあるし、敷地内にこっそり侵入したことも、二度や三度ではない。

母親か祖母が丹精している家庭菜園から、トマトをもいで食べたこともあるし、花梨のものらしいピンクのソックスを所有していたこともあるのだ。

優真の中に、ここにいる生徒たちの誰よりも、自分は花梨を知っているのだ、という優越感にも似た気持ちが湧き上がっていた。以来、浴室での自慰の対象は、渕上から花梨になった。

花梨と話したことは、二回ほどあった。最初に話したのは、上履きを脱いでスニーカーを履いていた時に、たまたま花梨がやってきたのだ。

「こんにちは。帰るところ？」

花梨の方から話しかけてきた。優真は驚いて棒立ちになった。

「こんちは」

かろうじて返答すると、花梨は自分のスニーカーを靴箱から出しながら、何気なく訊いた。

まるで話の接ぎ穂がここしかないという感じだった。

「小森君、前はどこの学校にいたの？」

「R市」

「ああ、行ったことある」

それだけで、会話は続かなかった。だけど、優真は自分の顎のあたりにある花梨の顔を凝視した。至近距離で見る花梨の顔は、驚くほど小さくて可愛かった。

花梨は、優真の反応に驚いたのか、「お先に」と言って、軽やかにスカートを翻《ひるがえ》して行った。

二回目は、朝、教室の前で行き会った。この時も、花梨の方から「おはよう」と挨拶した。

優真も「おはよう」と返して、そのまま教室に入らずにくるりと踵《きびす》を返して、廊下を戻った。何を話していいかわからず、またわからない自分を曝《さら》しては恥ずかしいと思ったからだ。花梨は呆気にとられた顔をしていたが、さっさと席に着いた。

面と向かっては話せないくせに、優真は学校の帰りに、遠回りして花梨の家の近くをぶらぶらすることが多くなった。

一年前に彷徨《ほうこう》した住宅街は何も変わっておらず、花梨の家も変わっていなかった。ただ、いつも門内に停められていた国産車が、白い外車に変わっていた。

外車といっても高級車ではなく、小柄で可愛く、なにがしかの主張が感じられる車だった。車種に詳しくない優真は、花梨のような車だ、と思った。

一度だけ、その車の助手席に乗った花梨を、物陰から見たことがある。運転しているのは母親で、二人は楽しそうに談笑しながら、門内から出て行った。花梨はバレエのレッスンにでも行くのか、髪を結い上げていた。その横顔を見ながら、優真は花梨の持ち物の何かを、また自分のものにしたいと願った。

車に乗って外出する花梨を見かけた日、優真は、マンションの一階にある目加田のコンビニに寄った。今日は店番を交代して、目加田がいったん家に戻った時間だと知っているからだ。

優真は迷うことなく雑誌コーナーに行き、新しいスマホ情報などが載った雑誌を立ち読みした。

新しく雇われたバイト店員が、期限切れの弁当を、次々にコンテナに載せている。

あの弁当を、目加田から恵んでもらったのだ、と優真は横目で見た。その縁で、目加田の家に住まわせてもらい、少ないけれども小遣いまでもらい、花梨と同じ学校に通わせてもらっている。

目加田の家の冷凍庫には、いつもハーゲンダッツのチョコミントが入っている。自分は、目加田に食べさせてもらうまで、ハーゲンダッツというアイスクリームのメーカーも知らなかった。

北斗さんのうちの冷蔵庫は、冷凍庫が氷に覆われていて、全然使えなかったのに、洋子はいつも中を消毒して、食品を綺麗に分けて保存している。

洋子は優しいし、目加田は何も言わない。恵まれているのに、何かが足りないのはどうしてだろう。また、あの飢えてじりじりする感じが湧き上がってくる。トタン屋根の上で太陽に炙《あぶ》られているような、居ても立ってもいられない感じ。

目加田家に帰ると、鍋料理の匂いがした。十一月も半ばを過ぎてから、目加田家では何度か鍋料理が出た。

「お帰り」

食卓で夕刊を広げていた目加田が、優真を見てにこりとした。椅子の背には、コンビニの制服の上着が掛かっている。

「ただいま」

この言葉にも、やっと慣れた。

施設では、挨拶にうるさかったからだ。それまでは、ほとんど使う必要のない言葉だった。

「お帰り、今日は遅かったわね」

洋子が、湯気の立つ土鍋を食卓に運んできた。

優真は、鍋料理の種類を知らないから、今日の鍋が何だかわからない。種類がたくさんあることも知らなかった。この間食べた鍋には、鶏肉がごろごろ入っていた。今日は、魚やエビが入っているようだが、何という名かは知らない。

食事や食べ物に関しては、知らないことだらけだ。

母親の亜紀は、料理というものを一切しなかった。台所にあるのは、フライパンと、アルミの小さな鍋のみで、ヤカンもなかった。

フライパンは、長いこと使用していないので赤く錆びていたから、優真はフライパンがどんな風に使われる道具なのか知らない。

常に使うのは小さな鍋で、インスタントラーメンを作るのも、カップ麺の湯を沸かすのも、すべてこの鍋だった。

「手を洗って、うがいしておいで」

夕刊に目を落としていた目加田が、老眼鏡をずらして優真を見ながら言う。

「はい」

優真は素直に、言われた通りにした。そう振る舞うことが、「いい子」の条件だと知っている。

洗面所で手を洗い、おざなりなうがいをしてから、リビングに戻った。

「制服も着替えてきたら。その方が寛《くつろ》げるだろ？」

再び目加田に言われて、はい、と返答する。

内心では、口うるさいおじさんだ、と思ってもいた。来たばかりの時は少し怖かったが、最近は、洋子が「お母さんに会いたくないの？」と聞いてくるのと同様、生活態度に関する目加田の注意に、ややうんざりすることも増えてきた。

しかし、優真は努めて面《おもて》には出さないようにしている。

自室でジャージに着替えて、リビングに顔を出した。すでに鍋は卓上でぐつぐつと煮たっており、洋子が菜箸で取り分けようとしていた。

「学校はどう？」

目加田が、グラスに麦茶を注ぎながら訊ねる。目加田は食事を一緒にする時は、必ず学校のことから訊く。

「うん、楽しいです」

「どういうところが楽しいの？」

目加田が優しい目をする。

「ああ、うん、同じ年頃の人がいることかな」

「そうだろうね。友達はできたかい？」

「ううん、口は利くけど、そう親しくはないかな」

本当は、ほとんどのクラスメイトと口を利かないでいた。

「まだ転校して間がないもんね」と、洋子。

「はい」

優真の言葉数は少ない。最近、ますます少なくなったのは、自身の中の何だかわからないものが、常にもやもやしていて、そのことに気を取られているからでもある。

どうせ自分の内面など、誰にもわかるはずがないし、たとえ言葉にしたところで伝わらないだろう、という諦めもある。なぜなら、自分でもわからないのだから。

「H中では、いじめられたりしない？」

洋子が、取り鉢にたっぷりと白身魚やエビや野菜などを入れて、目の前に置いてくれた。

「大丈夫です」

「みんな優しい？」

「優しいっつうか」と、優真は首を傾げる。

「ていうか、どんな感じ？」

突っ込んで訊いてくるのは、いつも洋子だ。目加田は黙って、言葉の裏を探ろうとする。だから、洋子の方が処しやすいのだった。

「あまり関心がないから、楽だ」

優真の答えに、二人が顔を見合わせて笑った。

「なるほどね。確かに、放っておかれる方が楽だよね」

目加田が答えた後、ちらりと壁の時計を眺めた。店の交代時間が気になるのだろう。

「もうじきクリスマスだけどさ。優真君、何か欲しいものはない？」

洋子がにこにこしながら訊いた。

「うちは買えないものの方が多いと思うけど、一応、希望だけは聞いておくからさ。何でも言ってみて」

優真は箸を止めて、考えるふりをした。欲しいものは決まっている。

「いいから、遠慮しないで言ってごらん」

目加田が優しく促す。

「スマホかな。みんな持ってるから」

俯いて言うと、また二人が目を合わせるのがわかった。

「今は小学生から持たせているものね。持っていない子の方が珍しいかもね」

洋子が溜息を吐《つ》く。

「そんなことはないよ」と、慎重な目加田が一蹴した。「人それぞれだろう」

「でも、メリットもあるの。小学生なんかには、ＧＰＳがあるから、安全だって持たせてるみたいよ」

洋子の言葉を遮って、目加田が優真の方を向いた。

「スマホのことだけど、福田さんに相談してみてもいいかな。大袈裟かもしれないけど、おじさんたちは、優真君のような子供を持った経験がないので、判断できないんだ。意見を聞いてみるよ」

若い淵上ならともかく、福田は「もう少し、落ち着くまで待った方がいい」と反対するかもしれない。優真は心配になった。

同級生は皆、学校では部活をし、塾にも通って、いつも忙しそうだ。自分のような転校生にも、関心のないふりをしている。

でも、それは表向きのことだ。裏では、ＬＩＮＥとかＳＮＳで繋がっていて、そっちのネットワークを信用している、とサリナが言っていた。そこで、誰が何を発信して、何が話題になっているのかは、その繋がりに入らないとわからないのだとも。

だから、スマホを持たない自分は、永遠に彼らの仲間に入ることはないのだ。また、どこかにいるかもしれない、気の合う友達、つまり真の仲間を捜すこともできないでいる。

今の子供はスマホを通じて、自分の居場所というか、寄るべき場所を見つけないと、自分の世界を持っていることにはならない。

その真実を、目加田夫妻は知らないだろう。いや、福田や淵上だとて、把握できていないのではないか。

優真はそのことを言いたくてたまらなかったが、スマホによるネットワークの内実を知らないだけに、そんな世界があるようだ、ということが朧気《おぼろげ》にわかるだけで、説明もできず、もどかしかった。

「じゃ、スマホの件は、ちょっとお預けね。優真君、スマホが駄目だったら、次案としては、何がいいの？」

「自転車かな」

機動性も欲しい。思い切って言うと、目加田が頷いて笑った。

「中学生なんだから、確かにうちのママチャリじゃ嫌だよね」

「優真君、暖かいダウンジャケットとかはどう？」

洋子が弾んだ声で言ったが、優真は「別に」と言って首を傾げた。

H中の生徒は、スマホも自転車も、洒落たダウンジャケットも持っている、と思ったが、もちろん言わなかった。

近頃、目加田のローテーションは、少し変則的だ。夕食時に一度自宅に戻ってはくるが、七時半頃にまた店に行き、十二時に夜勤のバイトと交代して帰ってくる。勤め帰りに寄る客が増えたため、だそうだ。

洋子が店に出るのは、優真が学校に行っている時間帯で、夕方からは家にいる。夕食の支度と片付けをした後は風呂に入り、十時には寝室に引っ込む。

そんな時、決まって、優真は夜の街を彷徨い歩きたくなるのだった。

正確に言えば、街ではなく、夜の公園や、花梨の住む家の周囲である。

あの熊沢家の敷地内に入り込んで、花梨の部屋を見上げたり、風呂場の側に佇《たたず》んで、湯の音を聞いていたくなるのだった。

それは、今冬で一番冷え込んだ夜だった。

優真はいつも通り、風呂に入って自慰をした後、洋子に挨拶して自室に入った。なぜか落ち着かず、胸が騒いだ。そのざわめく気分は、どうにも治まりがつかず、眠れそうもなかった。

自分を持て余した優真は、決心を固め、早々と照明を消して、寝たふりをした。

洋子が寝室に入ったのを確かめてから、身繕いをして、こっそりマンションの玄関ドアから開放廊下に出た。冷え切って乾燥した冬の夜で、夜空には、いつもより星がたくさん見えた。

優真は音のしないように細心の注意を払って外から施錠した。一階のコンビニの監視カメラを避けて、非常階段を使って裏から出た。

こんな時のために自転車が欲しかった、と言ったら、目加田夫妻は驚愕するだろう。

そんな彼らの様子を想像すると、わけのわからない自分の焦燥や割り切れないものの形が、少し見えるような気がするのだった。それは人には決して言えない、つまり、どこか後ろ暗い衝動のようなものだ。

優真は、徒歩で熊沢家の方向に向かった。目加田が帰宅する十二時前には戻らなければならないので、急ぎ足だ。

しかし、こうして夜の住宅街をひたひたと歩いていると、飢えて彷徨っていた時のことを思い出して懐かしかった。

あの時、「お腹が空いて死にそうです」と、熊沢家に助けを求めたら、花梨はどうしただろう。さも嫌そうに、あの綺麗な眉を顰めるかもしれない。そんなことを想像すると、なぜか興奮した。もっと嫌なことをして、花梨の眉をもっと顰めさせたくなるのは、どうしてだろう。

熊沢家は、祖母の住まいらしい平屋の方は、雨戸がきっちり閉まっていた。が、母屋の方は、閉められたカーテンのあちこちから、オレンジ色の暖かい光が漏れていた。まるで、幸福がこぼれているようで、優真はその様に見とれた。

道路から物陰に隠れて熊沢家を眺めたことはあったが、敷地内に忍び込むのは、ほぼ一年ぶりだ。

優真は湧き上がる喜びと、見つかった時の怖ろしさで、身内が震えるのを感じた。

が、それもまた、暗い興奮に変わるのはどうしてだろう。この歓びを何度も味わうためにも、ピンクのソックスに代わる記念品が欲しい、と思う。

午後十時過ぎの住宅街は、人影もなく、物音もしなかった。遠くで車の行き交う音がひっきりなしにしているが、あれは交通量の多い国道だろう。

優真は周囲に人がいないのを確かめてから、熊沢家の万年塀に囲まれた立派な門をくぐり、難なく敷地内に侵入した。右手に平屋の古い家、左手が花梨の住まう、新しいハイム風の家だ。足音を忍ばせて、ふたつの家の間の小道を通り、裏庭に回った。家庭菜園は、誰も手入れする人がいないのか、冬枯れていた。冬の夜のこととて、物干し場にも何もない。

何か記念品が欲しいと思って来たのに、これでは意味がない。

優真は、自転車が数台停めてある玄関口の方に戻ろうとした。花梨のピンクの自転車は知っているので、何か部品でも盗もうと思った。

その時、ザッと湯を流す音がした。振り向くと、風呂場のサッシの高窓が少し開いていて、そこから湯気と音が洩れ出ていた。

熊沢家の誰かが、風呂に入っている。花梨ではないだろうかと思うと、中を覗いてみたくてたまらない。

そうなると、矢も楯もたまらず、台になるものを探した。

家庭菜園のところに、プラスチックのバケツが置いてあった。優真はバケツを取ってきて、風呂場の前に逆さに置いた。

逆さにしたバケツの上に乗って、背伸びしながらサッシの格子窓の中を覗く。湯気の中に、一瞬ピンク色の背中のようなものが見えた気がしたが、すぐに死角に入ってしまった。花梨にしては、柄が大きいように思えたから、姉か母親かもしれない。

その時、優真は、女の裸が見たいわけではないのだ、と気付いた。花梨を見たいのだ。それも、美しい外見なのに、自分と同じような暗いものを抱えているかもしれない、花梨の心を見たいのだと思った。

次の瞬間、大きな音とともに、足首に衝撃が走った。バケツを踏み抜いてしまったのだ。一瞬、何が起きたのかわからず、優真は呆然とした。同時に、風呂場で鋭い悲鳴が聞こえた。

「誰か覗いてる」と、女の金切り声がする。

優真は慌てて逃げた。急いで門から出ないと、広い敷地だから、玄関先で、待ち受ける家の人間と鉢合わせしてしまう。

家の中から、「誰か」という女の声と、「逃がすな」と男の声がした。花梨の父親が在宅だったらしい。

優真は必死に走って、間一髪で門から出た。幸い、通行人は誰もいなかったので、そのまま全力疾走で百メートル近く走った。

もう大丈夫かと、後ろを振り返ると、熊沢家のあたりが何か騒がしい。やがて、パトカーの音がしたので、優真は恐怖に震えながら、マンションに戻った。

エレベーターは、防犯カメラがあるので、非常階段を八階まで上った。音のしないように解錠して、玄関脇の自室に入る。まだ動悸がしていた。ベッドに腰掛けて息を整えていると、右足首から血が出ていることに気が付いた。ジャージも足首のところが裂けて、血が付いていた。割れたバケツの破片で怪我をしたらしい。

何かを壊して、足首の怪我を言い繕うしかない。どれがいいだろうと、優真は自分の机の上を見回した。

優真の机の上は、ほとんど物が出ていない。持ち物が極端に少ないからだ。卓上に出ているのは、数本の鉛筆やボールペンを並べたプラスチックのトレイと、電気スタンドだけだった。

優真は、トレイを手で折ろうとしたが、びくともしなかった。優真用にと、洋子が買ってきてくれた青いマグは、すでに洋子が洗ってキッチンの食器棚に収まっている。他に、足にできた傷の言い訳になるような物は部屋に何もない。こうなれば、傷口もジャージも、自分で洗って血液を落とし、ジャージの破れに関しても、素知らぬ顔をしている他はなかった。

改めて傷を見ると、割れたプラスチックのバケツ片は、思った以上に優真の足首の内側の皮膚を傷つけていた。五センチほどの切り傷になって、まだ血が滲んでいる。血は、ジャージの裾に黒々とこびり付いていた。

優真はパジャマに着替えてから、足音を忍ばせて洗面所に向かった。洗面台に右足を上げて、冷たい水で傷口を洗う。染みて痛かった。ティッシュでいったん傷口を押さえてから、自分専用のタオルでそっと拭く。次に、ジャージの裾を水で洗った。

しかし、血は完全には落ちない。薄いオレンジ色になって広がっただけだった。自分の犯した罪がそこに印されているようで、優真は目を背けた。

そろそろ、目加田が帰宅してくる頃だ。優真は急いで自室に戻った。戻る途中、洋子が寝ている寝室の前で立ち止まり、ほんの少しの間、中の様子を窺った。だが、何も物音はしなかったので安心した。

部屋を暗くしてベッドに横たわり、一瞬だけ見ることのできた、ピンク色をした背中を思い出そうとした。あれは花梨の背中だ、絶対に。覗いた時は、柄が大きいことから姉か母のものだと思ったのに、甘美な夢を見たい優真の頭の中では、裸の花梨が胸を隠したまま、目を大きく見開いて、覗く優真を振り返る様が何度も浮かんだ。

するると、また覗いてみたい、という気持ちが増大してくる。甘美な夢どころか、繰り返し繰り返し湧き起こる、ひりひりするような危険な誘惑となって、優真を眠れなくさせるのだった。

「優真君、起きて。遅刻するよ」

翌朝、洋子のノックに起こされた。いつもの時間より三十分も寝過ごした。昨夜は興奮のあまり、なかなか寝付けなかったのだ。

優真はのろくさとパジャマを脱いで、いきなり制服のズボンとシャツを身につけた。普段なら、ジャージのままで朝食を食べ、それから制服に着替えて登校している。

洗顔を済ませてリビングに入って行くと、シンクで何かを洗っていた洋子が振り向いた。

「おはよう。今日はどうしたの？」

「どうしたのって？」

何かばれたかと、優真は焦った。

「だって、普段より遅いじゃない」

「ああ、何か眠くて」

優真が言い訳すると、目加田がとうに髭剃りを済ませた、つるりとした顔で笑った。

「寝坊かい。若いと眠いだろう。俺くらいの歳になると、朝早く目が覚めて、その後、寝付けないから、困るんだよ。たまには、寝坊してみたいよ」

目加田は上機嫌だった。どうやら、昨夜のことは、洋子も目加田も気が付いていないらしい。優真はほっとした。目加田がこちらを見ているので、照れ隠しのように俯いて笑った。この表情は、目加田も洋子も、そして福田も淵上も騙されることがわかったから、多用している。

洋子がハムエッグとトーストの載った盆を運んできた。トーストは少し焦げていた。

「ごめん、パン焦がしちゃった。焦げた部分だけ取って食べて」

「ほとんど焦げてるよ」

目加田が文句を言い、優真の方を老眼鏡越しに見遣った。

「優真君、焦げてないのを食べて」

しかし、優真は一番黒く焦げたトーストを取り、マーマレードをたっぷり付けて食べた。

「そんなのお母さんが食べるのに。駄目よ、遠慮しちゃ」

洋子が少し怒ったように言ったが、自身を「お母さん」と呼ぶことに満足している風だ。

「行ってきます」

挨拶してスニーカーを履こうとした優真は、どきりとした。昨夜は暗くて気が付かなかったが、スニーカーには泥が付着していた。しかも、その泥が乾いて三和土《たたき》にぽろぽろと落ちている。花梨の家の庭の土だ。優真は取って返してティッシュで拭き取りたくなったが、すでに洋子が見送りにきていた。優真は慌ててスニーカーを履いて、ドアを開けた。

「あら、泥が落ちてる。どうしてだろう」

洋子が怪訝《けげん》な声で言ったが、聞こえないふりをしてドアを閉めた。その瞬間だけ動悸が激しくなったが、エレベーターに乗って降りていく途中で、また今夜も出かけたいと思う気持ちが湧き上がっていた。朝になると体力も回復してリセットされる、ゲームの主人公のように。

学校に着くと、真っ先に花梨の姿を探した。いつもなら、優真より早く着いているはずだが、まだ来ていなかった。今か今かとじりじりして待っていると、やっと花梨が登校してきた。その姿には、何の変化もない。黒く豊かな髪を茶色のヘアゴムできりりと一本にまとめて、そのうなじはまっすぐで美しかった。

しかし、仲のよいクラスメイトの女子が二人、花梨のもとに駆け寄ったところを見ると、LINEか何かで昨夜のことは報告済みだったのかもしれない。三人は廊下の隅で、ひそひそと何ごとか話していた。

優真はどうしても話の内容が知りたくて、トイレに行くふりをして、その近くを通った。一瞬、「お姉ちゃん」という言葉が聞こえたような気がした。

やはり、あの背中は花梨ではなく、姉のものだったのか。一瞬、落胆したが、その落胆は、今度こそ花梨の裸を見るのだ、という強い欲望に容易に変わった。

自分は一線を越えたのだ。それは、バケツを踏み抜いた踝《くるぶし》の痛みであり、ジャージに付いた血痕であり、玄関に落ちていた乾いた泥だった。それらは、ピンクのソックスなどとは比べものにならない大きな刺激の証拠だった。優真は今夜、自分は風呂場でこのことを想像しながら自慰をするのだろう、と思った。

危険と知りながらも、その後の花梨の家の様子が知りたくてたまらない。警察がまだいるのか。それとも、何ごともなく普段と変わらないのか。

優真は、駅前の小さな本屋に寄ることを自分への口実にして、本屋に寄って雑誌を立ち読みした後、何気ないふりを装って花梨の家の前を通った。花梨本人に出会ったりすれば、危険この上ない行為だったが、その時は、駅前の本屋に用事があったから、と言い訳をするつもりだった。

花梨の家は、二百坪はある敷地を、コンクリの万年塀が取り囲んでいる。車が出入りするためか、太い門柱の間に門扉《もんぴ》はない。それで優真はやすやすと庭に侵入できたのだ。

しかし、今日は門の前に業者らしい男が二人、スチール製の巻き尺であちこちの寸法を測っていた。門の中に、業者のものらしい白いバンが停まって、中に折り畳んだフェンスのようなものが見える。

優真が横目で眺めながら通ろうとすると、奥から花梨の母親が現れた。ジーンズにパーカーという若い格好をしている。花梨に雰囲気がよく似ているが、花梨よりもえらが張っていた。母親は、カタログのようなものを抱えた業者の男と、言葉を交わしている。

門扉を作るつもりだ、とぴんときた。どんなものができるのか、立って見ていたかったが、不審の念を抱かれると困るので、優真は足早に去ることにした。

その夜、また花梨の家へ向かいたかったが、さすがに翌日では警戒も緩んでいないだろうと、家でおとなしくしていることにした。裾を洗ったジャージは乾いていたが、血痕のあったところは、ごわごわして変色していた。裂け目はそのままだ。洋子が洗濯する時に、何か気付くだろうと思ったが、この程度なら何とか誤魔化せそうだと安心する。

夕食は中華風の炒め物だった。嫌いなピーマンが入っていたので、肉だけ食べたかったが、何とか我慢して食べた。

「優真君、ピーマン嫌いでしょ？」

洋子に指摘される。

「そんなことないけど」

「でも、よく食べてくれたわ」

「肉が付いたね。よく食べるからだよ」

目加田が、優真の全身にさっと目を走らせて言った。確かに、ひょろひょろと言っていいような貧相な体格をしていたのに、目加田家に来てからというもの、さらに身長が伸びて体重が増えた。飢えてコンビニの廃棄弁当を食べていた頃よりも、優に十キロ以上は体重が増えていた。面変わりして、声も変わりつつある。亜紀に会っても、きっと自分が誰かわからないのではないかと思うと、痛快だった。

「あの、クリスマスプレゼントのスマホの件だけどね」

いきなり洋子が切りだした。

「相談してみたんだよ、福田さんたちと」と、目加田が引き受ける。

「はい、それで？」

「今はスマホがないと、確かに友達もできにくいし、友達の間でコミュニケーションが取りにくいということだった。だから、きみが欲しいという気持ちもよくわかるってね」

「信じられない世の中になったのね」

洋子が溜息を吐いた。

「僕らは、優真君がスマホを持つのはちょっと早いのではないか、と心配してたんだけど、学校できみだけが後れを取るのは可哀相だと思ってね。世の流れの中にいることも、これからのきみを守ることだと思うから」

目加田の話は長くて難しい。早く結論を言ってくれ、と優真は焦《じ》れた。

「だから、いろんなルールを決めて、それを守ってくれるのならば、スマホを買ってあげようと思うんだ」

「ありがとうございます」

優真は心底嬉しかった。スマホさえあれば、ゲームもできるし、ネットもできる。誰もが通じている裏のコミュニケーションにも、これでようやく入れるかもしれない。こっそり花梨の写真を撮ることもできるし、記録もできる。

「よかった、そんなに喜んでくれて」

洋子がにこにこしながら、使った食器を片付け始めた。

「来週、一緒に買いに行こう」

目加田に言われて、優真は頷いた。

「なので、自転車はちょっと待ってね。どうしても乗りたかったら、私のママチャリを使って。下に停めてあるから、いつでも貸してって、言ってくれればいいんだからね」

「はい、そうします」

スマホがあるのなら、自転車など要らないと思った。自分が行きたいところは、花梨の家だけで、そんなところは徒歩で行けばいいのだ。スマホという「拠点」さえ確保できれば、他には何も要らないと思った。

3

熊沢花梨は、幼稚園の時からバレエを習っている。もとはと言えば、四歳上の姉・杏里《あんり》の真似をして始めたのだが、杏里は中学に入った途端に、テニスに夢中になってバレエをやめてしまった。

それに対して、花梨は今でも好きで続けている。多分、一生続けるのだと思うし、このまま怪我もせずに、コンクールなどに出て優勝できれば、バレエダンサーとして身を立てることも夢見ている。

杏里は瞬発力に優れていて攻撃的なところがあるが、自分はじっくりと正確に手足を動かす方が向いているからだ。

花梨の体型は、骨格と筋肉だけでできている。いや、そのように幼い頃からの訓練で作ってきた。

だから、余計なものは削ぎ落とさねばならない。食事制限にも慣れているし、胃はなるべく大きくしないように努めている。

女の子は、中学生から高校生になるに従って、どうしても女性らしい体つきに変わってゆくから、この時期をうまく乗り越えないといけないよ、と先生に言われた。だから、今まで以上に食事には気を配っている。何でもよく食べて、よく動く杏里とは対照的に。

だから、花梨と杏里は仲がいいように見えて、実は互いに苛立つことも多々あった。その苛立ちの原因は、食事の席でのことが多かった。

最近で、一番冷え込んだ夜のことだった。珍しく父親が早く帰ってきたので、隣の祖母も呼んで、家族五人で豆乳鍋をした。豆乳鍋は、母親が花梨に気を遣ってのことだった。

花梨は、母親は杏里よりも自分と気が合うと思っている。時々、車でバレエに送ってくれる時なんか、「お姉ちゃんは、きついから」と、こっそり耳打ちしたりするから、実の娘でも、杏里みたいに気の強い女は苦手なんだな、と気が付いてはいた。

その夜、杏里は、豆乳鍋が気に入らなかったようで、「しけてる。私はすきやきが食べたかった」と文句を言っていた。高校二年の杏里は、父親や祖母と一緒にワインなんか飲んでたから、調子に乗っていた。

花梨は先に風呂に入り、十時には自分の部屋にいた。事件は杏里がお風呂に入っている時に起きた。

バリッと物音がして、ウッというような呻《うめ》き声が聞こえたのだという。風呂場の高窓が少し開いていたので、誰かが庭に置いてあったプラスチックのバケツを持ってきて、その上に乗って中を覗いていたらしい。でも、男の重みでバケツが割れて、覗きがばれたのだ。

バスタオルを巻いただけの杏里が悲鳴を上げて、リビングに駆け込んできたので、父親がすぐに玄関先に回ったけれども、間一髪で逃げられてしまったという。後ろ姿をちらっと見た父は、そんなに大きな男ではなかったようだ、と言った。

花梨もこわごわ部屋のカーテンを開けて外を見たが、男の姿を見ることはできなかった。しかし、家の敷地に知らない男が入り込んでいるということが、とても怖かった。

母が通報したので、すぐにパトカーがやってきた。

花梨は興味津々で、パジャマの上からカーディガンを羽織って、急ぎ階下に下りた。

リビングには、婦人警官と中年の警官が来ていて、すでに服を着た杏里にいろいろ質問していた。

杏里は首を傾げながら、状況を説明していたが、その男の顔が見えたわけでもないらしく、その答えは終始曖昧だった。

「どんな人でした？　顔は見えた？」

婦人警官が、杏里を怖がらせないように配慮しているのか、落ち着いた声で訊ねている。

「いやあ」と、杏里が首を振る。「ただ、外で何か物音がして、それからどさっと何かが落ちるような音がしたから、誰かが高窓から覗いていたんだと気が付いたんです。顔なんかは見えませんでした。見ていたら、逆に怖いでしょうね」

自分で言って恐ろしくなったらしく、杏里は急に顔を歪めた。

「前にも、こういうことはあったのかな？」

婦人警官は優しく訊いた。まだ三十歳前後の若い女性で、化粧気がまったくなく、真っ黒な髪をゴムで縛って、その上から制帽を被っていた。彼女の丸顔に、制帽はあまり似合っていなかった。

「なかったと思います」杏里の語尾が伸びてすっと消え、それから救いを求めるように母の顔を見た。「お母さん、ないよね？」

「思い出してよ」と、母がきつい口調で言う。

「いや、特になかったと思うけど」

「誰かに後をつけられたとか、そういうことも？」

警官はストーカーを疑っているのだろうか。

杏里は自分と違って、目と口の大きな派手な顔立ちだから、登下校の際に誰かに目を付けられることもあるかもしれない、と花梨は思う。

最近、杏里が他校の彼氏と別れたのは知っているが、その原因は、杏里に声をかけてきた大学生と一度会ったことを責められたからだ。

その痴話喧嘩の経緯は、杏里が大きな声で、そして時には泣きながら電話で釈明していたから、花梨の部屋にも丸聞こえだった。

「あまり気が付かなかったです」

杏里がぼんやりした顔で答えた。

「ともかく、これは家宅侵入で、覗きですよね。性犯罪ですよね。うちは年頃の娘が二人いますから、心配ですよ。私ね、娘の悲鳴を聞いて、すぐに玄関から出たんですよ。捕まえてやろうと思ってね。でも、相手は素早く走り去った後だった。後ろ姿は見たけど、遠いし、暗いしで、はっきりわからなかった。割と小柄な男だったね」

父が興奮冷めやらぬ様子で、あたかも警官たちが犯人であるかのように唇を尖らせる。

「まあ、お宅は道路からそのまま入って来ちゃえますからね。これまでに、誰かが勝手に侵入したことなどはありませんか？」

この質問は、中年の警官からだ。ベテランらしく、下がり眉で人の好さそうな顔をしているから、世慣れて見えた。

「うちは門扉がありませんから、確かに誰でも入れますけど、近所にはそんなことをする人は誰もいませんよ。皆さん、顔見知りですから、門を閉ざすようなことはできないと思って、敢えて門扉は付けてないのですから」

母が切り口上で答えた。近所の人を庇《かば》っているようで、自分の家の開放性を誇っているかのようにも聞こえた。「なるほど」と、中年の警官が頷きながら、メモを取っている。

「でも、ご近所の方ではなく、通りすがりの人が入ってくることもあるでしょう」

婦人警官がフォローすると、母が納得のいかない顔をした。

「でも、そんなことあるかしら。人の敷地に勝手に入るなんて」

「いやあ、この辺は事件もないし、こっちは安心しきって暮らしてるから、誰かが勝手に入ってくるなんて、思いも寄りませんでしたね」

父が腕組みをして言った。たとえそんなことがあったとしても、父は付き合いで夜遅いし、早く帰っても酒を飲んで寝てしまうので、気が付くはずもない。

「妹さんはどうですか？　何か思い当たることは？」

いきなり婦人警官が質問を振ったので、花梨は面喰らった。

「さあ」と首を傾げたきり、言葉が出なかった。何か重要なことを言えればいいのだが、何も不審なことなどないのだった。

でも、変なことと言えば、裏の物干し場に干してあったピンクのソックスが片方なくなったことだった。

あれは一年以上も前のことだ。気に入っていただけに、風に飛ばされたのかと庭のあちこちを捜したが、どこにも落ちていなかった。熊沢家の七不思議のひとつだが、そんな話を警官にしても意味はないだろう。

「この地域で覗きが出たとか、痴漢がいるとか、そんな話はないんですか？」

父が逆に質問すると、中年の警官が首を振った。

「現在のところ、そういう届け出はありませんね」

「そうですか」

「痴漢とか窃視《せっし》とか、性犯罪は一定の地域に多発することが多い。一人の人間が我慢できなくて、あちこちでやるんですよ」

「あのう、おまわりさん」

これまで黙って聞いていた祖母が、突然口を開いた。祖母もかなりワインを飲んだから、少し目元が赤くなっている。

カシミアの黄色いタートルネックセーターに、グレイのウールスカートという格好をしている。白髪と赤い口紅が映えて、たいそう洒落て見えた。祖母は細身で長身。花梨の体型は祖母似だ。

祖母は、母親の母親だ。父親は婿養子で、市役所に勤めている。

つまり、この家の建っている場所は、母方の先祖が代々住まってきた土地だ。熊沢家はこの辺の大地主だったが、農地改革でかなりの土地を手放し、高度成長期にたくさん切り売りした。今はこの三百坪の土地と、駅の近くに貸地や駐車場を所有している。だから、祖母はこの家で一番の金持ちだった。

「何でしょう？」

婦人警官と中年の警官が、同時に祖母の方に振り向いた。

「あまり関係ないかもしれないですけどね。今思い出したから、言っておきますよ」

「何でもどうぞ」

「去年、裏の奥さんから妙なことを聞いたのよ。裏の奥さんのお宅は、二階をリビングにしてるの。だから、ソファに座ってても、この家の裏の方がよく見えるらしいの。その奥さんが、表の道で行き会った時に、『奥さん、この間、小学生みたいな子が裏にいたわよ』って。何でもジャージを着た小学生みたいな男の子が裏庭で遊んでたんだって。畑を眺めたり、井戸の跡を覗き込んだりしていたんだって」

「小学生ですか？」

婦人警官ががっかりした風に言った。

「ええ、どう見ても小学生だったって」

祖母が言う。

「迷い込んだんでしょうかね」

婦人警官が首を傾げた。

「私の家は、今時珍しい古い造りでしょう。だから、よく小学生が昔の農家ということで、社会科見学に来たりするのよね。公園かなんかのつもりで入ってきたのかもしれませんけどね」

「それは一度きりですか？」

「そのようよ。ま、一応、子供でも侵入者には違いないので、そのこと、確かにお伝えしましたからね」

祖母が澄まして言う。

「はい、ありがとうございます」

中年の警官がメモに書いて頷いた。小学生ということで、何となくその場限りの話になり、一同は裏に回ってみることになった。

寒いから、と祖母は遠慮して自分の家に戻った。両親と杏里と花梨は、警官らと一緒に現場を見に行った。

風呂場の高窓はかなりの高さがあり、普通の男性が背伸びしても見えない位置にある。その前に、底を踏み抜いたらしいバケツが逆さになって置いてあった。

「あれに乗って、中を見ようとしたんでしょうね」

「そしたら踏み抜いたか。バケツが体重を支えられないくらい、ちょっと見ればわかるのに」

警官二人が懐中電灯を当てながら、喋っている。

「あのう、鑑識とか来ないんですか?」

母が二人に訊ねて、苦笑されている。

「殺人とかだと、来ますけど」

「なあんだ」

母の失望した声が聞こえたが、花梨と杏里は寒いので家に入った。

その後も、警官と両親は、遺留物などを捜して家の周囲を見回っていたらしいが、何も見つけられなかったと言っていた。

花梨は自室で早速、仲良しの美桜《みお》と花奏《かなで》に、ことの次第をＬＩＮＥした。二人からは、予想通りの反応が返ってきた。心配と驚きの声が大半だったが、美桜から「花梨だったら、男の子と間違えられたかも」とあったので、ちょっと笑った。まったく贅肉《ぜいにく》のかけらもない自分の背中など、覗きたくもないだろうと思ったのだ。

でも、花奏が「これまでも、こっそり来てたのなら怖いね」と書いてきたので、さすがにぞっとした。家族の誰もが何も知らずに過ごしてきたのだ。あまりにも不用心だったということか。これからは、注意して暮らさなければならないと思うと、気が重くなった。

翌朝、部活があると杏里が早朝に登校した後、母親が言った。

「お父さんと相談して、門扉を付けることになったの。もうじき業者の人がくるわ」

立派な石造りの門の間に門扉を付けるのだとしたら、どんなデザインになるのだろうか。

「どんなのにするの？」

「わからない。多分、頑丈なヤツよ。でも、車の出し入れもしやすいのにしないといけないし。あと、おまわりさんが言うには、うちは敷地が広くて死角もたくさんあるから、防犯カメラを設置した方がいいかもしれないって。こっちは予想もつかないような悪い人もいるから、ことが起きてからじゃ遅いって。警察にできることにも限度があるから、まずは自衛してくださいって言われたわ。今まで、のんびりし過ぎてたのかもしれないわね。まったく、とんでもない世の中よね」

母親がハーブティーを飲みながら、うんざりしたように言った。このように風呂場覗き事件が、熊沢家に及ぼした影響は大きかった。

H中に登校すると早速、美桜と花奏が駆け寄ってきた。

美桜はバレエ教室も一緒に通っている幼なじみで、花奏は別の小学校から来た。美桜は、花梨と同様、バレエのために髪を長く伸ばしている。髪をシニヨンに結わなくてはならないので、ショートカットにはできないのだ。

花奏はバレエは習っていないが、勉強ができて、英語と進学塾とふたつも塾に通っている。色白でふくよかなので女の子らしい。花梨や美桜とはまったく違う体型と雰囲気だが、聡明で優しいのですぐに仲良くなった。

「お姉ちゃん、大丈夫だったの？」

杏里とも顔見知りの美桜が訊ねる。

「うん、びっくりしたみたいだけど、犯人がバケツを踏み抜いたから、すぐに気が付いたみたい」

「ドジだね、そいつ」

美桜が呆れたように言ったので、花梨も花奏も少し笑った。

「お風呂場の窓が高いので、何か持ってこないと中が覗けなかったらしいの。それで庭に置いてあったバケツを見つけて乗ったんでしょう」

「でもさ、自分の家の庭に知らない人がいるって怖いね」

「うん、怖い」

「花梨の家は裏が広いからね」

主に美桜と花梨が喋って、花奏は心配そうに花梨を見つめていた。杏里に会ったことがないので、話に入るのを遠慮しているのだろう。

そこに、教室から現れた小森優真が、横を通りかかった。三人を意識したような歩き方だった。

「コモリ、今、ずいぶん近くを通ったよね」美桜が優真の後ろ姿を見ながら言った。「ちょっと聞き耳立ててるみたいで、キモかった」

特に注意を払ったことのない花梨は、釣られて優真の後ろ姿を見た。もう始業時間が近いのに、トイレに行くのが不自然だった。

顔立ちは悪くないのだが、無口で何を考えているのかわからないし、どこか暗い影がある。

優真とは、何度か言葉を交わしたことがあった。十一月に転校してきたばかりで、そろそろ馴染む頃だが、誰とも話そうとしないので孤立したままだった。それが可哀相に思えて、顔を合わせた時など挨拶したのだが、口数が少ない上に、無表情なのが薄気味悪かった。

「そうだ、コモリってR市から来たでしょう？」

美桜が二人に言う。

「そう聞いたけど」と、花梨。

「バレエ教室にR市から通ってる子がいるから、何か知ってるか聞いてみようよ」

「何で？」

花梨は、美桜が何を言いたいのかわからなかった。

「だって、変じゃない。あの子、コンビニの人の家に住んでるって話じゃない。でも、その人と名字違うんだよ」

「親戚じゃないの」

花奏が興味なさそうに言う。

「そうかもしれないけどさ」

「それはともかく、小森君って、いつも花梨の方を見てるね」

花奏が言ったのには驚いた。

「ほんと？」

「うん、この間、ずっと花梨の方を見ているので気付いた」

「花梨のこと、好きなんじゃないの」

美桜が眉を大きく動かしながら言ったので、軽く小突いた。

「やめてよ」

花梨が思わずきつい口調で言うと、美桜がのけぞってみせた。

「そんなにいや？」

「いやだ」

「何で？」

「だって、どうでもいい人に勝手に思われるのって、面倒くさいじゃん」

優真が少しキモい、という本当の理由は言わなかった。

「わかる。うざいかもしれない、と思う」

同意してくれたのは、花奏の方だった。花奏は賢い少女だ。うっかり安易に同意すると、自分もその手の懸想《けそう》をされたことがあるように誤解される、と思ったのだろう。だから、慎重な言い回しながら、花梨の味方をしてくれた。

だが、美桜は腑に落ちない様子で、こう言った。

「私は自分のこと好きな人が、多ければ多いほど、いい気分になると思うけど」

「わー、ゴーマンだ」

花梨が冗談めかして言って、三人で笑ったところで予鈴が鳴った。

ちょうど小森優真が、両手をズボンのポケットに入れたまま、廊下をこちらに向かって歩いてきた。

優真と一瞬目が合ったが、優真の方からうまく躱《かわ》された。

その時、花梨は、小森優真が自分に好意を持っていることなどあり得ない、と思った。

優真が時々、自分を見ているのはうっすらと気付いていたが、その眼差しには好意ではなく、敵意に近いものを感じることがある。

それに、こちらから話しかけてみれば、全然口を利かないし、何よりも、今のように無視されるのが、小馬鹿にされているようで気分が悪かった。

実は、花梨には気になっている男子がいた。

名前は、塚本彬《あきら》で一年先輩。近所に住んでいて、妹の咲《さき》は一年後輩でバレエ教室も一緒だ。

皆、同じ幼稚園、同じ小学校だったからよく知っているし、母親同士が仲がよく、幼なじみと言ってもいい。だが、小学校高学年になる頃には、彬とは目顔で挨拶する程度で、口も利かなくなっていた。

そのうち、彬は中学受験をして、都内の進学校に通うようになった。でも、近所なので休日などはばったり出会うことがある。

会えば最近は、「元気?」と聞いてくれたり、「バレエ頑張れよ」などと励ましてくれる。

また、会わないまでも、母や祖母から、「彬君はK中でもトップグループらしいよ」とか、「ゴールキーパーやってるんだって」などと、噂が耳に入ってくる。

地域全体が古くからいる住民ばかりで三世代が住み、どこの家に何という子供がいて、どこの学校に通っているということも皆知っていて、子供たちを地域全体が育てているような雰囲気があるからだった。

だが、花梨は彬が何となく気にはなっているものの、その気持ちを行動にまで結びつけようとは思っていなかった。

バレエがうまくなって、いずれはバレエダンサーになりたい、という、花梨なりの目標や生き甲斐があるからだ。

その意味で健全な花梨には、凄絶な子供時代を経験した優真の心境など、想像もできないし、またしようとも思わなかった。


下校時間になった。

花梨は、美桜や花奏たちと手を振り合って別れ、家まで歩いて帰った。

どうせ家に帰っても、LINEでしょっちゅう連絡を取り合っているから、友達の存在は常に身近だ。

二人に話せないことなんか、ひとつもなかった。顔を合わせていないからこそ、何でも相談できる。それに、美桜とはバレエでも一緒だ。

自宅の前にくると、アコーディオン式に片寄せできるフェンスが届いていた。

母親と祖母が業者と話しているところだった。業者は、二人に使い方を説明しているらしい。

「ただいま」

「お帰り」

母親と祖母が同時に顔を上げて、花梨に笑いかけた。

「これにしたの？　ださくない？」

門の立派さに比べると、フェンスはちゃちに見える。

「うん。後でもうちょっといいのに替えることになってるの。でも、発注して来るまで時間がかかるから、一時的なものなのよ」

母親も不満そうだ。

「ないよりいいよ」

きっぱり言ったのは、祖母だ。

「だって、お金がかかるじゃない。防犯カメラやセンサーも取り付けなくちゃならないし」

母はぶつぶつ言うが、どうせ金を払うのは祖母なのだ。

「さすがに、今日は来ないよね」

花梨が心配になって言うと、母は庭の方を振り返った。

「昨日の今日なんだから、いくら何でも来ないでしょ。それにフェンスがあるから、入りにくいだろうとは思うけど。でも、これじゃ誰でも越えられそうね」

母が、低いフェンスを心配そうに見遣った。

「一応、あるだけでも違うよ。用心に越したことはない。もう洗濯物も外に干さないようにしないとね」

祖母はそう言った後、鶏の足を思わせる痩せた手で、花梨の背中を優しく押した。

「花梨ちゃん、今日はバレエでしょ。早くご飯食べて行きなさい。帰り、気を付けるんだよ」

はい、と花梨は素直に返事をして家に入った。

バレエは月水土と週に三回レッスンがある。月曜と水曜のレッスンは、夕方六時から七時半までなので、早夕飯を食べて出かけることにしている。土曜日は、午後二時からだ。

「もう食べる？」

母親が食卓にサラダや水餃子、焼き魚などを並べた。基本的に、ご飯は小さな茶碗に半分ほどしか食べないことにしている。今日は餃子があるので、ご飯はない。

「学校、どうだった？」

「別に。美桜と花奏に覗きのこと話したら、びっくりしてた。二人とも怖いって」

「ほんとに、気持ち悪いわ」

母親が、さも不快そうに眉を顰めた。

「お母さん、クリスマス近くになったら、うちに美桜と花奏を呼んでいい？　私の部屋でパーティして遊ぶの」

「いいわよ」

「よかった」

約束を取り付けてほっとした。後で、二人にＬＩＮＥするつもりだ。

花梨は、早夕飯をものの五分で食べ終わると、母に勧められて、いやいやミカンをひとつ食べた。

そして、髪を一人でシニヨンに纏《まと》めてから、五時四十分に自転車に跨《また》がって家を出た。

バレエ教室は駅の向こう側にあるので、自転車で十五分くらいかかる。直線距離にすれば近いのだが、踏切を通らなければならないので、少し遠回りになる。

家を出てすぐの角を曲がった時、その先を歩く学生服の姿がちらりと見えた。小森優真によく似ているが、こんなところを歩いているはずはないと打ち消す。しかし、角を曲がった時にちらりと見えた横顔はそっくりだった。

優真の家は、川縁の工場街の方にあるコンビニだと聞いていたから、方向が逆だ。あれ、おかしいな、と思ったが、すでに薄暗くなっている時間でもあったから、よく似た他人かもしれないし、仮に優真だとしても、こちらに用事があったのだろうと、あまり気に留めなかった。

バレエ教室の更衣室で着替えていると、美桜が到着した。美桜はすでにピンクのタイツを穿《は》き、コートの下にレオタードを着込んできている。

「クリスマスのパーティ、うちでやっていいってよ」

早速、報告すると、美桜が喜んだ。

「よかった。じゃ、ケーキとか買おうね。プレゼントどうする？」

「用意しようよ」

「うん、楽しみ」

「ところで、さっきさ、うちのそばでコモリを見たような気がしたんだけど、違うかな」

「ほんと？　だって、コモリのうちって、逆じゃん」

「だから、あれ？　と思ったんだよね。何か用事あったのかな」

「いやあ、どうだろ」と、美桜が思わせぶりな顔をした。「花梨に会いたいから来たんじゃないの？」

「絶対違うよ」

「言い切れる？」

「言い切れる」

「その理由は？」

「何となく」

目付きが恋するそれではない、と言いたかったが、うまく説明できなかったし、レッスンの時間になったので、会話は途切れた。

だが、花梨は、仮に優真だとしても、自分と会いたいから近所に来たのではないような気がしていた。

バレエ教室が終わって外に出ると、道路に迎えの車が数台停まっていた。美桜も自転車で来ているので、二人で駐輪場の方に行こうとすると、一台の車の窓がするすると開いて、中から中年女性が声をかけた。

「花梨ちゃん、こんばんは。咲はまだかしら？」

彬の母親だった。咲が一緒の教室なので、迎えに来たのだろう。

彬の母親は、都心で仕事をしているから、花梨の母親なんかと違って、いつもぱりっとした素敵な服装をしている。今日も黒のジャケット姿で、中にブランド物のスカーフをしていた。きっと急いで帰宅して、夕飯の支度を終えてから、咲を迎えに来たのだろう。

「こんばんは。もうじき来ますよ。さっき着替えてたから」

「そう。花梨ちゃん、よかったら乗らない？　送っていくよ」

「大丈夫です。自転車で来たんで。中学生になったら、自転車で行くことになってて」

「そう。気を付けてね。さっきお母さんから聞いたけど、昨夜、おうちに覗きが出たんですってね」

「そうなんです」

母親のことだから、あちこちに電話でもしたのだろう。

「あなたのおうち広いから怖いわね。気を付けて帰ってね」

「はい。じゃ失礼します」

ふと視線を感じて奥を見ると、後部座席に彬が座っていた。彬が手を挙げて笑いかけたので、どきりとした。

「あれ、咲ちゃんのお兄さん？」

美桜が駐輪場で囁《ささや》いた。

「そうだよ」

「へえ、カッコいいじゃん」

美桜が嬉しそうに言うから、「まあね」と、あまり乗らない風に答えておいた。

一人で自転車で帰る道すがら、今の出来事を反芻《はんすう》した。自分が彬を見てどきりとしたのは、小森優真のことで、彬を連想したからだと気付き、花梨は嘆息した。彬の屈託ない笑顔を見て、改めて小森優真が気味悪く感じられたからだった。

数日後、警備会社の人が来て、門と玄関に防犯カメラ、庭にはセンサーライトが設置された。熊沢家は急にものものしく武装したような雰囲気になったが、警備会社の人には、これまでの不用心をさんざん注意されたらしく、母親は憮然《ぶぜん》としている。

十二月は気忙《きぜわ》しい。あっという間に、クリスマスまで十日となった。その後、熊沢家に変わったことは何も起きなかった。

門扉の代わりに使用していたフェンスは用済みとなり、立派な木製の門扉が取り付けられた。親子式なので、人の出入りは小さな扉からして、車を出入りさせる時は、門扉ごと移動できるようレールが取り付けられた。

しょっちゅう車を使用する母は少し面倒がっているが、これで誰でも入り込める庭ではなくなった、と花梨も杏里も安心した。

美桜や花奏とのクリスマスパーティは、クリスマス前の土曜にやることに決めた。

その日は二人が泊まることの許可も得られたので、今から楽しみで仕方がない。

小森優真も、あれから近所で姿を見たこともないし、学校でも目が合ったりしないから、その存在をあまり意識しなくて済んだ。

　寒さが緩んで、雨でも降りそうな水曜のことだった。バレエ教室がある日だから、花梨はいつもより帰りを急いでいた。雨模様ならば、母に車で送り迎えしてもらうか、徒歩で行かねばならない。

　こんな日はいくらバレエが好きでも行きたくないな。そんなことを考えながら、スニーカーに履き替えていると、目の前に誰かが立った。

　小森優真だった。花梨は面喰らって、挨拶もせずに突っ立っていた。

　優真は少し大きめの学生服のボタンを数個外していた。襟元から、中にグレーのセーターを着ているのが見える。また前よりひとまわり大きくなったような気がして、花梨は圧倒されて後ずさった。

「あ、小森君。何？　何か用事？」

　早く済ませたくて、つい早口になった。優真は、誰もいないところを見計らって話しかけてきたらしく、近くには人影がない。それも少し怖かった。

「あのさ、俺、スマホ買ったんだけど、熊沢のＬＩＮＥのアドレス教えて。メアドでもいいよ」

　一瞬、どうしようか迷った。クラスで連絡を取り合うこともあるから、だいたいの生徒とはＬＩＮＥのアドレスを交換している。

　しかし、小森優真は唐突だったし、教えるのが当然だというような、勘違いめいた図々しさがあった。

「あのさ、何であなたに教えなくちゃいけないの？」

瞬間、優真は凍ったように静止した。しまった、言い過ぎたかしら、と花梨は思ったが、優真からのＬＩＮＥがしょっちゅう来そうな気がして躊躇《ちゅうちょ》してしまった。

「嫌ならいいよ」

優真は怒ったように踵を返して行ってしまった。

「ちょっと待って」という言葉を呑み込み、花梨は何か取り返しのつかないことをしたような気がして、しばらく立ち竦《すく》んでいた。

4

『あのさ、何であなたに教えなくちゃいけないの？』と、花梨がＬＩＮＥのアドレスを教えるのを断った時、優真は自分でも驚くほど、衝撃を受けていた。

心のどこかで、花梨は自分の思うようになる、と思い込んでいた。

その確信が、どこからくるのかはわからない。でも、ピンクのソックスを盗んだ時から、花梨のことをよく知っているのは自分だけだ、という根拠のない自信が生まれていたのは確かだった。

『嫌ならいいよ』と踵を返したものの、優真の心中は乱れて、恐慌をきたしていた。取って返して、花梨の後を追うことも考えたが、どうしてか足は動かない。

そのうち、女なんかに舐《な》められたのか、と悔しさが募ってゆく。

自分の方からへりくだって、アドレスを教えてくれと頼んだのに、花梨は生意気にも「何であなたに教えなくちゃいけないの」と偉そうに言い放った。

落ち着くにつれて、優真の中で怒りが膨張していった。が、それを鎮める方法も思いつかず、優真はその足で目加田のマンションに戻るしかなかった。

解錠してドアを開けたら、ちょうど洋子が店から帰ってきたところだったらしく、制服の上着を着たままの姿で靴を脱いでいた。

「あら、お帰り」

洋子が脱いだ靴を揃えて向き直り、正面から優真の顔を見た。

その顔に一瞬、心配そうな表情と怯えのようなものが浮かんだが、すぐに掻き消された。洋子は、長く娘の介護をしていたせいか、心配や動揺を覆い隠す術に長《た》けている。

「ただいま」

優真は手早くスニーカーを脱いで上がった。

一刻も早く自室に籠もろうと、玄関脇の自室のドアを開けようとした。

「お腹、空いてない？」

「いや、まだ」

優真の背に、洋子が被せるようにして訊ねた。

「そう。じゃ、これから支度するから、いつも通りね」

「はい」

優真はそう返事をしてから、音を立てて自室のドアを閉めた。

朝、自分で整えたベッドの上に、洗濯済みの下着やソックス、あの日に着たジャージの上下が綺麗に畳んで置いてあった。バケツを踏み抜いた時の右足首の破れは、そのままになっている。

もちろん、あの日から何度も洗濯してもらっているが、洋子がこの破れについて何か訊いたことは一度もなかった。

それをいいことに、何ごともなかったかのような顔で平然と着ていたが、さっきの洋子の、何かを含んだような表情を目撃した優真は、洋子がすべてを知って黙っているような気がして、落ち着かなくなった。

花梨にしても、洋子にしても、自分の思うようにならない内面を持つ女がいることが驚きでもあり、不快でもあった。

「くそっ」

優真は畳んであった洗濯物を、壁に向かって、力を籠めて放り投げた。ジャージは存外、重い音を立てて壁に当たった。

この音を洋子に聞かれたのではないかと、慌てて床から拾い上げる。

洋子が注意しにくるかもしれない、と耳をそばだてたが、何も聞こえなかった。

優真は安堵して学生服を脱ぎ、ジャージに着替えた。六時半になれば、目加田が戻ってきて、三人で夕食を食べるから、何ごともなかった顔をしなければならない。

優真は机の前に座って、スマホをポケットから取り出した。

早めのクリスマスプレゼントとして買ってもらって一週間が経つが、メアドと電話番号を登録したのは目加田夫妻、それに福田と淵上の四人だけだった。

クラスメートは、まだ誰一人として登録されていない。転校して一ヵ月以上経つのに、優真に友達は一人もできていない。

H中の生徒たちは、シカトしたり、いじめたりしない代わりに、優真と積極的に関わろうとする者は一人もいなかったのだ。

スマホさえあればすぐ友達ができる、と思い込んでいた優真は、そのことで落ち込んでいた。休み時間にスマホを見ていれば、誰かが話しかけてきてくれるだろうと思ったのに、優真がスマホを持っていることに気付いた者もいないようだった。

優真はもはや連絡を取ることを諦めていたサリナに、電話をしてみることにした。すると、一発で出た。

「もしもし、誰？」

甘く高い声は、紛れもなくサリナだった。

優真は嬉しくなって、思わず大きな声で喋った。

「俺、優真だけど、覚えてる？」

「優真？　もしかして、あの時の？」

サリナは、保護所の固有名詞を言った。

「そうだよ」

「うええっ、懐かしい。優真はどうしてたの？　施設とかに行ったんだっけ？」

「そうだよ、施設にいた。そこから何度も電話したけど、サリナが出ないから、どうしたのかなと思ってた」

「携帯以外の電話なんか出ねえよ。だって、警察とか保護司とか、ろくなことないじゃん」

サリナが面倒臭そうに言う。

「そうだったのか」

やっと得心がいった。

「で、携帯、どうやって手に入れたんだよ」と、サリナ。

「里親の家にいるんで、買ってもらった」

「へえ、里親のうちにいるの？　うまくやったじゃん。よかったね」

サリナが高い声で笑うと、優真も嬉しくなった。

「うん、サリナはどうしてんの？」

「相変わらずだよ。いろんなことが起きてる」

それしか、教えてくれない。それはどういう状態だろうと思ったが、突っ込んで訊けなかった。

「LINE、教えてくれないかな」

「いいよ、後でショートメールで送る」

「うん、頼むよ。それで、今度、会いたいんだけど」

「それは無理」

ひとことではね除けられて、優真はがっかりした。

「何で」

「彼氏がうるさいんだよ。だから、電話もしないでくれる？　用があったらＬＩＮＥで、それも用件だけにしてね。じゃあね」

誰かそばにでも来たのか、複数の男の声とともに電話は慌ただしく切れた。

保護所ではあんなに優しくしてくれたのに何だよ、と優真は腹立たしかった。せっかく連絡が取れてほっとしたのに、サリナは、付き合っている男の方が大事らしい。

だが、優真は、花梨も自分にはそうしてほしい、いや、そうするべきだ、と思うのだった。

優真はネットに接続してアニメを見た後、ゲームに興じた。一時保護所で励んだ勉強の喜びは消えて、もっと刹那的で楽しく、安易な逃げ道を、スマホに見いだしていた。

「夕飯できたよ。早くおいでー」

洋子ののんびりした声が聞こえる。さっき「ちょっと待って」と言ってから、十五分は経っていた。

優真は切りのいいところで、ゲームをセーブしてリビングに行った。目加田と洋子が、食卓に座って待っていた。

「すみません」

優真が謝ると、夕刊を読んでいた目加田が老眼鏡をずらして優真の顔を見た。

「食事が冷めるから、呼ばれたら早くおいで。お母さんだって、仕事が終わった後、一生懸命作っているんだから」

優真は素直に頷いて箸を取った。レタスサラダにはほとんど手を付けずに、焼肉とご飯だけを食べる。案の定、洋子に叱られた。

「優真君、サラダ食べなきゃ駄目だよ。野菜は大事」

はい、と返事をして、いやいや食べる。こうして目加田夫妻と生活していると、飢えさえ解消されたならば、亜紀や篤人と、勝手気儘《きまま》に暮らしていた時の方が楽だ、と感じることがあった。

あの頃は、だらしない生活をしようと思えば、いくらでもできた。学校には行かず、風呂にも入らず、顔も洗わず、ただ寝たい時に寝て、食べたい時に食べる。その暮らしが懐かしいとさえ、思い始めていた。

だから、亜紀の携帯番号を、福田か淵上に訊いて、登録しておこうと思った。

「優真君、どう？　友達できたかな」

目加田が、何か変化があったら見逃さないぞ、というような目で優真を見る。その目も苦手だった。

「いや、まだ」

優真は言い淀んだ。友達ができないことが自分の落ち度のような気がして、目加田に責められているように思う。

「あら、さっき電話の話し声が聞こえたわよ」

サリナと話した時の声を、聞かれていたらしい。監視かよ、とまたしても反感が増す。

「いや、あれは施設の時の友達で、H中じゃない」

一時保護所と正直に言えば、保護所では互いに連絡は取れないように徹底管理していたから、差し障りがあると思って咄嗟に言い訳した。

「あら、そう。焦らなくても、今にできるわよ」

洋子が、漬け物を小皿に取りながら言う。何を暢気なことを言っているのだろう、と優真は思った。自分は毎日、学校で闘っているのに、この人たちは何も気が付いていない。

「あ、そうだ。聞こうと思ってたの」と、洋子が思い出したように箸を止めた。「優真君、そのジャージの裾、どうしたの」

「ジャージがどうしたって？」

何も知らない目加田が、洋子の方を向いた。

「あ、たいした話じゃないの。裾が破けてたから」

「どっかに引っかけたらしくて、僕も気が付かなかった」

優真はそう言って誤魔化した。

「あ、そう？　血も付いてたから、痛かったんじゃないかと思って」

釈然としない風に首を傾《かし》げる洋子に、優真はきっぱり言った。これ以上言われたらキレそうな自分が怖かった。

「大丈夫です」

翌朝、優真は登校するのが憂鬱だった。花梨のことだから、あの二人の取り巻きに昨日のことを喋っているだろう。すると、瞬く間に噂が広がるかもしれない。

優真はひやひやしながら、教室に入ったが、様子は普段と何の変わりもなかった。

窓際の花梨の席にちらりと目を遣ると、花梨は長い首を伸ばして、涼しげな表情で黒板の方を見ていた。その斜め後ろから見る姿は、美しかった。

花梨を見ているうちに、隠し撮りをしたいという欲望が湧いた。自分が撮った花梨の写真を、自分だけで眺めていたい。

優真はスマホを取り出し、窓からの景色を撮るふりをして、花梨を写真に納めた。シャッター音がしたので、何人かこちらを見たが、景色を写すふりをして誤魔化した。

「ここで、スマホ出すなよ」

通路を隔てた隣の男子生徒に注意された。北中という名字の、前髪を長くした、流行のヘアスタイルをした生徒だ。生意気そうなので、日頃から気に入らない。優真はむっとしたが、目立つと困るので、素直にポケットに仕舞った。

あとで花梨の写真を見るのが楽しみで、心が躍る。教師が入ってきて授業が始まったが、優真は、花梨を隠し撮りするにはどうしたらいいかと、そればかり考えていた。

休み時間、優真はトイレの個室に入って、さっき隠し撮りをした写真を見てみた。端にちょこっと、花梨の姿が写っている。だが、これでは後ろ姿で顔がわからない。もっと正面から撮った、顔の写っている写真が欲しい。

体育の授業中に撮った写真があれば、喉から手が出るほど欲しいが、体育は男女別なので、撮影など到底無理だ。どうしたらいいだろう、と優真は考え込んだ。

時間なので個室から出ると、目の前に男子生徒が立っていた。

さっき自分を注意した北中だった。素知らぬ顔で通り抜けようとすると、名を呼ばれた。

「小森」

H中に来て、クラスメートの男子に名前を呼ばれたのは初めてだ。

「何だよ」

「おまえさ、さっき熊沢の写真撮ってただろ？」

ストレートに指摘されて、優真はたじろいだ。

「そんなことないよ。景色を撮ってただけだ」

「嘘吐け」と、北中が笑った。

「嘘じゃない」

逃げようとすると、前を塞がれた。

北中は、目の辺りまで伸ばした前髪で額を覆い隠している。小さな吊り目が意地悪そうだし、何よりも世慣れた風が優真は苦手だった。

「おまえにいい話があるんだ」

「何だよ」

「熊沢の写真を撮ってやる。気に入ったのがあったら、金払え」

「どうやって撮るんだよ」

思わず問い返すと、北中は肩を竦《すく》めた。

「女子の誰かに撮らせて、送らせればいいんだ」

そんな面倒なことをしなくても、自分で撮りたいと思ったが、その機会はなかなか巡ってこないだろう。

「ものによるよ」

「女子が撮るから、更衣室の写真もあるかもしれない」

「いくら？」

思わず訊くと、北中がにやりと笑った。

「一枚二百円でどうだ」

「見てからだな」

我ながら、ふてぶてしいと思ったが、どうしても写真が欲しいのだから仕方がない。

「小森って、結構すげえな」

北中が笑わずに言ったので、優真は聞き咎《とが》めた。

「どういう意味だよ？」

「むっつり何とかってヤツ」

「何だよ、それ」

むっとした。凄みを利かせて言った後、優真は頰の内側を舌で舐め回した。北斗さんが、相手を小馬鹿にする時などによくやっていた仕種を真似たのだ。

北中は黙って見ていたが、静かに付け加えた。

「いや、その辺のヤツらと違うってことだ」

「その辺」というのは、クラスメイトのことか。

優真は、自分の育ち方を薄暗く思っていたから、少しムキになった。

「どう違うんだ？」

「ま、いいさ」

北中は、優真が顔色を変えたのを見て、面倒臭くなったのか、さっさと話を切り上げた。

「てか、時間がないな。おまえ、アドレス教えろ」

北中は、素早くスマホをポケットから出した。こうして、優真は初めてクラスメイトと、LINEのアドレスを交換した。

だが、教室に戻ると、北中が優真に話しかけてくることはおろか、目を向けることすらなかった。

優真は、北中が写真を頼む女子生徒は誰だろうと、北中の仕種や視線に注意を向けていたが、授業中の北中は、黒板を見る他は視線を泳がすこともなく、いたって真面目で超然として見えた。

放課後、優真が校門を出て家に向かって歩いていると、背後から声をかけられた。

「小森」

北中だった。黒いマフラーを、細い首にぐるぐると巻き付けている。

北中は痩せぎすで手足が長く、背が高い。手足や背の伸長の速度に、体重が追いつかない感じで、ひょろりとした体型をしている。

優真の方が身長は低いが、体つきはがっしりしてきていた。

「何だよ」

優真に追いついた北中は、横に並んだ。

「小森。おまえがどんな写真が欲しいのか、好みを聞いておこうと思ってさ。俺も発注しなくちゃならないからさ」

「発注？　誰に？」

「んなこと、言えっこないよ。秘密にしてるから、商売が成り立つんだ。信用が大事だからな。おまえのことも、誰にも言わないよ」

北中が大真面目な顔で言う。

「商売かよ」

優真は思わず笑った。

「需要と供給の関係だよ。俺はそれに力を貸してるだけだ」

北中はわざと難しく言って、煙に巻くタイプなのだろう。

だが、優真は後ろめたい欲望を持て余していたから、北中のようなクラスメイトが存在していることで、鬱々とした気分に風穴を空けてもらった思いがした。

その風穴の向こうは、自分の欲望を肯定してくれるような世界が広がっていそうで、わくわくした。

「で、小森は、熊沢のどんな写真が欲しいんだ？　正面のスナップ？　体操着？　着替え中？　着替え中は少し高くなる。撮る方も危険が伴うからな」

「さっき二百円って言わなかったか？」

「言ったけど、度合いにもよるってことを覚えておけ。ものによっては、千円以上になるかもしれない」

「体操着と着替え中がいい」

優真が小さな声で言うと、北中が驚いた顔をした。

「みんな正面からの顔のスナップが欲しいって、可愛いこと言うのに、おまえはやっぱ、すげえわ。一段上だ」

「そうかな。顔なんか見たって、しょうがないじゃん」

優真が言ってのけると、北中がくすりと笑った。

「なるほどな、そりゃそうだ」

北中は笑いを留めたまま、「じゃ、また」と踵を返して、違う方向に行ってしまった。

優真は北中との会話で、以前は顔の写真が欲しかったのに、自分は花梨の無防備な姿が見たいのだ、と自分の欲望のはっきりしたありさまに気が付いた。

それにしても、花梨がアドレスを教えることを拒んだ時の、苛烈なまでの拒絶の態度を思い出すと、何とかして花梨を屈服させたい、という願いは強くなった。

それには、花梨のすべてを自分が把握すべきだ。しかし、「すべて」とはどういうことだろう、と優真は考えている。

花梨の持ち物を奪い、花梨の胸や脚を窃視する。花梨の弱みを見つけて、それを屈服させる材料にする。花梨が昨日のように自分を拒絶し続けるのならば、痛めつけることもあるかもしれない。

そんなことを思うと、自分はいずれ、花梨の写真をスマホに入れて眺めるだけでは満足しなくなるだろうと冷静に思うのだった。

その日、優真は寄り道せずに、目加田の家にまっすぐ戻った。

いつもより早かったせいで、洋子はまだ帰宅していなかった。洋子は今頃、一階のコンビニで、目加田と一緒に働いているはずだ。交代まで一時間はある。

誰もいない家に、一人でいるのが一番嬉しい。最近は洋子にあれこれ心配されるのもうざかったから、早く帰宅したのは、一人になるのが狙いだった。

優真は手も洗わずに自室に入り、ドアを閉めた。すぐにＷｉ－Ｆｉに接続して、ゲームの続きを始める。

スマホを買ってもらってから、好きなだけゲームやアニメに没頭している。だから、勉強はまったく手に付かなくなった。

一時保護所の特訓で、やっとこさ追いついた勉強も、中学に入れば、日頃塾に通っている生徒たちとは嫌でも差がつく。優真は、その差を埋めようとは思わなくなっていた。

親しい友達もいないし、好き勝手を言える親や兄弟もいない。優真の日常は、家でも学校でも、他人の中で緊張を強いられるものだった。

唯一、逃げられるのが、スマホによって開かれた世界であり、花梨のことを考える時間だった。

つまり、孤独でいればいるほど、スマホや花梨は、優真の息抜きであり逃げ場だった。それで逆に、執着の度合いがいや増すのだった。

北中からＬＩＮＥがきたのは、その日の夜だった。

洋子に、風呂に入れと言われたので、いやいやゲームをセーブしている時だった。

「考えてみたら、あと一週間で終業式だ。体育の機会はない」

優真は、「仕方ない。来学期でいいよ」と、返した。

内心はがっかりしていた。

「だけど、顔写真なら手に入りそうだ」

「だったら、それでもいい」

「り」とだけ、返答がきた。了解という意味なのだろう。

スナップなら、自分が好みの角度で撮ってみたかったが、教室内にシャッター音が鳴り響く様を思い出すと、そんな勇気は出ない。

風呂から上がると、北中からまたＬＩＮＥがきていた。

「いいブツがあった。明日見せる。期待しろ」

「り」と、真似をして返信した。

優真は、洋子から月に五千円の小遣いを貰っている。

一日二百円と計算して、二十五日分だと、洋子は言った。二百円という額の根拠は、「お友達との付き合いで、コーラくらい飲むことあるでしょう」というのだが、優真に友達との付き合いはまったくない。

金を遣うとしたら、学校帰りにふらふらと駅向こうまで出かけて行って、さすがに歩いて帰るのが億劫《おっくう》になり、バスで帰ってきたことがあった。その時くらいだ。

だから、北中から花梨の写真を買うとしても、懐に余裕はある。

優真は、北中がどんな写真を見せるつもりなのか、楽しみだった。

翌日は寒さが緩み、朝から雨が降っていた。優真はビニール傘を差して、通学路を歩いていた。校門はもうすぐだ。校門に向かって、傘を差した生徒が吸い込まれるように歩いてゆく。優真は少し先に、紺のコートを着て、タータンチェックの折り畳み傘を差した花梨が歩いているのを見つけた。花梨は学校指定の黒いタイツを穿き、足元は色気のないごついスニーカーを履いている。

「花梨、おはよう」

花梨を見つけた美桜が駆け寄ってくるのが見える。美桜の傘は、派手な朱色だ。

二人がどんな話を交わすのか、気になって仕方がない優真は、急いで近付き、二人の真後ろを歩くことにした。二人とも、真後ろに優真がいることには気付いていない。

「おはよう、美桜」

挨拶が聞こえたのみで、二人の会話は雨に掻き消されて聞こえてこない。二人が囁くようにひそひそと話しているので、自分が花梨にＬＩＮＥのアドレスを教えてくれ、と頼んだことを喋っているのではないかと、優真は疑心暗鬼になった。

花梨の口から、自分の悪口を聞きたくなかった。しかし、確かめる術はない。

どうしたものかと気を揉んでいると、いきなり肩を叩かれた。

「小森」

黒い傘を差した北中が、優真の横に並んだ。一瞬、北中の全身からトーストの匂いがした。

北中の声を聞いて、花梨と美桜が振り返ったのは、その時だった。

花梨が優真に気が付いて、一瞬驚いた顔をした。早く行こう、とでもいうように美桜が花梨の袖を引き、二人はもつれるように校門の中に駆け込んでいった。

「あれ、熊沢じゃん」

北中がのんびり言う。

「そうか、気が付かなかった」

優真はとぼけた。

「あいつ、バレエやってるから、スタイルはいいよな」

北中は近視らしく、走るように校舎に入っていく二人の女子生徒の後ろ姿を、目を眇《すが》めて見ている。

「でも、何か整い過ぎてるんだよなあ」

その表現は当たっている、と優真は思った。近くで花梨の顔を見た時、まるで人形のようだと思ったことがある。

花梨は細身でスタイルがよく、小さな顔もちんまりと纏まっている。欠点があまり目立たないのが欠点のような、不思議な顔だった。

優真は、その瑕瑾《かきん》の感じられない容姿が気に入っているし、また同時に気に入らないのだった。

だが、花梨を北中に評されると、汚されるような気がするのはなぜだろう。花梨を汚してもいいのは、自分だけだ。

優真は、北中がいつまでも花梨の後ろ姿を見ているのが気に入らなかったので、急《せ》かした。

「写真は？」

「これだ」

北中は立ち止まり、黒い傘の中でスマホの画面を見せた。

花梨の正面を向いた顔が大きく写っていた。髪を引っ詰めて、生真面目な顔をしている。今より、ほんの少し、幼く見えるから、小学生時代だろうか。集合写真から引き伸ばしたのか、それともパンフレットに載っている写真なのか、画質は粗かった。

「映りが悪い」

「仕方ないよ。バレエのパンフを手に入れて写メったんだ」

確かに、畏《かしこ》まった顔はスナップではない。

「小森。驚くなよ、これはレオタード姿だぞ」

北中が威張って言った。花梨は、大きく胸の開いたブルーの水着のようなものを着ていて、華奢《きゃしゃ》な鎖骨と裸の肩が見える。

「ほんとか?」

「正真正銘、レオタードだ。要らないか?」

「欲しい。いくらだ?」

「千円と言いたいところだが」

「高いよ」

「じゃ、五百円でどうだ。これをもらうのに、嘘吐いて大変だったんだ」

優真はポケットの中から、無造作に五百円玉を取り出して、北中に渡した。

「サンキュー。送っておくよ」

北中は、硬貨を学生服の胸ポケットに突っ込んだ。そして、歩きながら片手でスマホを操作した。

その瞬間、優真のＬＩＮＥに花梨の写真が届いた。優真は素早く保存すると、すぐ北中にＬＩＮＥした。

「もっと欲しい」

「こういうの？」

「そう」

「り」と返ってくる。

教室に入ると、窓際の花梨の席の前で、美桜と花奏が花梨を囲むようにして、話していた。花梨が俯いて悩んでいるような顔をし、美桜と花奏が花梨を慰めるかのように、その肩に手を置いていた。

三人とも真剣な表情なので、優真は気になって仕方がない。

すると突然、美桜が優真の方を振り返った。優真の視線が自分たちに向けられているのを確かめた後に、二人に何か囁いた。

それが、「小森」ではなく、「コウモリ」と聞こえたので、優真の心臓が止まりそうになった。

あいつらは、自分のことをコウモリと呼んでいるのだろうか。それとも、聞き間違いか。

花梨が先日のことを面白おかしく話して、三人で自分を笑いものにしているに違いない。

気が付くと優真は教室を出て、昇降口に来ていた。薄暗く、誰もいなかった。外は変わらず、ざーざーと雨が降っている。

コンクリート敷きの床に、下駄箱がずらりと並び、その前にはスノコが敷いてある。

クラス別の傘立てが、優真の目に入った。花梨のタータンチェックの傘は、よく目立つ美桜の朱色の傘の隣に差してあった。

優真は周囲を見回して、誰もいないことを確かめると、花梨の傘を取って三年生の傘立てに突っ込んでやった。こうすれば、傘がなくて花梨は慌てるだろう。その顔を見てやりたいと思った。

下校時、急いで帰り支度をした優真は、昇降口に向かった。花梨の傘は、まだ三年生の傘立てにある。優真は、これでは生温《なまぬる》いような気がし始めた。

花梨は、傘立てに自分の傘がなければ、誰かが間違えたのかと思って周囲を探すはずだ。そしたら難なく見付けてしまうだろう。

それよりは、雨なのに傘がなくて、途方に暮れる花梨を見たい。いや、想像して楽しみたい。

優真は昇降口の扉を開け、正面のツツジの植え込み目がけて、花梨の傘を放り投げた。緑のタータンチェックの傘は、こんもりしたツツジに突き刺さるような形になった。

ついで、美桜の朱色の傘も手に取り、力を籠めて投げる。美桜の傘は植え込みの下に落ちて、鮮やかな朱色の生地に黒い泥がべったり付いた。

それを見て、優真のむしゃくしゃした気持ちが少し治まった。

その瞬間、「あっ」という小さな声が聞こえたような気がした。

振り返ると、下駄箱の陰から上級生らしき女子がこちらを見て、驚いた顔をしている。見られた、と思ったが、どうしようもない。

優真は逃げるように昇降口から外に出た。その時、自分のビニール傘よりも、新しい傘を選ぶのは忘れなかった。

雨は夜のうちに上がり、翌朝は真冬の快晴となった。

優真は学校内に入る時に、ツツジの植え込みを見るのを忘れなかった。二本の傘は、すでにそこにはなかった。

教室に行くと、珍しく担任の女性教師が早く来ていて、生徒の誰彼と談笑していた。

担任は、小田島という名の三十代前半の国語教師だ。このＨ中で、優真の経歴を詳しく知るのは、校長と小田島の他、数人だけである。

小田島は眼鏡を掛け、いつも化粧気なしで、ジャージの上下を着ていることが多い。だから、地味な大学生のように見える。

妙に甲高い声で甘い喋り方をするのに、眼鏡の奥の目は笑っていないので、優真はあまり近寄らないようにして警戒していた。

小田島は、優真が席に着いたのを見ると、優真の横を通り、さりげなく机の上に紙片を落としていった。紙片には、「放課後、職員室に」とだけ書いてあった。

傘の一件がばれたのだろうか。

優真は、反射的に花梨の方を見た。すでに着席していた花梨は、一人で放心したように外を眺めていた。

その後ろ姿は、寂しそうだ。美桜も花奏も、側《そば》にいないからだろうか。

教室を見回すと、花奏は自席で教科書を眺めていたが、美桜の姿はなかった。休みか。仲違いでもしたのだろうか。

優真は、花梨の優雅な長い首に見とれながらも、心のどこかで、花梨が一人で寂しがっているのならいい気味だ、と嘲《あざけ》っていた。

それは、子猫を可愛がりながらも、いたぶりたい気持ちに似ていた。いったい、この感覚は何だろう、と自問もしている。

放課後、優真はいやいや職員室に向かって歩いていた。

すると、小田島が職員室前の廊下に立っているのが見えた。

「小森さん」

小田島は笑っているような表情をしているが、相変わらず眼鏡の奥の目は冷えている。

だが、そこに見慣れたものがあるような気がして、優真は眼鏡の奥を覗き込んだ。

怯え。ネグレクトされて育った自分を、知らない動物のように、怖れながら見る大人は多い。

小田島もそんな一人なのか。

「小森さん、来ないで帰っちゃったかと思ったよ」

小田島がふざけた口調で言った。

「まさか、帰らないです」

「そう、よかった」

小田島が優真の顔を探るように見たので、優真は俯いて、その視線を躱した。

「じゃ、こっちに来てね。ちょっと話があるんだ」

小田島は、職員室の隣にある空き教室の扉を開けた。以前、生徒数が多かった時の名残で、今は面談などに使われている部屋だ。

机は後ろに片付けられて、真ん中に四つばかりが面談用に固めて集められている。

小田島と優真は、そこに向き合って座った。

「小森さん、R中からこの学校に来て、ひと月経ったよね？」

「はい」

「どんな感じかな。うまくいってる？」

小田島は机の上で手を組み、優真の目を見ようとしたが、すぐに視線を逸らした。

優真は、小田島の右手の人差し指にバンドエイドが巻かれているのを、凝視していた。バンドエイドは巻かれてから時間が経っているらしく、周囲が黒くなってめくれていた。

「どんな感じって言われても、まだわからないし」

「そうだよね。やっと慣れた頃だしね」

だったら訊くな、と言いたくなるが、黙っている。

「友達とかできた？」

「いえ、まだ」

「何で、できないの？」

どうして大人は皆、同じことを訊くのだろう。

小田島も、目加田や洋子と同じ質問をする。友達はできたか？　と。優真の一存では、どうにもできないことなのに。

「さあ、わかりません」

「わからない、か」

小田島は言葉を切って、教室の前方を見た。そこには大きな壁時計があるはずだ。きっと四時近いだろう。

「もうじき冬休み入っちゃうけどさ。友達がいないと寂しいよね？」

優真は首を傾げた。

「大丈夫です。俺、もともと一人だから」

「そう？　でも、友達がいると楽しいよ。作らなきゃ、駄目じゃない」

小田島は、友達がいないことが、あたかも優真の責任であるかのように言う。優真は、反感を強くした。

「そうだけど」

「小森さん、何か困ったことはないの？」

「困ったことって何ですか」

「悩みって言えばいいのかな」

「別にないです」

急に話が途切れ、小田島の大袈裟な溜息が聞こえた。

「あのね、はっきり訊くけど。昨日さ、あなた、帰りに女子の傘、植え込みに投げなかった？」

やはり、あの上級生の女子がチクったらしい。

優真は俯いたまま、答えなかった。

「投げたの？　やっぱ、あなた？」

優真は否定も肯定もせずに黙っていたが、小田島は勝手に喋って憤《いきどお》っている。

「何でそんな小学生みたいなことするの？　小学生って言ったって、女の子の傘投げたりするのは、低学年だよ、低学年。小森さん、中学生になって、どうしてそんなことしちゃうの？　雨の中、赤い傘投げつけた生徒がいるっていうんで、そんな子がいるのかって、私たち驚いて駆け付けたんだよ。そしたら、熊沢さんたちが来て、自分たちの傘だって言うじゃない。だから、皆で何でだろう、誰がしたんだろうって不思議がってたの」

だったら、何で自分がやったとわかったのか。優真が一瞬、不審な顔をしたのだろう。

小田島が見咎めるように言った。

「それでね、昨日帰りに、熊沢花梨さんと関根美桜さんにちょっと訊いてみたの。何か思い当たる節はあるかって。そしたら、熊沢さんが、この間、小森さんにＬＩＮＥのアドレス教えてって、いきなり言われたけど、断ったんだってね。その時のこと、悪いことしたと思っているけど、いきなりだったから、どう対応していいかわからなかったって。だから、そのことが原因かもしれないっていうのね」

「いきなりっていうか」

思わず、そう抗弁していた。何か手続きでも必要だったのか。

自分がやったことが非常識なら、教師や里親は、どうして簡単に友達を作れと言えるのか。

「いきなりだよ、やっぱ。だって、熊沢さんとろくに話したこともないんでしょう？　なのに、突然来て、いきなり教えてって言ったら、誰でも戸惑うし、ちょっと怖いよ。それを断られたからって、腹いせで、あんなことしちゃったの？」

優真は、花梨が美桜や花奏に話しただけでなく、担任の小田島にまでＬＩＮＥのことを喋ったのがショックだった。

ただでさえ拒絶が屈辱だったのに、関係のない女たちまで、その出来事を知っていることが嫌だった。

「そうじゃなくて」

「そうじゃなくて、何？」

「ただ、何かむしゃくしゃしてて、適当に投げただけです」

「それが偶然、熊沢さんと関根さんの傘だったってこと？」

優真は頷いた。声を出すのも嫌だった。

「わかった。じゃ、そういうことにしましょう」小田島は呆れたように言う。「小森さん、熊沢さんたちに、謝っておきましょうね。もう二度としませんって」

「はい」

ようやく小さな声で返事をする。内心では、ぺらぺらと他人に喋る花梨に、ひどく腹を立てていた。

「ところで、ワーカーの福田さんとは連絡し合ってる？」

小田島は話を変えた。

「たまにしてます」

「昨日の件、報告しておくけどいいかな？」

小田島は気弱そうに、優真の目を見ずに言った。後で恨まれるのが嫌なのだろう。福田に言えば、問題行動として目加田に伝わるかもしれない。それは避けたい。学校ならともかく、日常生活を監視されたくないし、花梨のことを知られるのはひどく恥ずかしかった。

「言わないでください」

懇願《こんがん》すると、小田島が急に優真の目を覗き込んだ。

「どうして言われたくないの？」

恥ずかしいからだと、どうしてわからないのだろうか。

優真は苛立った。

「だったら、自分で福田さんに報告してくれる？　私はしないから、いい？」

「はい」

優真はほっとした。

「じゃ、約束はふたつあるよ、いいね。ひとつ目は、熊沢さんたちに謝っておくこと。ふたつ目は、福田さんに、こんなことがありましたって、報告しておくこと。いい？」

優真は大きく頷いた。だが、そのふたつの約束が、決して実行されることはないとわかっていた。

小田島との面談の後、優真はまっすぐ家に帰らずに、花梨の家に向かった。

門扉ができてからというもの、姿を見られるのが怖くて見に行ってなかった。

しかし今日は、お喋りな花梨に腹立たしさを覚えただけに、恨みを晴らしたい気持ちが強かった。たとえ、それが実行できなかったとしても、気持ちは先走っていた。

冬の夕暮れは早い。学校を出てから花梨の家に着く頃には、辺りは日が暮れていた。

花梨の家に灯りが点《とも》っていた。

優真は電柱の陰から、二階のピンクのカーテンの掛かった部屋を見上げた。あの部屋に花梨がいて、美桜や花奏とLINEで自分の悪口を言っているかもしれない。

コウモリ、キモい。バカ。死ね。

自分で自分の悪口を想像で連ねてみて、優真は次第に腹立ちが募っていくのを感じて混乱していた。どうして、花梨は自分をこんなに苦しめるのだろう、女のくせに。

人通りがないのをいいことに、二階を睨《にら》み付けている。すると、いきなり門扉の小さな方の扉が開いて、ピンクの自転車を引いた花梨が現れたので驚いた。

花梨は、長めの黒のダウンジャケットを着て、リュックを背負っている。髪をシニヨンに結っているところを見ると、これから、バレエのレッスンに行くのだろう。

花梨が優真に気付いて、凍り付いたような表情を浮かべた。

「何でここにいるの？」

花梨が扉を閉めながら、優真に向かって訊く。

そして、自分の家から助けがくるかのように一度振り返って見てから、また向き直った。

「傘のこと、謝ろうと思って」

優真は咄嗟に嘘を吐いた。

「傘のこと、小森君のせいなの？」

花梨の声は、きんきんと冬の夕暮れに響いた。

「うん、ごめん」

「何でそんなことしたの？　泥だらけになってたから、洗って帰ったんだよ。びしょびしょで、しかも汚れたままなんで、気持ち悪かった。美桜の傘なんて、骨が折れちゃったんだから。美桜、ショックで、今日遅刻してきたじゃん」

項垂《うなだ》れていると、花梨の方から言った。

「小森君、私がＬＩＮＥのアドレス教えなかったからでしょ？」

仕方なく、優真は小さく頷いた。毅然とした花梨に気圧《けお》されて、何も言えなかった。

「絶対、教えないよ。そういう人には」

「いいよ」

「いいよって言うけど、謝るなら学校で謝ればいいじゃん。うちの前まで来られると、何かキモいよ、やだ」

優真はうんうんと頷きながら、踵を返していた。

「ちょっと、まだ話終わってないんですけど」

背中から、花梨の声が聞こえる。優真はどうしたらいいか、わからなかった。花梨がここまで雄弁に自分を攻撃するとは、思ってもいない。

「ちょっと待って」

花梨の声が響き渡る。優真は耳を塞ぎたくなったが、我慢して早足で歩いた。しばらく歩いて、花梨の家から遠く離れたと思った途端に、寒さを感じて身震いした。

『ちょっと、まだ話終わってないんですけど』

花梨の甲高い声が、そして嫌悪の表情が、優真の頭から離れなかった。自分はその場に居たたまれず、逃げてきてしまった。この屈辱をどうしたら晴らせるのだろうか。

優真は、陽が暮れた冬の住宅街をあてどなく彷徨った。どこをどう歩いて、目加田のマンションまで辿り着いたのか、よく覚えていないほどだった。ようやく八階の目加田の部屋に帰った時には、身も心も冷え切っていた。

「ただいま」

「お帰りなさい、遅かったわね。心配してたのよ。今、ちょうど携帯に電話するところだった」

ドアの開く音を聞きつけて、洋子が転がり出るように現れた。

その言葉通り、洋子の左手には、携帯が握られている。

「どうして？」

「どうしてって、もうじき七時だもの。いつもより遅いし、遅くなるって聞いてなかったから、何かあったのかと思って心配してたの。駄目じゃない、優真君。遅いなら遅いって電話くれなくちゃ。何のためにスマホを買ってあげたのよ」

洋子が安堵したような顔をしつつも、まくし立てる。

「すみません。ちょっと本屋に寄ったりしたから」

優真は咄嗟に思い付いた言い訳を、洋子の目を見ずに早口で言った。

「そう？　本屋？　ならいいけど、学校で何かあったのかと思った」

「いや、何もないです」

優真はそう答えて、スニーカーを脱いだ。冷え切った両耳が、暖かい部屋に入ってむず痒い。

一刻も早く、自分の部屋でゲームをしながら、今日のことを忘れたいと願った。

だが、洋子は優真の前を塞ぐようにして立ったまま、動かない。

「何か顔色が悪いよ」

「いや、何もないです」

同じ答えをする。

「優真君、何かあったら、私たちに言ってね。どんな些細なことでもいいから」

優真は苛立った。些細なことと言うけれども、どうして里親にすべて報告しなければならないのか。

花梨のことなど他人に話せるわけもないのに、なぜ、何でも話せ、と乱暴なことを言うのか。

「ほんと、何もないです」

洋子を押しのけるようにして、無理矢理、自室に入ろうとした。その時、洋子の胸に右腕が触れた。ぐにゃりとした柔らかい感触に驚いて、体を硬直させる。

優真の反応に、洋子自身も驚いたらしく、慌てて身を躱した。気詰まりだったのか、洋子が関係のない話を始めた。

「優真君、ご飯だけど、今日はトンカツ買ってきた。角の肉屋のよ。あそこのは肉が柔らかくて美味しいからね。前に好きだって言ってたでしょう。だから、帰りに寄ってきた」

優真は黙って頷いた。

「じゃ、着替えたらリビングに来てね。もうじき、お父さんも帰ってくるから」

目加田はいつも六時半に帰ってくるのに、今日に限って遅いのはどうしてだろう。

優真が顔を上げると、洋子が優真の疑問を察したのか言い訳した。

「今日は、交代する人の都合が悪いんだって。だから、いつもより遅いのよ」

誰かと何か相談しているのではないかと、優真は訝《いぶか》った。

花梨の傘の一件が、目加田の耳に入ったのかもしれない。小田島から福田に連絡がいき、福田が目加田に相談したとか。

優真は疑心暗鬼になって、福田には言わない、という小田島の言葉など信用できない、と思った。

洋子の目を見て訊ねる。

「学校から、何か連絡あった？」

「連絡？　何のこと？」

洋子がとぼけているように見えて、仕方がない。

「いや、何もないけど、何かあったのかなと思って」

「私は何も聞いてないよ」

洋子が頭を振ったが、どこか不自然に思えた。優真は、花梨の傘の一件を、小田島が福田に報告したに違いない、と確信した。

そして、福田は目加田に、優真に問題行動があったと伝えたのだ。優真が、好きな女の子にアドレスを教えるのを拒まれたために、傘を外に投げて復讐した、と。

ワーカーには連絡しないなんて言いやがって、小田島の嘘吐きめ。

腹を立てた優真は、洋子を振り切るようにして部屋に入り、急いでドアを閉めた。着替えを済ませてから、机の前に座って気を鎮めようとしたが、そう簡単には治まらない。

スマホに保存した花梨の顔写真を眺めて、「畜生め」と呪詛を吐いた。俺に恥を掻かせやがった、クソ女。おまえに絶対に復讐してやるから、見てろ。

花梨の華奢な体を包んでいるものがブルーのレオタードだ、と北中が言っていたことを思い出した。だったら、バレエ教室の更衣室に忍び込んで、花梨の下着を盗んでやろうと思い付いた。花梨の下半身を包むものを手に入れたら、きっと自分は大きな満足を得られるはずだ。

優真は、自分の思い付きに夢中になった。花梨のリュックサックを知っているし、バレエのレッスン日もだいたいわかっている。少し調べれば、何とか更衣室に忍び込めるはずだ。そう思うと、急にわくわくしてきた。

コツコツとノックの音がした。

「優真君、今、帰ったよ。食事にしないか」

目加田の声だ。遂に説教されるのか、と優真はいやいや立ち上がった。

「今、行きます」

テーブルの上には、食事の用意がされていた。豆腐の味噌汁にご飯、トンカツとキャベツの千切り、ワカメと胡瓜の酢の物という献立だ。

優真は酢の物が嫌いなので、顔を顰《しか》めた。子供の頃から食べた経験がないから、酸っぱい食べ物は苦手だった。

「お腹がすいただろう。食べよう」

目加田が手招きしたので、席に着いた。洋子は温めた味噌汁を供した後に遅れて座ったが、神妙な顔をして、ひと言も発しない。

さあ、いよいよ説教が始まる。優真は覚悟した。

「では、いただきます」

目加田が声をかけたので、優真も小さな声で唱和した。洋子がトンカツソースを手渡してくれた。

「すみません」

優真がソースをかけ終わった時、目加田が口を開いた。

「優真君、食べながらでいいから聞いて。おじさん、食べたらすぐに、交代に行かなきゃならないから」

「あ、はい」と顔を上げた。

老眼鏡を掛けた目加田は、ただの爺さんに見える。

「今日、福田さんが来てね。ちょっと話したんだけどね」

やはり、そうか。箸を持ったまま、優真は緊張して身構えた。

「はあ、何ですか」

「篤人君のことなんだよ」

意外な名前が出たので、優真は唖然《あぜん》とした。てっきり、花梨と傘のことを言われると思っていたからだ。

「篤人？」

「そう、篤人君がね、見つかったんだって。無事だったらしいよ。健康状態は詳しくは知らないけど、元気だそうだ」

洋子が顔を綻《ほころ》ばせた。

「優真君、弟さんが見つかってよかったわね」

優真が驚く番だった。

「篤人は行方不明だったんですか？」

優真は、篤人の消息のことなど、まったく聞かされていなかったので、そのことに衝撃を受けた。

篤人はてっきり、亜紀や北斗さんと一緒にいると思っていたのだ。

「いや、行方不明だということさえも、みんな知らなかったんだ。きみのお母さんと一緒に行動してる、と思い込んでたからね」

「僕の母親は、すごく無責任な人ですよ」

優真は付け加える。

「でも、いくら無責任だって、自分の子供がいなくなったら、心配するでしょう」

洋子が呆れた様子で口を挟んだ。

「いや、僕がいなくなったって、気にもしなかったと思います。だって、児相の人が連絡しようと思っても、できなかったんでしょう？」

しかし、篤人のことは自分より可愛がっていた。それなのに、いったいどういう神経をしているのか。

優真は、母親に対する軽蔑の念をいっそう強めた。

「いくら何でも母親だから、そんなことはないと思うけど。どうだろう」

だが、洋子の語尾は、自信なさげに曖昧になった。

「それで、篤人はどこにいたんですか？」

優真は目加田に訊いた。

「まだ詳しい事情は知らないんだけど、鈴木という男と一緒だったって」

目加田が答えた。

「スズキ？」

あのアパートの隣に住んでいた坊主頭のスズキか。

「知ってるの？」

目加田の質問に、優真は頷いた。

「北斗さんちの隣に住んでた人ですか？　それなら知ってます」

「篤人君も懐いていたらしいから、そうかもしれない。その男が、先週の日曜、スーパーのトイレに四歳の男の子を連れ込んだって。それで男の子の父親が通報して、警察に捕まった。そしたら、鈴木の家に、男の子が一緒に住んでいたんだと。鈴木は自分の息子だと言い張ってたらしいけど、それが篤人君だった。鈴木に聞いたら、母親に棄てられた子だから、可哀相に思って一緒に暮らしてたって言ったらしい」

「いやだわ、その人。なんだか怖いわね。何かされてなきゃいいけど」

洋子が眉を曇らせた。

うん、と目加田が答えて、二人は意味ありげに目交《めま》ぜしている。優真の前では話しにくいのだろう。

「それで、篤人君は、無事に保護されたって。その連絡が福田さんのところに来て、優真君のお母さんにも教えようとしたんだけど、連絡が取れないらしい。それで、きみの弟だし、きみも会いたいだろうから、知らせることにしたんだよ。福田さんが直接きみに会って報告しようと思ったけど、忙しくて来られないって。それで、頼まれたんだよ。今、児相に保護されているらしいけど、会いに行くかい？」

優真はすぐさま頭を振った。

「僕は行かない」

目加田がよほど意外だったのか、大声を上げた。

「どうして行かないの？　きみも弟さんに会うのは、一年ぶりだろう。会ってあげたらどうだい。知らない人のうちに一年もいて、どんな目に遭ったのか、気にならないの？　心配じゃないのか？」

「別に気にならないです。僕は篤人には会いたくないし」

優真の答えに、目加田が大きな溜息を吐いた。

「どうして？　篤人君の方は会いたがってるんじゃないかな。お兄ちゃんなんだからさ。僕は覚えているよ。二人して、うちの店に来たこともあるじゃないか。まだ小さくて、可愛かった」

「いや、篤人が僕に会いたがっているってこともないと思います。ほんとに、いいんです。僕ら仲良くなかったし、僕はあまり篤人が好きじゃないから」

優真は、篤人と喧嘩した時のことなどを思い出して言った。

「好きとか嫌いとか、そんな理由で弟と会わないのかい？　実の弟なのに、冷たいんじゃないか」

目加田がよほど驚いたのか、真剣な表情で優真を見た。

「優真君、会ってあげたら？」

洋子も懇願するように言ったが、優真は平然とトンカツを食べながら肩を竦めた。

「でも、お父さんが違うし、僕はあいつと気が合わない」

「合う合わないの問題じゃないと思うわよ」

「いや、そういう問題だけど」

優真は首を傾げながら言った。

二人がどうしてそんなに篤人と会わせたがっているのか、よくわからなかった。目加田と洋子が顔を見合わせている。

「わかった。じゃ、福田さんにはそのように報告しておくよ。優真君、福田さんに何か言うことはあるかい？　ついでに何かあったら伝えておくから」

「いや、特にないです」

優真は、花梨のことを福田に報告するという小田島との約束を破った。しかし、花梨には『ごめん』と言ったのだから、謝ったことになるだろう。これで一件落着だ。

ともかく、花梨とのいざこざを目加田に知られなくてよかった。

篤人のことなど念頭になく、優真はそんなことを考えていた。

「そうそう、優真君に警察の事情聴取があるかもしれないって、福田さんが言ってたよ」

「警察？」

「そう。なるべく児相で話を聞いて、警察は避けたいって福田さんは言ってた。だけど、何せ、誘拐と監禁だから余罪もあるかもしれないし、優真君に是非、話を聞きたいと言うかもしれないって」

「僕、嫌だ」

優真は断固として言った。

「どうして？」と、目加田。

「警察なんて嫌です。怖い」

「安本さんのこと、覚えてない？　優真君、会ったよね？　ああいうおまわりさんなら、怖くないだろう」

目加田が一瞬、複雑な表情をしたが、優真は気付かなかった。

それより、優真は自分のしたことを思い出して怯えていた。ピンクのソックスを盗んだことや、熊沢家に不法侵入していたこと、そして風呂場の覗き、はたまた傘の一件や、これから更衣室で下着を盗もうとしていることなどを思うと、警察が怖くてならない。警察の事情聴取など、絶対に避けたかった。

「やれやれだわね。もうじきクリスマスだっていうのに」

洋子が場違いなことを言って、茶を淹《い》れるために立ち上がった。

5

花梨、美桜、花奏、三人だけのクリスマスパーティは、イブの前々日の土曜日、花梨の部屋で開かれた。

三人はパジャマ姿になって寛ぎ、ベッドの下に敷かれたふたつの布団の上で車座になった。真ん中には、スナック菓子やクッキーの箱がある。

ちょうど傘の一件の直後だったので、三人は小森優真の話ばかりしていた。

事情をよく知らない花奏が、二人に訊ねた。

「花梨の傘ならわかるけど、何で美桜の傘まで投げたの？」

「わかんないよ。でも、朝会った時に、私たち、ちょうどコウモリの噂してたじゃない。あれをすぐ後ろにいて、聞いてたからじゃないのかな」

ポテトチップスの油が付いた指先を舐め取って、美桜が言った。

優真をコウモリと呼び始めたのは、美桜だ。美桜は意地が悪いというか、相手の弱点をある意味、的確に言語化する能力に長けていた。

小森、コウモリ。

確かにそう言われてみれば、優真は整った顔をしているが、顎が細くて貧相だから、ネズミやリスなどの小動物を思わせるところがある。

「えっ、あいつ、花梨たちのすぐ後ろを歩いていたの？」

花奏が驚いた顔をした。

「そうなんだよ。朝、花梨に会ったから、一緒に並んで話しながら行ったの。そしたら、すぐ後ろで、『小森』って声がしてね。ぎょっとして振り返ったら、コウモリが北中と一緒にいたの。ぞっとしたよね」

うん、と同意して、花梨はその時のことを思い出した。

傘を差していたし、雨の音が強かったから気が付かなかったが、優真は自分たちにくっ付きそうなくらいに、すぐ後ろを歩いていたのだ。

あの時、北中が声をかけなかったら、自分たちはまったく気付かずに、優真の話をし続けていただろう。

「キモいね、確かに」

花奏がぞっとしたように、震える仕種をした。

「何かさ、あいつ、距離感が変じゃね？　前も私たちの話を聞きたいみたいに、廊下ですぐ近くを通ったことがあるじゃない。雨の時も、こんな近くに来てたんだよ」

美桜が両手を広げて、その時、優真がいかに自分たちの近くにいたかを説明した。

「そうそう、あいつ変」

花梨は深く頷いた。遠くから睨んでいるかと思うと、異様に近付いてきて平然としている。

近くから顔を覗き込まれた時は、優真の目の底に、何か暗いものが蠢《うごめ》いたような気がして気味が悪かったものだ。

「だから、私たち校門に逃げ込んだの。それを見て、コウモリは自分が嫌われたと思って、頭にきたんじゃないかな」

「嫌われてるに、決まってるじゃんかね」

花梨はきっぱりと言い捨てて、美桜と顔を見合わせて頷き合った。

「その後、家にも来たんでしょう？」

「そうなんだよ」

二人には、先日、優真が家の前にいたことも話してあった。

優真は謝りたいから、と言っていたが、自分の家の様子を見にきたのではないか、と花梨は思っていた。

以前も家の近くで、優真に似た人を見たことがあったが、あれは間違いなく優真だったのだ、と確信している。

「だよね。この家の前にまで来てたなんてキモい。まるでストーカーじゃん」

美桜が罵《のの》って、またポテトチップスに手を伸ばしている。

「ほんと。そもそも、傘を植え込みに投げるなんて最低だよね」

花奏が眉を顰めた。

「うん。今後、要注意人物だよね」

美桜が、ポテトチップスを数枚取って、一度に口に入れた。

最近の美桜は、少し太ってきている。食べ盛りだし、お菓子の誘惑に負けつつあるようだ。

ポテトチップスなんて、バレエをやっている子なら、絶対に食べてはいけない食べ物なのに、クリスマスパーティだからと二袋も買ってきた。

花梨は、自分の節制がうまくいっていることに満足して、ポテトチップスの油とパセリの欠片《かけら》がべったり付いた、美桜の指先を眺めた。

その視線に嫌悪が出ないように気を付けながら。

「要注意人物って言えば、北中もちょっと何考えてるんだかわかんなくて、気持ち悪くない？」

花奏がそう言って、自分が持参したチョコクッキーを一枚取った。

花奏は甘党だ。クッキーこそ危ない。一枚五十九キロカロリーもあるのだから。

今日の自分は食べ過ぎている。フライドチキンに、生クリームの載ったスポンジケーキ、そしてポテトチップスにクッキーにコーラ二杯。

花梨は頭の中で素早くカロリー計算をして、溜息を吐いた。

「でも、北中って、ちょっとカッコよくない？」

美桜の言葉に、花奏は「そうかな」と、首を傾げている。

ふっくらした花奏が首を傾げる動作をすると、幼女のようで可愛らしかった。

「私は、ちょっとカッコつけてる感じがするんだけど。ね、花梨はどう思う？」

「北中？　何も思わないけど」

「あいつ、髪型だけは芸能人ぽいよね」

美桜が言ったので、三人で爆笑した。そういや、髪型だけはキンプリの誰に似ているとか、誰の真似をしているとか、そんな芸能人の話になって盛り上がる。

不意に花梨は、北中と優真がどうして話をしていたのだろう、と不思議に思った。

「ねえ、北中とコウモリって仲いいの？」

「まさか。そんなはずないよ」

美桜が即座に否定した。

「だって、北中ってああ見えてもプライド高いじゃん。自分は、勉強できるお坊ちゃんて顔してる。コウモリなんか、相手にしっこないよ」

花梨は疑問を口にした。

「だけど、傘の中で、こそこそ二人で話してたのはどうしてだろう？　それこそプライド高い北中からしたら、変じゃない」

「席は近いよね」と、花奏が口を挟む。「でも、教室で話してるのなんか、見たことないよ」

「そもそも、コウモリとわざわざ話す人なんかいないよ。あいつ、見るからに変わり者だもの。北中とコウモリ。あの二人は何かありそうじゃない」

美桜が腕組みをして言う。

「美桜なら調べられるよ」と花奏。

「だったら、北中に聞いてみようか？」

「言うわけないじゃん」

花奏が笑いながら言ったので、その話はおしまいになった。

「ところで、花梨は誰が好きなの？　好きな人いるの？」

花奏がいきなり話を変えたので、花梨は笑って、ベッドにもたれかかった。

「そうねえ。花奏は知らないかもしれないけど、塚本彬君とかはいいな、と思ってる」

思い切って言ってみる。

「塚本彬って誰」と、花奏。

「花奏は違う小学校から来たから、知らないんだよ。彬君は、私たちよりいっこ下の咲ちゃんて子のお兄ちゃん。いっこ上で私立のK中に行ってて、サッカーのゴールキーパーやってるの。超カッコいいんだよ」

美桜が、自分の自慢のように言った。

「へえ、K中？　すごいね」

花奏が、また一枚チョコクッキーを頬張った。

チョコクッキーは、一枚五十九キロカロリー、花奏はすでに五枚は食べているから、三百キロカロリー近い。

「あ、そういや、北中も小学校の時、彬君と一緒にサッカーやってたね。北中は脱落したけど、彬君はまだ続けてるんだよね」

事情通の美桜が語る。

「何で脱落したの？」と、花奏。

「この中学のクラブが肌に合わないんじゃないの？」

美桜が何でも知っている風に言って、肩を竦めた。

「どういう風に」

「うちの中学って結構体育会系じゃない。北中ってサッカー少年て柄じゃないから、案外いじめられたんじゃないかな。あいつ、ちょっと暗い感じがするしね」

「それはそれで辛そう」

優しい花奏が苦く笑った後、怪訝そうに花梨の顔を見た。

「ところで、雨の日、二人でコウモリの何を話してたの？　だって、それを耳に挟んで、逆上したかもしれないんでしょう。いったいどんな話をしてたの？」

「それがさあ」と言葉を切って、花梨は美桜を窺った。「こんなことって、話してもいいのかしら？」

花奏は正義感が強くて、融通が利かないから、あまりこういう噂をしない方がいいから黙ってて、と美桜から釘を刺されていた。

しかし、仲のよい三人の中で秘密を作ってもよくないだろう。

花梨は、目顔で美桜を促した。

美桜が花奏の方を見て話しだしたが、嬉々としているので、本当は話したくて仕方がなかったのだろうと、花梨は思った。

「こういう話って、あまり人にしない方がいいって、ママに言われたんだよね。だから、当事者の花梨にしか言ってないんだけど、花奏、人に言わないでね」

「もちろん、何よ」

花奏が聡明な目をして促した。が、明らかに、自分には内緒だったことに傷ついている様子だ。

「コウモリって、前にR市にいたって言ってたでしょう。で、あの子の家のことって、よくわからないじゃない。お父さんは、工場の方にあるコンビニ店の店長だっていう噂だったけど、名字違うんだよ。変でしょう。それでママの知り合いで、R市に住んでいる人がいるから、聞いてもらったの。で、R中に通ってる子を紹介してもらった」

「すごい、まるで探偵事務所じゃない。そしたら？」

花奏が身を乗り出したが、さすがに美桜は、躊躇《ためら》うように花梨の顔を見た。花梨が頷くと、美桜は堰《せき》を切ったように話し始める。

「コウモリって、結構有名だったみたいなんだよね」

「何で」

「あの子、R市にある養護施設から通ってたんだって」

「養護施設って？」

「ほら、両親がいない子とか、両親が育てられない子とかが、行くところだよ。そこで暮らしていて、小学校六年の三学期に転校してきたんだって。三学期なんで、受験とかで、みんなバタバタしてるじゃん。だから、名前も覚えられないうちに卒業しちゃってさ。それから中学に行ったけど、R中は、同じ小学校から来た人たちが固まっているから、結局、そこでもハジかれてて、いつも一人だったって」

「可哀相だね。じゃ、コウモリって、お父さんもお母さんもいないの？」

花奏が眉を曇らせた。

「いるらしいよ。多分いるんだけど、行方がわからないみたいだって。だから、児童相談所から、施設に行って、今はどうも里親の人のところにいるみたいだよ。それがコンビニの店長さんなんでしょう。でも、それを教えてくれた人は、こういうのは個人情報だから、絶対に公にしないでくださいって、うちのママに言ったんだって。私があちこちに喋るとママの立場が悪くなるらしい。だから、この三人だけの秘密にしてね。絶対に、ネットとかに載せたりしちゃ駄目だよ」

美桜の言葉に、花梨も花奏も素直に頷いたものの、秘密が漏れるとしたら、美桜からではないかと疑ってもいた。

「だけどさ、そういう話を聞くとコウモリが可哀相だし、偏見を持っちゃいけないってわかってるけど、ぶっちゃけた話、キモいものはキモいから困るよね」

美桜がそう締め括ると、花梨もつい笑ってしまった。

優真の境遇は気の毒だと思ったものの、やはり、どこか他人事《ひとごと》ではあったし、頼むから、自分のことなど放っておいてほしいと、心から願っていた。そもそも、自分がどうして標的になったのか、わからない。

「花梨、このこと、お母さんとかに言わなくていいの?」

花奏が、花梨に言った。

「どういうこと?」

「小森優真って子がいて、その子がアドレスを教えてくれって、いきなり言ってきて、断ったら傘を放り投げたこととか、家の前にいたこととかさ。そういうことよ」

「それって、言った方がいいのかな」

花梨は迷っていた。

以前、姉の杏里が他校の高校生と付き合っていた時、家の前で、思いっきり大声で喧嘩したりしたので、母は外聞を気にして、父にも報告していなかった。

その時、姉のことを陰で愚痴っていたのを聞いていたから、優真のことはたいしたことではないし、自分は興味などないのだから、言う必要はないと思っていた。

「ねえ、今思い付いたんだけど」

美桜が、花梨のパジャマの袖を強い力で引っ張った。

「何よ」

「前に、花梨の家のお風呂を覗いた人がいるって言ってたでしょ？」

「うん、覗き事件。あれで、うちは門扉を付けたのよ」

「それって、コウモリじゃない？」

美桜が花梨の目を見たので、思わず美桜を突き飛ばしてしまった。

「やめてよ、気持ち悪いじゃん」

「でも、わからないじゃん」

折り畳んだ掛け布団の山に、大仰に倒れ込んだ美桜は笑っている。

「そんなこと言わない方がいいよ」

花奏が真面目に反応したので、美桜は肩を竦めている。

そう、滅多なことでは言えるものではない。しかし、家の前で会った時の、優真のあの眼差しは何だろう。自分に対する執着と、粘度の高い恨みと。花梨は思い出して、ぶるっと身震いした。

第四章　地層のように感情は積もる

1

今年のクリスマスケーキは、優真がいるので、ひと回り大きな五号にした。

恵が生きていた頃は、いつも一番小さな四号というサイズだったが、それでも食べきれずに余っていた。

だが、恵に「クリスマスおめでとう」と言って、細かく切ったスポンジケーキに生クリームをまぶしたものをスプーンで食べさせてやると、喜んで笑ってくれたものだ。

ほんの少ししか食べられなかったが、何か特別な日だということはわかっていたようだ。

恵は勘がよく、親が辛い時には悲しい顔をし、何か嬉しいことがあった時は、心から笑ってくれた。

障害はあったが、賢い子だった。いや、障害があったからこそ、賢かったのかもしれない。

もっと生きていてほしかった。

世話が大変だから、早世《そうせい》したのは親孝行かもしれないよ、と心ないことを言う人もいたが、それは大きな間違いだ。あんな可愛い子供はいない。目加田は、目の奥がじんと熱くなるのを感じた。

恵が亡くなって、一年と少し経った。優真という新たな家族を迎えて、自分たちも再び「親」として生きられると思っていたが、それは自分たちの勝手というものだったのだろうか。

「親」であることが難しいように、「子」であることも難しいのかもしれない。特に「子」である、という人生の始まりを、うまく送ることができなかった優真には。

最近の優真は、魂がどこか遠くに去ってしまったかのような、取りつく島もないような態度を取ることが多くなった。何があったのだろう。

思い詰めた表情で店にやってきて、廃棄する弁当をくれないか、と懇願《こんがん》した時の優真の方が、まだ気持ちが通じていたように思う。

目加田は、スポンジ部分をほとんど残し、上の生クリームと苺だけをこそげ取ったかのような、優真のケーキの食べ方を見ながら、そんなことを思った。

優真が来て初めてのクリスマスだからと、洋子は評判の高い隣駅の鶏肉屋まで行って並び、骨付きの鶏もも焼きを三本買ってきた。

目加田も、わざわざアルバイトを一人多く入れて、店で予約販売をしているクリスマスケーキを自家用に買って、早めに帰宅してきたのだ。

しかし、優真には、クリスマスは特別な日というわけではなかったらしい。食卓では、いつもと同じように聞かれたことしか答えず、口数は少なかった。

黙々と鶏もも焼きを食べ、例によってサラダには手を付けず、ケーキはスポンジ部分をほとんど残したような無惨な食べ方をして、自室に戻ろうとした。

せっかく洋子がケーキを大きく切り分けて、Ｍｅｒｒｙ　Ｃｈｒｉｓｔｍａｓと書かれたチョコの板も付けて皿に取ってやったのに、チョコも食べていない。

目加田は、注意せずにはいられなかった。

「優真君、ケーキ残ってるよ」

席を立とうとして椅子を引きかかった優真はさすがに動作を止めたが、目加田の方を見て、平然と言う。

「あ、でも、僕、下の方嫌いだから」

「へえ、スポンジケーキ、嫌いなの？　残念だなあ」洋子が口を挟んだ。「うちのは、他のコンビニのケーキより美味しいって評判なのに」

「でも、あんまり」

優真は首を傾《かし》げた。こんなものが好きな人の気がしれない、というような顔をしてみせる。

目加田は、篤人が発見されたと伝えた時の、優真の反応を思い起こした。『僕ら仲良くなかったし、僕はあまり篤人が好きじゃないから』と、面会を突っぱねた時の顔が、今と同じだった。

あの、どうでもいいような反応と、発せられた言葉には魂消《たまげ》た。いくら父親が違うと言っても、一緒に暮らしていた篤人は優真の血縁者ではないのか。篤人がどうなったか、心配ではないのか。

優真には、嫌いなスポンジケーキと気の合わない弟は、同列に近いものなのか。その情のなさに驚くとともに、教育して是正しなければ、と目加田は強く思った。

「だけどさ、嫌いなら嫌いだって、お母さんがケーキを切る前に言わなきゃ駄目だよ。こんな食べ方したら、みんな気を悪くするよ。だって、こうなったら、棄てるしかないんだからね。ケーキだって可哀相だろう」

優真は意外なことを言われたといわんばかりに、驚いた顔で、目加田と洋子の空になったケーキ皿の方を見た。それきり無言なので、目加田は少し声を荒らげた。

「せっかく買ってきた人が目の前にいるのにこんな態度を取ったら、相手はきみのことを失礼な人だと思うと、思うよ」

優真は項垂《うなだ》れるでもなく、ただ困惑したような顔をしている。

これは、教えてやらなければなるまい。目加田の説教は、止まらなくなった。

「躾《しつけ》だと思うから、はっきり言うよ。これは大切なことなんだ。知らないと、きみが将来困るだろうからね。だから、恨まないでくれよ」

優真はぽかんとした顔をしている。

「ケーキのことは、そりゃ、たいしたことではないのかもしれない。でもね、こういうことをすると、気分を害する人は必ずいるんだよ。それはきみにとって損だろう？　きみは、スポンジケーキが嫌いなだけで、相手の気分を悪くするつもりで、残したんじゃないんだからさ。そういう時は、最初に、ケーキはあまり好きじゃないです、少しでいいです、と言ってくれさえすれば、みんな配慮するよね。そういうことなんだよ。きみはそんなつまらないことで、相手の気分を損ねたくないだろう？」

優真が「はい」と、消え入りそうな声で返事をした。

「だよね？　だから、言ってるんだよ。世の中って、実は一事が万事そうなんだ。気遣いでできてるんだよ。話は飛ぶかもしれないけど、きみが篤人君に会いたくないのは、何となく理解できる。でも、兄という立場の責任もあるんだよ。まだ、わからないだろうけど、年長者は年下の子に優しくするんだ。そして、その子が大きくなったら、また下の子に優しくするだろう。弱い者には優しくするのが、気遣いというものだし、人間社会のルールなんだ」

我ながら、「人間社会」とは大きく出たものだと、少し面映《おもは》ゆかったけれども、間違ってはいないと、目加田は思う。

自分たち夫婦が、庇護なくしては生きられなかった娘に与えた労力と思いの丈とで、成り立っている歳月は、悲しいけれども温かなものとして、自分の心に残っている。

その温かなものを、優真にも与えたいと思っていたが、それは上から目線の傲慢でしかないのか。

優真が俯《うつむ》いたままで何も言わないので、目加田は念を押した。

「わかったかい？」

「はい」

それしか言わずに、優真が立ち上がって部屋に行こうとしたので、目加田は思いあまって声をかけた。

「優真君、ご馳走様は？　それも礼儀だよ」

「はい、ご馳走様」

幼児のように、ただ繰り返しただけのように聞こえたので、目加田はさらに言った。

「優真君、ちょっと紅茶をお代わりして話さないか」

立ち止まった優真は、無言で首を横に振る。

「いや、いいです」

「紅茶も嫌いなの？」

「はあ」と、頷《うなず》く。確かに、優真のマグカップには半分残っていた。

「でもさ、クリスマスなんだから、少し話そうよ。お父さんも早く帰ってきたし。ね、いいでしょう？　座って」

洋子が明るい口調で誘うと、優真は渋々食卓に着いた。

「学校は明日で終わりだろう？　二学期途中からだけど、頑張ったよね」

目加田はそう言いながら、その言葉が虚しいことを知っている。なぜなら、優真が以前よりいじけているように見えるからだ。

目加田は、拗《す》ねたように自分を上目遣いで見る優真の視線の鋭さに、負けまいと胸を張った。

「別に頑張ってないです」

ようやく優真の口から、言葉が絞り出された。

「そうかな。転校って嫌なもんだろう？」

優真は答えず、ただ首を傾げた。最近は、はっきり言葉で言わずに拗ねた目付きで返すことが増えた。

「優真君、お友達はできた？」

紅茶のポットを運んできた洋子が、新しい紅茶を目加田と優真のマグカップに注ぎ入れながら訊ねる。その質問が放たれた瞬間、優真がうんざりした表情をしたのを、目加田は見逃さなかった。

「いや、まだです」

「何でできないんだろう。今どきの子は、転校生に優しくないのかな」

洋子は、優真の表情には気付いていない様子だ。

「昔は、転校生っていうと、世話を焼いたもんだよね」

目加田が助けると、洋子が頷いた。

「そうそう。転校生が来ると、何か楽しかったよね。クラスの雰囲気が変わる感じで。みんな、その子に興味津々で」

「今、そんなんじゃないから」

突然、優真が怒ったように言ったので、目加田は驚いた。

「じゃ、どんな感じなの？」

洋子が聞きたそうに、テーブルに頬杖を突いたが、優真は、自分の感情に裂け目を生じさせたことを後悔するかのように、俯いて押し黙っている。

「今は、もっともっとシビアなのかもしれないね」

目加田がフォローすると、洋子が顔を向けた。

「シビアって？」

「シビアはシビアだよ」

目加田が言ったと同時に、優真が立ち上がった。

「ご馳走様でした」

そう言うと、くるりと踵《きびす》を返して自室に戻ろうとした。目加田は、一瞬、引き止めようと思ったが、今日は思わず説教をしてしまったので、これ以上言うのははばかられた。またの機会にしよう、と口を噤《つぐ》む。

「優真君、お風呂に早く入ってね」

洋子がその背に向かって言うが、返事はなかった。

部屋のドアが閉まる音がした途端に、洋子が低い声で囁《ささや》いた。

「あなた、ケーキのことであんなに言わなくてもいいのに」

「そうかな。俺が買ってきたから、ちょっと気に障ったんだ」

洋子が苦笑いした。

「それはわかるけど、ああいうのは、徐々にやらないと」

「そうだけどさ。最近、あまり喋らないから気になるんだ。どう思う？　あの子のこと」

二服目の紅茶は渋みが増している。目加田はマグを置いて、洋子に訊《たず》ねた。

「何だか難しいわ。最近、すごくやりにくいのよ」

洋子が少し暗い面持ちになって答える。

夕方は、優真と洋子が二人きりになるだけに、目加田は少し心配になった。

「そうか。どんな風にやりにくいの？」

「あんな感じなのよ。見たでしょう？　話しかけても、ろくに返事しないし、部屋に籠もったまま、全然出てこないの」

「何してるんだろう」

「スマホで、ゲームやってるみたい」

「どうしてわかる？」

「ドアに耳を付けて聞いていたことがあるの。何かゲームのような音がしていたから、間違いないと思う」

「そうか。スマホを買ってやったのが、まずかったのかな」

スマホがないと友達ができないと言われたので、心配になって買い与えたが、時期尚早だったのだろうか。

しかし、今の時代、スマホを持たせないわけにはいかなくなっている。一番の脅し文句が、友達と繋がれない、と言われることだからだ。

「制限をかけた方がいいかもしれないわね」

「制限？」

「ええ。ボランティアで来てくれていた久保さんが言ってた。息子さんが小六の時に、塾やサッカークラブの連絡で、ＬＩＮＥが必要だって言われてスマホを買ったって。でも、心配だから、ペアレンタルコントロールをかけたって。見る時間を決めて、あと有害サイトとかに繋がらないようにしてるって」

洋子の方が詳しいので、目加田は驚いた。

「ペアレンタルコントロールか。年内に、篤人君の件で福田さんに会う予定があるから、そのことも相談してみるよ」

「そうして。でないと、あの子は中毒になってしまう。冬休みが心配だわ。ずっとスマホばっかり見てるかもしれないわよ」

「勉強はしてないのかな」

「してないように思う」

「ああ。あの子は友達ができなくて孤独だから、スマホに逃げ込んでいるのかもしれないね」

目加田は、自分の言葉が当たっていることを確信していた。

だが、優真の中に生じてきている、暗い衝動や欲望には、まだ思いが至っていなかった。

「あと、ちょっと気になったことがあるの」

洋子が、優真の部屋の方を見ながら、声を潜めた。

「何だよ」

「あの子、夜にこっそりと、家を出ているんじゃないかと思うのよ」

「何だって。家を出て、どこで何をしているんだよ。何で気付いているのに、言わないんだ」

目加田は驚いて、洋子を詰《なじ》った。

「確証がないからよ。でも、少なくとも、三回はあると思う。私が寝室に引っ込んでから、あなたが帰ってくるまでの間の二時間くらいよ。前に、朝、スニーカーに泥が付いていたことがあるの。あれは夕方にはなかったから、絶対に夜出かけたんだと思う。ジャージが破れてたし」

「そんな夜にこっそり出かけて、いったい何をしてるんだろう」

目加田は、気になって仕方がなかった。

「さあ。あの子は、この家にずっといるのが、つまらないんじゃないかなあ。学校でもうちでも緊張してるのよ。だから、空気を吸いに出てるんじゃないかしら」

洋子は楽観的に過ぎる。

目加田は今頃になって、優真の夜の外出を知らされたことに、腹立たしさを覚えた。

「何を言ってるんだ。洋子が寝室に引っ込んだ後に、そっと出ていくんだろう？　それで、そっと帰ってくるんだろう？　子供がそんなことをするかな」

目加田は、夜半に誰にも知られずに外出しては、また人目を忍んで帰ってくるという優真が、不穏に思えてならない。

「そのくらい大目に見てあげたらどうかな、と思ってる。だから、私は黙ってたの」

「何言ってるんだ。今度、出ていくところがわかったら、俺に連絡してくれ」

「ええ、そうするけど」

洋子は軽く頷いたが、不満そうだ。目加田は釘を刺した。

「洋子はあまり気にしてないようだけど、夜中に出歩くのは深夜徘徊だよ。それは、れっきとした非行じゃないか。俺は夜中になるまで帰れないんだから、今度気が付いたら、ちゃんと知らせてくれなきゃ駄目だ。頼むよ」

非行と言われて、洋子も少し慌てたらしい。

「わかった、そうする」

今度は真面目な顔で応じてから、食器の片付けのために、キッチンに向かった。

目加田は腕時計を見た。あと三十分もしたら、バイトが交代するので、店に行かねばならない。

少し時間があるので、優真とスマホのことについて話そうか、と立ち上がる。

だが、優真はなかなか喋ろうとはしないだろう。以前は、そんなことはなかったのに、スマホを買ってやってからの変化は激しかった。

だからこそ、話し合いが必要なのだが、優真があからさまに避けているのでやりにくいし、少し億劫《おっくう》だった。

「優真君」

目加田は、優真の部屋のドアを軽く叩いた。

「はい？」

声だけが聞こえる。

出てこようとはしないので、なおもドア越しに話しかけた。

「ちょっと話したいことがあるので、開けてくれるかな？」

本当に渋々という感じで、ドアが細めに開けられた。

そこから、優真が顔を見せたが、左半分しか見えない。

「何ですか」

「スマホのことで、話があるんだよ」

優真がやっとドアを開けてくれたので、目加田は体を滑り込ませた。

優真の部屋は、玄関脇の四畳半だから、ベッドとデスクを置いたら、空間はあまりない。

その狭い空間で、目加田は立ったまま話した。

優真はベッドに寝転んでスマホを眺めていたらしく、ベッドカバーに皺が寄っていた。

「優真君、きみが友達を作るために必要で欲しい、と言うから、スマホを買ってあげたけどね。スマホを見てばかりいて、勉強がおろそかになるようでは困るよ。きみはまだ中学生だからね。これから、高校にも行かなきゃならないし、きみに進学したいという意志があれば、大学にも行けるんだよ。そのためには、今、勉強しないと駄目だよ。基礎を築く時期なんだからさ。そのくらい、わかってるよね？」

まるで教育者のようだ、と気恥ずかしく思いながら、目加田は続けた。

優真はベッドの端に腰掛けて、項垂れて聞いている。

「はい」小さな声で答える。

「さっきから、おじさんは説教ばかりしてる、と思うかもしれないけど、注意してくれる大人はそうはいないよ。おじさんはこういうことを言うのはあまり好きじゃないけど、里親になった以上は、責任があるから言わなくちゃならない。スマホのことだけど、しょっちゅう覗いてるんだろう？　何を見てるの？」

「ゲームとかです」

「やっぱりそうか。ゲームやってるのなら、きりがないだろう？」

言葉を切って、返事を待った。

「まあ、そうです」

優真は俯いたまま答えた。

「だからね、いずれは制限しなくちゃならないと思っているんだ」

制限と聞いて、優真が慌てたように顔を上げた。

いつの間にか優真の前髪が伸びて、眉毛を覆い隠していることに気付く。その鬱陶しい髪型は、近頃、テレビによく出ているアイドルの真似をしているのだろうか。

男の前髪が長いのが嫌いな目加田は、床屋にも連れて行かなくちゃならない、と思った。

「制限するんですか？」

「うん、そうしないと、きみは際限なく見てしまうと思うんだ。どこかで無理やりにでも決めないと、自分の力ではやめられないだろう。どう？」

「いや、やめられると思うけど」

「そうかい？　じゃ、ここで約束できるかな。スマホでゲームをするのは、一日一時間って決めていいかな」

「一時間？」

優真が不満そうに、頰を膨らませた。さっきのうんざりした表情といい、今の態度といい、以前より、ふてぶてしくなったと感じる。

「不服そうだね。でも、それでやってみようよ。ちゃんとできたら、少し延長してもいいと思っている」

「わかりました」

「じゃ、今日からもう始めるから。あと三十分したら、ゲームはやめると約束して。いいかい？」

「はい」

一応、素直に返事はしたものの、すぐに言うことを聞くとは思えなかった。睡眠時間を削ってでもやるかもしれない。

やはり、ペアレンタルコントロールとやらをしなければならない、と目加田は考えた。

「このことは、どうしたらいいか、福田さんとも相談するけど、とりあえず自主的にやってみてはどうかな。いきなり制限をかけられるよりは、最初は自分の力でやったほうがいい」

「はい」

優真の声は消え入りそうだ。

目加田は哀れになったが、洋子に質問された時の飽き飽きしたような顔や、スマホのことを言われて、ふて腐れた表情をしたことなどが脳裏から消えなかった。

優真に対する信頼が消えかかっている。だから、どんなに反抗されようと、自分は毅然とした態度を取ろうと思っていた。

「それからね、聞きたいことがあるんだけど」

ついでに、夜の徘徊についても聞いてみようかと思ったが、こちらはもっと確かな報告を聞いてからにしよう、と言いかけてやめにした。

優真は怪訝《けげん》な顔をしているが、聞き返すことはしなかった。

「じゃ、そういうことでやってみようね」

目加田はそう言って、優真の部屋のドアを閉じた。

リビングに戻ると、洋子がテレビのニュース番組を見ていた。

「スマホのこと、優真君に話しておいたよ。今日からゲームは一時間だけにしようと言ったら、そうする、と約束した」

「約束が守れるかしら」

洋子も半信半疑だ。目加田は首を振った。

「いや、いずれ制限しなくちゃならないだろう。どのくらいが妥当か、福田さんに会った時に聞いてくる」

「だけど、あまりきつくしちゃ駄目よ。逆効果よ」

洋子はリモコンでテレビを消して、目加田に向き直る。

「そうかな」

「そうよ。あの子が、私たちをうざいと思い始めたら、かなりまずいよ」

洋子が真剣な顔で言う。

「どうまずい？」

「だって、あの子の味方って、私たちしかいないじゃない。注意するのはいいけど、あの子の気持ちを汲んでやらないと」

「汲み過ぎる方が、逆効果じゃないかな」

「そんなことはないよ」

洋子が怒ったような顔をした。

目加田が福田と淵上に会えたのは、御用納めの一日前だった。忙しいと見えて、約束は延び延びになっていた。

目加田が約束の時間に児童相談所まで出向くと、二人は会議室で何ごとか熱心に相談中だった。

しかし、淵上が目の覚めるような赤いセーターを着ているので、部屋の中は何となく明るい。

「こんにちは」

「あら、目加田さん、お久しぶり。もうそんな時間になった？」

福田が腕時計を覗いて驚いた顔をした。目の下に黒い隈《くま》ができている。福田はいつも過労気味だ。

「これは差し入れです」

目加田は、店の袋から、お茶のペットボトルとシュークリームを差し出した。

「あら、すみません」淵上が相好を崩して喜んだ。「私たち、お昼も食べてないんです。行く暇がなくて」

「お急ぎの案件だったら、出直してきますよ」

目加田は気を利かせた。

「いいですよ」と、福田が手を振る。「だって、目加田さんのお店も、年末で忙しいでしょう。今、片付けますから、ちょっと待っててください」

目加田は、二人がファイルや資料を慌ただしく片付けるところを、ダウンジャケットを手にして、立って待っていた。

「外、冷えてきました？」

淵上が、目加田のダウンジャケットを見て訊《き》く。

「ええ、さすがに年の瀬ですね。寒いです。今日は外に出てないんですか？」

「いろんなことが起きてね。ここから一歩も出ずに、ずっと電話をかけまくってました」

福田が言って、淵上と目を合わせてから苦笑いした。

「だから、喉がガラガラです」と、淵上。

「いつも、大変ですね」

「そうなの。子供のことだから、放っておくわけにいかないし。年末は特に行く宛のない子が増えるから、大忙しですよ」

いただきます、と淵上がペットボトルの蓋を開けた。福田も遠慮なく、シュークリームの袋を破っている。

「篤人君の件は、びっくりしたわよね」

福田が、シュークリームに齧《かじ》り付きながら言う。

「はい。まさかそんな男と一緒にいたなんて、信じられないです」

「でもね、篤人君は、鈴木にすごく懐いていたのよ。パパって呼んでて。それで、お母さんのところよりも、鈴木の方がいいって言ってるの」

目加田は驚いた。

「酷い目に遭わされてたんじゃないんですか？」

「それがはっきりしないの。永遠の謎よ」と、福田が眉を顰《ひそ》める。「何せ五歳の子だからね。子供の供述だけではわからないの。パパと一緒に寝てたと言ってたけど、それ以上は言わないし、言葉も少ないしね」

　もし、言えないのならおぞましいことだ、と目加田は心の裡《うち》で震えた。その震えが伝わったのか、福田も淵上も頷く。

「そうなの。嫌な話なのよ」

　福田が唇を歪める。

「それで、優真君の母親は見つかったんですか？」

　淵上が首を振る。

「どこに行ったのか、全然わからないの。だけど、お母さんのお母さん、つまり優真君のお祖母さんが、末期癌でね、相当に悪いのよ。だから、万が一ということになれば、現れるんじゃないかと思ってる」

「要するに、優真君の母親は家族の誰かと、内緒で連絡を取り合ってる、ということですかね？」

「ええ。多分、母親本人とでしょうね。母親の夫とは、血が繋がってないから、割と仲が悪いみたいだし」

「で、篤人君はどうしたんですか？」

「児相にいるの。ここで年越して、それから優真君みたいに施設に行くか、里親家庭に行くか決めることになると思います」

　福田はそう答えた後に、目加田の顔を見た。

「優真君は、篤人君に会いたくないって、言ってるんでしょ？」

「そうなんです。私はびっくりしましたよ。父親が違うとはいえ、実の弟なのに心配じゃないのかって」

「よくあることです」

淵上がにべもなく言うので、目加田は驚いた。

「よくあるんですか？」

「ええ。彼らは、私たちの想像を絶するような極限状態を生きてるから、兄弟とか言っても、どうでもよくなる時があるんじゃないでしょうか。サバイバルするには、ライバルであるわけだし」

目加田は、店で篤人が菓子をポケットに入れた、と聞いた時の衝撃を思い出した。

「なるほど」

「忘れられないことも、実はたくさんあったと思うんです。彼らには、私たちの常識が通用しないんですよ、受けた傷が大き過ぎて。後でフラッシュバックで出ることもあるし、その時の傷が、どう出るかわからないんです」

だとしたら、自分が優真を躾《しつ》けようと思うのは、難儀なことかもしれない。目加田は俄《にわか》に自信を失って、黙り込んだ。

「だから、優真君が、篤人君に会いたくないのは無理もないんです。責めないであげてください」

福田が引き取って、優しい声で言った。

「最近の優真君はどうですか？」

「それがですね」と、目加田は身を乗り出した。「心配なのが、スマホなんですよ。買い与えた途端に、ゲームに夢中になって、四六時中、ゲームばかりです。だから、制限を考えています」

差し入れのシュークリームを食べ終えた淵上が、「ご馳走様でした」と礼を言った後、白い歯を見せて笑った。

「スマホみたいに、面白い道具が急に手に入って、夢中になるのはわかるような気がしますね」

「でも、このまま放っておけないですよ。心配です」

やんわり抗議すると、福田が代わって答えた。

「目加田さん、制限をかけるのはいつでもできますよ。でも、もうちょっと様子を見てからでも、いいんじゃないですか？　優真君は小学生ではないのだから」

「そうですかねえ」

目加田は首を捻った。思うに、優真は何かが欠落している。その何かが、ひとことで言えないくらい巨大過ぎて、自分の手には余るように思うのだ。

そして、優真の心を蝕《むしば》んで、巨大な虚《うろ》を作ったものは何なのか。そのことについて考え始めると、空怖ろしくなるのだった。これまで目加田が生きて、信じてきたものとは大きく違うような気がする。

「優真君にスマホを買ってあげたのは、いつ頃でしたかしら？」

福田が、ファイルにあるメモを探しながら訊ねる。

「もうかれこれ、二週間以上も前ですかね。早めのクリスマスプレゼントだったんですよ。スマホがないと、友達が作れないとか言うので、こっちも何だか焦っちゃって。それなら、二学期が終わらないうちに早く、と思ったんです」

「ああ、そうでしたね」

福田がメモを探し当てたらしく、そこに目を置いたまま答えた。

「だから、私たちも勧めたんでした」

淵上が頷いて言う。

「でもね、淵上さん。優真は友達もまだできてないみたいだし、帰ってからずっと、部屋に閉じ籠もってゲーム三昧ですよ」

「もう、ゲーム三昧ですか。早いこと」

目加田は淵上の笑った顔を見て、暢気《のんき》に過ぎるのではないか、と心配になった。

「笑いごとじゃないですよ。何だか表情も虚ろで、こっちの言うことをあまり聞いてないみたいだし、ともかく早く部屋に籠もりたがるんです」

「そうですか、それは確かに心配かも。でも、ゲームに夢中になるのは、仕方がないかもしれません」

福田は諦め顔だ。

「で、そのゲームは、対戦型ですか？　仲間がいて、抜けられないヤツ？」

淵上が真剣な表情になって訊いたが、目加田は首を振る。

「さあ、私にはわかりません」

「どちらにせよ、もう少し様子見ましょうよ」福田が割って入った。「制限かけるのも善し悪しで、親子間の信頼があって、子供の側にも、自分は勉強をしなければならない立場だ、という自覚があれば、すんなり受け入れると思うのですが、信頼関係がまだない場合は、子供は隠れてやるようになるし、親を恨んで離れていくかもしれません」

「なるほど」

福田の言うことはもっともだと、目加田は思った。

優真が自分たち夫婦の実子だったら、もっと厳しく言えただろうし、言うことを聞けないのなら、断固とした処置も取れたかもしれない。

子供に対する信頼があるからだ。

赤ん坊の時からずっと、一緒に培ってきた関係があるからだ。

恵は体が不自由だったが、信頼関係は強固に存在していた。

しかし、優真のように、いきなり自分たち夫婦の「子供」になった少年に、どう向き合えばいいのだろうか。自分たちは、里親になることを、あまりにも簡単に考え過ぎていたのだろうか。

急に自信をなくした目加田は、肩を落として二人に訊いた。

「じゃあ、これからどうすればいいですかね」

「目加田さん。あと少しの間だけ、猶予をください。まだ、買って二週間ですから」

懇願するように言う福田に、目加田は頷いた。

「わかりました。私は心配ですが、福田さんたちがそう仰《おつしや》るのなら、待ってみますよ。事態が好転すればいいんですが」

「お願いします」

福田が頭を下げたので、目加田は時間を確かめて腰を浮かせかけた。

「じゃ、私はそろそろ」

夕方の交代時間が迫っていた。

「あ、目加田さん。あと五分だけ、いいですか？」

福田が追い縋るように言うので、目加田は仕方なく座り直した。

「何でしょう」

「昨日、別件でH中の小田島先生に会ったんですよ。お会いしたことありましたよね？　そう、優真君の担任の先生です」

「ああ、知ってます」

目加田は、いかにも融通の利かなそうな、小田島の生真面目な顔を思い出した。

モノトーンの地味な服装をして、小さな声でぼそぼそ話し、俯き加減で歩くような女性教師だ。

「そしたら、小田島先生から、優真君から福田さんに連絡があったか、と訊かれたんですよ」

「どういうことですか」

怪訝な顔をした目加田に、福田が説明してくれた。

優真が、同じクラスの女子にＬＩＮＥのアドレスを教えてくれるように頼んだところ、話をしたこともないから、と断られた。

その腹いせに、その女の子と、女の子の友人の二人の傘を、雨中に放り投げた、ということだった。二人の傘は植え込みに投げられて汚れ、片方は骨も折れたという。

しかも、小田島が優真を呼んで注意した後、この経緯を福田に告げると言うと、必ず自分から話すから言わないでくれ、と頼んだのだという。

「女の子の傘ですか」

目加田は驚いて、少しずり下がった眼鏡のフレームを直した。

ゲームに夢中になっている優真は、まだ自分の想像の範囲内だった。

しかし、異性への興味が、優真の中にそれほどまで強くあったとは、まったくもって意外だった。

しかも、LINEのアドレスを知りたがったとは、スマホを買ってやったことが契機になったのだろうか。

「ええ、クラスメイトの女子です。Y町に住んでいて、バレエをやっているお嬢さんだそうです。もう一人は、その子の親友で同じ町に住んでます」

福田が溜息混じりで言う。

Y町は川から離れていて、大きな家の多い、高級住宅街だ。

「私、その話を聞いて、優真君が可哀相になったんですよ」淵上が、目加田に言う。「だって、あの子は学校に慣れてないから、クラスというコミュニティで、どう馴染んでいくのか、その手順がわからないんですよ。それで、好意を持った女の子に、いきなりLINEのアドレスを教えて、と言ったんだと思うんです。そういうことって、今の子はもっと上手なんですよ。手続きや約束ごとがある。でも、優真君はそのことを知らされていない。だから可哀相だ、と思ったんです」

目加田は、その通りだと思う。

「それはそうですね。あの子は、あらゆることに不器用で、何も知らないと思います。その点は可哀相ではありますが、傘を投げたというのはどうにも」

目加田は言葉を切った。

「子供っぽいですよね」

淵上が目加田の言わなかった言葉を掬《すく》い上げた。

「はい」と、目加田は同意して、福田の顔を見た。「で、優真は、そのことを福田さんには話したんですか？」

「いえ、全然。初耳だったので、驚きました。目加田さんにはどうですか？」

「まさか、私に話すわけがないです」

目加田はそう答えながら、なぜ話すわけがないと断じているのだろう、と思う。

優真が、自分にも洋子にも心を開いたことがないからだと気付いて、少し愕然とした。

「そういうことは話さないんですね。目加田さん、せっかくお父さんになったのにね」

「いや、本当の親じゃないですから」

「本当の親も、あの子は信頼してないですからね」

淵上が付け足したので、目加田は合点がいく。

「そうか。まして他人なんてね。信頼するわけがないですね」

「でも、この先はわかりませんよ。どういう関係性になるかなんて。私たちは、里親さんと里子が、うまく信頼関係を築く過程を見ることがよくあります。だから、優真君のことも諦めていません」

淵上が希望を感じさせるように言葉を選んだが、福田は気の毒そうに言う。

「目加田さん、こういうことは時間がかかるんですよ。で、時間がかかっても、うまくいかないこともあります」

「時間て、どのくらいですかね？」

「さあ、一概には言えないですね」

福田がボールペンを弄《もてあそ》びながら答えた。

目加田は、自分と同い年くらいの福田を見た。いつの間にか、白髪が多くなっている。

「一概に言えないか」

では、いったいいつになったら、優真は自分たちに心を開いてくれるのだろう。

いや、開くことなどまったくないのかもしれない。そう思うと、目加田は急に徒労を感じた。

「その女の子に、危害とかは加えてないですよね？」

「それはないようです」と、福田。

「優真君はそういうタイプじゃないように思うけど」

淵上が首を傾げながら言う。

「しかし、やることが子供っぽいから、心配じゃないですか」

目加田は、気が気ではない。

「まあね。でも、単にその女の子に冷たくされて、腹が立っただけだと思いますよ。一応、小田島先生が注意をしたということですので、私の方では黙っていることにします。目加田さんも、このことは優真君に言わないようにしてください。情報を共有した、ということで内密にお願いします。この先、何かあったら、すぐにご連絡するようにします」

「わかりました」

「年末のお忙しい時にありがとうございました。わざわざすみません」

「いえ、福田さんたちは、お正月休めるんですか？」

「そのつもりですけどね」

福田が、淵上と顔を見合わせて笑った。

「じゃ、よいお年を」

目加田は二人に挨拶をして、部屋を出た。

児童相談所の玄関に向かいかけたが、ふと思い立って廊下を戻った。

「あら、忘れ物ですか？」

ちょうど部屋を出てきた淵上と、鉢合わせしそうになった。すぐ後ろに立っている福田に聞こえたと見えて、福田は今いた部屋を振り返る。

「違うんです、福田さん。その女の子の名前を聞いてもいいですか？」

「ええ。Y町にお住まいの熊沢さんというお宅の、花梨さんというお嬢さんです」

「そのお嬢さんは、優真と何かで知り合いだったんでしょうか？」

「多分、それはないと思います。優真君は、この市で小学校は行ってませんよね。施設はR市の方でしたし」

「じゃ、こっちに転校してから、その子が気になった、ということなのかな」

たったひと月しか経っていないのに、ずいぶん性急なことだと思った。

「まあ、年頃だし、気になったんじゃないですか」

淵上が明るい声で言う。

「ただ、その子と一緒に傘を放り投げられた女の子がいるんですけど、その子が言うには、熊沢さんのお宅では、最近、風呂場の覗きがあったんだそうです。高校生のお嬢さんもいるし、門扉《もんぴ》を付けたり、警戒しているみたいです。覗きですから、優真君とは関係ないだろうけど、そんなこんなでざわついているみたいですよ」

覗きと聞いて、夜、誰にも内緒でこっそり外出している優真のことが、急に不安になった。まさか十三歳が、とは思うが、思春期の衝動は個人差がある。

まして優真は、いろいろな欲望を抑え付けられて成長してきただろうし、幼い頃から母親が違う男を連れ込んでいたのを見ているはずだ。

「どうしたんですか」

急に黙り込んだ目加田を見て、福田が心配そうに訊いた。

「いや、何でもないです」

「そうですか。じゃ、もう一度言いますね。目加田さん、よいお年を」

福田の言葉に、反射的に礼をして別れたが、目加田の心は乱れていた。

国道に出た途端に、乗るべきバスが目の前を通過していくのが見えた。タクシーで帰らないと、交代に間に合わない。目加田は、駅前のタクシー乗り場に向かいながら、優真の傘事件について考えていた。

いつも伏し目がちで受け身の優真が、好きな女の子に冷たくされただけで、感情を爆発させたという出来事が衝撃だった。

はて、自分が十三歳の頃は、どうだっただろうか。中学生の時分に思いを馳せるものの、今から四十年近く前で、あまりに遠い昔だった。

クラスの男子の間で、とても人気が高かった女子がいた。特に綺麗な子ではなかったが、足が速く、陸上部に入っていた。

筋肉質の白い足が素早く動く様や、上気した頰の色、ショートの髪が額に張り付く様など、思い出すと動悸がしたものだ。

だが、今のようにＬＩＮＥやメールなどはなく、手紙や電話なんて恥ずかしくてできなかった。そもそも二人きりのコミュニケーションを取りたいなど、だいそれた気持ちにはなれなかったものだ。

とすれば、仲良くなるためのいくつもの手続きを省いた優真は、やはり直截に過ぎるのだろうか。いつかは、優真にそのことを注意する日がくるだろう。だが、どうやって注意すればいいのだ。

目加田は不安で堪らず、寒風の吹く街を背中を丸めて歩いた。

2

冬休みに入った途端、急に暇になった優真は、花梨の顔や姿を見たいという欲望に激しく囚われるようになった。

勉強の習慣はなく、塾に行ったこともない。スポーツなど一切やったことがないのだから、どこにも行くところがない。なのに、時間はいくらでもある。優真の妄想は募りに募って、苦しいほどだった。

そんな時は、ついスマホのゲームに手が伸びてしまう。

だが、一日一時間という約束を守れないと制限をかける、という目加田の言葉が、重くのしかかっていた。

脅しだ、と思わなくもなかったが、最近の目加田が、以前ほど自分を気に入っていないことは何となく伝わってくる。自分の生活態度の悪さが、目加田の信頼を損ねているのもわかっていた。

亜紀の男たちの顔色を窺《うかが》う生活が長かった優真は、目加田の言葉は本気だと、鋭く察知している。しかし、日中、家には誰もいないから、いくらでも自由にできてしまうのだった。

年末で人手が足りないらしく、洋子も朝から夕方まで店を手伝っているし、目加田も夜勤はしないまでも、ほとんど店に出ずっ張りのような状態だった。

もっとも目加田と洋子は、家に戻って食事を摂ることにしているので、食事の時だけは、優真もリビングに顔を出さねばならなかった。

そんな時、優真は勉強に疲れたような表情を作って、テーブルに着くことにしていた。

「優真君、ずっと家にいると退屈でしょう。お昼食べたら、図書館にでも行っておいでよ。あそこには自習室もあるし、本も読めるでしょ。私の自転車、使っていいからね」

引きこもるようになると、ゲーム三昧になると怖れているのだろう。洋子は、優真に外に行くように勧めるのだった。

昼食後は外出して、夜はゲーム。だから、午前中は花梨の写真を眺めていろんな夢想にふけっては、自慰をするようになった。

そのうち、レオタード姿の写真を眺めるだけでは飽き足らなくなった。もっと違う写真が欲しいいし、何よりも、本物の花梨を見て、いろんな想像をしたかった。

しかし、拒絶された時の屈辱を思い出すと、身体が震えるほど、花梨が憎たらしくもなるのだった。いっそ、滅茶苦茶にしてやりたいような衝動が起きる。それは、暴力をふるってでも、花梨を自分の自由にすることだった。嫌がる花梨を押さえ付けてキスをしたり、身体に触ったりしたい。

だが、花梨も自分を警戒しているから、容易に近寄らせてはくれないだろう。だったら、この写真のようなレオタードか、花梨の下着を手に入れることはできないだろうか。優真は真剣に考え始めた。

そんな優真の心の裡も知らずに、昼飯時に帰ってきた目加田は、のんびり訊ねるのだった。

「優真君、午前中は何してたの？」

「勉強してました」

優真は平然と嘘を吐《つ》くようになった。

「そうか、よかった。まさか、ゲームはしてないよね？」

「してないです。ゲームは、夜に取ってあります」

そう言うと、目加田は安堵した様子だった。

「で、何の勉強してたの？」

さらに聞かれると、用意してあった答えを言う。

「英語とか」

すると、目加田が洋子の方を見た。

「わからないことがあったら、お母さんに聞くといいよ。お母さん、あれでも英文科出てるんだから」

「へええ」

一応感心してみせたが、そんなことはどうでもよかった。

目加田から何か言われても、生返事をしてやり過ごすことにしている。時折、目加田の心配そうな目付きが気にならなくもないが、敢えて気付かないふりをした。

昼食後、目加田と洋子が店に戻るのを見届けてから、優真は、洋子のママチャリで、あちこち徘徊するようになった。

以前は徒歩で歩き回っていたが、今は自転車だから、機動力が増している。知り合いに会わない隣駅の周辺や、駅の向こう側まで行くようになった。

大晦日、優真は、駅向こうにある、花梨の通うバレエ教室を見に行った。バレエ教室は、雑居ビルの二階にある。

優真はエレベーターを使わず、階段を上って教室を見に行った。

教室のドアには、「十二月二十八日から一月五日までお休みです。皆さん、よいお年をお迎えください」と、ピンクのレオタードを着て、トウシューズを履いたウサギのイラスト入りの紙が貼ってあった。

出入り口はひとつで、このドアしかない。誰にも見られずに忍び込むことは、到底不可能だった。

花梨の下着を盗むためには、何か他の方法を考えなければならない。それには、花梨の家に押し入るしかないのだろうか。優真はあれこれと考えながら、バレエ教室を後にした。

ついでに、花梨の家の前を通ってみることにする。

両脇に立派な門松を飾った熊沢家の門扉は、大きく開いていた。

門の中を覗くと、車が三台停まっている。熊沢家の車と、見たことのない外車と国産車だった。

年末休みに入ったので、親戚か知人が車で訪れているのだろう。その車の出入りのために、門扉を全部開け放しているらしい。

優真は、再び熊沢家に侵入することを考えた。暗くなってから、人目を避けてこっそりと入り、どこかで隠れて待っていれば、風呂場を覗くこともできるかもしれない。

この間は、バケツなんかを使ったから失敗したのだ。今度は踏み台を持参して行けばいい。例えば、キッチンにある、折り畳み式の踏み台。あれを自転車の前籠に積んで行き、足場にするのだ。

花梨の裸を見た後は、畳んで持って逃げればいい。どうせなら撮影したいが、音がするからそれは無理だろう。その時の具体的な段取りや、覗き見る花梨の裸体を夢想すると、胸が躍った。

家に戻ると、夕食は天麩羅蕎麦《てんぷらそば》だった。総菜も添えられていたが、これまでに夕食に蕎麦が出たことがなかったから、優真は驚いた。

「蕎麦？」

「そうよ。今日は大晦日だから、年越し蕎麦よ。うちの店の蕎麦だけど、結構美味しいから食べてごらん」

洋子が七味唐辛子の瓶を手渡してくれながら言ったが、年越し蕎麦を知らない優真は首を傾げた。

「蕎麦なんて」

「年越し蕎麦を知らないの？」

洋子が訊ねる。

「知らない」

優真はうどんの方が好きだ。

「あのね、お蕎麦は細くて長いでしょう。だから、大晦日にこれを食べて、寿命が延びるように祈るのよ」

洋子が説明してくれたが、優真にはどうでもいいことだった。

まず、嫌いなネギをすべて取り除いた。そして、蒲鉾と海老の天麩羅のどちらを先に食べるか迷った。

結局、海老の天麩羅を先に食べた。うまいものや食べたいものは、篤人に取られないうちに口に入れる、という癖が直らない。

「優真君、丼に顔を突っ込まないで。それ、犬食いって言うんだよ」

目加田が箸を止めて注意した。

「犬食い？」

「ほら、犬みたいに顔を食器に近付けて食べることだよ。給食の時もそんな風に食べているのかい？」

そんなことを言われたのは初めてなので、優真は面喰らった。黙っていると、目加田が続けた。

「そんな食べ方をしたら、恥ずかしいよ」

「恥ずかしい」という言葉を聞いて、美桜と花梨が二人でこそこそ話しながら、ほくそ笑む様が思い出された。あれは給食の時の自分の食べ方を嘲笑《あざわら》っていたのではないだろうか。そう思うと、悔しさでかっと頭に血が上るようだった。

「あと、ネギは嫌いなのかい？」

「はい」

「ネギだけ取るのはどうかな」

「そんなこと言ったって、嫌いなんだからしょうがないじゃない。子供はみんなネギが嫌いよ」

洋子が尖った声で、目加田に注意した。

「そうかもしれないけど、いかにもな感じで取り除いたら、作った人に失礼だよ」

「あら、どうってことないわよ。作るってほどの作業じゃないもの」

「きみはそうだろうけどさ」

またも、優真の食事の時の態度を注意する目加田と、優真を庇《かば》う洋子の応酬になった。

優真はひとり悠然と蕎麦を啜《すす》りながら、二人を交互に見遣った。目加田がどうしてネギなんかに拘《こだわ》るのか、皆目見当がつかなかった。

「マナーとかは、徐々に直していけばいいのよ。焦ることはないわ」

洋子がいなすように言った。

「だけどさ。こういうことは早く言っとかないと、本人のためにならないよね。だって、損するのは優真君なんだからさ」

「そうだけど、あなた、最近ちょっと口うるさいよ」

洋子の言葉に、目加田が反応した。

「どこがうるさいの？」

「何か、小うるさくなった。気も短くなったし、悪いけど苛々する」

「そうかな。そんなこと言うなんて、洋子の方がおかしいよ。ちゃんと注意するところはしておかないと駄目だろ。嫌なことを避けるなよ」

「嫌なことって、それ、どういうこと？」

「注意することだよ」

「あら、私だって、言うべき時は言うわよ」

「じゃ、ケーキの食べ方とか、ネギのこととか注意しなさいよ。優真君の嫌いなものを除《の》ける
やり方がさ、見てるとあんまりだからね。それで言いたくなっちゃうんだよ」

　また、その話か。優真はうんざりした。

「だから、そういうことって、これまでの生活習慣に関わるから、直すのにもすごく時間がか
かることでしょう？　徐々にやればいいのよ。そう思わない？」

「思わないね」

「何で？」

「だって、意識の問題だからだよ。いかに意識づけるかということだ」

　目加田と洋子が優真を放ったまま、真剣に口論し始めたので、優真は蕎麦の汁を飲み干して、
さっさと自室に戻った。

　机の上に置いてあるスマホをちらっと見ると、北中からＬＩＮＥがきている。

「ＫＫのすげえブツが入った。要るか？」

　ＫＫとは、熊沢花梨の頭文字か。

「熊沢の？」

「他に誰がいる」

「見たい。送ってくれ」

「バカか。金と引き替えでなきゃ、送らない。万札用意してこい」

万札が必要ならば、着替えか裸の写真だろう。それが本当なら、洋子の財布から盗んででも欲しかった。

「どんなの？」

だが、その返答はない。

「七時きっかりに、校門の前に来い。そこで見せるから決めろ」

優真は小遣いを数えたが、三千円にも満たなかった。これでは足りないと焦ったが、とりあえず写真を見てから決めようと思う。どうしても欲しければ、何とか工面するか、北中に待ってもらうしかない。

優真は、洋子が買ってくれたボア付きのグレイのパーカーを着て、リュックサックを背負った。

「どこに行くの？」

ちょうど店に行くところだった洋子と、玄関で鉢合わせした。

洋子はタートルネックセーターの上に、店の制服を羽織っている。

「友達が神社にお参りに行こうって、誘ってくれたから」

「お友達？　クラスメイト？」

洋子は、ほっとしたような表情になった。

「うん、そう。お母さん、ちょっと小遣いが足りないんだけど、千円もらってもいい？」

思い切って「お母さん」と言ってみると、洋子が嬉しそうに笑った。財布から五千円札を一枚抜いて手渡してくれた。

「これはお年玉よ。でも、お父さんには内緒ね」

「お年玉？」

「優真君は、お年玉も知らないの？」

洋子が憐れむような表情をしたが、気にならなかった。これで持ち金が八千円弱になったからだ。

約束の時間ちょうどに、中学の校門前に着いた。

洒落たスポーツ仕様の自転車に跨《また》がった北中が、先に来て待っていた。ジーンズに、黒いダウンジャケットを首までジッパーを上げて着ている。黒いニット帽が似合っていた。

「見せろよ」

開口一番に言うと、北中がにやりと笑った。

「おまえって、本当に何もかも省くヤツだな」

「どういう意味だよ？」

「いや、わからなきゃいいよ」

北中が痩せた肩を竦《すく》め、ポケットからスマホを出した。

「見ろよ、これ。気に入ったら、五千円でいいよ」

「何だ、裸じゃないのか」

五千円と聞いて、優真はがっかりしながら、北中が差し出したスマホの画面を覗き込んだ。

生真面目な表情の花梨が、レオタード姿でポーズを取っている写真だった。優真はがっかりした。

「レオタードか」

「おまえ、ここ、ちゃんと見ろよ」

北中が指差したところを見ると、乳首がふたつ、薄いレオタードの生地を通して、くっきりと浮かび上がっていた。

「すげえ」

優真は思わず息を呑んだ。

「な、欲しいだろ？」

「うん、買う」

「裸じゃないから、五千円でいいよ」

優真が五千円札を、北中に渡すと、北中はすぐにスマホを操作して、花梨の写真を送ってくれた。

自分のスマホに花梨の写真を保存してから、優真は北中に訊ねた。

「どうやって手に入れた？」

どうせ答えてはくれないだろうと思ったのに、北中は珍しく饒舌《じょうぜつ》だった。

「熊沢を好きなヤツがいて写真を欲しがっている、と言ったら、協力してくれる子もいるんだよ」

「同じバレエ教室に通ってる子か？」

「まあな」

「その子が撮った写真なの？」

「んなの、どうでもいいじゃねえか」

喋り過ぎたと思ったのか、北中は急に無愛想になった。

「もう行くわ」と、自転車に跨がる。

優真は、北中のダウンジャケットの肘を摑んだ。

「北中、もっとこういう写真くれよ。今度は、着替えているところがいいって、その子に言っておいて」

北中が、へへっと笑った。

「すげえな、小森。おまえって、何考えてんだ」

細い目をさらに眇《すが》めて、優真を値踏みするような目付きをする。

「何も考えてないよ。てかさ、熊沢の下着盗んできたら、一万円やるよ」

「それはおまえ、いくら何でもヤバ過ぎだよ」

北中が呆れたような声を上げた。

「何でだよ」

「何でって、犯罪だろが」

そう言われて初めて、優真は自分が熊沢家の敷地に侵入して、家庭菜園のトマトを食べたり、花梨のピンクのソックスを盗ったことを思い出した。そして、ついこの間は、風呂場の覗きまでしたのだ。確かに、自分は罪を犯している。

不意に、目加田の店のバックヤードで、勝手に引き出しを開けて消しゴムを盗んだことが脳裏に浮かんだ。あの時は、後でモニターを見た目加田にばれたが、優しく諭されて、その消しゴムは返さなかったのだ。

あの程度の盗みは、謝れば済む程度の些細なことだと思っていたけれど、世間は違うのかもしれない。

優真が黙ったので、北中は自嘲気味に嘆息した。

「あーあ、大晦日にこんなことしてんだからなあ。俺もダセえよな」

そして、折から吹いてきた寒風にぶるっと体を震わせた。

優真は、その言い方にむっとした。

「いいじゃないか。五千円儲かっただろう。俺にとっては大金なんだぞ。そんなこと言うなら、少しまけてくれよ」

「何、言ってる。ＫＫの乳首だぞ、乳首。高くねえよ」

しかし、写真は写真だ。しかも、本物の乳首が見えているわけでもない。俄に、暴利のような気がして腹が立ってきた。

「北中、やっぱ高いよ。金、少し返せよ」

「何だよ、今さら。何、言ってんだよ、さんざん見ておいてよ。このむっつりスケベが。小森って、せこそうだもんな。さすがに、お育ちが違うよな」

優真は、北中の最後の言葉に色をなした。

「何だよ、お育ちが違うって。どういう意味だよ。どういう意味で言ってるんだよ」

北中がせせら笑った。

「言葉通りだよ。おまえが前に通ってたのはR中だろう。知ってるよ。その時、おまえがどんなところにいたか」

優真は、自分の顔色が青ざめているだろうと思った。が、もちろん、確かめる術はない。やっとの思いで言った。

「何を知ってるって、言うんだよ」

「おまえ、施設出身だろ。クラスのＬＩＮＥで噂になってるよ」

北中は躊躇《ちゅうちょ》なく言ってのけた。

「誰がそんなことを言ってるんだ」

優真の声は震えた。動揺か寒さか、その両方か。自分でもわからなかった。

学校に行くと、誰も優真に話しかけてはこない。でも、優真が話しかければ、それなりに皆、対応はしてくれる。だから、あまり親しくなれないのは、転入してまだ日が浅いせいだと思っていた。

だが、裏では、自分の出自に関する噂が流れていたのだ。自分に無関心だから、目も合わないのかと思っていたが、そんなクラスメイトが、ＬＩＮＥでは口さがない噂話をしていることに、優真は傷ついた。それも一番知られたくない、自分の過去についてなのだ。担任以外、誰も知らないと思っていただけに、ショックは大きかった。

「さあな。噂の出所なんてわかんないよ。おまえ、傘を投げたっていうから、きっと女たちが調べたんだろう。恨まれたんだよ」

北中がしたり顔で言う。女たち。ＬＩＮＥのアドレスを教えてくれなかった花梨か。それとも、いつも一緒にいる美桜たちか。彼女たちが、自分の過去を調べ、ＬＩＮＥでばらしているというのか。

「畜生」

優真は腹立ち紛れに、北中が跨がった自転車の後輪を思い切り蹴りつけた。

自転車は大きく倒れかかり、すんでのところで倒れずに済んだ北中は、鉄製の校門に頭をぶつけそうになり啞然《あぜん》としている。

「何すんだよ」

「うるせえ」

優真の剣幕に驚いたのか、北中は小さな声でぶつくさ言うと、自転車の向きを変え、あっという間に走り去った。

腹立ちの治まらない優真は、北中が女子の写真を売っていることを、クラスの連中に知らせてやろうかと思ったが、やぶ蛇だし、第一、誰のアドレスも教えてもらえてないから、それもできないのだった。

つまりは、自分だけが、クラスの情報伝達と情報共有のための大事なツールを持つことを許されていないのだ。それは、クラス全員の総意による、大いなる悪意ではないだろうか。

とりわけ、花梨とその仲間は、突出して意地が悪いと思った。性悪な女たち。優真は、花梨を徹底的に憎むことにした。あいつがいるから、自分はおかしくなる。さんざん恥をかかせてから、殺してやろうか。そう思うと、心がすっきりと晴れるような気がした。

優真は、中学から駅前まで懸命に自転車を漕いだ。風は冷たく、手袋をしていない手も、耳もちぎれそうだったが、気にならなかった。

大晦日とあって人出は少なく、駅前は閑散としていた。開いている店も、コンビニしかない。優真はコンビニの前に自転車を停め、かじかんだ手でスマホを操作し、北中から買ったばかりの花梨の写真に見入った。

確かに乳首は浮いて見えるが、痩せているから、胸の膨らみはほとんどない。顔の表情からすると、まだ胸の膨らみにも意識がいかない子供の頃の写真のようでもある。

自分はいったい、こんな痩せっぽっちの花梨のどこに惹《ひ》かれているのだろう。優真は写真を拡大して、顔の造作を眺めた。秀でたおでこに、やや垂れ気味の大きな目。鼻筋が通り、唇は小さめで品がいい。

北中は、熊沢は整い過ぎている、と言った。しかし、自分はこの整理整頓された小さな顔に、どうしようもない憧れがあるのだ。自分にも母親の亜紀にも篤人にも、そしてもちろん、実の父親にもない育ちのよさと、あり余る愛情と豊かさが生み出した余裕とが感じられる、顔と体と態度に。

「畜生」

優真は、また同じ呪詛《じゅそ》を吐いた。それは花梨に向けられたようでもあったが、やはり花梨に代表される何かに、だった。

凍えそうになった優真は、コンビニに入った。そこは、目加田の加盟するチェーン店とは違う系列の店だ。優真は唐揚げとコーラを買って、イートインスペースで食べた。

時刻は八時。ふと、花梨の家の門扉が開け放されていたことを思い出した。そうだ、花梨の家に侵入してみよう、と思う。どうせ風呂場の窓は高い位置にあって覗けないのだし、適当に庭をうろついて帰ってくればいい、と思った。それが、花梨に対する小さな復讐でもあった。

優真は、少し離れたところにある駐車場の端に洋子の自転車を停め、そこから数分歩いて、花梨の家の前まで来た。門扉はまだ開け放されていた。三台の車も、昼間見た時と同じ位置に停まっている。来客はまだ滞在しているらしい。

人通りがないことを確かめて、優真は熊沢家の敷地内に忍び込んだ。母屋の雨戸は閉まっているが、耳を澄ますと、中から楽しそうな笑い声やテレビの音が聞こえてくるような気がする。優真は軒下に佇《たたず》んで、しばらく中の物音を聞いていた。

この中に、自分がここにいることなど何も知らない花梨がいて、両親や親戚たちと一緒になって笑っているのだと思うと、嫌な気持ちになった。自分は疎外されて、一人凍えるような闇の中におり、花梨は、花梨を愛する人に囲まれて安全で楽しい場所にいる。この落差がどうしようもなく、優真を沈ませるのだった。

裏に回ろうとすると、突然センサーライトが点《つ》いて足元を照らしたので、優真は度肝を抜かれた。

途端に雨戸が開けられて、若い男が顔を出した。軒下に隠れていると、周囲を窺ったらしい男が報告する声が聞こえた。

「誰もいないよ。猫かなんかだろ」

「うちには野良猫が来るから、しょっちゅう鳴るのよ。うるさくて」

この声は、花梨の母親のようだ。

すぐに雨戸は閉じられ、また中からは笑い声や食器の音などが響いてきた。

優真は胸を撫で下ろして、母屋に設けられたセンサーライトの範囲を避けて裏に回った。まだ時間が早い上に客がいるせいか、風呂場は真っ暗だ。

優真は、このまま待った方がいいのかどうしようか、と暗い夜空を仰ぎながら考えていた。下手に動けば、センサーライトに引っかかるし、場合によっては、警報装置が作動するかもしれない。

暗闇に蹲《うずくま》ってしばらく迷っている。寒さに耐えきれず、そろそろ退散した方がいいのではないかと思った時、玄関ドアが開く音がした。がやがやと大勢の人間が出てくる足音や、興奮している子供の声がする。

来客が帰るところかと思いきや、車に分乗してどこかに行くらしい。

「いつもの神社なら近いから、そこでいいよね」

若い男の声が響いた。これから年末詣でに行くのだろう。

優真が物陰から背伸びして見ると、背中に長い髪を垂らした花梨が見えた。黒いダウンジャケットを羽織って、白いストールをぐるぐる巻いている。その横に、同じような格好をした、もう少し体格のいい女が立っている。どうやら、それは姉らしい。他に小さな子も二人いて、一行はたいそう賑やかだった。やがて、外車を一台残して、二台の車は騒々しく出て行った。

もしかすると、家には誰もいないのかもしれない。だったら、花梨の下着を盗む絶好のチャンスではないか、と優真は思った。

パーカーのフードを被って顔を隠し、センサーライトを避けて玄関に回る。そっとドアノブを回してみると、難なく開くことができた。熊沢家の人たちは、照明も消さず、鍵も掛けずに神社に行ったらしい。

家の中は、食べ物のいい匂いに満ちていた。いい肉を焼いた時の香ばしさや、だし汁の旨みや、菓子がたくさんあるかのような甘い匂いなどが渾然一体となって、優真の嗅覚を混乱させた。こんなに豊饒《ほうじょう》な食べ物の匂いを一度に嗅いだのは、生まれて初めてだった。

施設のカレーの匂いとか、洋子が作るハンバーグとか、ひとつの食べ物の匂いではなく、熊沢家に漂っているのは、美味しい食べ物がたくさんあることで織りなされる幸福なのだった。

一瞬、戸惑った優真は、すぐ我に返り、脱いだスニーカーを手で持った。目的は、二階の一番奥にある花梨の部屋だ。そこで下着を盗んで、すぐさま帰ればいい。

廊下を歩きだした時、奥の部屋から声がした。

「お帰り。ずいぶん早かったわね」

優真の心臓が止まりそうになった。残っていた人物がいたとは、思ってもいなかった。どうしたらいいかわからずに、廊下に凍り付いたように立っていた。

「神社には行かなかったの？」

声の主はテレビを見ているらしく、歌番組が大音量でかかっている。

「ねえ、どうしてやめたの？」

奥の部屋から、その声の主が顔を出した。隣の古い家に住んでいる、花梨の祖母だった。祖母は、返事がないので、さすがに訝《いぶか》ったのだろう。

「あなた、誰」

その怯えた声を聞きながら、優真は急いで玄関から飛び出した。そのまま門から駆け出て、五十メートルほど離れてから、スニーカーを履いた。激しい動悸が治まらない。

祖母が顔を出した瞬間に顔を背けたので、顔は見られなかっただろうが、素手でドアノブなどに触れている。このままでは、警察に捕まるかもしれないと、急に怖くなって、後ろを振り返った。熊沢家にはまだ何の変化もなさそうだが、これから警察官が来るかもしれない。念のために、優真は遠回りして、自転車を置いた駐車場に戻った。

残念なのは、絶好のチャンスだったのに、そのチャンスを生かせなかったことだ。それに今頃、熊沢家では騒ぎになっているだろうから、その騒ぎを、どこか安全な場所から見物したい気持ちもあった。

捕まる恐怖と、騒ぎを見物したい心理と。どうして、こんなに引き裂かれた気持ちになるのか。

優真は、ネットで近くの神社を検索し、そこに自転車で向かった。そして、外から見ただけで家に戻った。

「ただいま」

すでに風呂に入った洋子が、パジャマの上にカーディガンを羽織った姿で出迎えてくれた。

「お帰り。どうだった。お友達と楽しかった？」

「うん、楽しかったけど、寒かった」

「どこの神社行ったの？」

優真が、様子を見に行った神社の名を告げると、洋子は満足そうに頷いた。

優真は自室のベッドに腰を下ろし、茫然自失の態《てい》で考え込んでいた。

裏がボア付きのグレイのパーカーなんて平凡だから、侵入犯が自分だと、すぐにはばれないだろう。絶対に大丈夫だ。

そう思う一方で、ドアノブに指紋を残してしまったことや、ほんの一瞬とはいえ、花梨の祖母と目が合ったことなどを思い出すと不安になった。今にも警察が来て逮捕されるかもしれないと思うと、心配で仕方がない。

「優真君、早くお風呂に入ってよ」

洋子に風呂に入るよう促されるのは、何度目だろうか。

その度に、煮え切らない生返事を続けていたが、さすがに洋子も苛立った声をあげた。

「何してるの？　お父さんが帰ってくるから、早く入ってね。大晦日なんだから、綺麗にしなきゃ駄目よ」

何で大晦日だから綺麗にしなければならないのか、意味がわからなかった。

優真にとっては、大晦日も元日も同じ日が続いているだけで、特別なことなど何もなかった。雑煮も食べたことがなければ、お年玉ももらったことなどないのだから。

そもそも真冬は、暖房のない部屋で布団にくるまり、空腹と闘っている寂しい記憶しかない。

「今日は大晦日で、明日から新しい一年が始まるんだから、体を綺麗にして迎えなさいよ。それが普通なんだよ」

ドアの外から、洋子がなおも言う。

では、普通とは何だろう。今日の優真には、洋子の言うことがいちいち引っかかる。

しかし、優真は「わかったよ」と低い声で返事をして、渋々立ち上がった。

部屋から出ると、目の前に洋子が立っていたので驚いた。パジャマの上に羽織っているカーディガンは、毛玉が目立っていた。

「今日、誰と神社に行ったの？」

いきなり思いがけない質問をされたので、優真は面喰らった。

「え？　北中ってヤツと」

咄嗟《とっさ》に北中の名を出してしまったが、具体的な名前を聞いたことで、洋子は安堵したらしい。

嬉しそうに、顔を輝かせた。

「へえ、その子はクラスメイト？」

うん、と頷いたが、なぜ今、そんなことまで答えなければならないのか、と反抗心が湧いてきて、自分を抑えられなくなった。不機嫌に唇を尖らせて、視線を廊下に落としたまま、黙っている。

洋子がそれを見て、少したじろいだように後ずさりした。

「あなたに早くお友達ができるといいな、と前から願ってたの。安心したわ」

余計なお世話だ、と腹立たしくなる。こっちはそれどころじゃないんだ、と洋子に怒鳴りたかった。

が、その腹立ちを懸命に堪えて、優真は足音荒く風呂場に向かう。

脱いだTシャツを、ばさっと音を立てて、脱衣籠に乱暴に投げ入れた。何もかもがうまくいかなくて、激しく苛立っていた。

今に、警察に捕まるかもしれないのだ。それなのに、洋子は何も気付かずに、自分を苛立たせることばかり、言ったり、したりする。

ただでさえ、目加田が自分に対する信頼をなくして、監視を強めようとしているというのに。本物の母親気取りかよ。そう言ってやりたくて仕方がないが、それを言ったらおしまいだ、ということもわかっている。

今夜、熊沢家で一線を越えたように、いつか目加田夫婦にも、何かしでかしそうな気がしてならない。

こうなったのも、H中で熊沢花梨なんかに再会してしまったからだ。

そして、H中に入ることになったのも、目加田夫婦が里親になろうなんて、親切心を起こしたせいだ。

すべては、自分を誘惑しているくせに気が付かないふりをする熊沢花梨と、親気取りでいい気になっている目加田夫婦とが、この世に存在するせいなのだ。こうして、優真の心は捩《ねじ》くれてゆく。

3

正月、優真は外出もせず、ほとんど自室に閉じ籠もっていた。

冬休みに入ってから、午後になると自転車であちこち徘徊するのを日課としていたが、それもせずに、家でじっとしている。

大晦日の晩の出来事が、優真を恐怖に陥れていた。熊沢家に住居侵入して、祖母と鉢合わせしたことだ。

今にも、警察が自分を逮捕しに来るのではないかと想像すると、恐ろしくて眠れない夜もあったし、部屋にいても落ち着かず、いつもドアの方を気にしてもいた。

目加田の店は元日から営業しているのだが、バイトを確保できなかったとかで、洋子は手伝いでほとんど家にいなかった。

洋子の監視もなく、目加田も昼休み以外は帰ってこないので、優真は日中、一人で好き勝手に過ごすことができた。

その快適さと、何の音沙汰もない日が続くと、侵入者は自分だとばれていないと確信し、いつの間にか勝手に安堵した。

優真は、もともと規範意識が薄い。だから逆に、あの絶好のチャンスを生かせなかったことが、悔やまれてならないのだった。

今なら、もっとうまくやれる。

あの晩は誰もいないと思い込んで、足音を忍ばせることもしなかったから、簡単に祖母に見つかって失敗したのだ。こっそり二階に上がれば、難なく花梨の下着を盗んで逃走できたはずだ。

千載一遇のチャンスとは、ああいうことを言うのだろう。

この出来事で、花梨の家の防御がいっそう厳しくなったと思うと、残念でならなかった。

「優真君、ただいま」

昼食の準備のために、ひとあし先に帰ってきた洋子が、優真の部屋のドアをノックした。

「あ、はい」

優真は慌ててベッドから起き上がった。

「開けていい？」

目加田から、ゲームをしていないか監視するよう言われているらしく、洋子は優真の部屋の様子を一度は見ようとする。

「ちょっと待って」

急いでドアを開けて、優真は顔だけ出した。

「寝てたの？」

洋子が首を傾げる。

「いや、勉強してた」

「ほんとかな？」

洋子が笑いながら睨《にら》んだ。

「本当」

「嘘。寝てたんでしょう、眠そうだもん。それに、髪に寝癖がついてるよ」

「いや、勉強してた」

優真は言い張った。

実は、朝から花梨の写真やアダルトサイトを見て、自慰をしていたのだ。その後、うとうとしていたから、寝ていたのは事実だが、洋子に言われると後ろめたかった。

というのも、最近の優真は、洋子を意識し始めているからだ。

優真から見れば、洋子は五十歳に手が届く中年のおばさんだが、偶然、手が胸に触れて以来、何となく女として見るようになっていた。

あの柔らかい乳房の感触が忘れられず、もう一度触ってみたくて仕方がない。

「へえ、何の勉強してたの？」

キッチンに戻りかけた洋子が振り向いて訊ねたので、優真は嘘を吐いた。

「数学」

実際、机の上には、目加田や洋子が様子を見に来た時のために、アリバイ的に数学の教科書とノートが広げられている。ご丁寧に、鉛筆と消しゴムも置いてあった。

以前、目加田が、洋子が英文科を出ている、と口を滑らせたことを思い出し、英語の教科書だと余計なことを聞かれそうだと警戒したのだ。

優真は、そういうことには、よく気が回る。

「数学？　ほんと？」

「ほんとだよ。見てもいいよ」

優真は、ドアを大きく開けた。

「どれどれ」

洋子が優真の部屋に入ってきた。

机の上には、確かに数学の教科書が広げてあるが、ベッドは今起きたように乱れている。

洋子が見咎《みとが》めて注意した。

「起きたら、ベッドメイキングしなさいって、言ったでしょう」

「あ、はい」

洋子が、床に垂れ下がった掛け布団を手で直した時、丸めたティッシュが中から転がり落ちた。自慰の跡だ。いつもならトイレに流すのに、忘れていたのだ。

優真は焦ったが、洋子の方がもっと動揺していた。

「じゃ、お昼の用意するから」

洋子は慌てたように、部屋から出ようと踵を返した。

その時、洋子の髪からシャンプーの香りがした。風呂場で、洋子の使う女性用シャンプーのにおいを嗅ぎながら自慰をすることもあったから、優真はどきりとした。

洋子の背は、優真より少し低い。このまま、ベッドに押し倒したら自由になるだろうか。

いや、絶対に無理だ、やめた方がいい。目加田に追い出される。

追い出されたっていいじゃないか。いや、駄目だ、警察に捕まる。

瞬時にあれこれ考えて迷っていると、洋子が逃げるように部屋を出て行った。

「お昼ご飯できたよ」

三十分後、洋子が何ごともなかったかのように呼びに来たので、優真も何食わぬ顔で部屋から出た。

目加田がいつの間にか帰っていた。いつものように、コンビニの制服を食卓の椅子の背に掛け、朝刊を読んでいる。

「優真君、勉強してたって？　最近、あまり外に行かなくなったね」

老眼鏡を下げ、上目遣いで優真を見た目加田がにこやかに訊ねた。

「寒いから、あまり外に行きたくなくて」

優真はぼそぼそと答えた。

まさか、警察がその辺をうろうろしているんじゃないかと思うと怖くて出られない、とは言えない。

「そうか。でも、たまには気分転換しないと」

「男の子は外に行かなきゃ、ね」

洋子が、優真の前にチャーハンの皿を置いて、「ね」をことさら強調するように言った。

チャーハンの中には、優真の好きなカニかまが入っている。優真はそれが蒲鉾だと知らず、ずっと本物のカニの身だと思っていた。

優真はネギを避け、赤いカニかまだけを選《よ》って食べながら、洋子の今の言葉は、部屋で妄想に耽っては自慰をしている自分に対する厭味《いやみ》だろうか、などと考えている。

だが、洋子は素知らぬ顔で、優真の嫌いなレタスサラダの入ったボウルを、テーブルの真ん中に置いた。

「サラダも食べるんだよ」

優真の皿にたくさん盛り付けている。俺が嫌いなのを知って、女のくせに嫌がらせすんのかよ、と優真は心の中で思う。

優真は思いきって、洋子に訴えることにした。とっておきの「お母さん」を使う。

「お母さん、ダウン買って。パーカーじゃ寒いから」

裏にボアの付いたグレイのパーカーは、花梨の祖母に見られているし、北中も知っている。だから、もう外で着ることはできないと思った。

洋子が驚いて優真の顔を見る。

「寒いから、外に行かないの？」

「そう」

「買ってやったらいいよ。寒いんじゃ可哀相だ。ユニクロとかなら、安いだろうし」

目加田が朝刊に目を落としたまま、優真の方を見ずに言った。

「そうね。じゃ、ネットで買うわ。学校にも着ていくのなら、黒でいいわね？　学校はダウン着てってもいいんだっけ？」

学校のことをすっかり忘れていた優真は、「うん」と、反射的に頷いた。

学校が始まったら、花梨やその友達の美桜、花奏、そして北中にも会う羽目になる。

何よりも怖いのは、クラスメイトがほとんど繋がっていて、自分だけが蚊帳《かや》の外になっているLINEの存在だった。

そこで、自分は「犯人」と呼ばれているのではないか。

施設出身のことと同様、自分だけが知らされずに、皆が陰で情報を共有しているのではないか。

そう思うと、耐えられなかった。自分の秘密を皆が知っているのに、その事実を自分は知らない。それ以上の屈辱があるだろうか。

学校には当分行けそうにない、と優真は絶望的な気持ちになった。

洋子がユニクロのサイトで注文したダウンジャケットは、翌々日届いた。学校はその翌日から始まる。

優真はダウンがないと外に行けないと言った手前、洋子のママチャリを借りて、外出することにした。

風が冷たいのでフードを被って、自転車を走らせた。

正月明けの街は、まだ緩んでいる。優真は、駅前のマクドナルドで時間を潰してから、翌日から始まる学校を見に行った。

大晦日に、北中の自転車を蹴飛ばした正門前で自転車を停め、中を窺った。教師も生徒の姿もない。

明日はどうしよう、と溜息が出る。行きたくないが、行かなければ、花梨の家に侵入した犯人だからだ、と言われるような気がしてならない。

ところで、花梨の家は、あの後どうしただろうか。優真は思い切って、花梨の家の様子を見に行くことにした。

自転車で走り抜けるのなら大丈夫だろうと思ってのことだが、やはり家が近付くにつれて動悸が激しくなった。

少しスピードを緩めて、家の前を通り、ちらちらと熊沢家を見る。

門扉は固く閉ざされて、熊沢家の人の姿はなかった。優真は一瞬だけ、二階の花梨の部屋のあたりを仰ぎ見たが、カーテンの揺らぎもなかった。

まるで何ごとも起きなかったかのように、熊沢家は堅牢で、何の変化も見られないのだった。

優真は、自分の存在が何の価値もないもののように感じられた。ばれていないという安堵と、自分は何の影響も与えることができないという失望が一挙に襲ってくる。

優真はふらふらと自転車を走らせた。もう一度だけ見てみようと思い、しばらく走った後、Uターンする。相変わらず、熊沢家の前には人影がない。

しかし、門の上に、監視カメラが設置されていることに気付いた。門扉に近付く人間を映すためか、レンズの位置は下を向いている。

危うく、その存在に気付かずに近付くところだった。危ない。

優真は急いで家の前から離れた。もしかすると、近所の防犯カメラにも、自分の姿が映っているかもしれない。よくワイドショーでやっているように、自分も知らないうちに映像が残っていたらどうする。

急に焦った優真は、もう熊沢家に入ることは諦めるほかない、と思うのだった。としたら、どうやって花梨の下着を盗むことができるのだろう。洋子を押し倒そうかと思ったように、花梨を押し倒して、下着を奪うのはどうか。

細くて華奢《きやしや》な花梨なら容易にできそうな気がしたが、花梨と二人きりになる機会など、訪れそうもないのだから、現実的ではなかった。

翌日の始業式、さんざん迷ったが、優真は登校することにした。一週間以上、何ごともなかったのだから、休んだりしたら却って目立つ、と結論づけた。

寒い日だったが、優真は十二月と同じように、学生服の下にセーターを着込んで登校した。ダウンジャケットは、皆の様子を見てから着ていこうと思い、クローゼットに吊るしてある。

教室に入って行くと、花梨はすでに席に座っていて、美桜や花奏たちと談笑していた。優真の方を見もしないので、優真はほっとした。

教室の様子も、二学期と変わりないように見えた。クラスメイトは相変わらずで、優真が挨拶すると返してくれるが、そうでない時は透明人間がいるかのように目を合わせてくれない。

通路を隔てた北中の席に、北中の姿はなかった。休みか、と安心していると、背後から声がかかった。

「おい、小森」北中の声だ。

振り向いた途端に、カシャリという写メの音がした。北中がスマホを構えていて、顔写真を撮られたのだ。

「何すんだよ」

「まあまあ」と、北中は優真を抑えるような手付きをした。「俺のストックに入れさせてくれよ。クラス全員の顔を入れておかないと、不意の客に対応できないからな」

「俺の写真が欲しいヤツなんて、いないよ」

「いるかもしれない」

「やめろよ、肖像権ってものがあるんだぞ」

「冗談だろ」北中は薄笑いを浮かべながら、着席した。「おまえに言われたくねえよ」

「じゃ、俺に送ってくれ」

「はいよ」

北中から送られてきた自分の写真は、怒ったような顔をしていた。削除しようかと思ったが、他人に撮ってもらった写真など滅多にないので、一応保存した。

始業式が終わった後、体育館を出ようとしたら、担任の小田島が手招きした。小田島は珍しく、黒のパンツスーツを着ている。似合わないので、葬儀会場の係のようだった。

「小森さん、ちょっと残って」

優真は動悸がした。とうとうばれた。警察官はいないか、と周囲を見回す。

「何ですか」

「あのさ、きみ、自分から福田さんに話すって言ったのに、話してなかったんだって？」

傘事件のことである。住居侵入のことがあるので、傘事件のことなど忘れていた。

「すみません」

「約束したんだから、ちゃんと守らなきゃ駄目だよ」

小田島に叱られた優真は、おとなしく頷いた。

「たまたま福田さんと別件で会ったから、小森君から例の件聞いてますかって言って、その話になったのよ。そしたら、福田さんたら、全然聞いてないって言うじゃない。きみが言いにくいのはわかるけど、約束したんだから、ちゃんと話さなきゃ駄目でしょう。でないと、きみを信用した私の監督責任になるんだよ」

小田島はくどくどしく言う。

「あ、はい」

「何で言わなかったの？」

「恥ずかしかったから」

「それはわかるけど、約束したじゃない」

「すみません」

しおらしく謝る。しかし、心の中では違うことを考えていた。

福田に伝わったのなら、福田はそのことを目加田に報告したに違いない。なぜ目加田は、自分に注意しなかったのだろう。

優真は、最近の目加田が、自分を信頼しなくなっていることを痛いほど感じていた。

そのせいか、近頃の目加田は口うるさい。それも、食べものの好き嫌いや、食べ方にまで口を挟むので、うざくてたまらない。

それは、もしかすると傘事件を聞いたために、心証を悪くしているせいではないか。それほどまでに、自分に呆れているということか。

こうして、優真の中でも、保護者の目加田に対する信頼が消えてゆくのだった。

「反省してるみたいだから、もう言わないけど、二度としないでね」

黙っていると、小田島は面倒になったのか、曖昧な言い方をして職員室の方に歩いて行ってしまった。

二度とするな、とは傘事件のことか。それとも福田には自分で話す、と嘘を吐いたことか。

優真は体育館の入り口に佇んで、その後ろ姿を上目遣いで見ていた。

だが、内心は、てっきり住居侵入のことで呼ばれたと覚悟していただけに、小躍りしたいような気持ちだった。やはり、ばれていなかった。

この日は授業がなかったが、始業式の後は、「三学期の抱負について」という道徳めいた時間があり、小田島が指名した数人が前に出て、それぞれの目標を発表することになった。

最後に花梨の名が呼ばれたので、それまでぼんやりしていた優真は驚いて顔を上げた。北中がちらりと優真の方を振り返って、にやりと笑ったような気がしたが無視した。

小田島に指名された花梨は、首を竦めて照れながら席を立った。制服のブラウスからは、長いまっすぐな首と白い小さな顔が、にゅっと出ている。髪は引っ詰めで、秀でたおでこに数本の後れ毛。

花梨はまるで舞台の中央にいるかのように、背を伸ばして黒板の前に立った。

数メートル離れた距離で、正面から花梨の顔を見つめるのは初めてだから、優真は思わず、花梨の顔を凝視していた。

「三学期は短いですが、私はとても重要な時期だと思っています。この一年の反省期間にしなくちゃならないと、思うからです。というと、何だか大袈裟ですけど、これまでできなかったことを、もう一回考えて、できるようにしたいと思います。それは勉強だけでなくて、バレエのこともそうです。私は幼稚園の時からバレエをやってるんですが、まだうまく踊れない技術とかがあるので、どうして失敗するのかを考えて、その精度を上げたいと思っています」

優真は、花梨の姿から制服を剝《は》ぎ取り、その裸身を想像してみる。

長い首を支える肩があって、浮き出た鎖骨があって、その下には小さな胸の膨らみと乳首がある。

その乳首が浮き出た写真を自分は持っている。でも、それがどんな形をしているのか、この目で見たいし、どんな触り心地がするのか、手で触れてみたくてたまらない。

そんなことを考えていたら勃起しそうになって、優真の顔は赤らんだ。

はっと気が付くと、花梨が真っ正面から、優真に強い視線を当てていた。

『コウモリ、あんたのことは大嫌い』

『あっちに行け、キモいんだよ』

花梨の鋭い目から、そんな光線が飛んでくるようで、優真は思わず目を伏せた。が、すぐに顔を上げて、睨み返す。

『生意気な女だ。おまえのせいで、俺は変になっている』

『このままじゃすまないから、懲らしめてやる』

二人は、こうして人知れず睨み合っていた。

「熊沢さんに質問がある人」

小田島が問いかけると、美桜が真っ先に手を挙げた。

「熊沢さんができないバレエの技術って、どんなのですか?」

「フェッテです。私はフェッテが不得意だから、それをうまくできるようにしたいと思ってます」

フェッテが何か、クラスの誰もわかっていないようだったが、一緒にバレエ教室に通っている美桜だけは、深く頷いた。

「はい、ありがとうございます」

内輪の猿芝居だ。小学生か、と優真は内心で嘲笑う。

「そのフェッテっていうのを、そこでやってみてください」

後ろの席に座っている男子が、案外真面目な口調で言った。

「そうだよ、見たい」と、誰かが同調し、拍手が起きかけた。

「絶対に失敗するから、ここではできません。フェッテのお手本は、ＹｏｕＴｕｂｅかなんかで、自分で調べてみてください」

花梨がはきはき答えると、男子の間から好意的な笑い声が起きた。花梨もはにかんだように笑うと、一礼して席に戻った。

たったそれだけの出来事だったが、優真は激しい疎外感を覚えた。自分だけが虫けらのように花梨に嫌われ、クラスの男子も皆、そのことを知っているような気がしたのだ。屈辱と憤怒《ふんぬ》で、顔を上げられなかった。

下校時間になったので、優真はさっさと学校を出た。

帰るところは、目加田のマンションの自室しかない。でも、どこか違うところに行きたいような気がして、校門の前でしばらく立ち竦《すく》んでいた。

物心ついた時から、優真には自分の家というものがない。

亜紀は自分を連れて、その時付き合っている男の部屋に転がり込むことしかしなかった。男との付き合いが終われば、亜紀と自分はその部屋を追われる。新しく生まれた次男の篤人も連れて。

そして、次に見つけた男の部屋に棲み着き、親子ともども邪険にされたり、乱暴にされたりして、やがて、飽きられて追い出される。この連続だった。

いつの日か、誰にも干渉されない自分だけの部屋、というものが持てるのだろうか、と優真は思った。

大人になれば可能かもしれない。しかし、自分はまだ十三歳だ。あと五年は目加田の言うことを聞いて、おとなしくしていなければならないのかと思うと、絶望的な気分だった。

真冬の光線は眩しいが、冷たい。眩しさに目を細め、マフラーさえもしていない優真は、冷たい風に身を強張らせて歩き始めた。

「ちょっと待って」

目の前に、二人の女子が立ち塞がった。驚いて目を上げると、美桜と花奏だった。美桜は自分と同じくらいの背で、花奏は小柄だ。

二人はお揃いのような紺色のダッフルコートを着て、柄違いのタータンチェックのマフラーをしている。

優真は、美桜が大嫌いだ。黙って除けようとしたが、二人は動じない。

「どけよ」

それでもどこうとしないので、優真は少し怖じて、美桜の顔を見た。

美桜は、激しい怒りの表情を浮かべている。

「あんた、大晦日に花梨の家に入ったでしょ？」

「家宅侵入」と、花奏。

「何だよ、知らねえよ」

どきりとしたが、優真はとぼけた。

「知ってるんだよ。今ね、花梨のお祖母ちゃんが、あんたの写真見て、この子みたいだって言ったって」

美桜が勝ち誇ったように言った。

「警察の人にも話してるって」

花奏が、落ち着いた声で付け加えた。

「写真？」

まだピンとこない優真が首を傾げると、美桜が勝ち誇ったように言う。

「北中から買ったんだよ。あんたがいつも買ってるみたいに、私たちも買ったの。あんた、ストーカー？　花梨の家に行って、何する気だったの？」

優真は何も言い返せずに、呆然としていた。今朝、いきなり北中に写メされた理由がようやくわかったのだ。自転車を蹴飛ばされた北中も、自分に復讐したのだ。

「コウモリ、おまえ、気持ち悪いんだよ」

「そうだよ、花梨が可哀相」

二人は口々に罵《のの》り始めたので、優真は二人の少女を避けようとして横を向いた。

すると、道路の向こう側に花梨が立っているのが見えた。花梨はスマホで自分を撮影しているようだ。

恐ろしくなって走りだすと、美桜の声が追いかけてきた。

「逃げたって無駄だよ。警察に捕まるよ」

どのくらい走って逃げたか、わからない。目加田のマンションに帰りたくても、そこに警察が待っているのではないかと思うと、怖くて帰れなかった。

ふと気が付くと、児童公園の中にいた。まだ北斗さんの家にいて、いつも腹を空かせていた優真が、目加田にもらった廃棄食品のおにぎりを、喉に詰まらせそうになりながら食べた公園だった。

あれは、ひもじくて待てなかったのと、篤人に分けたくない一心で、食べたのだった。また、ここに逃げ込んできている。

優真は人気のない公園を見回した後、水飲み場で、痺れるように冷たい水を飲んだ。水が喉を通り、胃に落ちた時に、優真は寒さに震えた。

その時、電話が鳴った。発信者は目加田だった。一度は無視したが、電話はまた鳴っている。

たまたま、児童公園に幼児連れの母親が入ってきた。幼い男の子は三輪車に乗っているが、拙《つたな》くて危なっかしい。それを母親が笑いながら助けている。

亜紀に、あんな風に面倒を見てもらったことは一度もなかった。三輪車も乗ったことがないし、自分の自転車だって、買ってもらったことはない。

優真はぼんやりと親子連れを眺めていた。母親がふと顔を上げて、どうして優真が電話に出ないのか、不思議そうに見ている。

「もしもし」

優真は思いきって電話に出た。

「優真君？　今どこにいるの？」

目加田はのんびりとした口調で訊いた。切迫した様子がないので、優真は少し安心した。

「帰る途中です」

「あとどのくらいで帰れそうかな」

「二十分くらいだけど、どうして？」

「淵上さんが来てるんだ」

警察が来てる、と言われると思った優真は拍子抜けした。淵上は福田よりも若い上に、優しいから好きだ。

「何で？」

「新年のご挨拶だって」

疎外感を募らせていた優真は、淵上が来てくれたことが何となく嬉しかった。

「じゃ、帰ります」

「うん、淵上さんは時間がないそうだから、早く帰っておいで」

公園を出て交通量の多い国道を歩きだしながら、あれこれ考える。

挨拶に来てくれるのなら、自分にあらかじめＬＩＮＥかメールくらいくれたっていいじゃないか、と優真は淵上を少しうらめしく思った。

スマホを買ってもらって、ひと月近く経つのに、優真のスマホには、北中と目加田以外、誰からの着信もない。

「ただいま」

玄関ドアを開けた優真は、玄関の床に淵上の軽快なスニーカーを見て安心した。

話のわかる若い淵上に、花梨との一件を話したいような気がするが、淵上といえども叱責は免れないだろうから、やはり言えないし、恥ずかしい。しかし、相談してみたかった。

「優真君、帰った？」

淵上が、出迎えてくれた。今日はグレイのパーカーにジーンズという仕事着だ。

髪をひとつに纏《まと》めているので、目尻が上がって若々しく見えた。優真は淵上の顔と、細身の体に惹かれている。

「優真君、元気だった？」

淵上が、にこにこして優真の肩を抱くような仕種をしたが、以前のように、ぎゅっとハグするようなことはなく、少し距離があった。

淵上の方に、遠慮というか警戒している節があるような気がして、優真は意外に思った。

「お帰りなさい」

リビングに入って行くと、キッチンシンクの前で洗い物をしていた洋子が振り向いた。

ただいま、と低い声で挨拶しながら、優真の目はテーブルの上の茶菓をしっかり見ていた。

紅茶茶碗が三つあるということは、目加田夫婦と淵上がここで何かを話していたのだ。それも、自分の留守を狙って。

「お父さんは店に戻ったの。またお昼に帰ってくるって。おでんとお蕎麦を頼んでおいた」

「コンビニの経営者って便利ですね。好きなお総菜が食べられる」

淵上が陽気な口調で言う。

「でも、ワンパターンよ」と、洋子。「学校どうだった？」

淵上が優真の方を見て訊ねた。

「うん、普通」

優真は気のない返事をした。まだ警察から連絡はないようだが、三人は自分のことで何か相談していたのだ、とぴんと来た。

この間、洋子を押し倒そうかと躊躇した時のことではないか。

優真は、大人たちが皆で、自分を包囲しているような気がしてきた。

「新年の挨拶って言うけど、もう十日だよ」

優真が言うと、淵上が痛いところを突かれたというような表情をした。

「ごめん。年始はいろいろあって忙しいのよ。だから、優真君に会いたくても来られなかったの」

「お正月はどこもお父さんが休みでずっと家にいるから、いろいろ衝突が起きるんじゃないですか」

洋子が口を挟むと、淵上が頷いた。

「そうなんですよ。お酒も入るから喧嘩もするでしょ。年明けはいつもより案件が多いんです」

また児童虐待の話になるのか、とうんざりした優真は、何気ない口調で訊いてみた。

「福田さんは？」

心のどこかに、福田が警察から呼び出されているのではないかという怖れがある。

だが、淵上の答えは違っていた。

「それがさ、インフルエンザで倒れちゃったのよ。今日、一緒に来るはずだったんだけどね。昨日の夜、電話があって、急に三十九度近い熱が出たんだって。今朝、病院に這《は》うようにして行ったら、やっぱインフルだったって。優真君に会いたがっていたから、残念がってた。今年もよろしくって」

淵上が眉根を寄せて喋ると、小鼻の両脇に皺ができて可愛らしい。優真は吸い寄せられるように、淵上の顔を見つめていた。女の顔。でも、ここにいるのが、淵上ではなく花梨だったらいいのに。

そう思った瞬間、道の向こうのガードレールから、美桜たちに責められている自分をスマホで撮影する、花梨の冷酷な横顔を思い出した。

突然、飢餓にも似た鋭い痛みを心に感じて、優真は思わず小さな声を上げた。だが、自分が何に飢えて、そんな声を上げたのか、わからなかった。目加田の家に引き取られて、食べ物には不自由していない。気儘《きまま》に好き嫌いが言えるほどだ。

しかし、心の飢えだけは、どうにもおさまらないのだった。

いったい自分は何を欲して、何を得られなくて、苦しんでいるのだろうか。食べるものがなくて辛かった時期とはまた違う苦しみに、優真は内心、身悶えした。

だが、淵上も洋子も、それには気付かない。

「福田さん、働き過ぎじゃないかしら。いつも休日返上ですものね」

洋子が、福田を労《ねぎら》うようにのんびり言った。

「ええ。年末休みなんか、ほとんどなかったですからね」

「それなのに、わざわざ来てくださってすみませんね」

洋子が微笑んだ。

「でも、目加田さんも同じですよね。お店、元日も営業してらっしゃいますものね」

「まあね。そうしないと、本部がうるさいから」

二人は、優真にとってはどうでもいい話を延々としている。

「勉強するから」

優真は二人に無愛想に告げて、自室に向かった。鞄や学生服を床に放り投げるようにしてデスクの前に座り、花梨の写真を眺める。北中から買った写真の花梨は、どちらもあどけなく、真面目くさった表情をしていて可愛かった。

だが、今日の花梨は自分を睨みつけていた。

自分は花梨に憎まれ、蔑《さげす》まれている。この事実は、優真の心に花梨と同じくらいの憎しみを植え付けていた。真っ赤な溶鉱炉のように、憎しみが滾《たぎ》っている。

花梨と美桜。あいつらは、大嫌いだ。死ねばいい。

そうだ、いっそ殺してやろうか。その思い付きは、優真を少しの間、幸福にした。

泣きながら赦《ゆる》しを乞う花梨と美桜を縛り上げて、よく研いだ切れるナイフで、美桜からぶすぶす刺してやるのだ。

美桜が息絶えた後は、花梨をゆっくりいたぶってやる。あの綺麗な顔にナイフで筋をつけたら、花梨は、何でもするから赦して、と自分に泣いて懇願するだろう。

可哀相だけど、いい気味だ。裸になるなら赦してやってもいいが、あんな目で睨むなら、いたぶって殺してやるしかない。

ナイフはどうしたら手に入るのだろう。優真は、スマホでナイフのサイトを見て、値段と店を調べた。

ホームセンターのキャンプ用品売り場に行けば、鞘付きの立派なナイフが買えるらしい。二千円台からなら、小遣いとお年玉の残りで何とかなる。これから買いに行こう、と思うと浮き浮きした。

「優真君、ちょっといい？　もう帰るから」

ノックとともに、淵上の声がした。優真は慌てて、開いていたナイフのサイトを閉じた。

ドアを開けると、淵上が興味津々という態で覗き込んだ。

「何してたの？」

「勉強」

「ほんと？　ゲームしてたんじゃないの？」

淵上が睨む素振りをした。その目付きが洋子そっくりだったので、優真は驚いて後ずさった。

なぜ女たちが、同じような媚びを見せつけるのか、わからなかった。

「してないよ」

「嘘。ゲームばっかしてちゃ廃人になっちゃうからね。ネトゲ廃人って言葉知ってる？」

「知らない。別にいいよ、廃人になっても」

「駄目だよ」淵上が笑いながら、ずかずかと部屋に入ってきた。「そんなの駄目。立ち直るのに時間がかかるんだからさ」

「立ち直らなくてもいいよ」

それは本音だった。

「何言ってんの。そんなこと言ってると、スマホに制限かけちゃうよ」

淵上が、優真の頭を軽く小突く真似をした。優真が頭を除けると、淵上がふざけて優真の肩を抱いた。

「ほんとに、こんなに大きくなっちゃって。最近は女の子にも興味あるって聞いたよ。優真君さ、女子の傘なんか投げちゃ、嫌われるだけだよ。男の子はね、女の子に優しくするものなの。でないと、好かれないよ」

不意に、自分の場合はそんなことをしても無駄なのだ、という思いが噴き出した。

あいつらはクラスのＬＩＮＥで、自分の秘密に関する噂を共有し、悪口を言っているのだ。自分を排除して、決して受け入れようとはしないあいつら。独り相撲を取っている自分が、どれほど惨めな思いをしているか、淵上は知る由もない。

「優真君て顔が可愛いから、いいセンいってると思うけどね」

淵上が、優真の髪に触った。

「やめろよ」

優真が手を振り払うと、淵上がはっとしたように優真を見た。その眼差しを見た途端、優真は暴力的な衝動を抑えられなくなった。

優真は淵上の口を手で押さえながら、ベッドに押し倒した。洋子には躊躇《ためら》いがあってできなかったのに、若い淵上には容易にできる。

淵上がバタバタ手足を動かして暴れるのを、全身で押さえ込んで、セーターの中に手を滑らせた。

自分でも不思議なくらい力が漲《みなぎ》って、何でもできるような気がした。ブラを乱暴に引き下げて、小さな乳房を摑もうとした。

淵上は激しく抵抗して、口を押さえていた優真の手を引き剝がして叫んだ。

「やめなさい」

優真は必死に、また淵上の口を手で押さえようとした。指が歯に当たったので、嚙まれると覚悟したが、淵上は意外に冷静で嚙みはせず、ただ優真を宥《なだ》めようと抵抗している。

「優真、やめろ」

目加田の声が近くでしたと思ったら、優真はいきなり左のこめかみを殴られた。拳で殴られたのか、頭蓋にじんと響いて痛い。そのまま目加田に強い力で淵上から引き剝がされ、ベッドの下に蹲った。

「何やってるんだ」

コンビニの制服を羽織った目加田が仁王立ちになって、蹲った優真の前に立ちはだかっている。

その隙に淵上が飛び起きて、ドア付近に退いた。ドアの向こうには洋子が立っていて、涙ぐんでいる。

「殴ったな」

優真は左の側頭部を手で押さえながら、目加田に怒鳴った。

「ああ、殴った。おまえは、いったい何をしてるんだ。淵上さんにあんなことをして、犯罪だぞ」

目加田が聞いたことのないような甲高い声で詰る。

「殴ったな」

優真は同じ言葉を繰り返した。

一瞬、左耳が聞こえなくなるほど、目加田の殴り方は激しかった。北斗さんが自分を殴った時と同じだった。

「畜生」

「畜生じゃないよ。おまえ、自分が何をしたかわかってるのか」

目加田も北斗さんと同じだ、と優真は思った。

都合が悪くなると、自分を殴って黙らせる。それは自分がまだ十三歳だから殴れるのだ。自分が二十歳だったら、怖くて殴れないくせに。大人は狡《ずる》い。卑怯者め。

「目加田さん、私もうっかりしてたからなの。優真君を責めないで」

淵上が目加田に訴えたが、目加田は淵上の方を見ず、ただ首を振り続けている。

「いや、淵上さんのせいじゃない。こいつは、ちょっとたがが緩んでるんです。まさか、淵上さんに、あんなことをするとは思ってもいなかったですよ」

「でも、私が優真君の部屋に入って、迂闊に肩とか髪とか触ったから悪かったの。何か、虫の居所が悪かったんでしょう」

　淵上が何とか穏便にすまそうと説明しているが、目加田の怒りは容易に治まりそうにない。

「こいつはね、もともと躾がなってないところにもってきて、最近、緩みきってるんです。私もね、ちゃんと注意しようと思ってましたが、なかなか機会がなくて」

「あなた、躾がなってない、なんてわざわざ言わなくてもいいじゃない。可哀相よ」

　今にも泣きそうな洋子が、目加田に抗議した。

「何が可哀相、だ。そうやって甘やかすから、調子に乗るんだよ。里親だって、ちゃんと怒る時は怒らないと、この子はいい大人になれないだろ。こっちの責任も重大だ」

　目加田が言い返す。

「だけど、急にそんなこと言われたって、優真君だってどうしたらいいかわからないでしょ」

「わからないなんて、甘えだよ」

　目加田と洋子が言い争っているのを、優真はぼんやりと聞いていた。すると、淵上が割って入った。

「目加田さん、子供に乱暴はしないでくださいね」

「わかってます。だけど」

　目加田が何か言おうとするのを、淵上が遮った。気の毒そうに、優真のこめかみを見る。

「優真君、これじゃ痣《あざ》になるね。痛かったでしょう。それにしても、何だかあなた、最近変じゃない？　こんなことしてちゃ駄目だよ。でないと、補導されちゃうから。そしたら、目加田さんの家にいられなくなって、少年院とかになるよ。それじゃ、困るでしょう？　今度、私とカウンセリングしよう。日にち取るからさ、ちゃんと話そうよ」

何がカウンセリングだ。優真は、内心で嘲笑いながら、無言で俯いている。

「みんな出てけ」

辛うじて低い声で言う。

「出て行くよ。優真はここで反省してなさい。こんなことをするようなら、一緒に暮らせない。いいかい、わかったね？」

目加田が怒りを抑えられない声で念を押す。

三人が部屋を出て行くと、優真は有り金を全部持ち、新しいダウンジャケットに袖を通した。

淵上が帰って二人が店に出たら、駅向こうのホームセンターに行って、ナイフを買うつもりだ。

4

淵上が帰った後、目加田はリビングの椅子に座り込んだまま、口も利けなかった。

十三歳の優真が、三十代の淵上を襲うとは想像もしていなかった。

自分だって男だから、年上の綺麗な女に憧れたことはある。だが、家には洋子もいたし、自分もじきに帰ってくるという状況下で、淵上を自室のベッドに押し倒して、いったいどうするつもりだったのか。

レイプまで考えていたのだとしたら、あまりの無計画さに、逆に優真の性衝動の爆発力を見る思いがして恐ろしかった。

夜にこっそり徘徊していることや、学校で女子の傘を植え込みに投げたことなどを聞いて、漠然と優真に感じていた不安と不信が、こんな形で的中しようとは思ってもいなかった。

「驚いたな。なあ、驚いただろう？」

エレベーターホールまで淵上を送って行った洋子が戻ってきたので、目加田は、話しかけた。

洋子は顔を上げて、目加田を見遣った。さっきまでショックを受けて涙ぐんでいたのに、眼差しはしっかり戻っている。

「私はそんなに驚かなかった」

抑揚のない声で答える。

「そうか？　何で？」

目加田は驚いた。

「あの子には危ういところがあると思ってた」

洋子が仏壇の方を見遣って、独り言のように言った。洋子は時々、恵の遺影に語りかけるように話す。

「危ういのは、危ういよ。ただね、俺は、あの子があんなに性に興味があるとは、思ってもいなかったから、ショックだった」

「興味があるのは性なのかしら。何だか違うような気がする」

洋子が首を傾げる。

「じゃ、何だよ」

目加田は苛立った。

「わからない」洋子は首を振る。

「やっぱさ、躾や教育や友達との交流で育つ社会性ってのがさ、圧倒的に足りないんだよ、あいつは」

目加田は誰にともなく言った。

「だから、そんなことを言ったら、可哀相だって言ってるの。あの子は、小さい時からそんな環境じゃなかったんだから、そこを責めちゃ駄目よ。あの子の責任じゃない」

「そんなことは、わかってるよ」

「いいえ、あなたはわかってない」

洋子がいつになく強硬に言い張るので、目加田は意外だった。

「いやに庇うね」

「あなたこそ、急に信頼をなくしたのね。見放してどうするの？　それこそ、私たちが親になったんだから、あの子を受け止めてやらなくちゃ」

目加田には、洋子の弁が正論とはいえ、綺麗ごとに感じられた。

自分たちが同じ家にいることがわかっていたのに、白昼堂々と淵上を襲ったことは獣同然ではないか。どうしても許し難かった。

「わかっているけど、俺は自信なくしたよ」

それが本音だった。

「私が少し話してみる」

洋子が意を決したように言ったが、目加田は首を横に振った。

「無駄だよ。福田さんとか、専門の人に頼んだ方がいいよ」

しかし、福田はインフルエンザで寝込んでいるというし、淵上はまだ若く、しかも被害を受けた当事者だ。目加田はどうしたらいいかわからなかった。

「いいえ、折を見て話してみる」

「何を話すんだ。あの子は誰も信用してないよ」

「そんなことはないわよ。少なくとも淵上さんには心を許していた」

目加田は苛立って怒鳴った。

「その淵上さんを襲ったんだぞ」

「襲った、というのは正しいのかしら」洋子は目加田から顔を背けながら言った。「あの子は誰よりも母親を憎んでいるのよ。それが変な方向に出てる感じがする。性に興味があるっていうよりは、心の底で母親を求めている気がするのよね。だって、十三歳ってまだ子供よ。そうでしょ？　だから、罰しないで」

洋子の真剣さに気圧《けお》されて、目加田は何も言えなかった。


その夜、目加田が食事だと呼びに行っても、洋子が誘っても、優真は自室から出てこようとはしなかった。翌朝も起きてこない。

「学校に行かないのか？」と目加田がドア越しに訊ねると、「今日は休む」と小さな声で答えが返ってきた。

優真自身、昨日のことがショックだったのかもしれないと目加田は思い、許すことにした。

洋子は、食事をしていないことを心配していたが、目加田は少し放っておくつもりだった。

だが、その日の午後、店に訪ねてきた警官の安本から、さらに衝撃的な話を聞く羽目になった。

「生活安全課から問い合わせがきたんですが」

安本が前置きして、目加田を店の外に連れ出した。

警察官の白い自転車は目立つから、と裏に止めてある。目加田はそこに案内された。

「寒いところで、すみません」

「いえ、何ですか」

目加田は胸騒ぎがした。

「実は、熊沢さんというお宅から被害届が出ている件なんですが、お宅にいる優真君じゃないかって、娘さんから告発があったんです」

「被害届って何ですか？」

目加田は驚いた。熊沢といえば、優真が傘を投げた女の子の家ではないか。

目加田は、一月の戸外で半袖の制服姿でいる寒さも忘れ、安本の丸い顔を凝視した。

「大晦日の夜に、若い男に住居侵入されたっていう届けがありました。家族が皆で外出している時に、お祖母さんが一人で留守番してましてね。家に入ってきた男と鉢合わせした。それで男は何もしないで逃げて行ったそうです」

「その男が、うちの優真だというんですか？」

あまりのことに、目加田は息が止まりそうだった。

「はあ。そこの娘さんが優真君の同級生で、昨日、優真君の写真をお祖母さんに見せたらしいんです。そしたら、お祖母さんは、似てるけど違うみたいな気がするって、もっと大人の男の人だったと証言しているらしいです。だから、まあ、違うとは思いますけど、熊沢さんの奥さんが、心配だから、こちらに一度訊いてみてくれないかって言うんです。しかし、何せ十三歳ですし、目加田さんのお宅に来た経緯も知っている。この場合は児相にも相談しなくちゃならないので、迂闊なことはしない方がいいでしょうし、一応、目加田さんのご意見を伺ってから、と思ったんですよ」

安本の長い説明を聞いている間中、背中にざわっと冷たい風が吹きつけているようだった。

「どうして、そこの娘さんは、優真の写真をお祖母さんに見せたんですかね？」

「学校で、ちょっとした揉め事があったみたいですね。優真君が、熊沢さんの娘さんの傘を放り投げたとか。それに拘っているんでしょう」

「それは聞いてますが、しかし、家宅侵入なんて、そんなだいそれたことが、あの子にできるわけがない。何かの間違いだと思いますよ。大晦日の夜は、優真は家にいたし」

自信はないが、そう言ってみた。しかし、洋子が、優真は友達とお参りに行った、と嬉しそうに話していなかったか。ふと、そんな疑念が過《よぎ》ったが、ここは優真を庇うべきだと思った。

「優真君は、おうちにいたんですか？」

「はい、洋子とテレビを見ていたと思います」

そんな話は聞いていないが、『見放してどうするの？』と言った洋子の真剣な顔がふと脳裏に浮かんで、思わず嘘を吐いた。

「そうですか、だったらいいですが。ま、先方のお祖母さんも、違うみたいだと言ってるわけだし、娘さんもまだ中学生ですしね」

その情報も信頼できない、とはっきり言えないのか、安本も困り顔だ。

「指紋とかは取れなかったんですか？」

「一応、玄関のドアノブとかやってみたらしいですが、大勢が触っているので、検出できなかったそうです」

「そうですか」ほっとした。

安本が帰った後、レジに立つ洋子が不安そうな顔で目加田を見た。

「安本さん、何しにいらしたの？」

「いや、何でもないよ」と、まず首を振る。「大晦日の夜って、優真は家にいたか？」

「お友達と神社にお参りに行ったわ、北中さんとかいう子と。それで、お金がないと可哀相だと思って、お年玉あげたの。お年玉という言葉も知らなかったみたいだから、びっくりしたわ。普通の子が当たり前に経験しているようなことを知らないのよ。あれじゃ、学校でも生きにくいだろうと思った」

洋子が憐れむように言ったので、目加田は安本の話をしにくくなった。

「そのこと誰にも言わないで、家にいたことにしてくれないか」

「どうして」

洋子が理由を聞きたそうにしたが、客がレジに向かってくるのが見えたので、「後で」とだけ言って、目加田は客の方を向いた。

淵上から電話があったのは、その数時間後だった。店を洋子とバイトに任せ、目加田はバックヤードで電話を取った。

「昨日はどうもすみませんでした。お怪我はなかったですか？」

目加田は優真を監督できなかった非を詫びたが、淵上も申し訳なさそうだった。

「いいえ、私が隙を見せたからいけないんです。部屋に入って親しげにすべきじゃなかった」

「福田さんは何か仰ってましたか？」

「いえ、まだ。出勤してきたら、ちょっと話しておきますね」

「はあ、すみません」

「いいえ、よくあることですから、そんなに気にしないでください」

淵上が淡々と言うので、目加田は驚いた。

「よくあること、ですか？」

「ええ、甘えたいんですよ」

「あれが甘えですか？　完全な性暴力だと思いましたが」

「確かに強い性衝動もあります。好奇心もある。でも、優真君の場合は、女性に甘えたいのに甘えられない鬱屈《うっくつ》なんじゃないかと思います。それがあの同級生とか、私とかに出てしまう。だけど、うまく出ないから誤解されて、ますます鬱屈する。悪循環ですね」

「そうですかね」

同性としては承服しかねるところもあったが、中年男に、十三歳の、それも虐待されて育った少年の性衝動のメカニズムがわかるわけでもない。

しかし、『性に興味があるっていうよりは、心の底で母親を求めている気がするのよね』という洋子の弁が正しいような気がしてくる。

「目加田さん、動転されたのはわかりますが、体罰は絶対にしないでくださいね。信頼関係が壊れます」

「わかりました、すみません」

優真を殴った手の痛みは、目加田にも苦いものとして残っている。

「ところで、お電話したのは他でもなく、亜紀さんのお母さんが亡くなられたそうなんです。足立の児相から連絡がありました。明日、葬儀だそうです。亜紀さんが現れるかもしれないので行きたいのですが、あいにく私は面談の予定が入っていて変えられないのです。福田もまだ熱が下がらなくて出勤できません」

「私が行きます」

目加田は名乗り出た。

優真の母親は、店で何度も見かけている。会えたら、優真の里親になったことを自己紹介して、優真と会ってほしいと頼むつもりだった。

「あとですね」

次いで、安本から聞いた話をしようと思ったが、淵上は忙しいらしく、「ごめんなさい。今、時間がないので、またこちらからかけ直します。すみませんが、よろしくお願いします」と、切ってしまった。

夕飯前、目加田は、優真の部屋をノックした。

「優真君、ちょっと話があるから開けてくれないか」

返事はなかったが、ドアが細々と開いた。優真は青い顔をして窶《やつ》れ、目付きが変わっていた。どこも見ようとせず、目加田の横の中空を見つめている。

目加田が殴った個所は、やはり青い痣になっていた。しかし、以前、店に現れた時にできていた大きな痣とは、比較にならないほど小さい。すぐに消えると思われた。

「昨日は殴ってごめん。そこ、痛くないか？」

優真は返答しない。

「お腹空いただろう」

いや、と声を出したようだったが、聞こえなかった。もう一度聞くと、優真はゆっくり頭を振った。

「部屋から出るのが嫌なら、これを食べて」

目加田は店のレジ袋を差し出した。中には、おにぎりやスナック菓子、水のペットボトルなどが入っている。力のない優真の手に無理に握らせる。

「今日ね、淵上さんから連絡があったんだけど」

淵上という名前を聞いて、優真が身じろぎした。

やはり、自分の行為を反省しているのだろうと、目を覗き込んだが、相変わらず虚ろで、何を考えているのかわからなかった。

「お母さんのお母さんが亡くなったそうだ。優真君の越谷《こしがや》のお祖母ちゃんだよ。それでね、お母さんが来るかもしれないので、葬儀に行こうと思ってる。優真君も一緒に行かないか？」

優真はまたも、ゆっくりと頭を振った。

「そうか、行きたくないのか。でもお祖母ちゃんの家に行ったことあるんだろう。懐かしくないの？　お祖母ちゃんが死んだんだよ」

優真は無表情に黙ったままだ。

「わかった。じゃ、おじさんだけ行ってくるよ。お母さんに会ったら、優真君のこと報告しておくよ。元気で暮らしてるって」

今度は優真がこくんと頷いたので、目加田はほっとした。

「昨日のことは気にしないでって、淵上さんが言ってる。メールかＬＩＮＥで謝っておいたらどうかな」

返事はなかった。目加田は、優真の、自分に対する強い反感を感じ取っただけだった。この子とはもう駄目かもしれない、と思ったが、それを認めるのは辛かった。

「どうだった？」

キッチンで調理をしていた洋子が振り向いた。

「うん、食べ物だけ渡しておいたけど、葬式は行かないって」

「ああ、やっぱり」

洋子はがっかりしたようだ。

「今日はカレーだね」

「そう。あの子の好きなポークカレー。匂いで釣れないかと思って」と、笑みを浮かべる。

「無理だろう」

目加田は、先ほどの優真の頑《かたく》なな様子を思い出して言った。

「ところで、安本さんの話は何だったの？」

「ああ、あの傘を投げた女の子の家に、大晦日の夜に男が侵入したんだそうだ。お祖母さんが一人で留守番してて、鉢合わせしたので、何も盗《と》らないで逃げたらしい。それが優真じゃないかって、その女の子が告発したんだとか。昨日、写真まで見せたらしい」

「優真の写真を？　酷いわね」

洋子は呆れたように叫んだが、すぐに不安そうな表情になった。

「それで夜は家にいたことにしろって言うのね」

目加田は頷いた。

「あの子を守ってやろうと思って。誰かに聞かれたら、一緒にテレビ見てたって、証言してくれ」

「そうする、そうするわ」

洋子が何度も言うので、目加田は嘆息した。

「わかってるよ、あいつかもしれないって。前から徘徊してたみたいだし、もしかすると、覗き騒ぎもそうかもしれないと思った」

洋子は無言でカレーの鍋を掻き回し続けている。

5

ごーっ、ごーっと地鳴りのような鼾《いびき》の音で、亜紀は目を覚ました。もう一度寝ようとしたが、気になって仕方がない。

「うるさいよう」

この真冬に、Tシャツ一枚で寝ている男の肩を揺すったが、ごつい体はぴくともしない。まだ酒の臭いが微かに漂っている。亜紀は掌に息を吹きかけて、自分の息の臭いを嗅いだ。やはり、自分も酒が残っている。

昨夜はいつものように、二人で焼酎を飲んだのだが、普段より量が過ぎたらしく、つい寝落ちしてしまった。布団の周りには、安焼酎の瓶や、スーパーの握り鮨のパックやスナック菓子の袋などが散乱している。

「カモちゃん、鼾うるさいよう。もう嫌だ。眠れないじゃん」

再び肩を揺すると、ようやく男が目を覚まし、半眼で亜紀の方を振り返った。

「何だよ」

「鼾、すごいよ。うるさくて眠れない」

「じゃ、起きてろよ」

そう呟くと、男は目を瞑《つぶ》ってしまった。また、鼾が始まった。凄い音だ。亜紀は寝るのを諦めて、体を起こした。

今朝は冷え込んでいる。寝転がったまま、近くにあるテーブルに手を伸ばし、リモコンを取ってエアコンを点けた。

そのうち尿意を催してきたので、起きてトイレに行った。寒さに肩を窄《すぼ》めて戻ってきて、布団に足先だけを入れてスマホを眺める。

朝の五時半。あと一時間もすれば、男は起きて仕事に行く支度を始めるだろう。その時、交代して布団に潜ろうと思う。それまでは、男を寝かせておいた方が、あとあと機嫌がいいだろう。

北斗に逃げられて、行き場をなくした亜紀と篤人が転がり込んだのは、隣人のスズキの部屋だった。

スズキは外見も醜いし、何を考えているのかわからない不気味な男だが、篤人が懐いているので、仕方なく居候させてもらったのだ。

どこにも行き場がなかったから、助かったと言えば助かったが、本当はスズキのところから出て行きたくて堪らなかった。亜紀はスズキが嫌いだ。

スズキの方も、篤人のことは可愛がって菓子やアイスも与え、テレビ番組は何でも見せてくれていたが、亜紀は、正座させられては説教ばかりされた。

生活態度への注意から始まって、子供の教育に関するあれこれを、スズキは責め続けるのだ。もう、心底うんざりだった。

亜紀は、スズキがパソコンで怪しいサイトを見ているのが気になったものの、その日暮らしで、どこにも行く宛のない自分たちを置いてくれるのなら、相手がどんな危ない趣味を持っていようが、そんなことはどうでもよかった。

それでも、毎日数時間は繰り返されるスズキの説教が嫌で、亜紀はラウンドワンで知り合った中年男と連絡を取ってしまった。それが、カモちゃんこと、鴨田《かもだ》だ。

鴨田は二号警備員で、交通誘導員の仕事をしている。主に工事現場に赴《おもむ》いて、片側通行や工事車両の誘導などを率先してやっているらしい。

らしいというのは、本人が「片交」は俺の得意だ、任せろ、と偉そうに言うから信じたふりをしているだけで、実際はどうなのかはわからない。案外、要領が悪いのではないかと思う。

鴨田は四十代かと思っていたが、一緒に暮らしてみたら、実は五十九歳で、亜紀の二十六歳も年上だった。年齢が年齢だけに、北斗や優真の父親のような粗暴さはないものの、超の付く吝嗇《けち》で、亜紀には自由になる金を一切渡そうとしなかった。

その代わり、亜紀は働かないで、鴨田の帰りを待つだけでよかった。

亜紀はこれまで優真や篤人が待つ家を嫌って、いつまでも帰ろうとせずに、北斗とぐずぐず遊んでは優真と篤人を飢えさせていた。

だが、鴨田との暮らしは、アパートの部屋に一人いて、鴨田の帰りを待つだけでよかったので楽だった。

食事も鴨田がコンビニやスーパーで、出来合いの総菜を買ってくるし、時々は自炊もしてくれた。

亜紀は家事も何もせずに、ひたすら部屋で待つことだけを望まれていたので、一日中、スマホのゲームをしたり、ワイドショーを見て過ごした。

亜紀は密かに、こんな楽ちんな生活はない、と喜んでいた。子供の面倒は見なくていいし、男の機嫌を取る必要もないのだ。

時折、思い出しては、スズキに連絡を取ってみたが、いつも上機嫌の篤人が、スズキをパパと呼んで、一緒に遊ぶ動画しか送ってこないから、篤人はあの部屋で、スズキと一緒にいて幸せに暮らしていると思っていた。

優真は児童相談所の紹介で、里親の家にいることは知っていた。児童相談所からの連絡を受けた母親から聞いたのだ。

自分は児相からの電話はすべて着信拒否しているから、優真に関する情報は、母親経由だ。母親には、絶対に自分の居場所は児相に知らせるな、と口止めしていた。

もっとも、母親は乳癌を患い、かなり悪いらしい。もうじき入院しなければならない、きっと今度入院したら家には帰れないだろう、と悲観的なメールが来たので、今のうちに会いに行って、貰うものは貰っておかないと、銀河や星良という父親違いの弟妹もいることだから、うやむやになってしまうだろう。それが、亜紀の目下の心配ごとだった。

スマホでYahoo!の芸能ニュースをタップして読んでいると、鴨田がむくむくと起き上がってきた。

「ああ、飲み過ぎたな」

嗄《しわが》れた声で呟き、両手で顔を擦《こす》った。薄くなった髪から、陽に灼けた頭皮が透けている。どう見ても、疲れた老人にしか見えない。亜紀はそれが嫌で、顔を背けた。

「亜紀、水をくれ」

「自分で飲みなよ」

「いいからくれよ」

亜紀はぶつくさ言いながらも、キッチンに行ってコップに水を汲んできた。

「ほら」

鴨田は礼も言わずに、奪うようにコップを持つと一気に飲み干した。

「ああ、飲み過ぎた。酒が残ってる」

鴨田の楽しみは、酒だ。休みの日は昼から夜中まで、だらだらと焼酎を飲み続ける。昨日は休みではなかったが、工事が早く終わったとかで、予定より三時間も早く帰宅してご機嫌だった。

酒を飲む時は、ずっと喋っている。それは、主に現場の愚痴だ。トイレに行けずに困ったことや、横柄な通行人や、偉そうな工事関係者への怒りなどが延々と続いて、止まるところを知らない。

亜紀は、その話を聞くというよりは、ただ「へえ」と驚いたり、相槌を打つための要員のようだ。

最初は亜紀も、鴨田が若い自分を求めているのかと思っていたが、鴨田は淡泊で、亜紀に求めているのは体の関係ではなく、ただ単に愚痴を受け止める相手としてだった。

亜紀には何の包容力もないが、ただそこにいて頷いているだけでいいのなら有難い。亜紀は、楽な役回りしか選びたくない。

「酒が残ってるのは、珍しいこっちゃないよ。いつものことでしょ」

「いいじゃないか。俺には、それしか楽しみがないんだからさ」

鴨田の口調には、どこかの訛りがある。以前、鴨田にどこから来たのかと聞いたことがあるが、言おうとはしなかった。

「酒だけが楽しみか。寂しい人生だね、妻も子もいないんだから」

亜紀の言葉に、鴨田がちらりと亜紀を見て小馬鹿にしたように言った。

「おまえだって、寂しい人生だろが」

鴨田は何も知らないのだ。亜紀に十三歳になる優真と、五歳になる篤人という、父親違いの二人の男の子がいる、という事実を。

「ねえ、私に隠し子がいるとしたら、どうするよ?」

試しに聞いてみると、鴨田がふっと鼻先で嗤《わら》った。

「おまえにゃ、そんな甲斐性はねえよ」

端《はな》から信用していないようだ。

「子供がいるのは甲斐性なの?」

鴨田は、そんな話など興味がないという風に、無言で起き上がった。

そのままトイレに向かったので、亜紀は鴨田が抜けた後の布団に潜り込んだ。

温かいが、鴨田の体臭がする。これは加齢臭か。ゲロゲロっと心の中で呟いて、目を閉じた。

我慢、我慢。その程度のことなら我慢できる。寒い戸外に出て行って彷徨《さまよ》うよりは、なんぼか有難い。

鴨田は七時には部屋を出て、八時には現場に到着する。そして、朝から夕方まで交通誘導をして、場合によっては夜も勤めることもある。

それは連勤というらしい。連勤は残業みたいなものだから、金にはなるが、立ちっ放しでトイレに行くのもままならないから、酷く疲れると言っていた。

要は、鴨田は爺さんなのだ。

亜紀は楽な暮らしをしながら、時折、若い北斗を恋しく思う自分の気持ちを持て余していた。恋しいのは、息子である優真や、篤人ではなく、あくまでも北斗だった。やがて、鴨田が湯を沸かして、カップ麺を食べる音が聞こえてきた。自分もあとで、テレビでも見ながら、同じものを食べようと思う。

やがて、鴨田がアパートの部屋を出て行く音を聞きながら、二度寝に成功した。

スマホが鳴っている。珍しく電話がきた。

亜紀は枕元からスマホを取って、発信者名を見た。母親からだった。

「もしもし、何だよ」

「亜紀?」

母親の声は嗄れて、話すのも辛そうだった。

「うん。具合はどうなんだよ」

「よくないよ。昨日からまた入院してる。暮れだってのにさ」

「へえ、入院してるんだ」

「もう出れないかもしれない」

地の底から響くような暗い声だ。

「そうか」

だが、亜紀は次の言葉が出ない。子供だった自分をほったらかして、男と遊んでばかりいた母親が、今は死病を得て弱々しい声を出している。何という豹変ぶりだろう。そろそろ死期が近付いているのかもしれない。

いい気味だとは思わなかったが、優しい言葉をかけるでもなし、どう対応していいのか、亜紀にはわからない。

亜紀は、母親にどういう態度を取ればいいのか、今でも迷う。甘えたい気持ちや、恋しい思いを、常に裏切られてきたせいだろう。恨みも残っているし、軽蔑の念や憎しみも当然ある。だから、母親には怒ったり、無愛想になったり、喧嘩別れをしたりした後に、また元に戻る。その繰り返しだった。

つまり母親の存在は、荒々しい感情の煮え滾る溶鉱炉のようなもので、亜紀は常に気持ちを乱されるのだった。しかし、気に喰わないけれども、なぜか気にかかってしまう存在でもある。そんな亜紀の気持ちを利用して、母親の方が甘えてくることもあるので、二人の関係は余計に始末が悪いのだった。

「息が苦しくてさ。まともに、歩けなくなったんだよ。肺にも転移してるからなんだって」

母親が情けない声で訴えるように言う。確かに、はあはあと息遣いは苦しそうだった。

「へえ、そうなんだ」

亜紀はスマホを顎の下に挟んで喋りながら、箱からタバコを一本取って火を点けた。ついで、足の指で灰皿を引き寄せる。うまくいったので、思わず笑いが洩れた。

「何、笑ってんだよ。親の不幸が楽しいか」

母親が怒鳴った。

「何だ、元気じゃねえか」

ぷはっとタバコの煙を上に吐き出す。まだ他人事《ひとごと》で、実感がなかった。

「あーあ、今年の紅白は病院で見るのか。それが最後かもね。そう思うと、悲しいよ」

亜紀の言うことを聞いていないらしく、母親が気弱な声で呟いた。

「紅白」と聞いて突然、亜紀の脳裏に子供の頃の情景が蘇った。

例によって、母親が帰ってこないために部屋に入れず、大晦日だというのに、大家の家で待たせてもらったことがあったのだ。

あれは、いつ頃だったろう。

確か、ＳＭＡＰの森且行《かつゆき》がメンバーから抜ける前年で、六人での最後の出場だった時だ。だったら、亜紀はまだ小学校三、四年か。

当時、亜紀は、ＳＭＡＰの森且行と、安室奈美恵のファンだった。だから、紅白を見るのを楽しみにしていたのだ。

母親も、『大晦日だから、何か食べものを買いに行こう。それから、一緒に紅白見ようね』と、珍しく優しい言葉をかけてくれた。

浮き浮きしながら、一緒にスーパーに出かけたのだが、そこで母親は知り合いの男とばったり会った。相手は、亜紀の知らない中年男だった。母親はその男と立ち話をして、なかなか帰ろうとしない。

やがて、『ちょっと話があるから、先に帰って待ってて』と言う。

亜紀は素直に一人で帰って部屋の前で待っていたが、母親は夜になっても帰ってこなかった。男とどこかに行って、亜紀のことなど忘れてしまったのは間違いなかった。

亜紀は鍵を持っていなかったので、アパートの廊下で待つしかなかった。寒さやひもじさよりも、紅白見たさで焦《じ》れていた。

それで、思い切って、大家の家のドアをノックしたのだった。

当時住んでいた木造アパートは、一階が大家の住まいだった。

大家は、七十代の老夫婦で、外で母親の帰りを待つことの多い亜紀を不憫《ふびん》がって、家に招き入れて食事をさせてくれたり、お菓子をくれたり、時には風呂まで入れてくれた親切な人たちだった。だから、その夜、亜紀はちゃっかり大家の家で、紅白を見ようと思ったのだ。

ところが、その日は大家の一人息子の一家が、転勤先から帰省していた。一家には、亜紀と同じ年頃の男の子が二人いて、露骨に迷惑そうな顔をした。

しかも食事の最中で、そこに紛れ込んだのだから、テレビを見せてもらうどころではなく、亜紀の居心地は極めて悪かった。

亜紀は、皆が食事をしている脇で体育座りをし、点けられていないテレビ画面を睨んでいた。今頃、紅白が始まっていると思うと、残念で仕方がなかった。

勝手にテレビを点けようかと思ったが、さすがに初めて会う大家の息子が怖くてできない。息子は太っており、冬なのにTシャツ一枚で、黙々と鍋料理をかっこんではビールを飲み、一人だけ大量の汗をかいていた。

大家夫婦は、息子の機嫌を取るように話しかけるも、息子はまったく返事をしない。子供たちも、黙々と箸を動かしていた。

すると、自分は食べずに、皆の鍋の世話ばかりしていた息子の嫁が、突然亜紀に訊ねた。

『お母さんは、どこに行ったの？』

男のように短い髪をした地味な女だった。亜紀の母親が軽蔑するような、「女を棄てた女」の部類だ、と亜紀は思った。

『スーパーで、友達と会って出かけたの』

正直に答えた。

『友達ってどんな人？』

『知らないおじさん』

『ずいぶん、ふしだらだね』

嫁が決め付けると、亜紀よりもやや年嵩《としかさ》の少年が母親に訊いた。

『お母さん、ふしだらって、どういう意味？』

嫁は、握った菜箸を亜紀の方に向けた。

『その子に聞いてみたら？』

少年はさすがに母親の悪意を感じ取ったのか、居心地の悪そうな顔をしただけで、亜紀には何も言わなかった。

大家の妻が、まあまあ、と嫁をいなすような口ぶりになったが、息子に遠慮してか、はっきりとは言わなかった。

亜紀は、気まずい思いをさせられただけで、十時過ぎに大家の家を出た。その年の最後に、森且行のいるＳＭＡＰも、安室奈美恵も、紅白で見ることはできなかったのが、悲しかった。部屋の前に戻ったが、母親はまだ帰宅しておらず、亜紀はそれから二時間近く、外で待っていたのだった。

それでも、大家の家に戻ろうとは決して思わなかったし、以後、どんなに寒くても大家の家に行くことはなかった。

そんなことを思い出していたら、今さらながらに、母親に対する強い怒りが湧いてきた。

「紅白なんか、どうでもいいじゃん。何を拘ってるんだよ」

きつい口調で言ってやった。

「そうはいかないよ。毎年見てるんだから」

亜紀はむかっ腹を立てた。

「よっく言うよ、毎年なんか見てねえだろうが。覚えてないのかよ。私をアパートの廊下で、ずっと待たせたことがあったじゃんか。あん時、私が大家の家で、どんなに嫌な目に遭ったか、知ってんのかよ。大家の息子の嫁に、お母さんのこと、ふしだらって言われたんだよ。そのこと言ったら、お母さんだって怒ってたじゃないか」

思い出すと、悔し涙が出そうだった。古傷と思ったが、まだ癒えてなかったらしい。

なのに、母親は言い放った。

「忘れたよ。そんな古い話は覚えてない」

「何だよ、元気じゃねえか」

母親の強い語調に、亜紀は呆れて同じ言葉を発した。

「亜紀、おまえ、息子たち、どうしたんだよ。人のこと言えるのか？　いったいどこにやったんだ」

「ちゃんと生きてるよ」

涼しい顔で答える。

「私の方がずっとマシだろう。だって、あんたとずっと一緒に暮らしてたんだからさ。あんたなんか、優真も篤人も棄てたんだろう。子供を棄てるなんて、鬼畜のすることだよ。鬼畜って言葉知ってるか？」

「よく言うよ」と、亜紀は鼻先で嗤った。「おまえに、そんな偉そうなことを言われる筋合いはねえんだよ」

「おまえだって？　病人によくそんな酷いことが言えるもんだ」

「ああ、言えるさ。病人面してるけど、元は鬼母じゃねえか」

激しい言葉の応酬の後、二人はしばらく沈黙した。

「もしもし、もう切るからね。あほらし」

亜紀が言い捨てると、母親が暗い声で返した。

「最後の電話がそれか」

「そうだよ。勝手に死ねばいいさ」

罵る声が返ってくるかと思ったら、また沈黙があった。やがて、母親が気力を絞り出すように言った。

「じゃ、また電話するよ」

「要らないよ。勝手に死ねばいい」

亜紀は電話を切った。さすがに後味は悪かったが、腹立たしさは治まらない。長じてからは、母親とは口喧嘩ばかりだ。最後も口喧嘩で終わるのだろうか。

またタバコに火を点けて、ぼんやりしていると、電話が鳴った。また、母親からだった。亜紀は少し躊躇したが、電話に出た。

「何だよ、あれが最後の電話じゃないのかよ」

厭味を言ってやると、母親が苦しそうに言う。

「あんたに言うことがあったのを、思い出した。少し前だけど、警察から電話があったんだよ」

「警察？　いつ？」

優真のことか。児相から逃げ回っている亜紀は、どきりとする。

「いつだったかな。あんたの連絡先を知りたいって」

「何で」

「あんた、篤人を誰かに預けたでしょう？　その男が捕まったんだってさ」

「スズキが？　何で？」

「男の子にいたずらしたんだと」母親が苦しそうに言った後、ひと息吐くために黙った。「それでね、逮捕されたんだって」

「やっぱしね。あいつ、怪しいと思ってたんだ」

亜紀はスズキの薄気味悪さを思い出しながら、一人頷いてタバコを灰皿で潰した。

「何だよ、そんな怪しい男に子供を預けたりして。篤人のことは心配じゃないのかい」

母親が息切れしながら、呆れた声をあげる。

「心配じゃないよ。生きてるんだろう？　だったらいいよ。あいつは自分でそこに行ったんだから、いいんだよ。それに、あんたがそんなこと言えた義理かっての。私がどんな目に遭ったか、警察に言いたいくらいだよ。お母さん、私の連絡先教えんなよ。私、どんなことがあっても、絶対に警察なんかに行かないから」

亜紀は一気にまくしたてた。

「だけどさ」

母親が何か言いかけたが、亜紀はいきなり電話を切った。「バカヤロー」と、スマホに向かって怒鳴る。

鬼母が今さら何を言う。

人のこと言えた義理か。

と、また同じ言葉で怒鳴る。亜紀の語彙《ごい》は少ない。

篤人を可愛いと思い、可愛がっていた時期もあったが、篤人は凶暴な父親に似過ぎている。まだ五歳なのに、言うことを聞かないし、悪い子供だ。手に負えないから、きっと不良になるに違いない。そして、父親のような男になる。

そう思うと、あんなに可愛がったのに何だよ、と裏切られた気になるのだった。優真も同じだ。だから、もう子供たちのことなど、金輪際考えたくない。

だが、しかし、北斗は別だ。鴨田と暮らしていると、若い北斗が懐かしいし、恋しい。

亜紀は久しぶりに北斗に電話してみることにした。あの後しばらくは、着信拒否されていたが、もうほとぼりは冷めただろう。

コールが鳴る。五度目くらいで、北斗が出た。

「もしもし、ホクト？」

思わず声が弾む。

「亜紀か？」

「うん、久しぶり」

「元気だった？」

北斗が着信拒否を解除してくれた上に、近況を訊いてくれたことが嬉しくて、亜紀は思わず甘い声を出した。

「うん、元気だよ。ホクトはどうしてたの？」

「俺は何とかやってる」

「あんた、突然いなくなっちゃって、私のこと着拒して電話にも出てくれないし、すごく寂しかったんだよ」

恨み言を言うと、北斗が笑ったようだったので、勇気が湧いた。

「ごめん。あれから、優真とかどうした？　俺、殴ったから、ちょっと心配してたんだ」

「優真、元気だよ。今、里親のところに引き取られてる」

「里親？　何だ、おまえと暮らしてないのか？」

「だって住むとこないもん」

知らないうちに部屋の契約を解除して、逃げるように引っ越したくせに。暗に、北斗を非難しそうになったが、会いたい一心で、気持ちを誤魔化した。

「そうだけどさ。俺も限界だったんだよ。で、篤人は一緒なんだろ？」

「篤人はスズキに預けたんだけど、そのスズキが男の子にいたずらして逮捕されたんだって」

亜紀は笑いながら言った。

「それ、ヤバいじゃん。篤人も何かされてるぞ、絶対に。スズキ、気持ち悪かったもんな」

「まあね。だけどさ、部屋に住まわせてもらうのなら、何か引き替えにしないと駄目なもんじゃん？」

自分もそうしてきたんだから、ある程度の取引は仕方がないと思う。

すると、北斗が高い声で笑った。

「すげえよ、おまえは。相変わらずだな」

すげえよ、と言われて、亜紀は北斗に褒められたと思った。

「そうかなあ」

「そうかなあ、じゃねえよ。自分の子供がどんな目に遭ってんのか、おまえ心配じゃねえのかよ」

北斗が笑いながら言うから、亜紀も釣られて笑った。呆れられていることには、気付かない。むしろ、北斗が電話を切ろうとしないで、喋ってくれるのが嬉しかった。

「それって、しょうがないじゃん」

「しょうがない、か。おまえらしいな」

「まあね」

「まあねって、わかってんのかよ？」

「うん」

亜紀は曖昧に誤魔化した。北斗が何に拘っているのか、よくわからなかった。

少しの間、北斗が黙ってしまったので、沈黙の怖い亜紀は慌てて喋った。

「わかってるよ、私だって心配してたもん」

ところが、北斗の関心はすでに移っている。

「そういや、おまえ、まだ飲食の仕事してんのかよ。まさかフーゾクやってないよな。それは無理だよな、デブだし、歳だもんな。おまえ、いくつになったよ？」

話題が子供の話から逸れたので、亜紀は安堵した。

「歳のこと、言わないでよ」

「今、何してんだよ」

「何もしてないよう」と、甘い声で返事する。

「何もしてないって、どうやって生きてるんだ？　完全プーか？」

「完全プー。おっちゃんと暮らしてる」

「今度は、おっちゃんか」北斗が笑った。「いくつだよ？」

「五十代かな」

もうじき六十歳だが、さすがに見栄を張りたい。

「うまくやったな。また男を見つけて転がりこんだのか。そいつ、何してるんだ?」

「警備だって」

「どんな警備?」

「知らない。交通誘導とか。片側通行の時とかの」

「ああ、あれか。」

「うん。でも、エッチしてないよ。酒ばっか飲んでるから勃たない」

「勃たねえのか。クソだな」

北斗が大笑いしたので、亜紀はウケたと嬉しくなる。

「じゃ、北斗は何してんの?」

「俺? ホストに逆戻り」

「マジ?」

亜紀は驚いて、思わず声を上げた。亜紀が北斗と出会ったのは、北斗がホストをしていた時だ。

同僚に誘われて、新宿のホストクラブに遊びに行くと、喋りが下手で、気が利かない北斗がいた。ヘルプに付いても、できるのは客のタバコに火を点けることくらいで、先輩たちにイジメに近いからかいを受けていたのだ。

成績も当然芳《かんば》しくなかったらしく、売り上げの悪いホストが交代でやることになっている寮の便所掃除を始終やらされている、と聞いたことがあった。

そんな北斗が、またホストに就くとは思いもしなかった。それに、嫌われるのが怖いから口にはしないが、北斗だってホストになるにしては歳だ。

「マジだよ。今度、店に来いよ」

「行きたいけど、金ないもん」

「ジジイの金、くすねてくればいいよ。勃たねえ罰金だって言ってな」

北斗は自分の冗談が可笑《おか》しかったのか、しばらく一人で笑っていた。

「ねえねえ、お店はどこなの？」

亜紀は、店に行かなければ北斗には会えないのか、と寂しくなった。

鴨田は吝嗇で、しかも細かいから、部屋に現金は置かずに、すべて身に着けて出かけてしまうのだ。従って、亜紀の自由になる金はまったくない。

「いいよ、来なくて。冗談だよ。店は金かかるからさ」

北斗に断られてほっとしたものの、もう会えないのかと寂しくなる。

「会いたいのになあ」

「じゃ、店じゃなくて外で会うか？」

「マジ？　それがいい」

亜紀は、意気込んで即返事をした。

「だったら、少し痩せてこいよ。おまえ、痩せたらきっと可愛いぞ」

「うん、痩せる」

亜紀は嬉しくて、今日から絶食しようと、これから食べようと思っていたカップ麺を睨んだ。

北斗との約束は、正月休みが過ぎてからの土曜日になった。

大晦日と正月三が日は工事がないから、鴨田も四日間の休みに入る。しかし、帰る故郷も待っている人もいないのか、鴨田は朝から酒を飲んで、夕方にはべろべろに酔っている状態だった。

そのまま酔い潰れて寝てしまうのがほとんどなので、亜紀は三日間かけて、鴨田の財布から千円札を三、四枚と小銭をくすねた。本当は万札を抜きたかったが、ばれるのが怖くて、さすがにできなかった。

酒を飲んでいる時の鴨田は、職場の愚痴や、同僚と工事関係者の悪口を、亜紀を相手に延々と言い続ける。

古参の警備員が交代を誤魔化したせいで、六時間以上もトイレに行けなかったことや、工事を受け持つ親方に、「のろまの役立たず」と怒鳴られたこと、ドライバーに、「こんなに待たせるのなら、ゴミを捨ててこい」と、ジュースの缶を足元に投げられたことなどを、怒りを交えて喋り散らす。

聞いていると、よくもこんなにたくさんの屈辱的な目に遭うものだと呆れてしまうが、うまく相槌を打たないと、途端に機嫌が悪くなって、たまに亜紀の頭を小突いたりするので、懸命に聞くふりをしなければならない。

それが、朝から晩まで、しかも大晦日から三が日の毎日朝からなので、さすがの亜紀もうんざりした。

北斗との約束の日が近付くにつれて、自分はまだ若いのだから、何もこんなジジイの尽きることのない愚痴を聞きながら、暮らさなくてもいいのではないか、と思い始めた。となると、北斗の若い体や、二人でゲーセンや居酒屋でだらだら過ごしたことなどが思い出されて、懐かしくてならない。金がないので、大好きな競馬のゲームもご無沙汰だった。

北斗との約束の前の晩、いつものように鴨田が寝落ちして鼾をかき始めた時、亜紀は思い切って、鴨田の財布から万札を一枚抜き取った。

鴨田は夜、酒を飲む前に財布を覗き、その日遣った金を計算して、ぶつぶつ言いながら、リュックサックに財布を仕舞う癖がある。

現場は八時から始まるので、朝は早い。だから、前の日に準備をして、朝はリュックを改めもせず、そのまま担いで仕事に行くことが多かった。

土曜の朝も、普段通り出て行った。亜紀は布団の中から、手を振って見送った。すると、いつもは挨拶もしない鴨田が、珍しく振り向いて「今日は連勤だから、遅くなる」と言った。それが最後だった。

亜紀は昼過ぎまで寝て、それから鴨田の持ち物を徹底的に物色した。

現金は部屋に置かない主義だと思っていたが、最近は亜紀を信用し始めたのか、少し緩んでいた。その証拠に、亜紀がこっそり財布から抜いた金もばれていない。

押し入れの奥にある、汚い衣類の中に埋もれたような、黴《かび》の生えた書類鞄が気になっていた。鞄を引き出して中を開けると、アルバムが二冊入っていた。

「何だ、アルバムかよ」

がっかりした亜紀は、声に出して言った。

粘着台紙に貼り付けて、上からシートを被せるタイプのアルバムで、古いカラー写真が色褪せずに、レイアウトされていた。

若い時分の鴨田が、地味なスーツ姿で、生真面目な表情をして同僚たちと写っている写真が多かった。

そのうち、妻らしきショートカットの女と仲睦まじく肩を組んで笑っている写真や、男女二人の子供と一緒に写っている写真が増えてきた。

鴨田は天涯孤独の身の上だと思っていたが、かつて家族がいたのだ。

「何だよ、お互いに甲斐性はあったってことじゃん」

亜紀は一人笑って、アルバムを閉じた。書類鞄に乱暴に仕舞うと、また押し入れの奥に足で押し戻す。

鴨田が、これまでどんな人生を送ってきたのかなど、亜紀にはまったく興味がなかった。


夕方、亜紀は一年以上暮らした鴨田のアパートを後にした。もし、北斗とうまくいかなかったら、またここに戻ってくればいい。財布から端金《はしたがね》を盗んだことなど、鴨田はどうせ酒が入れば、忘れてしまうに決まっていた。

北斗と会う約束をしたのは、新宿のビジネスホテルの一階にあるカフェだ。

亜紀がごろごろとキャスター付きのキャリーケースを引いてカフェに入って行くと、ちょうど着いて席に座ろうとしていた北斗が、それを見て呆れた顔をした。

「また家出かよ」

久しぶりとも、どうしてたとも聞かない男に、亜紀は落胆した。

「違うよ、でも、ジジイのところには、もう帰りたくない」

暗に北斗のところに行きたい、と仄《ほの》めかしたのだが、北斗はそれには気付かない風で、じろじろと亜紀の顔や体を見るのだった。

「おまえ、前より太った？」

亜紀は仏頂面になった。せっかく金を盗みまでして出てきたのに、その言い方はないだろう。それに、北斗が自分たち親子を放って逃げたから、自分は鴨田と住むしかなかったのだ。原因を作ったのは、北斗ではないか。

だが確かに、ダウンジャケットの下にジャケットを羽織っている北斗が、金回りよく見えるのに引き替え、自分の姿はあまりにも惨めだった。

一年以上、美容院に行っていない髪はぼさぼさで伸び放題。ずいぶん前に染めた金髪が残る髪は、上が黒いので、まるでプリンのようだ。

毛玉だらけのセーターに、薄汚いジーンズ、汚れたスニーカーでは、いくら何でも恥ずかしい。亜紀は引け目を感じながら、周囲を眺めた。

「体重は変わらないよ」

そうは言ったものの、鴨田の家には体重計などないのだから、体重の増減などわからないし、知りたくもなかった。

「嘘吐け」

北斗が吐き捨てるように言う。

「嘘じゃないもん」

可愛く言ってみたが、北斗は亜紀の様子に呆れたようだ。

「優真や篤人は生きてるのか？」

自分が優真を殴っておいてよく言うよ、と思ったが、正直に答えた。

「だからさ、優真は里親のところに引き取られて、篤人は児相の一時保護所にいるって、うちの母親から聞いた」

「母親？」

亜紀に母親なんていたのか、という口ぶりだ。

「そうそう。母親って言えば、今入院してて死にそうなんだって。こないだ、電話かかってきた」

「へえ」と、北斗は何の関心もなさそうに頷いた。

注文を取りにきたウェイトレスに、北斗がコーヒーを注文したので、亜紀も慌てて「ふたつ」と付け足す。

「亜紀、おまえ、ガキと一緒に暮らさなくていいのか？」

北斗が改めて訊ねる。

「いいよ。男の子だし、何かもう、手に負えないんだもん」

優真も篤人も、父親似の怪物になってしまいそうで、自分はもうコントロールできない、と認めたも同然だった。一種の敗北宣言だが、亜紀は何とも思っていない。

「そうか、篤人、可哀相にな。スズキみたいなヤツに預けられて、さんざんオモチャにされたんだろうな」

「うん、懐いてたからね」と、頓珍漢な返答をする。

北斗が呆れたように笑った。

「ところでさ、亜紀、おまえ、仕事しないか？」

「紹介してくれるの？　やるよ」

亜紀は身を乗り出し、運ばれてきたコーヒーに砂糖を入れて口を付けた。鴨田と暮らしてから、コーヒーを口にすることは滅多になかったから、美味しかった。

「マジ？　じゃ、友達呼ぶよ。いいか？」

北斗はスマホを取り出して、ＬＩＮＥを送っている。

亜紀はどんな仕事だろうと気になったが、鴨田のところを出た以上、収入は欲しいので黙っていた。

すると、亜紀の疑問を感じたのか、北斗がスマホから目を上げた。

「俺さ、ホストだけじゃ食えないから、ちょっとスカウト的な仕事もしてるんだよ」

スカウトと聞いて、亜紀は少し不安になった。

「へえ、そうなんだ。で、どんな仕事を紹介してくれるの？」

「店だよ。飲食てか、どっちかというと、キャバクラ的な」

北斗は曖昧に言うので、よくわからない。

「でもさ、私に、ホステスなんかできるかな。敷居高くね？」

「大丈夫だよ、できるよ。亜紀は化粧映えするし、体重落とせば、いい女だよ」

北斗が笑いながら言う。

「体重落とせなかったら？」

「デブ専って道もあるだろ」

まさか、と思った時に、一人の男がやってきて、北斗の脇に立った。

キャメルのコートを着て、派手な赤いマフラーをしている。髪は、ピンクに近いラベンダーのような綺麗な色に染めていた。

前髪を下ろしたアイドルのような髪型をしているので、よく顔の表情がわからないが、案外、四十歳は超えているように見えた。

「こんにちは。あんたが、亜紀ちゃん？」

馴れ馴れしく挨拶する。

「はい、そうです」

まるで芸能人のような派手な男の出現に、亜紀は驚きながら答えた。

「よろしくお願いします。俺、名高《なだか》っていいます」

名刺には、「JOCプロダクション取締役社長　名高類」と、書いてある。

名高類という名前が、明らかに偽名であろうことは、亜紀にもわかる。まるで芸能人みたいじゃん、と名刺に見入っていると、北斗が名高の名刺を指して訊いた。

「亜紀、おまえ、この字読めるか？」

「読めるよう、馬鹿にしないでよ」

知らない男の前で恥をかかされそうになったので、亜紀は唇を尖らせた。その方が可愛く見えると思ってのことだ。

「じゃ、何て読むんだよ」

「なだかるい、でしょう」

「ちげえよ、なだかたぐい。たぐいって読むんだよ。おまえにゃ、難しいだろ」

北斗が自慢げに言って笑った。

亜紀は、変な名前だと思ったが、愛想笑いで誤魔化した。

「へえ、たぐいって読むんだ。本名なんですか？　カッコいいですね」

「たぐい？　マジかよ」

当の名高はにやにや笑って、本名とも偽名とも明らかにしない。亜紀は、二人に馬鹿にされているような気がして、むっとした。

名高は、注文を取りにきたウェイトレスにアイスコーヒーを頼むと、亜紀にいきなり話を始めた。

「亜紀ちゃん、ちょっと見た感じ。印象批評なんだけどさ。正直に言うね、俺」

「え？　はい」

亜紀は驚いて、名高の顔を見た。印象批評という言葉を知らないから、意味がわからない。

しかし、名高のラベンダー色の髪が、目のすぐ上まで垂れ下がっているので、逆に目尻に刻まれた皺が目立つことに気がついた。北斗より年上だ、と思った。

「悪いけど、亜紀ちゃん、ちょっと太めじゃん？　それに、三十は過ぎてるでしょ。三十五はいってないかな。でも、今さ、不況なんだよ。だから、うちの業界、女の子たちってかなりレベル高い子が来るのよ。若いだけじゃなくて、顔もスタイルもかなりいい子がね。モデルで通用する子もたくさん来るの」

「は？」

「わかる？」

わかるに決まってるよ、と亜紀はふて腐れた。だから、言ったじゃないか、と北斗に言いたい気分だ。

北斗に会うのが目的だったのに、知らない男に値踏みされて買い叩かれそうになっている。なのに、男の方は叩いたって買われるのだから、いいじゃないか、と強気なのだから、はなはだ不愉快だった。

「つまり、何が言いたいんですか？　キャバクラ的な仕事じゃないってこと？」

亜紀は唇を尖らせ、北斗の方を見ながら切り口上で言った。

北斗はポケットを探って、何かを探すふりをしたまま、顔を上げない。

「亜紀ちゃん、何だ、キャバクラ希望なの？　だったら、店を探さなきゃね。あるかな、亜紀ちゃんに合うような店が。探してみるよ」

名高はわざとらしく言った後、今にも笑いだしそうな顔で北斗の方を見遣った。

コーヒーをひとくち啜《すす》った北斗は、不服そうだ。

「なんだよ、亜紀。おまえ、金に困ってるんじゃなかったのかよ」

「そりゃ、困ってるよ。金、欲しいよ。当たり前じゃん」

亜紀は破れかぶれで、北斗に文句を言った。名高のことなど、気にしなかった。

「だったら、何でもやれよ。贅沢《ぜいたく》言わないでさ」

「だって、風俗とか嫌だもん」

断固として言うと、北斗が不快そうな顔をした。

「金が欲しいなら、何でもやれよ。俺たち呼びつけて、選り好みしてんじゃねえよ」

「私、呼びつけてないよ。そっちが会おうって言ったんじゃん」

「そうか？　俺は呼びつけられたと思ってるけどな」

北斗は怒ったように言って、立ち上がった。

「まあまあ」と、名高が二人の口喧嘩を治めるように笑いながら手を振った。

「名高さん、適当なの見つけてやってくださいよ。じゃ、俺、そろそろ時間なんで失礼します」

北斗が一礼したので、亜紀は慌てて引き留めようとした。

「帰っちゃうの？　ホクト」

あんたに会いたいから、鴨田の金を盗んでまで来たのに。と、続く言葉を呑み込む。

「また連絡するから。じゃ、名高さん、すんません。お先に」

だが、北斗は振り返りもせずに、さっさと店を出て行ってしまった。

亜紀は、今日は北斗のところに泊めてもらう気で、鴨田の家を引き払ったつもりだったから、恨めしくその後ろ姿を見送った。この荷物、どうしてくれる、とキャリーケースを眺める。

「亜紀ちゃん、キャバクラより、稼げるバイト紹介するよ。こういう店どうかな。池袋にあるんだけど」

検索していたらしい名高が、スマホを取り出して画面を見せた。明らかに、熟女デリヘルだった。

「これって、デリヘルじゃないんですか?」

「そうだけど、亜紀ちゃんならもてるから、楽に稼げるよ」

「稼げるって、どのくらい?」

「亜紀ちゃんの努力にかかってるけど、日に十万は軽いんじゃない?」

嘘だ、絶対に。途端に、鴨田の部屋が脳裏に蘇った。何も苦労しなくたって、あそこなら何もせずに楽に暮らせるではないか。

スマホで時刻を確かめると、午後五時を少し回ったところだった。

今日の鴨田は連勤だと言ってたから、帰りは十時過ぎだろう。だったら、今のうちに、鴨田の家に舞い戻れば、ばれない。

うっかり、北斗の甘言に乗せられて、売られるところだった。北斗は紹介だけして帰ってしまったのだから、ここにいる意味なんかない。

そうだ。デリヘルなんかして、客の男に難癖をつけられて馬鹿にされたり、けち臭いオプションを要求されて、やりたくもない男とエッチするより、どんなに愚痴だらけでも吝嗇でも、鴨田の方がずっとマシではないか。

それに、部屋でだらだら過ごせるのだから、一人で稼ぐより楽だ。

そう結論づけた亜紀は、勢いよく立ち上がった。

「亜紀ちゃん、どこ行くの」

名高が驚いて見上げた。

「あ、もう、いいです。私も帰ります」

「何だよ、わざわざ出てきたのに、これかよ。コーヒー代払えよな」

舌打ちして、ぶつぶつ文句を言う名高を尻目に、亜紀はキャリーケースを手に立ち上がって、ぺこりと頭を下げた。

「すみません」

亜紀は、自分の嫌なことや苦労することはしたくない。

そんなことなら、鴨田の金をくすねて、鴨田に叱られる方がずっとマシだ。

それに、あまりがつがつしなくても、母親が死にそうなのだから、母親の遺したものを何かにかもらえるのではないか、と期待もしている。

帰りに、鴨田の金でラーメンを食べて、久しぶりにゲーセンで競馬ゲームをやった。

だから、鴨田のアパートに戻ってきたのは、十時少し前だった。

部屋には灯りが点いていた。鴨田が先に帰ってきたらしい。

「ただいま」と、玄関ドアを開けて、中の様子を見る。

鴨田は帰るなり酒を飲み始めたらしく、すでに赤い顔をしていた。

台所のテーブルの上には、例によって焼酎の瓶と、つまみの竹輪やイカ天、助六の折り詰めなどが、乱雑に置いてあった。

「あれ、早いね。連勤じゃなかったの？」

鴨田が不機嫌そうなので、亜紀はわざと明るく言った。「てへぺろ」と言って、舌を出してみせる。

「おまえ、俺が早く帰ってきたのに、いなかったな。どこに行ってたんだよ」

鴨田が、じろりと亜紀の引いたキャリーケースを見た。

「ごめん。うちのお母さんが具合悪くてさ。場合によっては泊まり込みかと思ったの」

初めて母親の名を出すと、鴨田がぎょっとした顔をした。

「おまえ、母ちゃんがいるのか？」

「うん、いるよ。武蔵野線の越谷の方に住んでる。だけど、末期癌で入院してるの。もう駄目みたいって、お母さんから電話きたから会いに行ってきた」

亜紀は嘘を吐いた。

「そっか。母ちゃん、いくつだ？」

鴨田は気の毒そうに目を伏せて訊ねた。

「四十九かな」

本当は五十一かもしれないし、五十二かもしれない。数えるのも面倒だし、母親が嘘を吐いている亜紀は適当に答えた。

「若いのに気の毒だなあ」

鴨田が低い声で呟いた。

「うん、でも、もう覚悟してるみたいだった」

口から出任せのつもりだったが、案外、当たっているように思えて、少し目が泳いだらしい。

鴨田がそれを見て、同情するように言った。

「おまえ、少し行ってやんな。最後くらい、親孝行しろよ」

「うん」

しばし沈黙の後、鴨田が焼酎を呷《あお》りながら、言いにくそうに訊いた。

「あのさ、金が足りなくなってんだけど、おまえ、俺の財布から金盗っていかなかったか？」

「ごめん。お母さんのとこに行くのに、交通費もなかったから借りた。でも、返すよ」

前に盗んだ分と合わせて千円札を数枚差し出すと、鴨田は首を振った。

「いいよ、取っとけ。また母ちゃんに会いに行くだろうからさ。金が要るなら言ってくれよ」

「カモちゃんて、優しいね。嬉しい」

感に堪えたような素振りを見せると、鴨田が照れたように横を向いた。病んだ母親の存在は、鴨田に有効だった。

ほっとした亜紀は、助六の折りに手を伸ばして、いなり寿司をつまんだ。

いつもなら少し嫌な顔をするのに、今日の鴨田はしんみりした表情で黙っている。

あのアルバムに貼ってあった写真の人物でも思い出しているのだろうかと、亜紀は思ったが、いなり寿司を口に入れたら、忘れてしまった。

年が明けて一週間ほど経った日の夕方、母親の携帯から亜紀に電話があった。

冷え込む日だったので、亜紀は布団にくるまったまま、ワイドショーを見ていた。

「何だ、元気なんじゃん」

亜紀が電話に出ると、相手は母親ではなく、星良だった。

「亜紀？　私、星良だよ。お母さん、今朝死んじゃった」

星良が、低い声で告げる。

「え、マジ？」

「マジだよ。朝の九時二十分くらいだって。病院から家に電話があったらしいけど、私は学校だし、お兄ちゃんはいたけど、あいつ、イエ電なんか出ないじゃん。お父さんは仕事でいないしで、誰にも連絡つかなかったんだって」

すでに時刻は午後三時半だ。陽が傾き始めている。

「で、どうしたの」

「今、お父さんと病院に来て、いろいろ片付けてる最中」

「へえ、そうかあ」

とうとう、あの母親も死んだか。そう思う程度で、会えば必ず厭味の応酬で喧嘩ばかりだったから、涙も出なかった。

「とりあえず知らせたからね」

「わかった。あ、ちょっと待って」

亜紀は慌てて異父妹が電話を切るのを止めた。

「何だよ」

「葬式、いつ？」

「明後日だって」

一応、葬式はやるらしく、星良は葬儀会場の名前と時間を教えてくれた。

「亜紀、来るの？」

「行くよ」

行かないと、もらえるものも、もらえなくなるだろう。あの因業《いんごう》な母親だから、何も遺してはいないと思うが、念のため、ということもある。ぐずぐずしてると、母親の夫や、弟妹たちに、根こそぎ取られてしまいそうで心配だった。

亜紀は、鴨田に母の死を話して、幾ばくかの金をもらうことにした。鴨田は妙に同情的だったから、むしろ亜紀が葬式に出ることを推奨するだろう。

「母ちゃん、やっぱり駄目だったか。残念だったな」

鴨田は慰めるように言った。

「まあね」

「まあね、じゃねえよ。おまえの母親だろ」

そして、亜紀の目論見通りになった。鴨田は亜紀に交通費を渡し、喪服代わりの黒のニットワンピースをユニクロで買ってくれもした。

「俺は母ちゃんが死ぬ前に会えなかったからな。おまえは最後に会いに行けただけ幸せだよ。母ちゃん、喜んでくれただろう」

鴨田に涙で潤んだ目で言われた時は、亜紀もびっくりした。

まさか、母親との最後の会話は、篤人のことで喧嘩別れ同然だったとは、さすがに言えない。

母親に会いに行ったというのも真っ赤な嘘で、鴨田を見限って北斗のところに転がり込もうという魂胆があったのだし。

「まあね」

亜紀の素っ気なさは、照れているせいだと思ったらしく、鴨田が珍しく、亜紀の頭を撫でたのには寒気がした。

「やめてよ」

亜紀は、頭の上に載せられた鴨田の陽に灼けて皺《しわ》んだ手を、邪険に振り払った。

「何だよ、乱暴だな」

鴨田が機嫌を損ねたようだったので、亜紀は言い返した。

「キモいんだよ、オヤジのくせに」

「キモいとは何だよ」

たちまち、鴨田が不機嫌になる。ドボドボと音が聞こえるように、焼酎を自分専用のコップに注いだ。

「飲み過ぎないでよ。こないだ、失禁したでしょう」

「うるせえな」

「うるせえなじゃないよ」

「おまえは、口うるさいんだよ、まったく」

鴨田がうんざりしたように口を曲げた。

「何言ってんだよ、ションベンだぜ。汚えだろうが」

亜紀が口汚く罵倒すると、鴨田が呆れた顔をした。

「おまえ、それ、女の言葉か」

「今さら、何だよ。そんなの、どーだっていいじゃん」

「どうだってよくないよ」

亜紀はまたしても、鴨田の家を出て、どこかに行きたくなっている。母親の遺産があって、少しでも懐に入るのなら、こんな呑んだくれの、口うるさいジジイと一緒に暮らさなくてもいいのに、と思うのだった。


母親の葬儀の日は、陰鬱な曇り空だった。唯一の救いは、雨でも降るのか、気温が高めだったことだ。亜紀は、鴨田に買ってもらった黒いニットワンピースの上に、同じくユニクロのダウンを羽織った。

鴨田が仕事を休んでまで葬儀について来たそうだったので、振り切るようにして鴨田のアパートを出る。母親の病気を打ち明けてから、鴨田が異常に自分に優しくなり、父親風を吹かすのが気持ち悪かった。

電車を何本か乗り継いで、越谷の葬儀会場に着いたのは、葬儀の開始時間ぎりぎりだった。会場に駆け込んだが、中はがらんとしていて拍子抜けした。人がいないだけでなく、棺の置かれた祭壇も白菊の花も、何もかもが使い回しのようで、貧相だった。

母親の遺影は、かなり昔の写真を使ったらしく、青地をバックに、金茶に染めた派手な髪が目立つために、白い顔が逆にきつく見えた。

怖えんだよ、お母さん。

亜紀は心の中で呟いて、自分の中にずっとある母親像との一致に、逆に驚いた。

親族席に座っているのは、義父とその母親らしき老婆。そして、制服姿で拗ねたように俯いている、星良の三人だけだった。弟の銀河の姿はない。

顔の赤みがいっそう濃くなった義父は、酒で膨れた体をきつそうな黒いスーツに包んで、絶え間なく貧乏揺すりをしていた。

その横に座っている老婆は、義父にそっくりな顔立ちと体型をしており、老眼鏡の奥の目玉がやたらと大きく見えた。

葬儀なんかに一度も来たことのない亜紀は、どう振る舞っていいのかわからず、入り口で立ち往生した。

すると、義父が亜紀を見つけて手招きした。亜紀も親族席に座れ、ということか。仕方がないので、彼らの後ろに腰掛けて、会場を盗み見た。

パイプ椅子が三十脚ばかり並べられているが、そこに腰掛けているのは、たったの五人だった。

老婆の知り合いなのか、似たような雰囲気の老女が二人、最前列に座っていた。二人とも、しっかり数珠を握っている。

義父の勤め先の関係であろう、喪服姿の中年男が三人。

参列者はたったの五人か、と思った時に、男が一人入ってきた。

後から来た男は、母親の遺影に向かって一礼すると、一番後ろの端の席に座った。亜紀は、その男に見覚えがあるような気がしたが、誰かはわからなかった。

やがて読経が始まった。焼香は人数が少ないので、ほんの数分で終わった。実に呆気ない葬式だった。

「亜紀ちゃん、よく来たな」

式が終わった途端に、義父が振り向いた。

「星良が知らせてくれたから」

義理の妹を顎で示した。星良は式が終わった瞬間にスマホを取り出して、熱心にメールを打ち始めた。

亜紀が来たことに気付いたのかどうか、振り向きもしなかった。

「だけど、何もないからな」

いきなり義父にそう言われた亜紀は聞き返した。

「何が？」

「母ちゃんが遺したものなんか、何もないって、言ったんだよ。強いて言えば、病院代くらいだ」

「病院代って？」

「借金だよ。亜紀ちゃん、そんな借金背負うの嫌だろ？」

「うん」と、慌てて頷く。

「だからさ、服とか欲しいなら持っていってもいいけど、金目のものとかは一切ないからな。変な期待はするなよ」

じゃ、貯金はどうなってんだよ？

と、口許まで出かかった。

母親はパートをしていたから、何がしかの貯金はあっただろう。だが、亜紀は義父に気圧されて、何も言えなかった。

ならば、家まで乗り込んでいって、服かアクセサリーでも取ってこようと思ったが、それも義父が誘ってくれない限りは、気弱で言いだせない。

「期待なんかしてないけどさ」

形見くらいは、という言葉を呑み込む。

「あのね、病弱な嫁は金食い虫なんだよ。だから、何もないの」

突然、義父の隣に座っている老婆が口を挟んだ。亜紀の魂胆などわかっていると言わんばかりの言い方に、さすがに亜紀も鼻白んだ。

むすっとしていると、義父がいなした。

「死んだばっかだからさ。そういうのはちょっと」

「言い過ぎだってか？」

老婆が息子の顔を見遣る。

母親は、この義母に気に入られていなかったらしいと悟る。

「うん、まあね」

義父が、仕事関係の男たちの方を窺いながら言った。

「それより、この子の格好は何だよ。葬式に毛糸の服なんか着るかい、普通。まったく常識がないね。ま、あんたの嫁もそういう人だったよね」

老婆はそう言い捨てて立ち上がり、意外に素早い動作で友人たちの元に向かった。そして、彼女たちの隣に座ると、亜紀の方を見てひそひそと話を始めた。

義父のところにも、仕事関係者が挨拶にきて話を始めたので、亜紀は手持ち無沙汰になった。仕方がないので棺の前に行き、小さな蓋を開けて中を覗き込んだ。別人のように痩せ細って窶れた母親の白い顔があったので、ぎゃっと叫びそうになった。怖えよ、お母さん。

「すみません、小森さんですか？」

突然、背後から話しかけられたので、亜紀は驚いて振り返った。一番後から来た、何となく見覚えのある男が立っている。

中肉中背で、頭髪が少し薄くなりつつある。表現が難しいほど平凡で、他人に説明しにくい顔付きをしている。だが、目の下にできた隈に、何となく記憶があった。

「そうですけど」

「このたびは、ご愁傷様でした」

「どうも」と、亜紀は頭を下げた。

「私、目加田という者です」

目加田が、名刺を差し出した。コンビニ店の名前が書いてあったが、亜紀は男に関心がないので、読み飛ばした。何かの売り込みかと思い、こんな葬式にまで来やがって、と腹立たしかった。

「実は私、優真君の里親になっているんです」

亜紀は驚愕して、反射的に周囲を見回した。児相からさんざん逃げ回ったのに、母親の葬儀ということで油断したのは、不覚だった。

子供を棄てた、と警察に逮捕されるのではないかと思うと、不安で震えがくるほど怖かった。しかし、周囲に児相の人間や警官の姿はない。ひとまずほっとして、目加田の方に向き直ったが、何を言われるのだろう、とびくびくした。

「何ですか」

「はい、まず、優真君のことがご心配でしょうから、ご報告です」厭味に聞こえた。「優真君は元気に暮らしています。どうぞ、ご安心ください」

亜紀は、はあ、と曖昧に頷いた。

「そうだ。写真があります。ご覧になりますか？」

目加田は、亜紀の怯えになど気付かない様子で、スマホを取り出して写真を見せた。たいして見たくもなかったが、仕方なしに覗き込む。背が伸びて、少し大人びた顔になった優真が、笑いもせずにカメラ目線でこちらを見据えている。ますますあの男にそっくりになった、と亜紀は戦慄した。

「大きくなったでしょう？　背が二十センチも伸びて、体重も増えたそうです。前はあまり食べさせてもらえなかったようですからね」

目加田は責めるような目で亜紀を見た。亜紀は、ここで泣いて見せれば、この男は満足するのだろうか、と思いながら、ぼんやりと息子の写真を眺めた。

「ところで、小森さんは、児相からの電話に出てくださらないそうですね。担当の福田さんから、聞きました。そちらにも、いろいろ事情がおありなんでしょうけど、一度、優真君に会いに来ませんか？　今後のことなども相談したいと思ってるんです。お母さんなら、心配でしょう？」

目加田の言い方には、どこか批判的なトーンがあって反感が募る。

「わかってるけど、仕事もあるし、いろいろ忙しくて」

曖昧に言い訳をすると、目加田が頷いた。

「そうでしょうけど、会いに来てやってくださいよ。優真君も寂しいと思いますよ」

亜紀は俯いたまま軽く頷いたが、優真に会いたいと思う気持ちは、まったくと言っていいほどなかった。

もともと、優真とはそりが合わない。自分を棄てた優真の父親そっくりで狡賢いところがあるし、おおもとのところで、自分という女を馬鹿にしているように感じるからだ。

優真だって、目加田が言うように寂しがるはずはない。放ったらかして男たちと遊んでいた自分を恨んで、会いたいなんて微塵も思っていないだろう。そんなことを考えながら、亜紀は押し黙っていた。

すると、目加田が亜紀の顔を覗き込むようにして言った。

「ところで、小森さん。私のこと、覚えていませんか？　私のコンビニによくいらしてましたよね」

「あっ」と、亜紀は思わず声を上げた。

名刺を見た時は気付かなかったが、確かにこの顔に、あのコンビニの制服を着せれば記憶と一致する。北斗とよく寄った店だった。

この店長の眼前で、北斗と醜く喧嘩したことがあった。レジの前で言い争っていると、「他のお客さんの迷惑になるんで」と小さな声で注意されたのだ。しかし、店の中には他に客などいなかったから、北斗と二人で「あのオヤジ、頭にくる」「エラそうだ」などと、店長の悪口を言ったのを覚えていた。

エラそうなのは相変わらずだ、と亜紀は目加田を横目で睨んだ。

「そうなんです。優真君は弟さんと、うちの店によく来てたので、それも何かの縁と思って、里親に立候補しました」

「へえ、そうなんですか」と、亜紀は小さな声で返答する。

「よく来てた」なんてよく言うよ、と思う。さんざん迷惑をかけられた、と言えばいいのに。

「小森さんとは連絡が取れないので、福田さんはいつも、小森さんのお母さんの方に電話されてたようですね。そのお母さんが亡くなられたと聞いたので、お葬式に来たら、小森さんに会えるのではないかと期待して来てみました。よかったですよ、お目にかかれて。しかし、亡くなられたお母さん、まだお若いんですね。残念でしたね」

目加田は、遺影を振り返りながら淀みなく喋った。しかし、亜紀の中では、何てお節介な男だろう、と怒りが膨れ上がってきていた。

「優真君も篤人君も、お母さんに会えないので、寂しがっていると思うんです。どうですか、一度会いにいらしては？　このままでは優真君も篤人君も棄児になってしまいますが、それでいいんですか？　親権はそのままになっていますが、放棄するお考えですか？」

目加田が矢継ぎ早に質問するから、亜紀は無言で聞いていた。何と答えていいかわからないし、ともかく逃げたくて仕方がない。

誰か助けに来てくれないかと思ったが、義父もその母親も、亜紀には無関心でこちらを見ようともしなかった。

「今日は、実は児相の福田さんや淵上さんも来たい、と仰ってたんですが、時間が合わないとかで来られなかったんですよ。いくらお母さんの葬儀でも、小森さんが、いらっしゃるわけがないって言ってね。でも、私の勘は当たりました。今日、行ったら会えるんじゃないかって。小森さん、篤人君のこと、聞いてますか？」

「ええ」と、やっと返事をする。

「酷い目に遭ったんじゃないかと、福田さんは心配されてますよ。何も言わないから、警察の人もわからないようです。お母さんになら、打ち明けるかもしれませんよ」

このお節介野郎め。亜紀は心の中で罵倒した。

「そうかなあ」

「そうですよ。会ってあげてください、お母さんなんだからさ。きっと、優真君も、篤人君も、心の中はすごく傷ついてますよ」

目加田が心配そうに言うので、いっそう腹が立った。この男は上から目線で、いつもエラそうだ。いったい、何様のつもりなのだ。

「放っといてください」

そう言って、その場を離れようとすると、目加田に腕を摑まれた。

「ちょっと待ってください。あんた、母親でしょう」

「余計なお世話だよ。あんたみたいな他人に言われる筋合いはない」

「何言ってるんだ。無責任だよ、あんた。少しは子供のことを考えたことがあるのか」

目加田が大声を出したので、会場にいる全員が亜紀を見た。

義父がちらりとこちらを見たが、トラブルを恐れてか、近寄ってこようともしない。

「小森さん、あんたの連絡先を教えてください」

目加田がなおも言うので、亜紀は葬儀会場から走り出た。会場を出て、しばらく走ってから後ろを見たが、誰も追ってきてはいなかった。

仕方ない、鴨田のジジイのところに帰るか、とバス停まで歩いた。

6

優真は引き出しを開けて、真新しいナイフを取り出した。柄は木製で、刃渡りは十四・五センチ。ステンレス製なので軽く、刃には何の汚れも曇りもない。二千円もしなかったのに、茶色の革のケースが付いていてカッコいい。

一昨日、目加田に殴られて激情に駆られた優真は、目加田夫婦が店に行った隙に、有り金を全部持って家を出た。行き先は、アウトドア用品専門店。そこで、キャンプに使うからと言ってアウトドア用のナイフを買おうとしたが、十八歳未満の子供には売れない、と断られてしまった。だが、ホームセンターでは、何の咎めもなしにレジを通り、似たようなナイフを手に入れることができた。

優真はナイフの切っ先を、消しゴムの表面に当てて突き刺してみた。面白いように、すっと刃先が入る。自分は本当にこれで、花梨の顔を切り裂けるのだろうか。本当にこれで、目加田の腹を刺せるのか。

いや、きっとできる。やってみせる。優真は怖気《おじけ》を打ち消すように、切っ先を何度も消しゴムに刺しては引き抜いた。

このナイフを構えて教室に入って行ったら、クラスメイトたちはどうするだろう。花梨や美桜は、キャーキャーと逃げ惑うだろう。そして、いつも自分を小馬鹿にしたような薄笑いを浮かべている北中も、顔色を変えて自分を怖がるに違いない。口先だけの小田島は、真っ先に職員室に逃げ帰るだろう。その様を想像すると、可笑しくてたまらない。

優真は目を閉じて、その想像を何度も繰り返しては楽しんだ。目加田の腹なんか刺すよりも、そっちの方がよほど面白いかもしれない。

今思えば、ピンクのソックスや、消しゴムを後生大事に握り締めていた自分は、何だったのだろう。自分の持ち物を何も持っていなかったからか。いや、単に幼かったのだ。

ソックスや消しゴムなんかよりも、ナイフの方がずっと素晴らしい。これこそが、自分が欲しかったものに他ならない。しかも、自分で買った、正真正銘、自分自身の所有物なのだ。

優真が部屋に籠もって学校を休んでから、二日が経った。その間、学校からは何も連絡がない。警察も来ないところをみると、花梨のチクリも功を奏さなかったのだろう。いい気味だ、と優真は呟いた。

部屋に籠もると言っても、目加田夫婦が店に行った後は、自室から出てナイフを買いに行ったし、リビングでテレビも見た。冷蔵庫を開けて中の食材を勝手に食べ、自由に過ごしていた。洋子もそれを知っていて、食卓にはカップ麺や総菜などが並べてあったのだ。

「優真君、お昼一緒に食べよう。あなたの好きなラーメンだよ」

「要らない」

店から昼食に戻ってきた洋子が優しく声をかけてきたが、優真はにべもなく断った。

「お父さんはまだ帰ってないから、気にしないでいらっしゃい。いい加減、こっちで一緒に食べよう」

洋子に邪険にされたら、きっと自分はこの家を出て行くだろう。目加田はナイフで刺してやりたいが、洋子にはできない。淵上や福田にもできない。

だが、同じ女でも、花梨はもちろん、美桜にも刺せる。自分を攻撃する憎い女だからだ。もっと憎い女は、もう一人いる。母親の亜紀だ。亜紀なら、何十回でも刺せる。篤人と自分を飢えさせて、外で男と遊び回っていた女。住民登録を怠り、自分を居所不明児童にした女。男が自分をいじめても殴っても、平然としていた女。あんな女は母親ではない。

優真はナイフを振り回して、ずんと突く真似をしてみた。右脚に体重を乗せて、思い切り右手を突き出す。母親の胸にひと突き。花梨の胸にひと突き。目加田の胸にも、ひと突き。そうしているうちに、汗ばんできた。

「優真君てば、ラーメン伸びたから、棄てちゃうよ。あなた、醬油ラーメン好きでしょ？」

洋子が再度呼びにきたので、優真はナイフをポケットに入れて部屋を出た。ジャージのポケットは浅いので、太腿のあたりにぶつかって邪魔だ。でも、相手を攻撃する武器を持っていることで安心が得られる。これからは、いつも携行しようと思う。

「おいで、一緒に食べよう」

久しぶりに、人のいるリビングに出てきたのに、洋子は何ごともなかったかのように手招きする。

優真は少し安堵して席に着いた。座ると、鞘に入ったナイフが太腿に当たる。それが、優真にすこぶる安心感を与えるのだった。

テーブルには、茹で卵とほうれん草の入った醬油ラーメンと、焼き餃子が並んでいた。優真の腹が鳴る。

「今、お腹鳴ったでしょ。これからも意地を張らないで出ておいで」

すかさず洋子に言われたが、優真は黙って、不器用な握り箸で伸びかけた麺を掬って食べた。

「いただきます、は？」

洋子に幼児に言うように注意されて、仕方なしに小さな声で言った。

「いただきます」

二人で向き合ってラーメンを食べていると、いきなり洋子が訊いた。

「優真君、お母さんが憎いでしょ？」

優真は驚いて顔を上げた。

「私のことじゃないよ。あなたの本当のお母さん」

先ほどナイフを振り回して、憎いと再認識したばかりだったので、優真は答えなかった。都合の悪いことはすべて無言で押し通すのが、優真の処世術だ。

「いつか許してあげられる日がくると思うよ。だって、あなたとお母さんを棄てていったお父さんより、お母さんの方がずっと偉いじゃない。あなたと篤人君を手許に置いて、一緒に生きてたんだからさ」

あんな馬鹿な母親を棄てた父親は男として偉い、と思っていただけに、洋子の言葉は意外だった。

改めて、父親は、いや亜紀の付き合った男たちは、自分たち親子を見棄てたのだと思った。こんな暮らしをしているのは、すべて亜紀のせいだと思っていたが、父親や他の男たちのせいでもあったのだろうか。自分もそんな男になるのか。

玄関で物音がした。「ただいま」と目加田の声が聞こえる。優真は緊張と憤怒とで体を強張らせた。

リビングに入ってきた喪服姿の目加田に、洋子が注意した。

「ちょっと、肩に何か白いものが付いてるわよ」

目加田が、喪服の肩あたりを自分の手で払った。

「玄関に入る時に、清めの塩を振りかけたからだよ」

「ここで落とさないで」洋子が眉根を寄せてから、顎で食卓を示した。「あなたも食べる?」

「いや、いい。後で何か適当に食べるから」

目加田が首を振って、優真の方を見た。目の下の隈が目立った。目加田はいつも疲れた顔をしている。それも、優真が目加田を嫌うところだ。疲れた顔の男は機嫌が悪く、常に説教しかしない。

「今日、お母さんに会ったよ」

目加田が優真の目を見て言った。

「あら、そう。やはり、お葬式にいらしてたのね。どうだった？」

洋子が意気込んで訊ねたが、当の優真は黙っていた。亜紀と激しい親子喧嘩をして、北斗さんにぶん殴られて部屋を飛び出してから、一度も会っていない。あの時、自分は母親を棄てたのだから、もう一切関係ない、と思っている。

「元気そうだった」目加田は、憤懣《ふんまん》やるかたないといった調子で喋った。「だけど、呆れたよ。優真君の里親になったから話をしたいと言ったら、慌てて逃げて行った。親としての責任感なんか皆無だよ。だったら、どうして産んだんだろう。産むくらいなら、ちゃんと育てればいいんだよ。なのに、ちゃっかり親族席に座ってるんだよ。子供を棄てたくせに親族っていう意味が何か、わかってるのかね。亡くなった人には悪いけど、いったいどんな教育したら、ああいう子供が育つんだろう」

親も親なら子も子だ、と目加田は続けたいのではないだろうか。

ああ、自分も同じことを言われたことがあった。あれは、タケダ君のスイッチを盗んだ時だ。疑いをかけられて、亜紀が口汚く突っぱねたら、電話で話していたタケダ君のお父さんが呆れたように言ったそうだ。「親が親なら、子も子だ」と。

あの言葉に激しく傷ついたのを覚えている。自分は亜紀の子供なのだから、どんなに亜紀が嫌いでも、亜紀から逃れることはできないのだ。

「親が親なら子も子だ、と言いたいの？」

優真が言うと、目加田がぎょっとしたように優真を見た。

「まさか。優真君のお母さんのことを言ったんだよ」

「でも、僕はそのお母さんの子だよ。躾がなってないんでしょう？」

「違う、子供に責任はないよ」

目加田の左の瞼《まぶた》が痙攣《けいれん》している。目加田はそれが気になるのか、指で瞼に触りながら言った。

「お母さんだって、お祖母ちゃんの子供だったんだから、お祖母ちゃんの躾がなってないってことか？　お母さんが悪いんじゃなくて、お祖母ちゃんの責任ってこと？」

「そうかもしれないね」

目加田が疲れたように呟いて、椅子に腰を下ろした。

「じゃ、お祖母ちゃんは、どうしてそういう人になったの？　お祖母ちゃんのお母さんのせい？」

優真はムキになった。

「優真君、誰の責任でもないよ」

洋子が口を挟んだが、優真は目加田に怒った。

「でも、おじさんは今、こう言ったよ。いったいどんな教育したら、ああいう子供が育つんだろうって。それ、お母さんのことだろ？　だったら、僕のこともそう思ってるんだろう。こないだ、躾がなってないって、言ったじゃないか」

「それは、優真がだらしないからだよ」腹が立ったのか、急に目加田の目が据わって、言葉が乱暴になる。「スマホがあれば友達が作れると言うから買ってやったのに、ゲームばかりして、全然活用してないじゃないか。勉強をしてる様子もないし、昨日今日と学校に行こうともしない。このままじゃどうなると思う？　落伍者だよ、落伍者。そうならないように、私たちが里子にしたのに、どうして努力しないんだ」

何言ってるんだ。スマホがあっても、誰もアカウントを教えてくれないし、クラスのＬＩＮＥには入れない。自分には、一人も友達がいないのだ。

「したよ。したけど、無理なんだ」と、抗議の声は小さかった。

「何で無理なんだ。私から見たら、おまえは努力なんかしてないよ。こんなことは言いたくないけど、死んでしまった恵は、生まれつき障害があった。でも、懸命に努力し続けて生きたよ。なのに、二十歳で死んでしまった。理不尽だと思わないか？　私はそれを知ってるから、健康な優真が歯がゆくて仕方がないんだ」

まだ続く目加田の説教を、優真はぼんやりと聞いていた。

「ついでに言おうか。言いたくなかったけど、いつかは言わなくちゃならないからね。優真、おまえ、夜中に出歩いて何してたんだ。徘徊のこと、ちゃんと知ってるんだよ。まさか、熊沢さんの家に行ったんじゃないだろうな。おまえ、風呂なんか覗いたりしてないよね？　どうなんだ。それから、大晦日に熊沢さんの家に入っただろう。違うか？　被害届が出てるって、警察の安本さんが訪ねてきた。大晦日の夜はうちにいたって言ったら、何とか誤魔化せたけど、私は誤魔化されないよ。淵上さんのこともそうだし、心配ばかりさせて、どうするんだ。おまえは意識してないかもしれないけど、それはみんな犯罪だよ。私たち大人が、みんなして庇っているんだってことを忘れるな」

「何だよ、エラそうに」

庇っていると言われて、優真の目加田への反感は、瞬時にして膨れ上がった。

「エラそう？　どっちが。子供を叱るのは大人の役目だ。叱られないできたから、おまえはそういう子供になったんだろう。今からでも変えられるんだから、努力しろ。努力できなきゃ、このうちから出て行け」

そういう子供になった？　それはどういう意味だ。それもすべて亜紀のせいか。亜紀はお祖母ちゃんのせいでこうなったのなら、誰のせいでもあるまい。畜生。

優真はほとんど無意識に、ポケットからナイフを出して鞘を取り去っていた。

「それは、何の真似だ」

目加田の叫び声が聞こえた。目加田が椅子から弾かれたように立ち上がったのを横目で見て、優真は練習した通り、右脚に体重を乗せてずんとナイフを突き出した。

瞬間、何が起きたのかわからなかった。目加田を刺せたと思ったのに、背後から思いがけない強い力で、羽交い締めにされていた。

「取り返しがつかないことをしちゃいけない」

洋子が渾身の力で優真の両腕を押さえ込んでいた。目加田が飛びかかって、優真の手からナイフをもぎ取ろうとする。三人は揉み合った。

「やめろ、離せよ」

優真が右手を振り回して暴れたら、ナイフが固いものに触れた感触があった。気が付くと、手が生温《なまぬる》いもので覆われてぬるぬるしている。大量の血に驚いて、優真は呆然と立っていた。目加田が優真の濡れた手から、ナイフを取り上げて床に落とした。ごつんと大きな音がする。

「優真、そんなことしちゃ駄目だよ」

洋子に抱き締められて、優真は脱力した。洋子の腕から、血がだらだらと流れているのに気が付いたが、自分の涙と一緒になって、何が何だかわからなかった。洋子を傷付けるつもりはまったくなかったから、優真は動転した。

「たいしたことないよ、いいの」

洋子が優真を強く抱き締めた。洋子の血と自分の涙で、顔が濡れている。こんなに酷く泣いたのは、いつ以来だろう。「これは、もう使わないだろう」と、亜紀にランドセルを棄てられた時以来だと思い出したら、また泣けてきた。

「いいのよ、気にしないでいいから、泣きなさい」

洋子の手に、ぐっと力が入ったのを感じた。

そうだった。『これはもう要らないだろう』と、亜紀にランドセルと教科書を棄てられた時、自分は泣いたのだった。要らないわけではない、と言いたかったのに、学校に行こうとしないおまえが悪い、と亜紀に言われて、言い返せなかった。

では、どうやったら、学校に行けるのか。

どうやったら、学校でいじめられずに済むのか。

そして、親が親なら子も子だ、と言われずに済むのか。

亜紀はどうして優しくないのか。

誰も教えてはくれなかった。

なのに、大人たちは皆同じことを言う。学校に行け、友達を作れ、と。そして、それができないのは、おまえのせいだと言う。

「どうしたらいいのか、わからないよ」

優真が泣きながら問うと、目加田が首を横に振った。

「ごめん、お父さんもわからない」

目加田も泣いている。優真は目加田の涙に驚いて、床に落ちた血まみれのナイフを見た。もう二度と、手に取る気はなかった。

初出「週刊朝日」二〇二〇年二月十四日号から二〇二一年二月十二日号に連載。単行本化にあたり加筆修正しました。

桐野夏生（きりの・なつお）
一九五一年生まれ。九三年『顔に降りかかる雨』で江戸川乱歩賞、九八年『ＯＵＴ』で日本推理作家協会賞、九九年『柔らかな頬』で直木賞、二〇〇三年『グロテスク』で泉鏡花文学賞、〇四年『残虐記』で柴田錬三郎賞、〇五年『魂萌え！』で婦人公論文芸賞、〇八年『東京島』で谷崎潤一郎賞、〇九年『女神記』で紫式部文学賞、一〇年『ナニカアル』で島清恋愛文学賞、一一年同作で読売文学賞を受賞。一五年には紫綬褒章を受章。著書に『バラカ』『夜の谷を行く』『路上のX』『日没』『インドラネット』ほか多数。

砂に埋もれる犬

二〇二一年十月三十日　第一刷発行

著　者　桐野夏生
発行者　三宮博信
発行所　朝日新聞出版
〒一〇四-八〇一一　東京都中央区築地五-三-二
電話　〇三-五五四一-八八三二（編集）
〇三-五五四〇-七七九三（販売）

印刷製本　凸版印刷株式会社

ISBN978-4-02-251793-7
定価はカバーに表示してあります